南島語言 I

白樂思（Robert Blust）——著

李壬癸、張永利、李佩容
葉美利、黃慧娟、鄧芳青 ——譯

目次

南島語言

第 3 章 社會中的語言

第 5 章 詞彙

第 6 章 構詞

第 9 章 音變

第 11 章　南島語研究學界

表

前言

　　本書早該完成的。1978 年 1 月，第二屆國際南島語言學會議（SICAL），由澳洲國立大學太平洋研究學院的語言學系主辦，曾幫《劍橋語言概觀》系列叢書寫書的 R.M.W. Dixon 找我洽談出版一部關於南島語言的書。由於還有其他工作任務，我遲疑了兩年才著手動筆。工作的前五、六個月都進展得很順利，但之後我又為了別的研究計畫而分心，尤其是為南島語言重新編纂一部比較辭典，以取代德國學者 Otto Dempwolff（1938）當初富有開創性卻已過時的著作。這項工作需要對超過 150 種語言的現有詞彙資料進行系統性的分析和比較。經過近十年的基礎研究，並將結果發表成數篇長篇論文，這項辭典計畫於 1990 年獲得經費支持，並於 1995 年產出一部超過 5,000 個構擬詞根以及衍生詞綴的比較辭典，內容提供充分的語料證據並持續更新中，有需要的人都可以上網查詢。隨著計畫經費結束，我開始搶救台灣極瀕危的邵語，為其編寫辭典，之後的五年間都在忙著編纂邵語辭典。所以這本書在前面的章節寫好後，停頓了快三十年，2004 年到 2007 年之間我重拾寫作時還得做相當程度的修改和更新。

　　關於南島語言的一般資料現今已能取得。Dahl（1976）為比較

音韻學中的一些議題提供了專門的處理方式，但其關注侷限且要有許多相關的背景才能理解。Tryon（1995）為 80 多種語言的類型進行分析描述，但語料十分濃縮。這些資料提供了一些不錯的語言句型結構認識，但多達五冊的資料中，大部分篇幅幾乎都是詞彙比較，再加上部分詞彙的語義是根據印歐語的體系分類，而導言部分則出現不少不恰當的錯誤，因此研究價值並不高（Blust 1997e）。值得參閱的出版品是最近有關南島語大洋洲語群的廣泛區域概要（Lynch, Ross, & Crowley 2002），以及 Adelaar 和 Himmelmann（2005）發表關於亞洲和馬達加斯加的南島語言。本書是由單一作者論述完成，與上述多人合寫的方式不同，優點是全書觀點一致，缺點則是少了別人可能提供的洞見。

　　一部書的形式取決於預設的讀者群而定。本書至少可能潛在以下四種類型的讀者：1. 南島語言學專家、2. 想要知道自己「根源」的南島語言使用者、3. 一般語言學者、4. 相關學科的學者，如考古學、歷史、民族學、生物親緣關係學。然而，試圖滿足各式類型讀者的這種想法未免太過奢求，並可能導致全書過於冗長，對任何讀者都沒太大好處。因此，此書決定以一般語言學者作為主要讀者對象。儘管形式語言學正蓬勃發展中，本書對於以「南島語言形式語言學會」為代表的形式語言學著墨甚少，因為其大部分的文獻主要用於檢視一般語法理論，南島語料的應用反而是次要的。本書雖然不是為了專家學者而寫，並非意味著就沒考慮到其他讀者群。大部分的章節是針對一般讀者而寫，有些章節（尤其歷史語言學的部分）則比較專業。之外，本書旨在對許多不熟悉此領域的人作導論之用，並貢獻一些原創想法。如何在提供足夠有用的資訊中，同時兼

顧專業的細節和深度，著實令我感到挑戰。

即便有相當清楚的目標讀者群，什麼內容要放進書中，什麼內容要刪減，也很難去執行。南島語系的規模僅次於非洲的尼日-剛果（Niger-Congo）語系，儘管描述南島語言的資料有限，但相關的文獻資料依舊非常浩繁，並且正快速成長中，必須得考慮各種方法來限縮書本範圍以減輕作者和讀者的負擔。有個可行的辦法是將文獻參考限制在過去二十年所出版的作品，但這樣一來便會失去學術的歷史發展視野。1830 年代，德國 Wilhelm von Humboldt 的著作已經真正具備科學價值，1860 年代初期，荷蘭籍的印尼語言學者 H.N. van der Tuuk 所出版的作品已達到相對較高水準的精細研究。至少過去的半個世紀以來，英語是當代科學的主導語言，或許另一個可行辦法是將文獻限制於以英語發表的研究著作，但這方法照樣行不通，因為有關南島語言的重要著作在第二次世界大戰之前，多是以荷蘭文或德文寫成，其他特定地區則有法文、西班牙文和日文寫成的語言描述巨作，比方說，馬達加斯加、東南亞大陸以及一些太平洋地區的法國殖民地就有許多以法文書寫的研究；菲律賓語言以及早期的查莫洛語出版品則是以西班牙文寫成；而台灣南島語言則以日文出版品居多。還有一個辦法是為讀者大眾提供語言類型的概況，略去只有專家才有興趣的古語構擬歷史討論，不過這方式依舊充滿漏洞，由於南島語言超過一千多種，橫跨約六千年歷史，規模龐大且內部複雜，在四百年前歐洲殖民擴張時代還沒發生時，南島語族是全世界各種語族中地理分布最廣的民族。

儘管南島語言的範圍如此廣大，但語言間（非全部）的親屬關係建立是很容易的，只要比較數字 1—10、人稱、所有格代名詞或

相對穩定的身體部位名稱，如「眼睛」、「乳房」或「肝臟」。1708年的荷蘭學者 Hadrian Reland 早已將南島語言間的親屬關係建立出來，而歷史語言學家的成果遠不止這項，在語系的比較研究中，南島語系的進展大概僅次於印歐語系，不只可以用來證實印歐語系所發展的比較研究法的普遍性，同時在語言學與考古學間的跨領域整合遙遙領先（Blust 1976b, 1995c、Green & Pawley 1999、Kirch & Green 2001），已構擬的古語同源詞，不論質或量與其他語系，包括印歐語系相比，不分軒輊（Blust & Trussel 進行中，Ross, Pawley & Osmond 1998, 2003, 2008, 2011, 2013）。

　　雖然很多印歐語系學者只專精於一個分群，但比較研究的學者多半需要能夠處理整個印歐語系的語言。相反地，南島語系的學者以做區域研究為最常見。印歐語系的語言構擬與演變研究，能從五、六種代表早期的古語文獻中，得到顯著的成果，但這樣的方式對於南島語系的比較研究卻行不通。因此絕大多數的比較研究是在低層次進行的，像是在波里尼西亞內部或稍高層次的中部太平洋語群（波里尼西亞語群-斐濟語群-羅圖曼語群），以及核心麥克羅尼亞內部和菲律賓語言內部等等。過去 150 年來只有少數學者選擇以整個南島語系作為研究對象，致使研究南島語的學者通常都只熟悉一部分的南島語言，對於南島語系中的其他南島語就很陌生。本書主題為南島語系的概況，不容易區分目標讀者群到底是一般對語言學有興趣的大眾或南島語言的社群專家，舉例來說，一位菲律賓語言的專家可能對波里尼西亞語言所知甚少，反之亦然。因此，本書其中之一的目的就在於提供南島語系的全面概況，將區域性的關注整合到寬廣的視野當中。

有一個古老的哲學難題：裝了一半的杯水，那是「半滿」還是「半空」呢？而南島語言的研究現況正面臨著同樣的問題。南島語系有超過一千種語言，其中有許多語言的人口數不到一千人，更不用說那些幾百種人口規模小的語言，只有簡短的比較詞彙，有些甚至什麼都沒有。若因此就說南島語言學的研究落後其實是有失公允的，因為過去一個半世紀以來，已有很多研究共時描述和歷時比較的重要著作問世。雖然南島語言並沒有像印歐語言那樣有早期的文獻紀錄，但許多現代語言已有夠份量的辭典或語法書（抑或兩者都有），這些資料涵蓋了多數的主要地理區域、類型差異，以及南島語群。爪哇島、斐濟島、菲律賓中部已有或正在做詳盡的方言分布圖，如前所述，詞彙構擬的進展大概可與其他語系相比。本書納入龐大的文獻資料，以便有足夠的代表性，即使許多語言的描述仍然貧乏。

前面已經解釋過了，長時間無法完成此書是由於有其他更為迫切的研究需求。此外，本書甫始我就面臨了一個困境，原先的文稿是為《劍橋語言概觀》系列叢書而寫，已有固定的編輯樣式，雖然一開始就知道本書的篇幅會很驚人，隨著逐漸累積的產出內容，我不得不面對書本頁數可能不太符合系列叢書樣式的這個事實，儘管我已經盡力了。如此一來，出版合同只好終止，而文稿就轉交給「太平洋語言學」。我要感謝 Andrew Pawley 和 Malcolm Ross 協助轉移出版過程，也要感謝看過一些稿件並提供修改意見的朋友們，以及解答我特定問題的人們，要列出完整的感謝名單應該不太可行，但應包括 Juliette Blevins、John Bowden、Abigail Cohn、Jim Collins、Nick Evans、James J. Fox、Stefan Georg、Paul Geraghty、Ives

Goddard、George Grace、Chuck Grimes、Marian Klamer、Harold Koch、Uli Kozok、John Kupcik、李壬癸、劉彩秀、John McLaughlin、John Lynch、Miriam Meyerhoff、Yuko Otsuka、Bill Palmer、Andrew Pawley、Kenneth Rehg、Lawrence Reid、Laura Robinson、Malcolm Ross、Laurent Sagart、Hiroko Sato、Thilo Schadeberg、Albert Schütz、Graham Thurgood、Brent Vine、Alexander Vovin 和齊莉莎。我要特別感謝廖秀娟對於本書菲律賓語言句法的寶貴建議以及文稿格式的編輯建議，感謝 Peter Lincoln 改正了錯誤的資料，感謝 Jason Lobel 讀了大部分的文稿，並提供有關菲律賓的所有資訊以及協助地圖的整理。感謝我以前的老師和多年的同事 Byron Bender 在很多方面幫助我，而我卻無以為報。

關於本書的第二版，我特別感謝夏威夷大學的四個研究生：Katie Butler 協助重繪的地圖提供了十分寶貴的資料，James Hafford 和 Emerson Odango 讀完本書後，針對他們熟悉的領域提出評論，尤其 Tobias Bloyd 花了很多寶貴的時間把我原先粗糙的索引修正為較有用的版本，並提供許多其他方面的協助。我也非常感激 K. Alexander Adelaar 和 Alexandre François，兩位我長年的同事和朋友，給予我許多非常有用的改進意見。對於一個作者而言，有用心的讀者注意到書中的每一個細節，令人再欣慰不過了，在此對所有已提到以及我可能不小心遺漏的人，表達最深摯的感謝。

1 縮寫字和慣例

本書使用的語法術語遵照原本的引用資料呈現，由於資料間存

有歧異，因此同一種語言現象可能會由不同的術語表示，下列的縮寫例子顯示了這個現象。此外，注釋中的語法元素以粗體強調，而連字符（-）用來標示詞素邊界，兩個注釋間的一點（.）表示原詞的單一形式有多重意思或功能，例如 Tetun/Tetum 語 *nia n-aklelek*「他／她講粗話」（=**3 單 3 單-講.粗話**），或 Kambera 語 *ku*「**1 單.主格**」。至於有詞素邊界的重疊詞，則以複合意思來注釋單一詞素，例如，馬來／印尼語 *Meréka ber-lihat-lihat*「他們互相看」（=**3 複 不及物-看.相互**）。無法注釋的部分則保留詞形呈現於注釋中，例如，Taba 語 *n-yol calana de n-ha-totas*（> natotas）「她拿了褲子去洗了」（=**3 單-拿 褲子 de 3 單-使動-洗**）裡面的 *de* 部分。

奪格 abl	奪格 ablative
絕對格 abs	絕對格 absolutive
達成 ac	達成 accomplished
賓格 acc	賓格 accusative
主動 act	主動式 active
主分 act.part	主動分詞 active participle
主焦 af	主事焦點 actor focus
肯定 aff	肯定式 affirmative
有生目標 ag	有生目標 animate goal
向格 all	向格 allative
單照詞 an.sg	單數照應詞 singular anaphor
不定過去時 aor	不定過去時 aorist
逆被 ap	逆意被動 adversative passive
施用 appl	施用式 applicative
能力 apt	能力 aptative

冠 art	冠詞 article
生主 as	有生主語 animate subject； 遠離說話者 away from speaker
動貌 asp	動貌 aspect
修飾 att	修飾式 attributive
助動 aux	助動詞 auxiliary
主事語 av	主事語態 actor voice/ 主動語態 active voice
受惠 ben	受惠者 benefactive
附主代 bn	附著主格代詞 bound nominative pronoun
受惠語 bv	受惠語態 benefactive voice
基數 card	基數 cardinal
使動 caus	使動式 causative
違實；使焦 cf	違實式 counterfactual； 使動焦點 causative focus
依附 cl	依附詞 clitic
類 clas	類別詞 classifier
述明 coe	述明 co-enunciation
完結 comp	完結式 completive
連接 conj	連接詞 conjunction
銜接 conn	銜接詞 connective（ligature）
連續 cont	連續貌 continuative aspect
聯繫 cop	聯繫詞 copula
周語 cv	周邊語態 circumstantial voice
與格 dat	與格 dative
定指 def	定指 definite

指向 deic	指向 deictic
指示 dem	指示詞 demonstrative
依存 dep	依存 dependent
趨向 dir	趨向 directional
分布 dis	分布 distributive
遠距 dist	遠距 distal
雙 dl	雙 dual
直被；支配所有 dp	直接被動 direct passive； 支配所有 dominant possession
決定 dtr	決定式 determinative
持續 dur	持續貌 durative
1 指向 dx.1	第一順位指向詞 first-order deictic
強調 emph	強調 emphasis；emphatic
回響主 es	回響主語 echo subject
排除 excl	排除式 exclusive
焦名組 foc	焦點名詞組 focused NP
未來 fut	未來時 future
屬格 gen	屬格 genitive
終點 gol	終點 goal
習慣 hab	習慣貌 habitual
規勸 hort	規勸式 hortative
人 hum	屬人 human
假設 hyp	假設 hypothetical
無意行為 ia	無意行為 involuntary action
工具焦 if	工具焦點 instrument focus
立即 imm	立即 imminent

命令 imp	命令式 imperative
非完成 impf	非完成貌 imperfective
起動 inc	起動貌 inceptive
包括 incl	包括式 inclusive
非定指 indef	非定指 indefinite
工具 inst	工具 instrumental
加強 int	加強詞 intensifier
不及物 intr	不及物 intransitive
中介語 intv	中介語態 intermediary voice
間賓 io	間接賓語 indirect object
工具被 lp	工具被動 instrumental passive
未實現 irr	未實現 irrealis
重複 itr	重複 iteration
工具語 iv	工具語態 instrumental voice
繫 lig	繫詞 ligature
處所格 loc	處所格 locative，location
處所被 lp	處所被動 local passive
處所及 ltr	處所及物 local transitive
處所語 lv	處所語態 locative voice
語標 mod	語氣標記 mood marker
移動 mot	移動 motion
多重 mult	多重 multiple
否定 neg	否定 negative
非焦點 nf	非焦點 non-focused
主格 nom	主格 nominative
賓 obj	賓語 object

斜格 obl	斜格 oblique
賓焦 of	賓語焦點 object focus
賓標 om	賓語標記 object marker
過去 p	過去時 past
被動語 pass	被動語態 passive voice
領屬類別 pc	領屬類別詞 possessive classifier
完成 perf	完成貌 perfective
受焦 pf	受事焦點 patient focus
複 pl	複數 plural
人標 pm	人稱標記 person marker
禮貌 pol	禮貌的 polite
所有格 poss	所有格 possessive
飲領屬 poss.dr	可飲用領屬 drinkable possession
食領屬 poss.ed	可食用領屬 edible/ alimentary possession
一般領屬 poss.gnr	一般領屬 general/neutral possession
可能 pot	可能 potential
人稱（無人數）pr	人稱（無人數）person（without respect to number）
靜態呈 pr.st	靜態呈現 static presentative
現在 pres	現在時 present
近距 prox	近距 proximal
本體 prp	本體 proper
領標 psm	領屬標記 possessive marker
目的 purp	目的 purpose
受事語／被語 pv	受事語態／被動語態 patient voice/passive voice

疑問 q	疑問 question/interrogative
疑標 qm	疑問標記 question marker
實現 real	實現 realis
相互 recip	相互性 reciprocal
重疊 red	重疊 reduplication
關係詞 rel	關係詞 relativizer
結果 res	結果式 resultative
敬語 resp	敬語形式 respect form
接應式替代 res:pro	接應式替代 resumptive proform
指焦／指語 rf	指涉焦點／語態 referent(ial) focus/voice
關聯 rltr	關聯詞 relator
單 sg	單數 singular
依序 seq	依序 sequential
主焦 sf	主語焦點 subject focus
特定賓 so	特定賓語 specific object
從屬所有 sp	從屬所有 subordinate possession
靜 stat	靜態 stative
從屬 sub	從屬 subordinator
主題 top	主題 topic
及物 tr	及物 transitive
向說話者 ts	朝向說話者 toward speaker
動詞化 vbl	動詞化 verbalizer
前來 ven	前來 venitive
禁止 vet	禁止式 vetative
動助；動詞組 vp	動助詞 verbal particle；動詞組 verb phrase

外向／內向 vtf	外向式／內向式 ventif/centripetal directional
疑關 wh	疑問關係詞 question word as relativizer
1 1	第一人稱 first person
2 2	第二人稱 second person
3 3	第三人稱 third person

2 書寫系統

　　本書使用多達數百種的語言作為資料，書寫系統的統一或個別呈現是件棘手的問題。對讀者而言，同樣的語音在不同語言間用相同的符號來表示會較容易懂，從這方面考量的話，使用 IPA 國際音標會是較好的方式，這方法在已知的語言上至少是可行的。然而，若將國際音標套用到構擬的語言上，往往會因為不確定的古語音位，加上大量文獻中已有長久採用的慣例，而造成不必要的混亂。要改變行之有年的書寫傳統同樣地也會引發該語言使用者的排斥，或是讓原始資料的索引變得複雜難行。

　　為了方便辭典的檢索，我通常會遵循原本的書寫系統，但中括號[ ]裡的音位，我使用國際音標來標示。因此在排灣語中，我維持用 *tj*、*ts*、*dj* 來表示語音，而非 *č*、*c*、*ǰ*。讀者在索引辭典時，得要調整過來才能找到資料。為了更符合語音，我以 *lʲ* 取代了 *l*，這並不影響字母的排序。

　　有四個情況會使我改變傳統的書寫系統（引用的原文會按照原先的拼寫法）。第一，我以 /ŋ/ 代表舌根鼻音。對多數語言而言，只是

替換了 *ng*，並不會影響語料的檢索或語法。然而，對少數語言來說，以/ŋ/代表舌根鼻音可能不太習慣。斐濟語和薩摩亞語的書寫傳統，長久以來都是沿用傳教士當初以/g/代表舌根鼻音的方式。在此提醒研究斐濟語和薩摩亞語的專家學者，本書使用了不同的書寫方法。

另個影響較小改變就是以/ñ/代表顎化鼻音。主要影響於西部印尼語言，傳統上以 ny 或 nj（後者主要是早期的荷蘭文獻所使用）表示顎化鼻音。對其他語言，像是查莫洛語來說，其標準的原始語料早已用 *ñ* 代表顎化鼻音了，並沒有任何改變。

第三，我以[ʔ]代表喉塞音。這項調整會改變許多語言的書寫系統。首當其衝的便是菲律賓的主要語言—塔加洛語，傳統上是以附加符號（diacritic marks）代表喉塞音和重音：*batà* = [bátaʔ]「小孩」，*upà* = [úpaʔ]「坑，挖掘」，*punò* = [púnoʔ]「酋長」；*mulî* = [mulíʔ]「再一次」，*tukô* = [tukóʔ]「壁虎類」，*walâ* = [waláʔ]「無、沒有」。若語言是這樣的拼寫方式，那麼我會將喉塞音跟重音分開呈現，許多菲律賓的少數語言也已採用這樣的書寫法。很多語言會以撇號（'）代表喉塞音，波里尼西亞語言常以高顛倒逗號（'）來表示，像是東加語 *'one*「砂」或夏威夷語 *'ewa*「彎曲」。在其他語言中，例如，索羅門群島東南方的阿羅西語（Arosi）以垂直的撇號（'）呈現，查莫洛語中則在元音右邊用尖音符（´）的方式。這種調整勢必會嚴重影響帛琉語的書寫系統，因為它們依照德語系統的方式，以 *ch* 代表喉塞音（那時被聽為舌根擦音〔x〕）。研究帛琉語和使用 McManus & Josephs（1977）辭典的讀者請留意 *chull*「雨」，*rasech*「血」在本書分別寫作 *ʔull* 和 *rasəʔ*。

第四，就如上面帛琉語 *rasech* 的例子，當我確定傳統拼寫中的 e 代表央中元音而不是前中元音時，我就將書寫方式修正為 ə。對於沒有傳統書寫方式的語言，像是婆羅洲的許多語言，這樣的修正並不造成困擾，可是對於已有不少出版品的馬來語和爪哇語來說，就會影響許多詞形，央中元音 ə 傳統上都寫作 e，而馬來語把前中元音寫作 é，爪哇語則寫作 é 和 è，因此本書把 e 改作 ə，é 改作 e，è 改作 ɛ。大部分菲律賓語言對古南島語 *e 的反映是央高元音或後高展唇元音，而非央中元音，為了簡便我都寫作 ə，這個 ə 在高層次的擬音也寫作 *e，我就不改了。基本上，我都保留原來的書寫系統，除了少數例外。

此外，有些語言名稱存在新舊上的拼寫差異，如 Isneg 或 Isnag，Ifugao 或 Ifugaw，Ponapean 或 Pohnpeian，Trukese 或 Chuukese。必須留意這兩種寫法都見於文獻，因此我有限度地呈現不同拼法。與此相關的還有漢字的拼音，早期的文獻多採用威妥瑪拼音，而近來的資料則用漢語拼音。我個人偏好使用漢語拼音呈現，若常被引用的文獻是威妥瑪拼音的話，我則會併陳於括弧中。

3　本書內文引用的南島語言

文中引用了以下的南島語言（SHWNG = South Halmahera-West New Guinea；* =已消失）。

語言	分群	地理位置
Abaknon	Sama-Bajaw	Capul Island
Acehnese	馬來-占語群	蘇門答臘

語言	分群	地理位置
Adzera	北新幾內亞	新幾內亞
Agta, Dupaningan	北部呂宋島	呂宋島
Agta, Isarog	菲律賓大中群	呂宋島
*Agta, Mt. Iraya	菲律賓大中群	呂宋島
Agutaynen	菲律賓大中群	巴拉灣
Ajië	南新喀里多尼亞	新喀里多尼亞
Aklanon	菲律賓大中群	Bisayas
'Ala'ala	Papuan Tip	新幾內亞
Alta, Northern	北部呂宋島	呂宋島
Alta, Southern	北部呂宋島	呂宋島
Alune	Three Rivers	斯蘭島
Amahai	East Piru Bay	斯蘭島
Amara	北新幾內亞	新不列顛島
Ambae	東北東萬那杜	萬那杜
Ambae, West/Duidui	東萬那杜	萬那杜
Ambai	南哈馬黑拉-西新幾內亞語群	新幾內亞
Ambelau	West Central Maluku	Ambelau Island
Ambrym, North	東萬那杜	萬那杜
Ambrym, South East	東萬那杜	萬那杜
阿美語	東台灣南島語	台灣
Anakalangu	Sumba-Hawu	Sumba
Anejom	南部美拉尼西亞	萬那杜
Anuki	Papuan Tip	新幾內亞
Anus	南哈馬黑拉-西新幾內亞語群	新幾內亞

語言	分群	地理位置
Anuta	波里尼西亞	Anuta
*Aore	West Santo	萬那杜
Apma	Pentecost	萬那杜
Araki	West Santo	萬那杜
'Āre'āre	東南索羅門群	Malaita
Arhâ	南新喀里多尼亞	新喀里多尼亞
Arhö	南新喀里多尼亞	新喀里多尼亞
Arop-Lokep	北新幾內亞	新幾內亞
Arosi	東南索羅門群	San Cristobal/Makira
*Arta	北部呂宋島	呂宋島
As	南哈馬黑拉-西新幾內亞語群?	新幾內亞
Asi/Bantoanon	菲律賓大中群	Banton, etc.
Asilulu	Piru Bay	Ambon Island
Asumboa	Utupua-Vanikoro	Santa Cruz islands
Ata	菲律賓大中群	Negros
泰雅語	泰雅語群	台灣
Ati/Inati	Inati	Panay
Atoni/Dawan	西帝汶	帝汶
Atta	北部呂宋島	呂宋島
Atta, Faire	北部呂宋島	呂宋島
Atta, Pudtol	北部呂宋島	呂宋島
Avasö	西北索羅門群	Choiseul
Aveteian	Malakula Interior?	萬那杜
Ayta, Bataan	中部呂宋島?	呂宋島

語言	分群	地理位置
*Ayta, Sorsogon	菲律賓大中群	呂宋島
Babatana	西北索羅門群	Choiseul
Babar, North	中部馬來-波里尼西亞	Babar Islands
*貓霧捒語／法佛朗語	西部平埔語群	台灣
Bada/Besoa	Kaili-Pamona	蘇拉威西
Baelelea	東南索羅門群	Malaita
Baetora	東萬那杜	萬那杜
印尼語	馬來-占語群	印尼
Bahonsuai	Bungku-Tolaki	蘇拉威西
Balaesang	Tomini-Tolitili	蘇拉威西
Balangaw	北部呂宋島	呂宋島
Balantak	Saluan	蘇拉威西
Bali/Uneapa	美索-美拉尼西亞語群	French Islands
峇里語	峇里 -Sasak	峇里島
Baluan	海軍部群島語群	Baluan Island
Bam	北新幾內亞	新幾內亞
Banggai	Saluan	Banggai Archipelago
Bangsa	Malakula Interior?	萬那杜
Banjarese	馬來-占語群	加里曼丹
Banoni	西北索羅門群	Bougainville
Bantik	Sangiric	蘇拉威西
Barang-Barang	南蘇拉威西	蘇拉威西
Baras	Kaili-Pamona	蘇拉威西
Barok	美索-美拉尼西亞語群	新愛爾蘭島
*Basay	東台灣南島語群	台灣

語言	分群	地理位置
Batak, Angkola	Barrier Island-Batak	蘇門答臘
Batak, Karo	Barrier Island-Batak	蘇門答臘
Batak, Mandailing	Barrier Island-Batak	蘇門答臘
Batak, Palawan	菲律賓大中群	巴拉灣
Batak, Simalungun	Barrier Island-Batak	蘇門答臘
Batak, Toba	Barrier Island-Batak	蘇門答臘
Batin	馬來-占語群	蘇門答臘
Bauro	東南索羅門群	San Cristobal/Makira
Bekatan	?	砂勞越
Belait	北砂勞越	汶萊
Berawan	北砂勞越	砂勞越
Besemah	馬來-占語群	蘇門答臘
Betawi/Jakarta	馬來-占語群	爪哇島
Bidayuh/Land Dayak	Land Dayak	砂勞越
Bieria	Epi	萬那杜
Big Nambas	Malakula Interior	萬那杜
Bikol	菲律賓大中群	呂宋島
比拉安語/Blaan	Bilic	民答那峨島
Bimanese	?	松巴瓦
Bina	Papuan Tip	新幾內亞
Bintulu	北砂勞越	砂勞越
Binukid	菲律賓大中群	民答那峨島
Bipi	海軍部群島語群	馬努斯島
Bisaya, Limbang	大都孫語群	汶萊
Bisayan, Cebuano	菲律賓大中群	Bisayas

語言	分群	地理位置
Bisayan, Samar-Leyte/ 瓦萊語	菲律賓大中群	Bisayas
Boano	Tomini-Tolitoli	蘇拉威西
Bola	美索-美拉尼西亞語群	新不列顛島
Bolinao	中部呂宋島	呂宋島
Bonfia/Bobot	東斯蘭島	斯蘭島
Bonggi	沙巴語群	Banggi Island
Bonkovia	Epi	萬那杜
Bontok	北部呂宋島	呂宋島
Budong-Budong	南蘇拉威西	蘇拉威西
Buginese	南蘇拉威西	蘇拉威西
Bugotu	Guadalcanal-Nggelic	索羅門群島
Buhid	菲律賓大中群	民都洛島
Bukat	?	砂勞越
Bukawa/Bugawac	北新幾內亞	新幾內亞
Buli	南哈馬黑拉- 西新幾內亞語群	哈馬黑拉
Bulu	美索-美拉尼西亞語群	新不列顛島
布農語	布農語群	台灣
Buruese	West Central Maluku	Buru
Burumba/Baki	Epi	萬那杜
Carolinian	麥克羅尼西亞	Saipan
Cemuhî	南新喀里多尼亞	新喀里多尼亞
東占語	馬來-占語群	越南
西占語	馬來-占語群	柬埔寨
查莫洛語	?	Mariana Islands

語言	分群	地理位置
Cheke Holo	美索-美拉尼西亞語群	Santa Isabel
Chru	馬來-占語群	越南
Chuukese/Trukese	麥克羅尼西亞	Caroline Islands
Dai	中部馬來-波里尼西亞	Babar Islands
*Dali'	北砂勞越	砂勞越
Damar, West	中部馬來-波里尼西亞	Damar Island
Dampal	Tomini-Tolitoli	蘇拉威西
Dampelas	Tomini-Tolitoli	蘇拉威西
Dangal	北新幾內亞	新幾內亞
Dawawa	Papuan Tip	新幾內亞
Dawera-Daweloor	中部馬來-波里尼西亞	Babar Islands
Dehu	忠誠群島	Lifu, 忠誠群島
Dhao/Ndao	Sumba-Hawu	Dhao
Dixon Reef	Malakula Interior	萬那杜
Dobel	Aru	Aru Islands
Dobuan	Papuan Tip	新幾內亞
Dohoi	Greater Barito	加里曼丹
Doura	Papuan Tip	新幾內亞
Duano'	馬來-占語群	馬來半島
Dumagat, Casiguran	北部呂宋島	呂宋島
Duri	南蘇拉威西	蘇拉威西
Dusner	南哈馬黑拉-西新幾內亞語群	新幾內亞
中部都孫語	都孫語群	沙巴
Deyah 都孫語	Barito	加里曼丹

語言	分群	地理位置
Kadazan 都孫語	都孫語群	沙巴
Kimaragang 都孫語	都孫語群	沙巴
Malang 都孫語	Barito	加里曼丹
Rungus 都孫語	都孫語群	沙巴
Tindal 都孫語	都孫語群	沙巴
Witu 都孫語	Barito	加里曼丹
Efate, North/ Nakanamanga	中部萬那杜	萬那杜
Efate, South	中部萬那杜	萬那杜
Elat	中部馬來-波里尼西亞	Banda Islands
Elu	海軍部群島語群	馬努斯島
Ende	East Flores	Flores
Ere	海軍部群島語群	馬努斯島
Emplawas	中部馬來-波里尼西亞	Babar Islands
Enggano	?	Barrier Islands, 蘇門答臘
Erai	中部馬來-波里尼西亞	Wetar
Erromangan	南部美拉尼西亞	Erromango
Fagauvea/West Uvean	波里尼西亞	忠誠群島
東部斐濟語	中部太平洋	斐濟
西部斐濟語	中部太平洋	斐濟
Fordata	Kei-Fordata	Tanimbar Archipelago
Fortsenal	West Santo	萬那杜
Futuna-Aniwa	波里尼西亞	萬那杜
East Futunan	波里尼西亞	Futuna, 新喀里多尼亞
Fwâi	北新喀里多尼亞	新喀里多尼亞

語言	分群	地理位置
Gabadi/Abadi	Papuan Tip	新幾內亞
Gaddang	北部呂宋島	呂宋島
Galeya	Papuan Tip	新幾內亞
Gane/Gimán	南哈馬黑拉- 西新幾內亞語群	哈馬黑拉
Gapapaiwa	Papuan Tip	新幾內亞
Gasmata	北新幾內亞	新不列顛島
Gay	Barrier Island-Batak	蘇門答臘
Gedaged	北新幾內亞	新幾內亞
Geser-Goram	East Central Maluku	斯蘭島 Laut Islands
Getmata	北新幾內亞	新不列顛島
Ghari	東南索羅門群	Guadalcanal
Giangan Bagobo	Bilic	民答那峨島
Gitua	北新幾內亞	新幾內亞
Gomen	南新喀里多尼亞	新喀里多尼亞
Goro	南新喀里多尼亞	新喀里多尼亞
Gorontalo	Gorontalic	蘇拉威西
Guramalum	美索-美拉尼西亞語群	新愛爾蘭島
Gweda/Garuwahi	Papuan Tip	新幾內亞
Haeke	北新喀里多尼亞	新喀里多尼亞
Halia	美索-美拉尼西亞語群	Buka
Hanunóo	菲律賓大中群	民都洛島
Haroi	馬來-占語群	越南
Haruku	Piru Bay	Haruku Island
Hatue	東斯蘭島	斯蘭島

語言	分群	地理位置
Hatusua	Piru Bay	斯蘭島
夏威夷語	波里尼西亞	夏威夷
Hawu	Sumba-Hawu	Savu Island
Helong	西帝汶?	帝汶
希利該濃語／伊隆戈語	菲律賓大中群	Negros, etc.
Hitu	East Piru Bay	Ambon Island
Hitulama	East Piru Bay	Ambon Island
Hila	Piru Bay	Ambon Island
Hiw	Torres	萬那杜
*洪雅語	西部平埔語群	台灣
Hoava	美索-美拉尼西亞語群	New Georgia Archipelago
Hoti	東斯蘭島	斯蘭島
*Hukumina	?	Buru
Hulung	Three Rivers	斯蘭島
Iaai	忠誠群島?	忠誠群島
Iakanaga	Epi?	萬那杜
Ianigi	Epi?	萬那杜
Ibaloy	北部 呂宋島	呂宋島
Iban	馬來-占語群	砂勞越
Ibanag	北部呂宋島	呂宋島
Ibatan	Bashiic	Babuyan Islands
Ida'an Begak	Ida'an	沙巴
Ifugao	北部呂宋島	呂宋島
Iliun	中部馬來-波里尼西亞	Wetar

語言	分群	地理位置
伊洛卡諾語	北部呂宋島	呂宋島
Ilongot	北部呂宋島	呂宋島
Imroing	中部馬來-波里尼西亞	Babar Islands
Inagta, Alabat Island	北部 呂宋島	呂宋島
印尼語	馬來-占語群	印尼
Irarutu	南哈馬黑拉- 西新幾內亞語群?	新幾內亞
Iresim	南哈馬黑拉- 西新幾內亞語群	新幾內亞
Isinay	北部呂宋島	呂宋島
Isneg	北部呂宋島	呂宋島
Itbayaten	Bashiic	Batanes Islands
Itneg	北部呂宋島	呂宋島
Ivatan	Bashiic	Batanes Islands
I-wak	北部呂宋島	呂宋島
Jakun	馬來-占語群	馬來半島
Jarai	馬來-占語群	越南
爪哇語	?	爪哇島
新喀里多尼亞爪哇語	?	新喀里多尼亞
Jawe	北新喀里多尼亞	新喀里多尼亞
Kaagan	菲律賓大中群	民答那峨島
Kadazan, Coastal	都孫語群	沙巴
Kadazan, Labuk	都孫語群	沙巴
Kagayanen	菲律賓大中群	Cagayancillo Island
Kaibobo	Piru Bay	斯蘭島
Kairiru	北新幾內亞	新幾內亞

語言	分群	地理位置
Kalagan	菲律賓大中群	民答那峨島
Kalao	Muna-Buton	蘇拉威西
Kaliai-Kove	北新幾內亞	新不列顛島
Kalinga	北部呂宋島	呂宋島
Kallahan	北部呂宋島	呂宋島
Kamarian	East Piru Bay	斯蘭島
Kamayo	菲律賓大中群	民答那峨島
Kambera	Sumba-Hawu	Sumba
Kanakanabu	Kanakanabu-Saaroa	台灣
*Kaniet	海軍部群島語群	Kaniet Islands
Kankanaey	北部呂宋島	呂宋島
Kanowit	Melanau-Kajang	砂勞越
Kapampangan	中部呂宋島	呂宋島
Kapingamarangi	波里尼西亞	Caroline Islands
Kara	美索-美拉尼西亞語群	新愛爾蘭島
Karao	北部呂宋島	呂宋島
Kaulong	北新幾內亞?	新不列顛島
噶瑪蘭語	東台灣南島語群	台灣
Kawi/古爪哇語	?	爪哇島
Kayan	Kayan-Murik-Modang	砂勞越／加里曼丹
Kayeli	Nunusaku	Buru
Kayupulau	北 新幾內亞	新幾內亞
Keapara	Papuan Tip	新幾內亞
Kédang	中部馬來-波里尼西亞	Lomblen Island
Kedayan	馬來-占語群	汶萊

語言	分群	地理位置
Kei	Kei-Fordata	Kei Islands
Kejaman	Melanau-Kajang	砂勞越
Kelabit	北砂勞越	砂勞越／加里曼丹
Kemak/Ema	中部帝汶	東帝汶
Kendayan Dayak	馬來-占語群	加里曼丹
Keninjal	馬來-占語群	加里曼丹
Kenyah	北砂勞越	砂勞越／加里曼丹
Keo	West Flores	Flores
Kerebuto	東南索羅門群	Guadalcanal
Kesui	東斯蘭島	Kesui Island
Kiandarat	東斯蘭島	斯蘭島
Kilenge	北新幾內亞	新不列顛島
Kilivila	Papuan Tip	Trobriand Islands
Kinamigin	菲律賓大中群	Camiguin Island
Kinaray-a	菲律賓大中群	Panay
Kiput	北砂勞越	砂勞越
Kiribati/Gilbertese	麥克羅尼西亞	Kiribati
Kis	北新幾內亞	新幾內亞
Kisar	Luangic-Kisaric	Kisar
Kodi	Sumba-Hawu	Sumba
Kokota	美索-美拉尼西亞語群	Santa Isabel
Komodo	?	Komodo
Konjo	南蘇拉威西	蘇拉威西
Koroni	Bungku-Tolaki	蘇拉威西
Kosraean/Kusaiean	麥克羅尼西亞	Caroline Islands

語言	分群	地理位置
Kove	北新幾內亞	新不列顛島
Kowiai/Koiwai	？	新幾內亞
Kroe/Krui	Lampungic	蘇門答臘
Kuap	Land Dayak	砂勞越
Kubu	馬來-占語群	蘇門答臘
Kulisusu	Muna-Buton	蘇拉威西
*Kulon	西北台灣南島語群?	台灣
Kumbewaha	Bungku-Tolaki	蘇拉威西
Kuni	Papuan Tip	新幾內亞
Kunye/Kwenyii	南新喀里多尼亞	Isle of Pines
Kurudu	南哈馬黑拉- 西新幾內亞語群	哈馬黑拉
Kuruti	海軍部群島語群	馬努斯島
Kwaio	東南索羅門群	Malaita
Kwamera	南部美拉尼西亞	萬那杜
Kwara'ae	South 東 索羅門群	Malaita
Label	美索-美拉尼西亞語群	新愛爾蘭島
Labu?	北新幾內亞	新幾內亞
Laghu	美索-美拉尼西亞語群	Santa Isabel
Lahanan	Melanau-Kajang	砂勞越
Lakalai/Nakanai	美索-美拉尼西亞語群	新不列顛島
Lala	Papuan Tip	新幾內亞
Lamaholot	East Flores	Solor Archipelago
Lamaholot, Southwest	East Flores	Solor Archipelago
*Lamay	？	小琉球，台灣

語言	分群	地理位置
Lamboya	Sumba-Hawu	umba
Lamenu	Epi	萬那杜
Lampung	Lampungic	蘇門答臘
Langalanga	東南索羅門群	Malaita
Lara	Land Dayak	砂勞越
Larike	West Piru Bay	Ambon Island
Lau	東南索羅門群	Malaita
Lauje	Tomini-Tolitoli	蘇拉威西
Laukanu	Papuan Tip?	新幾內亞
Laura	Sumba-Hawu	Sumba
Lavongai/Tungag	美索-美拉尼西亞語群	New Hanover Island
Lawangan	Greater Barito	加里曼丹
Ledo Kaili	Kaili-Pamona	蘇拉威西
Lehalurup	Torres-Banks	萬那杜
Leipon	海軍部群島語群	Pityilu Island
*Lelak	北砂勞越	砂勞越
Lele	海軍部群島語群	馬努斯島
Lemerig	Torres-Banks	萬那杜
Lemolang	South 蘇拉威西	蘇拉威西
Lenakel	南部美拉尼西亞	萬那杜
Lengilu	北砂勞越	加里曼丹
Lengo	東南索羅門群	Guadalcanal
Lenkau	海軍部群島語群	Rambutyo Island
Leti/Letinese	中部馬來-波里尼西亞	Leti-Moa Archipelago
Levei	海軍部群島語群	馬努斯島

語言	分群	地理位置
Leviamp	Malakula Interior?	萬那杜
Lewo	Epi	萬那杜
Liabuku	Muna-Buton	蘇拉威西
Lihir	美索-美拉尼西亞語群	Lihir Island
Liki	北新幾內亞	新幾內亞
Likum	海軍部群島語群	馬努斯島
Lindrou	海軍部群島語群	馬努斯島
Lio	West Flores	Flores
Litzlitz	Malakula Interior	萬那杜
Lödai	?	Santa Cruz Islands
Lolsiwoi	Aoba	萬那杜
Lom/Bangka 馬來語	馬來-占語群	Bangka
Lömaumbi	西北索羅門群	Choiseul
Loncong	馬來-占語群	蘇門答臘
Longgu	東南索羅門群	Guadalcanal
*邱嶠語	排灣語群?	台灣
Loniu	海軍部群島語群	馬努斯島
Lonwolwol	東萬那杜	萬那杜
Lorediakarkar	East Santo	萬那杜
Lou	海軍部群島語群	Lou Island
*Loun	Three Rivers	斯蘭島
Luang	Luangic-Kisaric Leti-Moa	Archipelago
Luangiua/Ontong Java	波里尼西亞	索羅門群島
Lubu	Barrier Island-Batak	蘇門答臘

語言	分群	地理位置
*Luilang	?	台灣
Lun Dayeh	北砂勞越	砂勞越／沙巴
Lundu	Land Dayak	砂勞越
Lungga	美索-美拉尼西亞語群	索羅門群島
Ma'anyan	Greater Barito	加里曼丹
Madak/Mendak	美索-美拉尼西亞語群	新愛爾蘭島
Madurese	?	Madura
Mafea	East Santo	萬那杜
Magindanao	菲律賓大中群	民答那峨島
Magori	Papuan Tip	新幾內亞
Maisin	Papuan Tip	新幾內亞
望加錫語	南蘇拉威西	蘇拉威西
Makian Dalam	南哈馬黑拉-西新幾內亞語群	Makian
Makura/Namakir	中部萬那杜	萬那杜
馬拉加斯語	Greater Barito	馬達加斯加
Antaimoro 馬拉加斯語	Greater Barito	馬達加斯加
Antambahoaka 馬拉加斯語	Greater Barito	馬達加斯加
Antandroy 馬拉加斯語	Greater Barito	馬達加斯加
Antankarana 馬拉加斯語	Greater Barito	馬達加斯加
Betsileo 馬拉加斯語	Greater Barito	馬達加斯加
Betsimisaraka 馬拉加斯語	Greater Barito	馬達加斯加
Merina 馬拉加斯語	Greater Barito	馬達加斯加
Sakalava 馬拉加斯語	Greater Barito	馬達加斯加

語言	分群	地理位置
Tañala 馬拉加斯語	Greater Barito	馬達加斯加
Tsimihety 馬拉加斯語	Greater Barito	馬達加斯加
東北 Malakula	Malakula Coastal	萬那杜
Ambon 馬來語	馬來-占語群	Ambon Island, etc.
Baba 馬來語	克里奧語?	馬來半島
汶萊馬來語	馬來-占語群	汶萊
Kedah 馬來語	馬來-占語群	馬來半島
Kupang 馬來語	馬來-占語群	帝汶
Malaccan 馬來語	克里奧馬來-占語群	馬來半島
Negri 馬來語	Sembilan 馬來-占語群	馬來半島
巴布亞馬來語	馬來-占語群	新幾內亞
Pattani 馬來語	馬來-占語群	泰國
砂勞越馬來語	馬來-占語群	砂勞越
斯里蘭卡馬來語	馬來-占語群	斯里蘭卡
標準馬來語	馬來-占語群	馬來西亞
Ternate 馬來語	馬來-占語群	Ternate
Trengganu 馬來語	馬來-占語群	馬來半島
Malmariv	Central Santo	萬那杜
Maloh	大南蘇拉威西?	加里曼丹
Mamanwa	菲律賓大中群	民答那峨島
Mamuju	南蘇拉威西	蘇拉威西
Manam	北新幾內亞	新幾內亞
Mandar	南蘇拉威西	蘇拉威西
Mandaya	菲律賓大中群	民答那峨島
Mangarevan	波里尼西亞	Gambier Islands

語言	分群	地理位置
Manggarai	West Flores	Flores
Manobo, Cotabato	菲律賓大中群	民答那峨島
Manobo, Ilianen	菲律賓大中群	民答那峨島
Manobo, Sarangani	菲律賓大中群	民答那峨島
Manobo, Tigwa	菲律賓大中群	民答那峨島
Manobo, Western Bukidnon	菲律賓大中群	民答那峨島
Mandaya	菲律賓大中群	民答那峨島
Mansaka	菲律賓大中群	民答那峨島
Manusela	Patakai- 馬努斯島 ela	斯蘭島
毛利語	波里尼西亞	紐西蘭
*Mapia	核心麥克羅尼西亞	Mapia Island
Mapos	Buang North 新幾內亞	新幾內亞
Mapun	Greater Barito	Cagayan de Sulu Island
Maragus/Tape	Malakula Interior	萬那杜
Maranao	菲律賓大中群	民答那峨島
西北 Marquesan	波里尼西亞	Marquesas
東南 Marquesan	波里尼西亞	Marquesas
馬紹爾語	麥克羅尼西亞	馬紹爾群島
Masbatenyo	菲律賓大中群	Bisayas
Masela, Central	中部馬來-波里尼西亞	Babar Islands
Masimasi	北新幾內亞	新幾內亞
Masiwang	東斯蘭島	斯蘭島
Massenrempulu	南蘇拉威西	蘇拉威西
Matae/Navut	West Santo	萬那杜

語言	分群	地理位置
Matanvat	Malakula Coastal?	萬那杜
Matbat	南哈馬黑拉-西新幾內亞語群 Raja	Ampat Islands
Ma'ya	南哈馬黑拉-西新幾內亞語群 Raja	Ampat Islands
Mbwenelang	Malakula Interior?	萬那杜
Medebur	北新幾內亞	新幾內亞
Mekeo	Papuan Tip	新幾內亞
Melanau, Dalat	Melanau-Kajang	砂勞越
Melanau, Mukah	Melanau-Kajang	砂勞越
Mele-Fila/Ifira-Mere	波里尼西亞	萬那杜
Mengen/Poeng	北新幾內亞	新不列顛島
Mentawai	Barrier Islands-Batak?	Barrier Islands, 蘇門答臘
Merei	Central Santo	萬那杜
Middle	馬來-占語群	蘇門答臘
Minangkabau	馬來-占語群	蘇門答臘
Mindiri	北新幾內亞	新幾內亞
Minyaifuin	南哈馬黑拉-西新幾內亞語群?	新幾內亞
Misima	Papuan Tip	新幾內亞
Moa	中部馬來-波里尼西亞	Leti-Moa Archipelago
Modang	Kayan-Murik-Modang	加里曼丹
Moken/Selung	?	泰國
Mokerang	海軍部群島語群	馬努斯島
Mokilese	麥克羅尼西亞	Caroline Islands
Moklen/Chau Pok	?	泰國

語言	分群	地理位置
Molbog	巴拉灣語群?	Balabac Island
Molima	Papuan Tip	新幾內亞
Mondropolon	海軍部群島語群	馬努斯島
Mongondow	Gorontalic	蘇拉威西
Moor	南哈馬黑拉- 西新幾內亞語群	新幾內亞
Moriori	波里尼西亞	Chatham Islands
Moronene	Bungku-Tolaki	蘇拉威西
Mortlockese	麥克羅尼西亞	Caroline Islands
Mota	Torres-Banks	萬那杜
莫杜語	Papuan Tip	新幾內亞
Hiri 莫杜語	Papuan Tip	新幾內亞
Mpotovoro	Malakula	Coastal Vanuatu
Mukawa/Are	Papuan Tip	新幾內亞
Muko-Muko	馬來-占語群	蘇門答臘
Mumeng	北新幾內亞	新幾內亞
Muna	Muna-Buton	蘇拉威西
Munggui	南哈馬黑拉- 西新幾內亞語群	新幾內亞
Murik	Kayan-Murik-Modang	砂勞越
Murung	Greater Barito	加里曼丹
Murut, Okolod	Murutic	沙巴
Murut, Selungai	Murutic	沙巴
Murut, Timugon	Murutic	沙巴
Mwesen	Torres-Banks	萬那杜
Mwotlap	Torres-Banks	萬那杜

語言	分群	地理位置
Nahati/Nāti	Malakula Interior	萬那杜
Naka'ela	Three Rivers	斯蘭島
Nalik	美索-美拉尼西亞語群	新愛爾蘭島
Naman	Malakula Interior?	萬那杜
Nanggu/Nagu	Reefs-Santa Cruz	Santa Cruz Island
Narum	North 砂勞越	砂勞越
Nasal	?	蘇門答臘
Nasarian	Malakula Interior	萬那杜
Nāti/Nahati	Malakula Interior?	萬那杜
Nauna	海軍部群島語群	Nauna Island
Nauruan	麥克羅尼西亞	Nauru and Banaba Islands
Navenevene	Ambae-Maewo	萬那杜
Navwien	Malakula Interior?	萬那杜
Ndrehet/Drehet	海軍部群島語群	馬努斯島
Neku	南新喀里多尼亞	新喀里多尼亞
Nêlêmwa	北新喀里多尼亞	新喀里多尼亞
Nemboi	Reefs-Santa Cruz	Santa Cruz Island
Nemi	North 新喀里多尼亞	新喀里多尼亞
Nengone	忠誠群島	Maré, 忠誠群島
Neve'ei/Vinmavis	Malakula Interior	萬那杜
Ngadha	West Flores	Flores
Ngaibor	中部馬來-波里尼西亞	Aru Islands
Ngaju Dayak	Greater Barito	加里曼丹
Ngatikese	核心麥克羅尼西亞	Caroline Islands
Nggela/Gela	東南索羅門群	Florida Island

語言	分群	地理位置
Nguna/North	Efate Shepherds-North Efate	萬那杜
Nias	Barrier Island-Batak	Barrier Islands, 蘇門答臘
Niuean	波里尼西亞	Niue
Nivat	Malakula Interior?	萬那杜
Niviar	Malakula Interior?	萬那杜
Nómwonweité/ Namonuito	麥克羅尼西亞	Caroline Islands
Nakanamanga	Shepherds-North Efate	萬那杜
Notsi	美索-美拉尼西亞語群	新愛爾蘭島
Nuaulu	東斯蘭島	斯蘭島
Nuguria	波里尼西亞	索羅門群島
Nukumanu	波里尼西亞	索羅門群島
Nukuoro	波里尼西亞	Caroline Islands
Numbami	北新幾內亞	新幾內亞
Numfor/Biak	南哈馬黑拉-西新幾內亞語群	新幾內亞
Nusa Laut	East Piru Bay	Nusa Laut Island
Nyelâyu	北新喀里多尼亞	新喀里多尼亞
古爪哇語	?	爪哇島
Olrat	Torres-Banks	萬那杜
Onin	Yamdena-Sekar	新幾內亞
Orang Kanaq	馬來-占語群	馬來半島
Orang Seletar	馬來-占語群	馬來半島
Orap	Malakula Coastal?	萬那杜
Orkon	Ambrym-Paama	萬那杜

語言	分群	地理位置
Oroha	東南索羅門群	Malaita
Osing	?	爪哇島
Ot Danum	Greater Barito	加里曼丹
Pááfang/Hall Islands	麥克羅尼西亞	Caroline Islands
Paamese	Ambrym-Paama	萬那杜
Paicî	南新喀里多尼亞	新喀里多尼亞
排灣語	排灣語群	台灣
Pak	海軍部群島語群	Pak Island
Paku	Greater Barito	加里曼丹
帛琉語	?	帛琉
巴拉灣語	菲律賓大中群	巴拉灣
Palu'e	West Flores?	Flores
Pamona/Bare'e	Kaili-Pamona	蘇拉威西
Paneati	Papuan Tip	新幾內亞
Pangasinan	北部呂宋島	呂宋島
*Pangsoia-Dolatak	?	台灣
Papitalai	海軍部群島語群	馬努斯島
*Papora	西部平埔語群	台灣
Patpatar	美索-美拉尼西亞語群	新愛爾蘭島
*Paulohi	Piru Bay	斯蘭島
巴宰語	西北台灣南島語群?	台灣
Pekal	馬來-占語群	蘇門答臘
Pelipowai	海軍部群島語群	馬努斯島
Penchal	海軍部群島語群	Rambutyo Island
Penesak	?	蘇門答臘

語言	分群	地理位置
Penrhyn/Tongareva	波里尼西亞	庫克島
Peterara	Ambae-Maewo	萬那杜
Pije	North 新喀里多尼亞	新喀里多尼亞
Pileni	波里尼西亞	Santa Cruz Islands
Pingilapese	麥克羅尼西亞	Caroline Islands
Piru	West Piru Bay	斯蘭島
Pitu Ulunna Salo	南蘇拉威西	蘇拉威西
Pohnpeian/Ponapean	麥克羅尼西亞	Caroline Islands
Ponam	海軍部群島語群	馬努斯島
Port Sandwich	Malakula Coastal	萬那杜
Pukapukan	波里尼西亞	Pukapuka
Pulo Annian	麥克羅尼西亞	Caroline Islands
Puluwat	麥克羅尼西亞	Caroline Islands
Punan Aput	Kayan-Murik-Modang	加里曼丹
Punan Batu	?	砂勞越
Punan Merah	Kayan-Murik-Modang?	加里曼丹
Punan Merap	?	加里曼丹
卑南語	卑南語群	台灣
Pwaamei	北新喀里多尼亞	新喀里多尼亞
Pwapwa	北新喀里多尼亞	新喀里多尼亞
Qae	東南索羅門群	Guadalcanal
*猴猴語	?	台灣
Raga	Pentecost	萬那杜
Rajong	West Flores?	Flores
Rakahanga-Manihiki	波里尼西亞	庫克島

語言	分群	地理位置
Ramoaaina/Duke of York	美索-美拉尼西亞語群	新愛爾蘭島
Rapa	波里尼西亞	Austral Islands
Rapanui/Easter Island	波里尼西亞	復活島
Rarotongan	波里尼西亞	庫克島
Ratagnon	菲律賓大中群	民都洛島
Ratahan/Toratán	Sangiric	蘇拉威西
Rejang	?	蘇門答臘
Rembong	West Flores	Flores
Rennell-Bellona	波里尼西亞	索羅門群島
Rhade/Rade	馬來-占語群	越南
Ririo	美索-美拉尼西亞語群	Choiseul
Riung	West Flores	Flores
Roglai, Cacgia	馬來-占語群	越南
北部 Roglai	馬來-占語群	越南
Roglai, Southern/Rai	馬來-占語群	越南
Roma	中部馬來-波里尼西亞	Roma Island
Rongga	West Flores	Flores
Roria	West Santo	萬那杜
Roro	Papuan Tip	新幾內亞
羅地島語	西帝汶	羅地島
羅圖曼語	中部太平洋	羅圖曼
Roviana	美索-美拉尼西亞語群	New Georgia Archipelago
Rowa	Torres-Banks	萬那杜
魯凱語霧台方言	魯凱語群	台灣

語言	分群	地理位置
茂林魯凱語	魯凱語群	台灣
萬山魯凱語	魯凱語群	台灣
大南魯凱語	魯凱語群	台灣
多納魯凱語	魯凱語群	台灣
Sa'a	東南索羅門群	Malaita
拉阿魯哇語	卡那卡那富-拉阿魯哇	台灣
Sa'ban	北砂勞越	砂勞越
Sa'dan Toraja	南蘇拉威西	蘇拉威西
賽夏語	西北台灣南島語群?	台灣
Sakao	East Santo	萬那杜
Salas	?	斯蘭島
Saliba	巴布亞	Tip New Guinea
Samal, Central	Greater Barito	蘇祿群島
Sambal	中部呂宋島	呂宋島
薩摩亞語	波里尼西亞	薩摩亞
Sangil	Sangiric	民答那峨島
Sangir	Sangiric	Sangir Islands
Saparua	Piru Bay	Saparus Island
Sasak	峇里島 -Sasak	龍目島
Satawalese	麥克羅尼西亞	Caroline Islands
Sawai	南哈馬黑拉- 西新幾內亞語群	哈馬黑拉
Sebop	北砂勞越	砂勞越
賽德克語	泰雅語群	台灣
Seimat	海軍部群島語群	Ninigo Lagoon

語言	分群	地理位置
Sekar	Yamdena-Sekar	新幾內亞
Seke	東萬那杜	萬那杜
Seko	南蘇拉威西	蘇拉威西
Selako	馬來-占語群	加里曼丹
Selaru	Yamdena-Sekar?	Tanimbar Archipelago
Selau	西北索羅門群	Bougainville
Selayarese	北蘇拉威西	蘇拉威西
Sengga	西北索羅門群	Choiseul
Sepa	Piru Bay	斯蘭島
Sera	北新幾內亞	新幾內亞
Seraway	馬來-占語群	蘇門答臘
*Seru	?	砂勞越
Serui-Laut	南哈馬黑拉-西新幾內亞語群	新幾內亞
Shark Bay	East Santo	萬那杜
Sian	?	砂勞越
Siang	Greater Barito	加里曼丹
Siar	美索-美拉尼西亞語群	新愛爾蘭島
Sichule	Barrier Island-Batak	Barrier Islands, 蘇門答臘
Sika	東 Flores	Flores
Sikaiana	波里尼西亞	索羅門群島
Simbo	西北索羅門群	Simbo Island
Simeulue/Simalur	Barrier Island-Batak	Barrier Islands, 蘇門答臘
Sinaugoro	巴布亞 Tip	新幾內亞
Singhi	Land Dayak	砂勞越

語言	分群	地理位置
*西拉雅語	東台灣南島語群	台灣
Sissano	北新幾內亞	新幾內亞
So'a	West Flores?	Flores
Soboyo	West Central Maluku	蘇拉群島
Solorese	East Flores	Solor Archipelago
Solos	西北索羅門群	Bougainville
Sonsorol	麥克羅尼西亞	Caroline Islands
Sori	海軍部群島語群	馬努斯島
Sörsörian	Malakula Interior?	萬那杜
South Gaua	Banks	萬那杜
Suau	巴布亞 Tip	新幾內亞
蘇拉語	West Central Maluku	蘇拉群島
松巴瓦語	峇里島 -Sasak	松巴瓦
巽它語	?	爪哇島
Sursurunga	美索-美拉尼西亞語群	新愛爾蘭島
Surua Hole	Malakula Interior?	萬那杜
Sye	南部美拉尼西亞	萬那杜
Taba/Makian Dalam	南哈馬黑拉-西新幾內亞語群	哈馬黑拉
Taboyan	Greater Barito	加里曼丹
Tae'	Kaili-Pamona	蘇拉威西
Tagakaulu	菲律賓大中群	民答那峨島
塔加洛語	菲律賓大中群	呂宋島
Tagbanwa, Aborlan	菲律賓大中群	巴拉灣
Tagbanwa, Central	菲律賓大中群	巴拉灣

語言	分群	地理位置
Tagbanwa, Kalamian	菲律賓大中群	Kalamian Islands
Tahitian	波里尼西亞	Society Islands
Taiof	西北索羅門群	Bougainville
*大武壠語	東台灣南島語群?	台灣
Taje	Tomini-Tolitoli	蘇拉威西
*Takaraian/Makatau	?	台灣
Takia	北新幾內亞	新幾內亞
Takuu	波里尼西亞	索羅門群島
Talaud	Sangiric	Talaud Islands
Talise	東南索羅門群	Guadalcanal
Taloki	Bungku-Tolaki	蘇拉威西
Talondo'	南蘇拉威西	蘇拉威西
Tambotalo	East Santo	萬那杜
Tandia	南哈馬黑拉-西新幾內亞語群	新幾內亞
Tanema	Utupua-Vanikoro	Santa Cruz Islands
Tanga	美索-美拉尼西亞語群	新愛爾蘭島
Tangoa	East Santo?	萬那杜
Tanimbili	Utupua-Vanikoro	Santa Cruz Islands
Tanjong	?	砂勞越
*道卡斯語	西部平埔語群	台灣
Tarangan, West	Aru	Aru Islands
Tasaday	菲律賓大中群	民答那峨島
Tasmate	West Santo	萬那杜
Tausug	菲律賓大中群	蘇祿群島, etc.

語言	分群	地理位置
Tawala	Papuan Tip	新幾內亞
Tboli/Tagabili	Bilic	民答那峨島
Teanu/Buma	Utupua-Vanikoro	Santa Cruz Islands
Tela-Masbuar	中部馬來-波里尼西亞	Babar Islands
Temuan	馬來-占語群	馬來半島
Tenis	St. Matthias	Tenis Island
Teop	西北索羅門群	Bougainville
Terebu	北新幾內亞	新幾內亞
Tetun	中部帝汶	帝汶，東帝汶
邵語	西部平埔語群	台灣
Tigak	美索-美拉尼西亞語群	新愛爾蘭島
Tihulale	Piru Bay	Ambon Island
Tikopia	波里尼西亞	索羅門群島
Tingguian	北呂宋島	呂宋島
Tinrin/Tîrî	南新喀里多尼亞	新喀里多尼亞
Tiruray	Bilic	民答那峨島
Titan	海軍部群島語群	馬努斯島
Tobati/Yotafa	Sarmi Coast	新幾內亞
Tobi	麥克羅尼西亞	Caroline Islands
Tokelauan	波里尼西亞	Tokelau Archipelago
Tolai/Kuanua	美索-美拉尼西亞語群	新不列顛島
Tolaki	Bungku-Tolaki	蘇拉威西
Tolomako	East Santo	萬那杜
Tombonuwo	Paitanic	沙巴
Tondano	Minahasan	蘇拉威西

語言	分群	地理位置
東加語	波里尼西亞	東加
Tonsawang	Minahasan	蘇拉威西
Tontemboan	Minahasan	蘇拉威西
Toqabaqita	東南索羅門群	Malaita
Torau-Uruava	西北索羅門群	Bougainville
Tring	北砂勞越	砂勞越
*Trobiawan	東台灣南島語群	台灣
Tsat	馬來-占語群	Hainan Island, China
鄒語	鄒語群	台灣
Tuamotuan	波里尼西亞	Tuamotu Archipelago
Tubetube	Papuan Tip	新幾內亞
Tubuai-Rurutu	波里尼西亞	Austral Islands
Tukang Besi	Tukang Besi	Tukang Besi Islands
Tungag	美索-美拉尼亞語群	新愛爾蘭島
Tunjung	?	加里曼丹
Tuvaluan	波里尼西亞	Tuvalu
Ubir	Papuan Tip	新幾內亞
Ukit	?	砂勞越
Ulawa	西北索羅門群	Contrariété Island
Ulithian	麥克羅尼西亞	Caroline Islands
Umbrul	Malakula Interior?	萬那杜
Unmet	Malakula Interior	萬那杜
Unya	南新喀里多尼亞	新喀里多尼亞
Ura	南部美拉尼西亞	萬那杜
Urak Lawoi'	馬來-占語群	馬來半島

語言	分群	地理位置
Uruangnirin	Yamdena-Sekar	新幾內亞
Uvol	北新幾內亞	新不列顛島
Valpei	West Santo?	萬那杜
Vamale	北新喀里多尼亞	新喀里多尼亞
Vanikoro	Utupua-Vanikoro	Santa Cruz Islands
Vano	Utupua-Vanikoro	Santa Cruz Islands
Vao	Malakula Coastal?	萬那杜
Varisi	西北索羅門群	Choiseul
Vaturanga	東南索羅門群	Guadalcanal
Vehes	北新幾內亞	新幾內亞
Vitu/Muduapa	美索-美拉尼西亞語群	French Islands
Vowa	Epi	萬那杜
Wab	北新幾內亞	新幾內亞
Wae Rana	West Flores	Flores
Wailengi	東萬那杜	萬那杜
Waima'a/Waimaha	東帝汶?	東帝汶
Wallisian/東	Uvean 波里尼西亞	東 Uvea, 新喀里多尼亞
Wampar	北新幾內亞	新幾內亞
Wanukaka	Sumba-Hawu	Sumba
Warloy	中部馬來-波里尼西亞	Aru Islands
Waropen	南哈馬黑拉- 西新幾內亞語群	新幾內亞
Waru	Bungku-Tolaki	蘇拉威西
Watubela	東斯蘭島?	Watubela Islands
Wayan/Western	中部太平洋	斐濟

語言	分群	地理位置
Weda	南哈馬黑拉-西新幾內亞語群	哈馬黑拉
Wedau	Papuan Tip	新幾內亞
Wemale	Three Rivers	斯蘭島
Wetan	中部馬來-波里尼西亞	Babar Islands
Weyewa	Sumba-Hawu	Sumba
Whitesands	南部美拉尼西亞	萬那杜
Windesi	南哈馬黑拉-西新幾內亞語群	新幾內亞
Wogeo	北新幾內亞	新幾內亞
Woleaian	麥克羅尼西亞	Caroline Islands
Wolio	Wotu-Wolio	Buton Island
Wotu	Wotu-Wolio	蘇拉威西
Wuvulu	海軍部群島語群	Wuvulu and Aua Islands
Xârâcùù/Canala	南新喀里多尼亞	新喀里多尼亞
Yabem	北新幾內亞	新幾內亞
Yakan	Greater Barito	Basilan Island
Yamdena	Yamdena-Sekar	Tanimbar Archipelago
雅美語	巴士語群	蘭嶼，台灣
Yapese	?	Caroline Islands
Yoba	Papuan Tip	新幾內亞
Yogad	北部呂宋島	呂宋島
Zazao/Kilokaka	美索-美拉尼西亞語群	Santa Isabel
Zenag	北新幾內亞	新幾內亞
Zire	南新喀里多尼亞	新喀里多尼亞

譯 者 序

　　白樂思（Robert Blust）的《南島語言》（*The Austronesian Languages*）專書是近年來難得一見的南島語言學極重要論著，國人可以從本書獲得很多珍貴的資訊。南島語言北起台灣，南至紐西蘭，西至馬達加斯加島，東至復活節島，地理分布最廣，佔全球約三分之二的面積，共有一千多種語言，總人口已超過四億三千萬。

　　本書共分 11 章：第一章，南島的世界、第二章，南島語系的鳥瞰、第三章，社會中的語言、第四章，語音系統、第五章，詞彙、第六章，構詞、第七章，句法、第八章，構擬、第九章，音變、第十章，語言分群、第十一章，南島語研究學界。除此之外，前有前言，後有參考書目和索引。

　　南太平洋有上萬個島嶼，語言和方言的分布錯綜複雜，有關的調查研究報告散見於世界各地，況且使用多種不同的語文做紀錄，作者卻鉅細靡遺的都加以敘述說明，非常不容易。國內從事台灣南島語言調查研究的人對於台灣以外的南島語言大都感到很陌生，並且本書很多地名、語言、方言的名稱對我國人來說都是非常陌生的。藉由此書，我們也可以對它們至少有一些初步的認識，不僅對從事台灣南島語言調查研究的人如此，對一般社會大眾更是如此。

想要對整個南島民族有初步或全盤的了解，都可以從本書得到必要的資訊。這部書所提供相關的資訊，可以增進對於整個南島語族的全盤了解，有助於拓展南島語言研究的視野，提升各種台灣南島語言研究的深度和廣度。在大學研究所開設「南島語言學」這一類的課程，本書也可列為重要的參考讀物。

原作者白樂思是國際知名南島語言學權威學者，他著作等身，本書是他集大成的論著，提供所有必要的有關南島語言學的資訊，內容詳實可靠。他下筆一向很謹慎，讀者可以放心參考引用。

本書於 2009 年在澳洲國立大學正式出版。後來作者又陸續修訂補充，於 2013 年推出網路電子版。我們獲得原作者和出版者的授權之後，才進行翻譯工作。我們是根據修訂版譯成中文。本書由六位南島語專業的學者分工合作，花了約一年半的時間才譯成中文初稿，修訂和補充註釋又花了好幾個月的時間。六人的專業都是台灣南島語言，分別為：李壬癸、張永利、李佩容、葉美利、黃慧娟、鄧芳青，對於本書內容尚能掌握，希望譯文能將原著內容忠實地呈現出來。

本書除了自序之外，共分十一章，每章長短不一，總共八百多頁。大致上每人負責譯出原著的一百多頁，根據個人較熟悉和有興趣的章節譯成中文。我們的工作分配如下：

前言、譯者序　　　　　　譯者：李壬癸
第一章－南島的世界　　　譯者：李佩容
第二章－南島語系的鳥瞰　譯者：李壬癸（前半 pp.30-79），
　　　　　　　　　　　　　黃慧娟（後半 pp.80-124）

第三章－社會中的語言　　　譯者：李佩容

第四章－語音系統　　　　　譯者：黃慧娟

第五章－詞彙　　　　　　　譯者：李佩容

第六章－構詞　　　　　　　譯者：葉美利

第七章－句法　　　　　　　譯者：張永利

第八章－構擬　　　　　　　譯者：鄧芳青

第九章－音變　　　　　　　譯者：李壬癸

第十章－分類　　　　　　　譯者：鄧芳青（前大半 pp.694-749），

　　　　　　　　　　　　　　　　張永利（後小半 pp.749-758）

第十一章 南島語研究學界　　譯者：張永利

參考書目、索引　　　　　　譯者：張永利

　　全書所有章節都譯注完成之後，我們更進一步互相交換審查：李壬癸和黃慧娟、張永利和鄧芳青、李佩容和葉美利，分別向對方提出修訂建議。每人都難免有一些盲點，再經過這種交換審查的程序之後，希望能把錯誤減到最低。

　　葉美利負責編輯工作，指出譯文不一致的地方，再由大家一起討論改為一致。

　　翻譯的過程中，我們常碰到不少問題。例如：（一）語言學術語要怎麼翻譯才妥當？（二）少見的專有名詞（人名、地名、語言名等）要不要都翻成中文？有關語言學術語，我們參考過去國內語言學者一般習慣用的術語。但是我們還碰到許多過去似乎還沒人翻譯過的術語，例如 preglottalized stops 前喉塞化塞音，geminates 疊輔音，implosives 內爆音，linguo-labials 舌尖唇音，不勝枚舉。較常見的專

有名詞，如 Fiji 斐濟，Vanuatu 萬那杜，就採用國人習慣的用法。地圖上所標示的譯音，有些顯然有錯誤，我們就改正了，如 Micronesia 麥可羅尼西亞，Palawan 巴拉灣。我們常會碰到許多從未見過的太平洋島嶼地名或語言名，如果隨意寫成中文譯音，反而令人不知何所指，以後更無從查起。我們認為暫時保留原名，而不用中文譯音較為妥當。我們曾經開過幾次會議，共同研商翻譯的各種問題，一旦有共識就儘量採取一致的處理方式。

本書的體例大致上都遵照原著，尤其是章節號碼，如 2.1，3.2.2，4.3.1.8 以及圖、表號碼等等，以方便讀者查核原文。但是畢竟中英文習慣不盡相同，如斜體字、粗體字這一類細節問題，我們就做了一些必要的調整。原著的註腳都用阿拉伯數字標示，寫在該頁下方，譯者的註解則採圓圈數字 1 2 3 擺在每章末尾處，以便區隔。

翻譯時每一句、每一詞都得細讀，有的時候還得去查相關的資料，才能弄清楚作者的原意。我們也因此發現原文的一些錯字，大都從上下文就能判斷正確的拼寫法是什麼。錯字在譯文中就改正了，而不是照著錯再加註說明。其中只有少數難以索解，連繫了原作者才弄清楚。幸而作者當年仍然健在，否則原意恐怕永遠成謎。我們隨時都跟原作者保持連繫，他說他會修正那些錯字，日後還要再推出新修訂的網路版。他也一再表示感謝之意，這也是翻譯此書的一個意外的收穫。

當年趙元任、羅常培、李方桂三位語言學前輩合作翻譯瑞典漢學家高本漢的《中國音韻學研究》一書（從法文譯成中文），傳為學術界的佳話，因為中譯文勝過原著，訂正了不少的錯誤。我們不敢說可以媲美前輩語言學家的譯書成就，只不過是為南島語言學界盡

一份心力，希望能夠效一點微勞罷了。尚祈各方家不吝指正。

李壬癸、張永利、李佩容、葉美利、黃慧娟、鄧芳青

2020/11/10

致謝辭：

白樂思《南島語言》譯注計畫由科技部補助執行（MOST 107-2410-H-001-105-MY2），本書獲原住民族委員會及科技部人文社會科學研究中心補助出版，特此一併致謝。

譯者特別要感謝兩位匿名審查人仔細看過譯稿，指出缺失和提出改進意見，我們受益良多。

經典譯注計畫專任助理陳羿君小姐，自始至終她都盡心盡力，才使這件繁瑣的工作圓滿完成。此外，感謝黃鈺閔協助撰寫出版計畫書及修訂部分譯文，也要感謝盧佩芊、金韻涵、吳宇甯、貝彩麗、陳杜華婷幫忙部分校稿以及古賀昌和黃陸山協助收集術語的中譯。

感謝何萬順教授提供聯經出版社的聯繫窗口，本書深受聯經出版事業公司發行人林載爵、總經理陳芝宇、總編輯涂豐恩、副總編輯陳逸華、特約編輯李芃、印刷編務吳英哲、封面設計江宜蔚以及菩薩蠻排版公司的支持，從封面設計到各章節的排版，乃至細節的安排都很用心，以上都是我們衷心要感謝的。

很遺憾地，原作者 Robert Blust 於 2022 年 1 月 5 日逝世，沒法看到中譯本的出版，幸好前幾年他還能參與討論，感謝他在譯注過程中協助勘誤內容並留下這本著作給予後人。

李壬癸、張永利、李佩容、葉美利、黃慧娟、鄧芳青

2022/06/14

導 讀

Robert Blust. 2013. *The Austronesian Languages* (revised edition).
Asia-Pacific Linguistics.

關鍵詞：南島語言，台灣，原鄉，分群，歧異，存古，創新

一、前言

讀本書得要有較詳盡的太平洋地區島嶼分布圖，以便隨時查看地理位置。

南島民族是全世界地理分布最廣的民族，約佔全球三分之二的面積，大都在海洋島嶼地區，北起台灣，南至紐西蘭，西至馬達加斯加，東至復活節島。除了台灣之外，南島民族分為兩大部分：東部的大洋洲（Oceanic）和西部的馬來-波里尼西亞（Malayo-Polynesian）。西部的馬來－波里尼西亞包括菲律賓、婆羅洲、馬來西亞、印尼西半部（即大巽它群島：爪哇、蘇門答臘、峇里）、馬達加斯加等。大洋洲分為三大區域：南邊有美拉尼西亞、北邊有麥克羅尼西亞、東邊有波里尼西亞。人口超過四億三千萬人，最多在印尼（二億六千

七百六十萬人），其次是菲律賓（一億六百七十萬人）、馬來西亞（三千一百五十萬人）、馬達加斯加（二千六百三十萬人），而台灣只有五十幾萬人，約只佔總人口的八百分之一。南島語言總數約一千兩百種，在印尼最多（數百種），菲律賓其次，而台灣只有二十種左右。

　　雖然台灣南島語言種數並不多，但是卻最有研究的價值：（一）語言的歧異性最高（Li 2008），顯示它們在台灣的年代縱深最長，最有可能是南島民族的原鄉（homeland）（Blust 1985）；（二）它們保存最多古語的特徵（小川、淺井 1935: 6-9），因此若要構擬原始南島語（Proto Austronesian）必須使用各種台灣南島語言的材料；事實上國際知名南島語言學者，如 Otto Dahl、Isidore Dyen、Robert Blust、Stanley Starosta、Malcolm Ross、John Wolff 等，都是這樣做的。

　　有關南島民族的起源地跟早期如何擴散開來的問題，這是國際學術界咸感興趣的。只有語言學、考古學、遺傳學這三種學術領域能夠提供較可靠的線索，而且是語言學者最先提出台灣就是原鄉，考古學者（如 Bellwood 2021）和遺傳學者（如 Diamond 2000, Chung 2021）陸續找到更多的證據支持這種說法。

　　既然台灣是古南島民族的原鄉，台灣的各種野生動物（含鳥類，如鴿；魚類如鰻）和野生植物（竹、籐、山蘇、茅草、林投、龍葵、菝 、野棉花、魚藤、破布子、松等）便是古人日常生活的必需品，也大都有古南島語的同源詞（cognates）。十九世紀中葉英國博物學家華勒斯（Alfred R. Wallace）發現有些島嶼上的動植物跟亞洲大陸類似，而有些島嶼上的動植物卻跟澳洲相似，這一條分界

後來就叫作「華勒斯分界線」（the Wallace Line）。台灣位在此線以西，許多胎生的哺乳類動物（猴、豬、熊、豹、山羊、鹿、穿山甲等）和稻米都只見於分界線以西。動植物的地理分布後來便成為探尋原鄉的重要證據之一。

　　語言學和考古學的證據顯示了南島民族在台灣定居應該已有五、六千年的歷史了。他們大概來自亞洲大陸東南部沿海一帶，遷移到台灣時為了生活還帶著一些已馴服的動物（狗、家豬）和人工栽培植物（稻米、小米、甘蔗等），無意中也帶來了一些寄生蟲（跳蚤、臭蟲、頭蝨、衣蝨等），以上這些都有古南島語同源詞。

二、作者及譯者簡介

　　南島語言學文獻汗牛充棟，散見於世界各地，並以各種語文記載，荷蘭文、德文、西班牙文、英文、日文，也有以南島語文，如馬來文或印尼文、爪哇文、塔加洛文發表。世上能夠通曉多種語文的人並不多，對於整個南島語系能夠通盤掌握的人更是寥寥無幾。本書作者白樂思（Robert Blust）原職夏威夷大學語言學系教授，他就是舉世難得一見的國際南島語言學權威學者，他花了近三十年的工夫才撰成此一巨著。他的著作等身，專書和論文數百種。曾先後到中央研究院歷史語言研究所客座訪問一年，政治大學語言學研究所客座教授一年，並調查研究邵語多年，編著《邵語詞典》（Blust 2003）及發表若干篇期刊論文。

　　白樂思教授是南島語學界最具權威的學者之一，於 1967 年自夏

威夷大學獲得人類學學士學位，之後改攻讀語言學，於 1974 年自夏威夷大學獲得語言學博士學位，在進入夏威夷大學任教之前，亦曾服務於澳洲國立大學以及荷蘭萊登大學。自 1969 開始，至今發表超過 200 篇的期刊論文、七本專書，以及 29 篇關於南島語研究專書的書評，其專長研究領域涵蓋語音學、構詞學、原始語言構擬、分群假說以及語言與文化等方面的議題，是為多產的著作家，其所發表文章的質與量，可說當今無人能及。其所親自調查過的南島語共有 100 種，區域涵蓋台灣（6）、菲律賓（1）、婆羅洲（44）、東南亞大陸（2）、蘇門答臘（2）、爪哇-峇厘（1）、蘇拉維西（1）、東印尼（5）、麥克羅尼西亞（2）、美拉尼西亞（36），調查時數從 6 小時到 450 小時不等，數量相當驚人。其中，白樂思教授所調查過的台灣南島語包括：邵語、噶瑪蘭語、巴宰語、阿美語、排灣語以及賽夏語，他出版的邵語辭典（1106 頁），內容精深、詞彙豐富，為台灣南島語詞典中的曠世巨作之一。

除此以外，白樂思教授於 2010 年開始與 Stephen Trussel 合作建置南島語比較辭典（Austronesian Comparative Dictionary, www.trussel2.com/ACD），這是開放取用的線上資源，此辭典共有兩萬多筆構擬的原始形式（proto forms），無庸置疑的，這是截至目前為止最龐大的南島語研究計畫，也是白樂思教授書寫本書第八章及第九章時的基礎。白樂思教授對於整個南島語的認識，在當今世代下幾乎無人能出乎其右，本書可謂是作者數十年研究的精華。

譯者李壬癸、張永利、葉美利、李佩容、黃慧娟、鄧芳青都是以南島語言學為專業，從事台灣南島語言調查研究工作 25 年以上，對於原著的了解應該沒多大問題。

三、本書簡介

本書共有兩個版本，第一個版本是 2009 年由 Pacific Linguistics 出版的紙本版本，第二個版本是 2013 年經過作者重新編修，由 Asia-Pacific Linguistics（其前身為 Pacific Linguistics）出版的開放取用線上資源，本譯本依據的版本是 2013 年的線上版本。

這本書是第一本由單一作者寫作，試圖描述整個龐大南島語族的作品，不管在廣度與深度都很難有其他書可以超越，在南島語族 1250 個語言中，本書所提及的語言就有 812 個，在內容方面則是涵蓋了南島語族的環境及文化介紹，南島民族所居住的各個地理區塊都有涉及，並有語言結構的介紹（包括語音、音韻、構詞、句法等）、對文獻上關於南島語研究的發展史、原始南島語音韻構擬、分群的假說等重新評估並提出其看法。

本書除了對首次接觸南島語的讀者提供全面及有深度的介紹以外，對於本身從事南島語研究的學者而言，本書亦促使讀者能從中理解其所研究的語言在龐大的語族中所處的位置，並檢視其所研究的語言結構在廣大語族中的獨特性或其與其他語言的共通性。另外，對於非從事南島語研究的學者，特別是從事歷史語言研究的讀者，本書以實例說明一個語族的親屬關係如何建立，如何構擬原始語言，在當中所需要考量的細節，以及在過程中，不同學者對於相關現象的解釋及論證。

四、南島語言的分群（subgrouping）

美國語言學家薩皮爾（Sapir 1916）在百年前曾經提出這個理論：語言最紛歧的地區最有可能就是一個民族的原鄉。這個理論後來也應用到遺傳學。

語言分群的根據是共同的演變，並且不見於其它相關的語言（exclusively shared innovations）。各家對南島語言的分群差異頗大。最早的分群是法國語言學者歐追古（Haudricourt 1965），他分為北（台灣）、西（西部南島語言）、東（大洋洲語言）三大分群，但沒進一步說明他的根據。

帥德樂（Starosta 1995）根據構詞的證據，認為最早的分群是魯凱語（它沒有焦點系統，而其他語言都有），其次是鄒語，再其次是拉阿魯哇語，這三種語言都在台灣南部。白樂思（Blust 1999）根據音韻演變，分為十大分群，九支都在台灣，另外的一個分群是台灣以外的所有南島語言，稱之為「馬來－波里尼西亞」。羅斯（Ross 2009）根據構詞跟音韻演變，分為四大分群：魯凱、鄒、卑南、核心語（其他所有南島語，含台灣和台灣以外），這些語言也都在台灣南部。因此南島民族的原鄉最可能就在台灣南部最大的平原，台南科學園區考古出土的各種器物（臧振華 & 李匡悌 2013）年代最早的距今超過五千年，可提供進一步證實的證據。

五、南島語系的親屬關係與同源詞

我們如何確定台灣南島語言跟南洋群島的那些語言有親屬關係？歷史語言學者用嚴謹的「比較方法」（comparative method），就是語言之間必須要有一套規律的語音對應關係（regular sound correspondences），經由這種方法所鑑定的「同源詞」（cognate）可以明白顯示它們的親屬關係。數百年前歐洲的航海冒險家就已發現南洋群島那些語言有不少相似之處，尤其是數詞一至十、身體各部名稱、親屬稱謂等，如 lima 指「五」或「手」，mata「眼睛」，ina「母親」，這些就是同源詞，可以證明那些語言有共同的來源和祖先。台灣南島語言跟南洋群島之間的關係是可以確立的，語言學者在兩百年前就已經用科學的方法證明了。

歐洲學者如 Von der Gabelentz、van der Tuuk、H. Kern 運用歷史語言學的比較方法，陸續建立了南島語系的親屬關係。一直到德國學者田樸夫（Otto Dempwolff, 1934-38）才以最嚴謹的方法建立原始南島語的音韻系統以及約兩千個同源詞。可惜他並沒有參考台灣南島語言資料，因此他所建構的只不過是馬來－波里尼西亞的原始語音韻系統。1930 年代日本學者小川尚義陸續發現台灣南島語言保存了許多古語的特徵，如 *t（*表示構擬的）跟 *C 的區分，*n 跟 *N 的區分，*s 跟 *S 的區分，*d 跟 *D 的區分，此外只有若干種台灣南島語言保存的小舌音 q，也應往上推到原始南島語。小川的論著都以日文發表，Dempwolff 才沒用上，非常可惜。

六、南島語言的語法現象

南島語言跟我們一般人所熟知的漢語、英語有一些不同的現象。以下僅舉幾種以作說明：

第一，南島語言的動詞在句首，主語和賓語在後，例如泰雅語汶水方言：

1. m-nubuag   cu'   quaw   ku'   nabakis   ka'   haca
   主焦-喝   斜格   酒   主格   老人   繫詞   那個
   那個老人喝酒了

這個方言名詞前都有格位標記（case markers），標明主格、屬格、斜格等。動詞有標示「焦點」的記號，如 *m-* 是主事焦點，表示以做事的人當主詞。

第二，南島語言修飾語在後。漢語、英語的修飾詞都在名詞之前，如「那個老人」that old man，南島語卻在名詞之後，如上面例句中的 *ka' haca*「那個」出現在 *nabakis*「老人」之後。

第三，南島語言有豐富的構詞現象，除了我們常見的前綴和後綴之外，還有中綴插在語根當中。例如 *qaniq*「吃」，*q<in>aniq-an*「已經吃了」，語根是 *qaniq*，中綴 *-in-*「過去」插在第一個輔音之後，表示「已吃過」，後綴 *-an* 表示另一種焦點—「處所焦點」，其主詞一定不是吃的人，而常是處所或受事者當主詞。

南島語有兩種很常見的中綴，除了 *-in-* 之外，另一是 *-um-*「主事焦點」，以泰雅語汶水方言為例：

2. q<um>aluap   'i'   lahulahu'   i'   yaba'
    打獵<主焦>   處格   山   主格   父親
    父親在山上打獵

這兩個中綴一起出現時，多數台灣南島語言的次序是 *-um-in-*，例如汶水方言：

3. g<um><in>hahapuy   ci   la
    煮飯<主焦-過去>   我／主語   了
    我煮過飯了

下面例句中有前綴 *pa-* 是「使動」動詞，是以構詞手段達成漢語「使…吃」的句法結構，如汶水方言中的例子：

4. pa-qaniq-an   cu'   hiing   ni'   yaya'   ku'   'ulaqi'
    使-吃-處焦   斜格   糖   屬格   母親   主格   小孩
    母親讓小孩吃糖

除了詞綴之外，構詞另一個現象是重疊（reduplication），只有語根會重疊，詞綴不會重疊，而且語根重疊限於兩個音節之內，重疊一個音節（CV- 重疊和 Ca- 重疊）或兩個音節，例如汶水方言 *qaniq* '吃'，*qa-qaniq* '會吃'；*'ulaqi'* '小孩'；*'u-'ulaqi'* '小孩們'；*hiluk* '梳頭'，*ha-hiluk* '梳子'。又如，例句 5：

5. culu-culuh   ku'   bunga'
    重疊-烤.命令式   主語   地瓜
    持續烤地瓜！

可見三種不同的重疊形式各有不同的功能。

第四，人稱代詞形式的變化是有不同的功能：主格、屬格、斜格等，不但分單複數，第一人稱複數又區分包括式「咱們」（包括第二人稱）與排除式「我們」（排除第二人稱）。許多南島語言的人稱代詞有自由式（長式）和依附式（短式）兩種，依附式以 "=" 作記號。例如汶水方言：

6. ma-'usa'=si'　　　　　g<um>lug　　'ihiya'　　qu?
    主焦-去=你／主格　　　跟隨<主焦>　　他　　　　疑問
    你要跟他去嗎？

7. ba-bahiy-un = si'　　　　　cami
    重疊-打-受焦=你／屬格　　我們／主格
    你要打我們

8. baiq-ay = cimu　　　　=niam　　　　cu'　　pila'
    給-未來=你們／主格　　=我們／屬格　斜格　錢
    我們會給你們錢

七、 各章節內容簡介

本書共有十一個章節，以下分別概述：

第一章－南島的世界

本章介紹南島世界的相關地理及人文知識，作為讓讀者接下來更容易了解南島語系的背景內容，包含（一）地理分布、（二）物質環境、（三）動植物、（四）體質人類學、（五）社會與文化背景、（六）對外接觸，以及（七）史前時代。

1.1 就地理分布而言，南島語系主要分布在南半球的島嶼，即使大部分偏西的島嶼均在赤道以北。西部島嶼群主要包含大印尼地區或馬來群島，其北邊較小也較集中的菲律賓群島，以及更北在北緯22 到 25 度，距中國大陸海岸 150 公里的台灣島（福爾摩莎）。以上這些島嶼形成「東南亞」。

傳統上大洋洲分為三大區塊，由西到東分別是「麥克羅尼西亞」、「美拉尼西亞」以及「波里尼西亞」。近年來太平洋考古學家如 Pawley & Green（1973）及 Green（1991）對這樣的分區提出修正，以「近大洋洲」描述太平洋西部較大且可以互望的島嶼；以「遠大洋洲」描述太平洋中部及東部較小且彼此分隔較遠的島嶼。

在印度洋西部的邊緣也有一個孤立的南島世界，即長期與世隔絕的馬達加斯加島。此外，有些南島語言也分布在亞洲大陸，包括馬來半島南部第三大的馬來語，緬甸及泰國西部海岸的莫肯語，越南及柬埔寨七或八種屬於占語群的語言，以及中國海南島上的回輝話（又稱海南占語）。

1.2 就物質環境而言，南島世界的大部分地區位於赤道上下十度以內，算是位處熱帶或亞熱帶。很多島嶼原來是火山所形成的，也是火山活動及地震發生的核心區域。千年來很多南島語族即生長在

與火山為伍的環境中。

在氣候上，大部分地區都有相當多的季節性降雨。位居季風範圍的東南亞島嶼及美拉尼西亞西部，帶雨的強風所形成的季節性變化相當程度影響當地的航行條件和經濟生活。許多大島的低窪地區均炎熱潮濕。瘧疾在美拉尼西亞是一個嚴重的問題。相對的，波里尼西亞較小且偏遠的小島，被涼爽的海水和溫柔的海風包圍著，讓歐洲人視之為人間天堂。雖然同樣的說法也適用於麥克羅尼西亞更小的島，但大多數是環礁。在馬達加斯加及婆羅洲中部的高地偶爾會受到冰雹的襲擊。少數高海拔地區（如紐西蘭或台灣的中央山脈）可以看到雪。

1.3 南島世界的動植物非常多樣。大多數島嶼都有相似的沿岸樹木。植物可分為非食用及食用兩種。重要的非食用植物包括尼帕棕櫚（Nipa fruticans），廣泛使用於製作牆壁和屋頂的西米掌葉。林投樹（Pandanus odoratissimus）則被用來製作覆蓋地板的墊子以及（在太平洋地區）作為獨木舟帆的材料。不同種類的大型竹子在東南亞島嶼被用作運水或烹飪食物的器皿。藤條和各種藤蔓用於捆綁。將魚藤（Derris elliptica）的根粉碎與河水混合則可以用來麻痺水中的魚。

重要的食用植物是椰子，香蕉（Musa sp.），麵包果（Artocarpus sp.），西米棕櫚（Metroxylon sagu），山藥（Dioscorea alata）和芋頭（主要是紫芋 Colocasia esculenta）。稻米在東南亞島嶼的每個地方都很重要，其經濟的中心地位隨著印尼群島往東移而逐漸減弱；西米（sago）取而代之成為重要的主食。

大多數使用南島語言的社會不僅熟悉當地具有特色的陸地動

物，也熟悉熱帶海洋中豐沛的非本地海洋生物。

南島世界的動物生命史與「華萊士分界線」習習相關。西元1869 年英國博物學家阿爾弗雷德羅素華萊士（Alfred Russel Wallace）發表了他稱之為馬來群島（Malay Archipelago）的自然歷史觀察報告。這些觀察中最重要的部分是關於兩個截然不同的動物區域，有趣地劃分了陸生動物和某些鳥類群─西區的動物與東南亞大陸和印度較為相似，東區的動物則與澳大利亞的有較強烈的相似性。後來研究發現華萊士對動物分佈的推論與所測量的海洋深度緊密對應。為紀念其貢獻，世人將此動物地理界線命名為「華萊士分界線」。

1.4 體質人類學方面的研究顯示，南島民族前身的倖存者可能是矮小黑皮膚的菲律賓矮黑人，與強勢的務農菲律賓人以文化共生的模式生活。台灣的長濱洞穴（八仙洞遺址）和其他地方的發現顯示新石器時代前台灣的族群（很有可能是矮黑人）在南島民族抵達之前已經在此生活了數萬年。台灣，菲律賓和印尼西部的大多數南島民族均為改良型蒙古人種。馬達加斯加的人口則為包含矮黑人種，蒙古人種，以及高加索人種的複合混雜體。語言關係和體型的不對稱性顯示摩鹿加群島北部有著複雜的人類定居史。

大多數在新幾內亞和俾斯麥群島的南島民族都有深褐色的皮膚和毛躁的頭髮。美拉尼西亞的南島民族與非南島民族似乎在不知不覺中變成彼此。有些美拉尼西亞的南島民族在體型上反而比較接近東南亞島嶼或麥克羅尼西亞的族群，而非像其他美拉尼西亞地區的族群。在瘧疾較溫和或缺少的美拉尼西亞地區較容易看到淺膚色與直髮或波浪形頭髮。麥克羅尼西亞人的體型與美拉尼西亞人的典型體型差別很大。他們的體型介於東南亞人和波里尼西亞人之間。波

里尼西亞人與多數美拉尼西亞人在體型上至少有以下的差異：較高大，膚色較淺，頭髮較直。年輕男子多數擁有強壯的身形。隨著年齡增長男性跟女性都會越顯豐腴。然而豐腴的身材在波里尼西亞的社會被視為具有文化價值。

1.5 南島社會最單純的型態是狩獵採集型。大多數南島語族都是農民。村莊組織的型態呈現多樣化。最常見的村莊類型是由一群家庭住宅組成，圍繞一個廣場，以及一個用於社會，政治和某些宗教信仰事務的公共建築。單身男子集會所可見於台灣北部，菲律賓，加里曼丹，蘇門答臘，麥克羅尼西亞西部（馬里亞納群島，帛琉）和美拉尼西亞大部分地區。在麥克羅尼西亞中部也有大型的月經房。

經常出現的住屋類型特徵包括：1）山牆屋頂，2）以棕櫚葉蓋的屋頂，3）屋柱抬高，以及使用（通常有缺口的木頭）梯子進入。在台灣北部泰雅族所居住的山區，由於冬季氣溫可以降至冰點，其傳統的住宅是半地下的。同樣往下挖掘地板的居所也見於諸多在太平洋颱風帶的南方族群。南島世界最宏偉的建築物是婆羅洲的長屋。

在南島世界中，船隻是重要的運輸工具。舷外浮架（outrigger）這項獨特的航海穩定裝置在台灣以外的南島語族幾乎普遍存在。雙舷外浮架獨木舟常見於東南亞島嶼及馬達加斯加，也見於美拉尼西亞西部的部分地區，而單舷外浮架獨木舟則只見於太平洋島嶼。

大多數台灣，菲律賓，印尼，以及馬達加斯加的原住民，在經濟上以稻米為主，雖然小米對於台灣原住民族也同等或甚至更為重要。在帝汶周圍相對乾旱的島嶼，玉米在歷史上有段時間是主要作

物。西米在摩鹿加群島大部分地區是主食。山藥，芋頭和其他塊根作物在東南亞的幾個零星的地方以及整個太平洋已成為經濟的核心。

主要零嘴包括檳榔樹（Areca catechu）的果實（即檳榔），將其包裹在沾滿石灰的葉子來咀嚼，還有卡瓦酒，一種將卡瓦胡椒灌木（Piper methysticum）的根部發酵後製成令人放鬆的溫和飲料。雖然在現代世界咀嚼檳榔就像吸煙一樣，卡瓦在許多太平洋島嶼文化中則與儀式和祭典有關。

貿易是大多數南島語言社區之間的主要關係形式。美拉尼西亞的巨大貿易網絡具有社交性質，社區之間透過可以父子傳承的個人貿易夥伴關係來相互聯繫。其中之一是庫拉環（Kula ring）。另一個重要的傳統貿易夥伴關係將現今 Port Moresby 地區的 Motu 語使用者與巴布亞灣周圍講南島語和講巴布亞語的族群聯繫在一起。

印尼東部和蘇門答臘部分地區至少有一些貿易類型與血緣關係和婚姻制度密切相關。印尼東部的親屬及婚姻制度的特點出現以下三個一般特徵：1）單系關係群體（親屬群體定義參考最頂端的祖先），2）優先的母系表親婚姻，和 3）循環婚姻（circulating connubium），即所謂「不對稱交換」。

許多南島語言社會的顯著特徵是社會階層。婆羅洲中西部的許多民族都公認具備貴族、平民和奴隸的世襲階級。奴隸通常是戰爭的俘虜，但也可能是在原出生地負債或是犯重罪的人。在波里尼西亞，高級酋長傳統上被認為充滿了與他接觸的神聖力量（mana 法術力）或他所觸及的任何東西都可能危及平民的生命。麥克羅尼西亞的最高酋長擁有很大的權威性，並且經常在一個廣泛的納貢領域進行統治，但似乎沒有投入祭典性質。相比之下，大多數美拉尼西亞

社會的特點是以獲得的財富為基礎的大人物（bigman）制度，儘管偶爾發現階級。

南島世界傳統宗教觀的重心在於靈魂的安撫。在菲律賓和印尼的非穆斯林和非基督教的社區，疾病通常由女性或者變裝男性的巫師（shaman）來診斷和治療。水稻是有靈體的（馬來語：*səmangat padi*），失去靈體可能會導致其無法發芽。獵首的傳統在東南亞島嶼的大部分地區都很重要。重大的獵首遠征通常與農業循環有關。

1.6 南島民族與外部族群接觸的歷史相當悠久。大約 2000 年前，在東南亞島嶼的南島語族開始感受到來自外部文化和語言的重大影響。這些影響依外部族群在歷史上出現的順序，可以區分為 1. 印度人，2. 中國人，3. 伊斯蘭人和 4. 歐洲人（主要是葡萄牙人，西班牙人，荷蘭人和英格蘭人）。

最重要的早期外部接觸來自印度。大約 2000 年前印度教的神性，王權和國家的概念，以及印度教經文，開始滲透到東南亞大陸和印尼西部。七世紀晚期，以印度的王權及世界觀為基礎的印度教─佛教國家開始出現在蘇門答臘南部。其中最強大的是室利佛逝（Srivijaya）。在隨後的幾個世紀中，在印尼的印度教─佛教國家形式從蘇門答臘南部轉移到爪哇島，並在那裡以滿者伯夷（Majapahit）王國達到了頂峰（1293 年至十六世紀初）。

中國與菲律賓的接觸始於北宋時期（960-1126），雖然持續的貿易關係之後才出現。相較於先前的接觸，如與印度人的接觸引進了書寫系統，建築風格，國家和宗教觀的概念；與阿拉伯人的接觸則是引進各種宗教及法律觀念，島嶼東南亞與中國的接觸主要是商業性質。

阿拉伯商人早在至少公元十世紀時即開始造訪蘇門答臘的北部海岸。隨著伊斯蘭教於十四世紀初在蘇門答臘日漸穩固，並從那裡產生講馬來語的傳教士。伊斯蘭教在菲律賓的滲透主要來自汶萊蘇丹國的馬來傳教士，並導致了許多馬來語，梵語和阿拉伯語借詞不僅進入菲律賓南部的語言（今天伊斯蘭教仍存留的地方），也進入中部以及菲律賓北部的語言。

　　歐洲與南島語族的接觸至少可以追溯到 1292 年，當馬可波羅從中國回程時曾在蘇門答臘停留，然而語料的收集直到十六世紀初才開始。1521 年，義大利麥哲倫探險隊的編年史家 Antonio Pigafetta，在菲律賓中部的宿霧島紀錄了約 160 個詞彙。荷蘭在福爾摩沙（1624-1662）的存在源於商業動機，最初僅限於荷屬東印度公司與當地生產商或經銷商之間的貿易。荷蘭的傳教活動以及隨之將福音書翻譯成當地語言的工作，由於 1662 年荷蘭人從福爾摩沙被驅逐之後而打斷。

　　1834 年威廉馬斯登 William Marsden 肯認一個廣遠語系的存在，包括馬來西亞語，馬來群島的語言和東部太平洋的語言。他稱前者為「近波里尼西亞」，後者為「遠波利尼西亞」。1906 年奧地利語言學家和民族學家威廉·施密特（Wilhelm Schmidt）將「馬來─波里尼西亞語系」（Malayo-Polynesian family）改名為「南島語系」（Austronesian）（南方島嶼）。美國語言學家 Isidore Dyen 發表了南島語言的親屬關係分類（1965a）。從中他建議將「南島」用於整個語系，而「馬來─波里尼西亞」則用於以詞彙統計所定義的分支。

　　1.7 雖然東南亞島嶼的人類歷史可以追溯到一百多萬年前，但只有最近幾千年才與南島民族的遷徙有關。在爪哇發現了非常古老的

人類祖先遺骸，包括著名的爪哇人（直立人）碎片。

　　早在距今 47,000 年的舊石器時代遺骸也來自菲律賓中部的 Tabon 洞穴，砂勞越北部的 Niah 洞穴，台灣的東海岸的長濱洞穴，以及蘇拉威西島上的 Leang Burung 巖壁。其中一些是在仍屬於大陸陸棚一部分的地區（台灣，婆羅洲）發現的。在最大冰河期時這些地區是暴露在外的乾旱土地。而這些新石器時代前的人類很可能以步行到達他們被發現的地點。

　　迄今為止在東南亞島嶼發現最早的新石器時代文化是繩紋陶傳統，稱為「大坌坑」。因此台灣最早可確定的新石器遺址的年代聚集在距今約 5,500 年前（Tsang 2005）。貝爾伍德 Bellwood（1997：208-213）曾暗示在台灣建立的新石器時代文化，最合理的來源可能是來自長江下游的水稻種植考古文化，即位於杭州灣南岸的河姆渡遺址，且已經充分證明距今約 7,000 年前。

　　新石器時代文化在西太平洋似乎是突然地出現。目前太平洋上或是整個南島世界最值得注意的陶器類型是拉皮塔（Lapita）陶器。太平洋考古學家稱之為拉皮塔文化，拉皮塔祖居地，甚至拉皮塔族群（Kirch 1997）。拉皮塔陶器在東加地區被發現的最早層次大約距今 3000 年，然而其所顯示的裝飾圖案已逐步簡化，直到距今 2000 年左右完全消失。斐濟保留了陶瓷傳統，雖然裝飾風格可以理解地經歷了許多變化。波里尼西亞文化的特色可以被稱為「後拉皮塔傳統」（post-Lapita traditions），因其衍生自製作這種獨特陶器的文化。

　　南島語族一直是地域擴張的人口；波里尼西亞大三角的定居只是過去三千年來遠離亞洲後，這種長期移動歷史的最新表現。正如在南島語族到達之前，澳大利亞人或矮黑人也曾可能普遍存在於東

南亞島嶼地區，因此，在今天以其他群體為主流的地區，也可能曾經存在過南島語族。

第二章－南島語系的鳥瞰

　　南島語系的鳥瞰包括（一）語言的分群、（二）語言與方言、（三）國家語言與通行語言、（四）語言的地理分布、（五）語言人口數及其研究現況，這五大項目。語言的分群都是按照作者的分群，總共有十大分群，其中九大分群都在台灣，台灣以外的全部歸屬於馬來-波里尼西亞語群，下分西部馬來-波里尼西亞語群和中東部馬來-波里尼西亞語群。大洋洲語群是屬於東部馬來-波里尼西亞語群的兩大分群之一。

　　一般都說南島語言總共有一千多種語言，其實語言總數很難說定，最大的困難是語言跟方言之間的界限難以釐清。台灣到底有幾種南島語言也無法說定。

　　南島民族國家都有明文規定的國家語言或官方語言，在許多小島國，英語仍然是最通行和強勢的語言。表 2.1 分十幾個地區介紹，作者列舉各島國國名、面積、人口、國家語言，讓人一目了然。

　　語言的地理分布佔最大的篇幅：台灣、菲律賓、婆羅洲、東南亞大陸、印尼、新幾內亞等十幾個地區的南島語言，都分別說明（一）研究簡史、（二）語言分布、（三）類型簡介。族群人口跟族語使用人數常有很大的差距，後者的數字並不太可靠。從作者撰寫本書以來，又過了將近二十年，各地區族語消失的情況遠比本書所描述的還要糟得多了，除了台灣以外，其他地區大都列舉十種人口

數最多以及十種人口數最少的語言，看起來很醒目。

佔地最廣的是印尼（總人口超過二億六千萬），有上萬個島嶼，西起蘇門答臘，中經婆羅洲島的絕大部分地區，東至新幾內亞西半部，東西兩地之間有好多個島群，包括蘇拉威西，語言總共有好幾百種之多，其中還有很多語言還沒好好調查研究過。其次是菲律賓（總人口一億），有七千多個島嶼，語言有 175 種。其它島國的面積、人口、語種的規模都小得多，包括帝汶、斐濟、索羅門群島、萬那杜、薩摩亞、麥克羅尼西亞聯邦、東加、吉里巴斯／吐瓦魯、馬紹爾群島、帛琉、庫克島、諾魯等十幾個島國。語言依地理區域的不同來說明各地區的各種南島語言，包括台灣、菲律賓、婆羅洲、東南亞大陸、印尼大巽它群島、蘇拉威西、小巽它群島、摩鹿加、新幾內亞及其衛星島嶼、俾斯麥群島、索羅門群島和聖克魯斯群島、萬那杜、新喀里多尼亞和忠誠群島、麥克羅尼西亞、波里尼西亞、斐濟和羅圖曼等各地區的各種南島語言，林林總總令人目不暇給。那些地區的南島語言絕大多數彼此差別都不太大，遠不如台灣南島語言差別那麼大。它們有不少語言彼此還可以溝通，而台灣南島語言之間卻絕對不可能溝通，台灣南島語言跟其他地區的任何南島語言更不可能溝通。只有雅美語跟巴丹群島的語言彼此可以溝通，然而雅美語並不屬於「台灣南島語言」（Formosan languages）。

第三章－社會中的語言

本章旨在對南島世界中語言使用的社會情境進行廣泛的概述，包含 1）以階級為基礎的言語差異，2）以性別為基礎的言語差異，3）

謾罵和褻瀆，4）秘密語言，5）儀式語言，6）接觸，和 7）語言大小的決定因素。

3.1 本節介紹以階級為基礎的言語差異，包含島嶼東南亞的語言級別（speech levels）以及波里尼西亞和麥克羅尼西亞的禮貌語言（respect languages）。

爪哇語區別 *alus* 和 *kasar* 的對比。與 *alus* 有關的行為是精緻的，克制的，安靜及柔和的；而 *kasar* 的行為恰恰相反。在爪哇語中，以口說來滿足 *alus* 理想的方式是透過使用適當的「語言級別」，有時稱為「語言語體」（speech styles）。爪哇的語言級別均有名稱。基本的區別在於 *ngoko* 和 *krama*（[krɔmɔ]）。傳統的爪哇社會禮儀是複雜的，其相關語言也反映了這種複雜性。一些互動情境的社交動態常常曖昧不明，有時很難決定應該使用 *ngoko* 還是 *krama*。Robson（2002：11）指出，*ngoko / krama* 的區別至少可以追溯到十六世紀初期。他推測表達尊敬的詞彙似乎是南島語言非常古老的元素。

麥克羅尼西亞和波里尼西亞的敬意語言（respect languages）為一些太平洋島嶼社會用來與大酋長交談或對話的特殊詞彙。例如 Pohnpeian 語的一種敬意語言或高尚語言系統，與其傳統政治體制內的頭銜標記等級密切相關。

語言層級也見於波里尼西亞西部的薩摩亞和東加。如同爪哇語及 Pohnpeian 語，這些層級主要或完全由詞彙變體來標記。米爾納（1961），就薩摩亞的這個現象提供了最全面的描寫，區分五個層級由詞彙所標記的禮節：1）粗俗（或不雅），2）口語（或俚語），3）日常（或普通），4）禮貌（或恭敬），5）最禮貌的（或最尊敬的）。

2.2 本節介紹南島語言中以性別為基礎的言語差異，並就已發表

的報告指出有以下兩個語言群：越南沿海的占語（Cham）和台灣北部的泰雅語。

Li（李壬癸）（1980b，1982a）描述了一種普遍的詞彙差異系統，區分了台灣北部使用的兩種泰雅語方言中男性和女性的用語。他歸類可以從語料中提取的衍生模式，並顯示女性形式比男性形式更為保守。根據約 1500 個詞彙基底的語料庫，他發現有 107 對單詞可區分為男性相對於女性。泰雅族男性用語的起源仍不清楚，儘管最合理的假設是它起源於男性使用的秘密語言（Li 1983）。這可以解釋一個事實，即許多詞彙項目的創新形式最初是男性發言者的專有特權。

另一個南島語言基於性別的語言差異是越南占語（Cham）的男性／女性差異。通常差異是在音韻，但也可能是詞彙。占語的男性用語與女性用語之間的語音差異往往是由於兩性無法平等地取得以傳統印度語為主的占語經文；這些經文通常是對男性開放但對女性不開放的知識領域。男性用語的保守性是可能是以文言文發音的直接結果。

3.3 本節介紹南島語中關於謾罵和褻瀆的語言題材。例如，Mintz（1991）報導了 Bikol 語中大約五十個單詞的特殊詞彙，僅用於表達憤怒，有時甚至是開玩笑。根據 Mintz 的說法，在其他語言使用者可能使用褻瀆用語的情況下，Bikol 語使用憤怒詞。不同之處在於，雖然褻瀆的指稱通常是厭惡，社會世故或崇敬的對象，但憤怒詞的指稱與它所取代的一般語言等同詞的指稱相同。

由於其所使用的語境，Bikol 語的憤怒詞很容易與褻瀆混淆。然而，謾罵和褻瀆似乎是截然不同的概念。首先，謾罵是透過對普通

詞彙進行詞彙替換來表達，而非透過與性、生殖器（特別是收話者近親的）、糞便、動物名稱的辱罵，超自然等有關的普通詞（無論社會上如何污名化的）來表達。其次，雖然兩者都是咒罵，但褻瀆通常針對的是對話者（通常帶有相關的代名詞），或者是因為對一種情況的不滿而憤怒或沮喪地大喊大叫，而謾罵則表示對另一個人或一種情況的不滿，通過詞彙選擇具標記性的用語語域。

南島語言關於褻瀆的內容均牽涉到以下的幾個範疇：1）生殖器官及其他身體部位，2）性交，3）糞便，4）動物，5）愚蠢，6）不平衡的身心狀態，7）對自己咒罵。

3.4 本節介紹秘密語言。關於南島語系的秘密語言，最早且最正式的報導之一是 Conklin（1956）對於「塔加洛的言語偽裝」簡短但內容豐富的描述。這種「豬-拉丁語」式的塔加洛語專有名詞稱為 *baliktád*，在其他語境下，這意味著從內向外，顛倒，倒置或向後。Conklin 強調，他所描述的言語偽裝選項的範圍不僅僅是一個人通常的命令，而且系統必然總是處於不斷變化的狀態，因為只有不斷創新才能保持其努力實現的保密功能。

Evans（1923：276-277）則提供他在馬來西亞的 Negri Sembilan 地區所採集到的語料，並稱之為「馬來反向俚語（*chakap balek*「反向語音」）」。Evans 認為，當他們希望在他們的長輩和更好的人之前，或者在不上道的同伴面前談論秘密時才使用，而只有不懂分寸的馬來小孩才會隨意使用 *chakap balek*。

另外，Dreyfuss（1983）描述了一種秘密語言，出現在 20 世紀 70 年代後期的雅加達青年之間。雖然這主要是一種口頭暗語（argot），但在某些情況下它已形成書面文字。他稱這是雅加達青年（JYBL）

的反向語言（backward language）。值得注意的是，這三種情況中的每一種（塔加洛語，傳統馬來語，雅加達當代印尼語的現代使用者）都將言語偽裝描述為反向言語。

許多使用南島語言的社會亦有關於狩獵和捕魚等特殊語言的報導。例如 van Engelenhoven（2004：21）指出 Luang 語有特殊的詞彙用來指涉在海上被捕獵的動物，如僅用於珊瑚礁魚類的替代名稱。Grimes and Maryott（1994）則描述了印尼各地僅用於狩獵和捕魚環境的一些用語語域。地域限制的禁忌要求說話者在島嶼的特定地區使用替代詞彙來指稱特定的物品。在 Buru 島上發現的語言禁忌是最引人注目的例子。據說與該島西北部的一個名為「Garan」的無人居住區域有關。這裡除了 Buruese 語之外的任何語言都是可以接受的。由於這種禁忌，即使音韻上和語法上像 Buruese 語，但詞彙上卻是截然不同的「語言」因而產生。這個名為「Li Garan」的語域沒有母語使用者，但由布魯中部 Rana 拉納地區的男女所使用，且從他們孩子小時候就傳授給他們。在狩獵語言中，禁忌通常被描述為僅應用於獵場裡。

3.5 本節介紹儀式語言。南島語言中最早為人所知關於儀式平行結構的使用是在 1858 年由瑞士傳教士奧古斯特・哈德蘭（August Hardeland）所紀錄位於婆羅洲東南部的 Ngaju Dayak 語。Fox（2005）引用文獻，提及許多南島語言中使用典型「平行結構」的類似儀式語域，其中包括婆羅洲西南部的 Kendayan 語，Mualang 語和伊班語，沙勞越北部的 Berawan 語，沙巴西部的 Timugon Murut 語，馬拉加斯語，蘇拉威西北部的 Bolaang Mongondow 語，蘇拉威西中部的 Sa'dan Toraja 語，蘇拉威南部的 Buginese 語，以及台灣東南部的

卑南語等等。

3.6 本節介紹語言接觸所衍生的相關議題，包含 1）普通移借，2）語言區域，3）語言層，4）語碼轉換，以及 5）涇濱語化（pidginisation）與克里奧語化（creolisation）。

1）印尼西部與印度文明重要且密集的文化接觸始於大約 2000 年前。Zoetmulder（1982）編寫了一本 2,368 頁的古爪哇語詞典，指出梵語對古爪哇語的影響是巨大的。在這本詞典超過 25,500 個的詞條中，有超過 12,600 個，幾乎是總數的一半，可以直接或間接地回溯到梵語原文。在許多菲律賓的低地語言（lowland languages）也可以找到梵語借詞。這幾乎肯定是經由與馬來人的接觸所獲得的。

伊斯蘭教在十三世紀末期引進。雖然阿拉伯語的影響在任何一種南島語言中似乎都沒有像古爪哇語中的梵文那麼強勢，但現代馬來語和爪哇語中的阿拉伯語借詞在許多方面仍比古老的梵語借詞顯著。Jones（1978）在印尼語／馬來語中列出了 4,000 多個阿拉伯語借詞，並指出常常無法弄清楚到底具有阿拉伯語來源的特定詞彙是直接從阿拉伯語借來的，還是經由波斯語借來的。菲律賓的許多語言都有阿拉伯語借詞，特別是以穆斯林為強勢族群的南部地區（明答那峨島和蘇祿群島）。其中大部分似乎也是經由馬來語獲得的。馬達加斯加的語言馬拉加斯同樣擁有一些梵語和阿拉伯語借詞，這些借詞似乎主要來自與室利佛逝馬來語（Adelaar 1989）使用者的早期互動。

儘管菲律賓和印尼西部的語言族群與講閩南語（在東南亞通常稱為福建話）的南方華人之間有相當漫長的接觸，但漢語借詞在南島語言仍然很少見。最容易想到的例子有伊洛卡諾語 *bakiá*「木鞋，

木屐」或馬來語 *bakiak*「木鞋，皮底木鞋」）。漢語借詞往往在物質文化和商業領域佔據重要的地位。

在島嶼東南亞和太平洋的許多南島語言中，來自歐洲語言的借詞也很豐富。菲律賓的語言和查莫洛語借了很多來自西班牙語的借詞（別的不說，連查莫洛語的本土數詞都完全被西班牙語數詞所取代）。菲律賓的語言均借用西班牙語名詞的複數形式。此後不久，半島馬來語接觸到英語，蘇門答臘的馬來語和爪哇語則接觸到荷蘭語，這種模式持續了三個多世紀。在最近幾年，英語借詞也已被印尼語所接受。

移借也自然地發生在從具有南島來源的語言借到屬於其他語系的語言。例如荷蘭語和英語等歐洲語言經由長達幾個世紀與馬來世界的接觸，也獲得了許多詞彙。在英語中包括 *orangutan*「猩猩」（馬來語 *orang hutan*「樹林之人」）。

2）語言區域（Sprachbunde）的出現是因為結構特徵在屬於不同語系之間或是同一語系不同分群之間擴散。在南島世界中最明顯且大型的語言區域例子見於占姆語分群（Chamic）。有些南島語言屬於較小的語言區域，而這些區域是相鄰且具有親屬關係的語言之間傳播的結果。其中一個區域是台灣中南部，那裡有預先喉塞音化唇音及齒音，且使用的語言分屬於南島語系的三個主要分支：邵語（西部平埔語群），布農語（獨立語群）和鄒語。對這些語言來說，這個語音特徵是獨特的，且形成地理上連續的區塊，因此幾乎可以肯定這是擴散的產物。

3）當移借在一段時間內相當密集發生時，可能導致詞彙的分層。在南島語系中，Dempwolff（1922 年；在 Dempwolff 1937：52

中進一步闡述）最先報導了 Ngaju Dayak 語的語言層，其中大多數不規則的音韻發展歸因於舊語言層（OSS；Old Speech Strata）。羅圖曼語也有兩個語言層。Biggs（1965）將之標記為階層 I 及階層 II。基本詞彙的大量移借在某些接觸情況下是有可能的，但非基本的意義的借詞比例會大於基本的意義。

Tiruray 語分布在民答那峨島西南部的山區，有兩個不同的語音層。Tiruray 語的相應數字至少是基本詞彙中有 29% 的 Danaw 語借詞，佔全部借詞的 47%（Blust 1992a：36）。

台灣中部山區日月潭沿岸的邵族存在著兩個不同的語言層。大多數邵語借詞的來源語言為布農語，大多集中在與婦女有關或婦女的傳統活動，以及與這些活動相關的物質文化等語義範疇。

4）關於南島語言之間的一些語碼轉換研究包括 Nivens（1998）和 Syahdan（2000）。Nivens（1998）認為，位於摩鹿加群島南部阿魯群島的 West Tarangan 的母語使用者，在他們的語言，印尼語和當地的摩鹿加馬來語 Dobo Malay 之間進行口頭和書面言談的語碼轉換，以達到經由單獨使用單一語碼無法實現的語言效果，顯示語碼轉換提供了一種擴大個人語言庫的方法。第二項研究描述了受過教育的薩薩克人如何在高尚薩薩克語或普通薩薩克語，以及印尼語之間進行語碼轉換。這取決於談話的主題，或者對話者之間的感知關係或熟悉程度。另外，在菲律賓和在美國的許多菲律賓人在塔加洛語和英語之間進行了相當自由的語碼轉換，產生了一種被幽默地稱為 Taglish 的語言風格。

5）由於種植勞動政策，十九世紀的南島世界產生了幾種涇濱化英語的變體。所有這些都出現在太平洋地區。含有南島語內容的最著

名的涇濱語言是巴布亞新幾內亞的國家語言「講涇濱（Tok Pisin）」。講涇濱的詞彙庫主要的來源是英語，然而其語法通常是大洋洲的語言。Mosel（1980）認為講涇濱的語法結構及其詞彙的一小部分來自Tolai 語，為新大不列顛島的瞪羚半島（the Gazelle Peninsula）的主要通行語。講涇濱的詞彙顯示在許多情況下，移借的英語詞素在音韻和語義上都適應了大洋洲的底層語言。

美拉尼西亞涇濱英語有三種方言：巴布亞新幾內亞的「講涇濱」，所羅門群島的「所羅門涇濱（Solomons Pijin）」和瓦努阿圖的Bislama 語。Bislama 語在原地發展而來，而另外兩個在其家鄉以外發展，後來由歸鄉的種植園工人引入，其中許多人學習了「薩摩亞農場涇濱語（Samoan Plantation Pidgin）」。所有學者都強調美拉尼西亞的涇濱英語是一種不斷發展的語言。

關於克里奧語是否有任何南島「詞彙提供語言」（lexifier languages）的問題是比較令人困擾的。馬來語一直是東南亞島上重要的通行語，一些學者曾提出 Bazaar Malay 是克里奧語，並成為印尼和馬來西亞國家語言的基礎。Collins（1980）對這種解釋提出了異議，他認為這些國家語言的基礎不是所謂的 Bazaar Malay，而是經典的文學馬來語，為了加強其心理基礎，長期地被刻意加入口語元素。馬來克里奧語的第二個例子是斯里蘭卡馬來語，在至少五個不同的社區中使用，部分來自在荷蘭和英國殖民時期引進的勞動者。馬來語提供了詞彙來源，而語法結構則已適應於僧伽羅語（Sinhalese）和泰米爾語（Tamil）。

3.7 本節討論決定語言大小的因素。南島語言的大小明顯多樣。西太平洋地區普遍存在較小的語言，而規模較大的語言則分布在斐

濟和波里尼西亞大三角。

　　針對「什麼決定語言大小？」這個問題，至少有三個非社會因素與答案有關。首先，由移民群體定居的可用領土大小無可避免地對語言規模施加了上限，如麥克羅尼西亞的環礁環境，語言社區可能位於不到三平方公里的土地上。這又與隔離有關，因為在相鄰的環礁上仍可能使用相同的語言，但隨著距離增加，這種可能性會迅速下降。第二，土地的承載能力，與其面積無關，對人口規模設定了上限，因此也同時對語言規模設定了上限。在食物資源貧乏的地方，即使領土規模允許，語言社區也不可能很大。第三，定居的時間長度顯然是決定同質性喪失的一個重要因素，這反過來又減少了語言社區可能具有的規模，如果語言分化沒有發生的話。

　　美拉尼西亞許多小型的南島語言都出現在沒有世襲酋長制度的地方。在這種「大人物」社會中，政治權力是來自成就，而非歸因於出生條件，並且通常不會超越村落的等級。由於社會政治整合的層級較低，這樣的社會比起那些能夠統治大片領土，指揮勞動力，通過征服擴大本土領域等至上的酋長社會，往往呈現較大的語言分裂。

第四章－語音系統

　　詳細描述了南島語言的語音及音韻。作者為了方便說明，首先劃分出十五個地理區域（另參考§2.4），檢視各個區域內語言的音位庫，接著以主題分類，跨區討論南島語言的音韻特徵。

　　在音位庫方面，一般來說，南島語言的音位平均總數比世界上

其他語言小，其中 90% 的音位總數介於 19 個到 25 個之間。文獻紀錄中，南島語音位總數最多的是新喀里多尼亞東北部的內米語（Nemi），有 43 個輔音及五個元音。新喀里多尼亞的其他地區和忠誠群島的語言、以及東南亞大陸的一些占語，也都有相當多的音位。音位最少的南島語言稍有爭議，可能是新幾內亞東南部的美幾歐語西北方言，只有七個輔音及五個元音。

各個區域的南島語言各有其特色。台灣（§4.1.1）南島語言的音位庫彼此之間有相當的差異，但許多仍保留了原始南島語的四元音系統。邵語有七個摩擦音音位，佔輔音總數約三分之一，在南島語中極為少見。菲律賓（§4.1.2）語言最獨特的語音類型特徵是重音具音位性，這在南島語言中不常見，但在許多菲律賓語言都是如此。婆羅洲與馬達加斯加（§4.1.3）的語言屬於同一分群。婆羅洲語言的語音相當多變，例如 Narum 語，除了有出現在詞首、詞中和詞尾的一般鼻音之外，還有一套僅在詞中位置出現的後爆鼻音。東南亞大陸（§4.1.4）的南島語言音位庫相對而言較大。例如占語的元音庫比原始南島語的四元音系統擴展了許多，這有一部分歸因於與元音系統極為豐富的孟高棉語接觸的結果。在印尼西部的數個島嶼（§4.1.5），有許多語言表現出在南島語言中相當罕見的音韻特徵。例如蘇門答臘的亞齊語有氣息輔音（breathy consonants）及後爆詞中鼻音。蘇拉威西島（§4.1.6）大多數語言的音位庫給人的第一印象並無特別之處，但是詞首的前鼻化阻音在該地區廣泛存在，這一點有別於東南亞島嶼多數其他南島語言；另一個顯著的類型特徵，是雙元音和央中元音相當罕見。小巽它群島（§4.1.7）語言主要的類型特徵在東南亞島嶼的其他地方也有，但有兩個明顯的例

外，其中一個例子是東帝汶的 Waima'a 語，有四個系列的阻音，其中不送氣清音/p t k ʔ/和送氣清音/pʰ tʰ kʰ/呈現對比，而對比送氣音在南島語言中是很少見的。有關於摩鹿加群島（§4.1.8）相關的研究不多。這一區已知至少有 Ma'ya 和 Matbat 兩個聲調語言，具有真正的詞彙聲調。新幾內亞（§4.1.9）地理遼闊，有大量的巴布亞語和南島語言，因此該區的語言有相當大的類型變異。俾斯麥群島（§4.1.10）的語言有幾個罕見的類型特徵，例如馬努斯島的許多語言有前鼻化的雙唇和齒齦顫音。索羅門群島（§4.1.11）的一部分語言比起一般的大洋洲語言具有較多的擦音。萬那杜（§4.1.12）中北部的一些語言有一系列的舌尖唇音或舌唇音，是此區域最顯著的語音特徵。新喀里多尼亞和忠誠群島（§4.1.13）這個區域不尋常的一點是許多語言的輔音送氣具有對比性。另外，新喀里多尼亞有數個聲調語言，其聲調似乎純粹來自於系統內部的演變，而非透過與其他聲調語言的接觸產生。麥克羅尼西亞（§4.1.14）的語言，因為歷史上由幾次非常不同的遷移而來，這個區域的語言類型不甚一致。核心麥克羅尼西亞語言最明顯的特徵之一，是元音與相鄰輔音的特徵普遍相互影響。中部和東部太平洋島嶼（§4.1.15）上的波里尼西亞語言，音位庫遠遠小於一般的南島語言，而且越往太平洋東部、音位的數目越少。

作者進一步檢視多個音韻議題，包括輔音和元音在詞素內的分布、前鼻化阻音應該分析為單個音位或輔音串、帶音位性的疊輔音、典型的詞素和單詞大小、以及南島語中常見的音韻規律等主題。雖然各個語言差異很大，但仍是有一些共通之處，像是大多數南島語言的詞基主要是雙音節，單音節和多音節詞較少，缺乏元音

前及詞尾的央中元音、元音序列大多限於兩個元音、不允許連續音節帶有不相似的唇音、元音鼻化很少具音位性、重音靠近詞的右緣等傾向。較主要的音韻規律，包括三種台灣南島語言的嗞　音同化（§4.3.1.2）、由鼻音聲母所驅動的元音鼻化（§4.3.1.3）、所有西部馬來-波里尼西亞語言和一些其他南島語言中幾乎都有的鼻音替換（§4.3.1.5）、詞尾輔音或詞尾元音的交替、包括主題輔音／主題元音的出現或消失（§4.3.1.8、§4.3.2.7）、倒數第二位置之前的元音弱化和刪除（§4.3.2.2）、加綴時或當倒數第二個元音為央中元音時的重音向右移轉（§4.3.2.3、§4.3.2.4）、夾在輔音之間（VC_CV）不帶重音的元音刪除（§4.3.2.6）、最小詞長限制引發的元音延長（§4.3.2.9）、以及出現在許多南島語言的換位規律（§4.4）。

　　本章討論音位庫的部分，因為如何區分單個音位及輔音串在好幾個語言有爭議性，因此作者需要檢視之前的文獻的分析、討論前人分析中可能產生的問題、並呈現作者自己的觀點。這些論證在音韻學理論原本就有許多探究的空間，不同的學者對於是否可用某一現象論證是單音位或輔音串可能有不同意見，因此在閱讀這些段落時可能會較為吃力。例如§4.2.3 小節檢視爪哇語是否有一系列的前鼻化阻音音位，作者認為應該將這些音分析為含鼻音加上塞音的輔音串、而非單個音位。這些關於音位分析的討論，有些仍舊沒有定論，待後續研究。總括言之，本章對於南島語言語音及音韻的概況以及數個主要的議題提供了豐富的語料及參考文獻，對於讀者應該相當有幫助。

第五章－詞彙

　　本章探討南島語言中詞彙語料的共時和歷時層面，並將這些與語言學中更廣泛的議題聯繫起來。詞彙庫涉及語言結構的所有特徵，然而基於實用目的，有必要將討論局限於少數的主題，包含：1）數詞和數詞系統，2）數詞類別詞，3）顏色術語，4）指示詞、處所詞、方位詞，5）代名詞，6）隱喻，7）語言名稱和問候，8）語意變化，9）詞彙變化，和 10）語言古生物學。

　　5.1 本節介紹數詞和數詞系統，包含 1）結構完整的十進位計數系統，2）結構修正型十進制系統，3）非十進制計數系統，4）音節首的「順串」，5）較高的數詞，6）具衍生性的數詞，包含帶有屬人指涉的數詞，以及其他衍生數詞。

　　1）原始南島語（PAN）有一個十進位計數系統，幾乎很少創新，且即使有出現創新的數詞系統也不影響計數的十進位基數。絕大多數南島語言都有這種共通類型的系統。

　　2）結構修正型十進制數詞系統（有時稱為「不完美的十進制」系統）保留了基本的十進制結構，但是一些數詞是加法，乘法或減法的創新結果（但從沒有除法）。例如，一些台灣南島語具有十進制系統，其中「6」= 2x3 和/或「8」= 2x4，單獨或與附加數詞組合。第二種結構修正型十進制系統是利用減法數詞的系統。

　　3）五進制計數系統的一些特徵在南島語言四處可見。然而，發展健全的五進制系統卻很少見，其中大部分都存在於美拉尼西亞。一些在 Efate 島、Shepherd 群島以及瓦努阿圖中部及中南部的 Epi 島和 Paama 島上所使用的語言擁有五進制系統，其結構為 1、2、3、

4、5、6、5+2、5+3、5+4、2x5。雖然這似乎與這些語言從遙遠的共同祖先所承襲的十進制系統大相徑庭，但在新幾內亞的一些南島語發現了數詞系統中更為激烈的創新，清楚地反映了巴布亞語言接觸的影響。

4）許多藏緬計數系統有多達 7 或 8 個具有相同起始音的連續數詞這樣的「順串」。這種現象在南島語言中似乎沒有那麼高度發展，但偶爾也會出現。例如在邵語，規律的語音變化應會產生 1）*ta*、2）*shusha*、3）*turú*，但是這種在韻律上不怎麼順的開頭被改為 1）*tata*、2）*tusha*、3）*turu*，有三個連續形式以 t 起始，以及重覆的倒數第二音節重音。

5）東南亞島上的大多數馬來波里尼西亞語言和太平洋地區的少數民族語言反映了 *Ratus「100」。與此形成鮮明對比的是，台灣南島語言具有許多不相關的形式。洪雅語 *matala gasut*「100」（matala =「一」）似乎與台灣以外的形式同源，並指向原始南島語 *RaCus「100」（Tsuchida 1982: 40）。然而，這是唯一已知可能與原始馬來波里尼西亞語 *Ratus 相關的台灣南島語詞彙。「1000」的單詞可以在多種語言中找到，但這些單詞通常都是移借的。在島嶼東南亞地區，「10,000」及 10 的倍數通常是從非南島語言來源借來的，如邵語、賽夏語 *ban*、泰雅語 *maŋ*「10,000」（來自台灣閩南語）、馬來語 *laksa*「10,000」或 *juta*「1,000,000」（來自梵文）。

在大多數南島語言中，數詞 11-19 乃是經由加法（10＋1 等）形成，而 20-90 則通過乘法（2×10 等）形成。10 的倍數有時包括反映原始馬來波里尼西亞語 *a 或 *ŋa 的連繫詞。關於數詞 20-90 的證據，由 Zeitoun, Teng & Ferrell（2010）提出以下的構擬形式 *mapuSa-N「20」、*ma-telu-N「30」、*ma-Sepat-eN「40」、*ma-lima-N「50」、*ma-enem-eN「60」、*ma-pitu-N「70」、*ma-walu-N「80」和 *ma-Siwa-N「90」。

6)「具衍生性數詞」涵蓋經由加綴法而形成的所有非基數數詞，包括重疊。其中最重要的有：1）用於計算人數的數詞、2）序數、3）分布數詞、以及 4）加乘性數詞。

算 [+屬人] 或不太常見的 [+活的] 指涉物由 Ca- 重疊形成。雖然可以為原始南島語/原始馬來波里尼西亞語構擬兩組，但很少有語言積極使用這種區別，而且其中大多數都在台灣，如邵語 *piza*：*pa-piza*「多少（不可數）／多少（可數）」。

在原始南島語中，序數通過前綴 *Sika- 衍生出來。這個衍生過程在整個語系中由許多後代語言所保存，如 Paiwan 語 *tjəlu*「三」：*sika-tjəlu*「第三」。

分布數詞通常由完全重疊形成，如排灣語 *ma-ita-ita*「一個接一個」、塔加洛語 *ápat-ápat*「一次四個」、爪哇語 *pat-pat*「一次四個」等。

在印尼西部，分數（fractions）通常以 *paR- +數詞的反映來表達，如馬來語 *sə-pər-əmpat*、Toba Batak 語 *sa-par-opat*、*Makasarese* 語 *papapaʔ*「四分之一」或 Wolio 語 *parapa*「第四部分、四分之一」。

5.2 本節介紹數詞類別詞。與可數名詞一起使用的類別詞在台灣和菲律賓的南島語言中很少見。島嶼東南亞的數詞類別詞往往是以計算為其次的一般名詞。如 Bintulu 語 *lima apəh bakas*（五 類別詞 豬）「五頭豬」、*ləw lambar/əmbaŋ kərtəs*（三 類別詞 紙）「三張紙」、*nəm əmbaŋ raʔun*（六 類別詞 葉子）「六片葉子」、*ba əmbaŋ raʔun sigup*（兩 類別詞 葉 煙草）「兩片水椰葉（捲菸用）」等。

數詞類別詞在傳統的馬來語鄉村社會中得到了豐富的發展，但城市化和國家語言的創造對其使用產生了簡化的影響。由於大多數其他地區語言受到現代化的影響較小，並且尚未成為國家生活的載體，因此他們可能會更加保守地保留可以被稱為語法的非必要的、精細的特徵。印尼西部似乎很少有其他語言具備一個可以與馬來語相媲美的數詞類別詞系統。

印尼東部和太平洋地區的南島語言的數詞類別詞系統，與印尼西部的典型分類系統至少有四個不同之處：1）在某些語言中，數詞一定要跟類別詞一起出現，也因此類別詞可能與詞基產生僵化現象，2）類別詞有時候僅限於某些語意範疇，而在印尼西部，類別詞幾乎總是通用類別標籤，3）數詞及其相關類別詞可能存在部分融合或典型的不規則性，4）在大洋洲語言中數詞類別詞有時是以十的倍數為基礎，而使用類別詞來標記乘法值則完全不見於西部。

金鍾群島的語言可能表現出類似的 *buaq「果實」的反射。這些語言擁有豐富的數詞分類系統，可以說明數詞和類別詞的部分融合，以及以十的倍數為基礎的類別。這是唯一可歸因於原始馬來波里尼西亞語，作為數詞類別詞的形式。原始馬來波里尼西亞語可能沒有除了 *buaq 之外的數詞類別詞。

有一些邊緣證據顯示 *tau「人」可能為原始馬來波里尼西亞語的數詞類別詞，但為原始南島語及原始馬來波里尼西亞語重建 B 組數詞的需求，幾乎可以肯定原始馬來波里尼西亞語的 *tau 不是指涉 [+人類] 的數詞類別詞，因為這種區別已經以數詞的形式標出。

5.3 本節介紹顏色詞。原始南島語（距今約 5,500 年）和原始馬

來波里尼西亞語（距今約 4,500 年）只能構擬三個最基本的顏色詞，而原始大洋洲語（距今約 3,500 BP）僅有五種最基本的顏色詞（且將綠藍融合為「grue 形式」）。南島語族直到 4500 年前仍使用不超過三種的顏色詞，而另外兩個則是由原始大洋洲語的使用者所創造的，因為他們向外推進了太平洋。原始馬來波里尼西亞語的使用者完全保留了原始南島語的顏色詞，包含了靜態前綴 *ma-，但取代了「白色」、「黑色」和「紅色」的詞基。

　　許多顏色詞都是從普通名詞得來的，而這些重建形式也顯示出與名詞詞基相似的接觸點。原始馬來波里尼西語 *ma-iRaq 的最後一個音節與原始南島語／原始馬來波里尼西亞語的 *daRaq「血液」的最後一個音節相同，暗示了一個歷史上的衍生。原始大洋洲語 *aNo 意為「黃色」和「薑黃」，而且可以肯定的是該顏色詞源自植物學術語。

　　Berlin-Kay 的基本顏色術語可以分為三個層次：1）白色、黑色和紅色，2）綠色—藍色（有時稱為「青」（grue），因為許多語言不區分這兩者）和黃色，3）其餘的。原始南島語，原始馬來波里尼西亞語和原始大洋洲語的顏色詞源存在於第一層。轉到第二層時，從實體名詞衍生出顏色詞的情形更為明顯，如許多菲律賓語言反映古菲律賓語 *dulaw「薑黃」成為「黃色」。第 3 層術語的產生乃是經由 1）加綴或複合具體名詞、2）從歐洲語言的移借、3）通過與基本顏色術語的融合、或 4）通過描述性術語「X 的顏色」。

　　顏色術語特徵是用來描述情緒，氣質或性格的顏色象徵價值。在南島語言中，顏色術語通常僅在與其他語素，通常是「肝臟」（情緒的位置）相結合時才用來標記人類性格特徵，如 Tausug 語 *atay-*

itum（「黑肝」）「背叛」。

5.4 本節介紹指示詞，方位詞，以及方向詞。首先就指示詞而言，大多數南島語言將這個語義空間劃分為一個近端指示和兩個遠端指示。雖然近端指示的語義規範在不同語言中相對固定，但遠端指示以不同方式來區分。有些菲律賓語言有四元的區別：1）這、2）那（經由你）、3）那（經由第三人）、4）遠處/看不見。婆羅洲的許多語言都有類似的指示參照系統，顯然與人的參照相關：1）*anih*「這」、2），*anan*「那（經由你）」、3）*atih*「那（經由第三人）」，以及 1）*hinih*「這裡」、2）*tinan*「那裡（經由你）」、3）*hitih*「那裡（經由第三人）」。印尼的一些語言有四個指別系統：1）*ni*「這」、2）*nai*「那（近說話者，但是比 *ni* 遠一點）」、3）*na*「那（近聽者）」、4）*nu*「那（遠離說話者和聽者）」。在太平洋地區也發現了其他結構上非典型的指別系統。如帛琉語的指示詞：1）指涉物是否為人，動物還是物品、2）指涉物是單數還是複數、3）指涉物相對於說話者和聽者的距離。

南島語言的方位詞（處所表達式）具有通用處所+處所名詞的結構。某些處所表達式經歷了語義變化，如原始馬來波里尼西亞語 *dalem*「裡面；深」以及 *babaw*「上面、在頂部」變成古波里尼西亞語 *ralo*「下面」和 *fafo*「外面」。再者，包含非處所名詞的介系詞詞組通常被僵化為簡單名詞。最後，許多南島語言中的指示代名詞具有空間和時間參考。在許多南島語言中，未來時間的周邊表達（即經由使用獨立詞彙而非動詞加綴法來標記未來）由字面意思是「背面，後面」的詞來表達。

就方向詞而言，南島語言定向的一般原則是陸-海軸線，與原始

南島術語 *daya「朝向內陸」和 *lahud「朝向海洋」相關聯。陸－海
軸線是從台灣到波里尼西亞的語言方向術語的一部分。在看不到海
洋的較大陸地上，或甚至是共同經驗的一部分，陸地／海洋軸線可
呈現上游／下游或上坡／下坡的區別。第二個主要原則僅限於島嶼
東南亞和美拉尼西亞西部的季風系統。在這個地區，隨著季節性降
雨而盛行的季節風對航行至關重要。由於天氣和航行之間的這種關
係，西部和東部季風的術語形成了宏觀取向的第二軸線。

　　5.5 本節介紹代名詞，但主要關注用來定義典型南島語代名詞集
合組的語意特徵，如包括式／排除式，單複數，以及性別。原始南島
語和原始馬來波里尼西亞語可構擬兩組稱為「長形式」和「短形式」
的代名詞。關於這些形式的首要注意事項是它們是雙詞素的：每個單
詞由一個代名詞詞基與一個主格格位標記（第三人稱為 *si，其他地
方為 *i）結合。第二個注意事項是它們在第一人稱複數中表現出包
括式／排除式的區別。許多大洋洲語言在代名詞中不僅具有單數和
複數，也有雙數，有的也具有來自歷史上「三數」的微量數（「3-
10」）形式。菲律賓的許多語言都有一個雙數代名詞，將「我和你
（受詞）」與「我和你（主詞）」區別開來。最後，南島語言很少標
記代名詞性別。在有區分的地方，則呈現兩種可能性：1）有生命／
無生命，2）男性／女性。

　　5.6 本節介紹隱喻。許多南島語言都富含各種類型的隱喻或準隱
喻表達方式。以下討論僅限於隱喻表達的四個具體來源：1）身體部
位、2）親屬術語、3）植物，以及 4）動物。

　　1）在許多南島語言中，「頭部」（通常是原始南島語 *qulu 的反
映）擴展到的其他含義，最常見的是 1）頂部或頂峰，2）酋長、領

導者，3）刀、斧或槳的柄或把手，4）河的上部（上游），5）船的船首，6）第一個出生的孩子，和 7）較早、之前。「耳朵」（原始南島語 *Caliŋa）一詞是投射，例如較大的花盆或類似木結構上的把手。「眼睛」是「中心」、「核心」或「最重要的部分」。在太平洋一些地區「鼻子」也延伸意為陸地的岬以及獨木舟的船首。

　　基於內在身體部位的隱喻通常指的是氣質或性格。有兩個重要的器官。第一個是「膽」或「膽汁」通常反映原始南島語的 *qapeju。在許多南島語言中，膽是對良好感覺或正確判斷的隱喻。第二個是肝臟。在大多數南島語言（通常在東南亞語言中）肝臟是情感的源頭。

　　2）在許多純粹與親屬有關的含意中都可以找到「孩子」或它們的衍生構詞形式（通常反映原始南島語 *aNak）。同一個詞彙也帶有「較大整體的較小部分」（與無生命指稱有關）或「一組成員」（與人類有關）的含義。「母親」這個詞素通常代表集合中最大的詞素，典型的例子是拇指或大腳趾。「母親」一詞也類似於（動物的）「雌性」。「男雄性」和「女雌性」這兩個詞在南島語言中區分了人類和動物。

　　3）植物是家譜關係中很常見的隱喻。有兩個重要的「植物—人」的關聯。第一個將幼兒或後代與幼苗或植物新芽（或有時相反）聯繫在一起，例如邵語 qati「竹筍；孫子」。第二種是古波里尼西亞語的 *puqun。這個詞的基本含義是「樹的根基」，即從地面出現的樹的一部分，還具有「起源」、「開始」、「原因」、「基礎」和「理由」的延伸含意。

　　4）在原始南島語的反映中可以看到與疾病相關的動物圖像的常

見範例是 *babuy「豬」，也是「癲癇病」的意思。另外，人類最親密的動物伙伴常被用來貶低別人。如 Wilkinson（1959: 36-37）指出在馬來語中關於狗的諺語通常是不帶讚美的。

5.7 本節討論語言名稱與問候語。許多南島語言的名稱來源不明，但多義語言名稱通常屬於一小類，包括 1）語言名稱=「人、人類」，2）語言名稱=專有名稱或位置的描述性術語，3）語言名稱=否定標識，或僅是否定標記。

在第一類中，語言名稱的意思是「人、人類」，大概是說話者在被問到自己是誰時向外人表明自己身份的方式的結果。例子包括台灣的 Thao、Bunun 和 Tsou，它們均源於這些語言中的普通名詞，意為「人、人類」。在第二類中，語言名稱來自地名，地名可以是專有名詞，也可以是描述相對位置的描述性術語。例如 Itbayaten，不但是菲律賓呂宋島以北的一個島嶼的名稱，也是那裡所說的語言。在第三類中，語言名稱可經由否定或由一般否定標記來辨識，例如 Dusun Deyah（Dusun 否定詞）（可能是為了與鄰近的 Dusun Malang、Dusun Witu 或其他類似群體區分開來）。除此之外，許多菲律賓語言都使用中綴 -in-（加綴於以元音為首的詞基）來從族群名稱形成語言名稱。俾斯麥群島的語言名稱有時是來自「年幼的平行兄弟姐妹」一詞或特別來自第一人稱所有格形式，例如新愛爾蘭島的 Tigak tiga-k 或東部 Manus 島的 Nali nali，都意為「我的弟或妹」。

就問候語而言，在整個南島世界中，相遇時的常見問候在字面上是「您要去哪裡？」，回答可能是「只是隨意走走」或「到 X（地點）」。常見的變體是「您來自哪裡？」，在這種情況下，「來自 X（地點）」是唯一合適的答案。通常的規則是，問候不是詢問一個人的

個人狀態，而是詢問一個人與之前或即將發生的事件的關係。

5.8 本節討論語意演變，包含 1）原型／範疇的互換，2）自然環境的改變，3）指涉的重要性降低，4）語意分段，5）語意鏈，以及 6）迴避。

1）南島語言中的一些語意創新顯示，諸如「擴大」和「縮小」之類的區別可能是同一類型變化的實例。例如古波里尼西亞語有 *hulaR「蛇（通稱）」和 *sawa「蟒蛇」，但只有 *sawa 的反映呈現更廣泛的類別。網紋蟒是東南亞島嶼地區最大的，也是在心理上最令人印象深刻的蛇，「蟒蛇＝蛇」這樣的等式說明該蛇被認為是蛇類的原型，即最典型的蛇。這些變化無論是從原型到範疇（如 *sawa），還是從範疇到原型（如 *hulaR），範疇／原型的界線都會變得模糊而最終消失。

2）原始南島語沒有「動物」這個構擬詞彙，最接近的等同詞是 *qayam「家養動物」，有些語言保留了這個意思或表示「寵物」，但在其他語言代表特定的飼養動物（如家畜及家禽）。例如，原始馬來波里尼西亞語 *manuk 的意思是「雞」，而「鳥」的通稱術語是經由重疊（*manu-manuk 或 *manuk-manuk）衍生而來的。在太平洋中部和東部的許多語言中，*manuk「雞」最終代表了幾乎所有飛行的生物。在其他語言中，原始馬來波里尼西語 *manuk 和 *hikan 的反映代表（除了某些例外）了陸地和空中動物，以及海洋動物或只會游泳的動物的二分對比。

3）關於指稱對象的重要性降低而引起的變化，一個顯著的例子是原始南島語將「米」區分為三個詞彙：*pajay「稻子、田間稻米」，*beRas「去糠的米／貯存的米」和 *Semay「煮熟的米；飯」。台灣，

菲律賓和印尼西部的許多語言都保留了這些區別，但在印尼東部，從小巽它群島到 Moluccas 和新幾內亞，稻米的重要性下降了，所以只發現了一個術語。因此，新幾內亞西部的語言，如 Biak 語、Dusner 語 *fas* 或 Serui-Laut 語 *fa*「米」一詞與英語 rice 的含義基本相同。

4）本節藉由原始馬來波里尼西亞語的 *habaRat「西季風」以及 *timuR「東季風」的反映分布來說明南島語的語意分段範例。在許多語言中，這些含意被保留下來，唯一的區別是指南針主要點之間的方向性差異，一個反映詞可能被釋義為西北，西南，東南或東北季風，隨著使用者的社區之緯度不同而不同。

5）本節透過原始馬來波里尼西亞語 *liaN「洞穴」在北沙勞越州的一些語言中，移轉到「埋葬地」或「墓穴」的例子，來說明語意鏈。亦即在第一階段 *liaŋ ＝「洞穴」，在第二階段 *liaŋ＝「洞穴／墓地」，而在第 3 階段 *liaŋ ＝「墓地」。

6）本節探討因「迴避」而產生的語意變化。南島語言中有一種避免心理，主要基於恐懼名字會引來這些東西。如原始南島語 *daRaq「血液」的取代可以看出這一點。最常見的詞彙創新是以「樹汁」或「果汁」等詞來表示「血」，這種變化在不同的詞基上反覆出現。另一種常見的禁忌語乃是禁止使用與具有較高階級或較優越血緣地位的人的名字相似的單詞。無論哪種情況，違反禁忌顯然都被視為對等級制度的侮辱。

5.9 本節討論在南島語中非常普遍的詞對現象。例如在菲律賓南部的 Tiruray 語中，原始馬來波里尼西亞語 *Ratas > *ratah*「人母乳」，以及 *gatas*「在商店購買的牛奶」，後者是借自鄰近且具社會優勢地位的 Danao 語。在南島語言中的相關語言之間常因移借而產生

「詞對」。然而更常見的是，一個語言的詞彙中有音韻和語意上相似的詞對，而且這些詞無法歸因於本土以及非本土的區別。例如 d/n：*adaduq（北菲律賓，婆羅洲中部）：*anaduq（北菲律賓、婆羅洲北部、印尼東部）「長（物品的）」。

5.10 本節討論詞彙演變。也從兩種不同的詞彙變化率測量來討論：1）特定語言中整個基本詞彙的變化率，如詞彙統計，2）特定詞彙項目在不同語言中的變化率，或詞彙穩定性指標。

5.11 本節討論關於「語言古生物學」的相關議題。「語言古生物學」一詞最早是由 Saussure（1959: 224）描述比較語言語料的使用，以推論祖居地及史前文化的內容。如此的推論最終取決於分群。這裡討論如何使用構擬的詞彙語料來推論文化歷史。因此，本節的內容包含語意構擬以及範疇不對應性。最後討論研究南島文化歷史的語言學方法。

首先就範疇不對應性而言，在某些南島語言中，尤其是在東南亞島嶼，關於「切割」和「攜帶」的動詞有很大的區別，如賽考利克泰雅語 *h<m>obiŋ*「切肉（如屠宰動物時）」vs. *k<m>ut*「割到肉（如活人）」。另外，Yakan 語就有十九個意為「攜帶」的動詞。

其次，比起音韻或是構詞構擬，語意構擬有比較大的模糊空間。首先是語意範疇是沒有先驗性的。第二，意義是競爭分配的。第三，同義詞只能作為最後不得已的手段。例如，五個原始馬來波里尼西亞詞源（*lepaw、*kamaliR、*balay、*Rumaq、*banua）的反映在馬來波里尼西亞語群的兩個或多個主要分支中具有「房屋」的語意。

最後提出研究南島文化歷史的語言學方法，包含歷史語言學與

考古學的內容，如陶器、干欄式建築、弓、*bubu 捕魚陷阱、竹製
鼻笛，以及歷史語言學及社會人類學的內容，如世襲等級，以及後
代與婚姻。

第六章－構詞

　　讀完構詞這一章，讀者將會發現，除了熟悉的加綴、重疊、複
合等構詞程序，南島語還有非常豐富多元的構詞現象待深入探討。
本章由十二個小節組成，涵蓋以下幾個主題：1）構詞類型、2）次
詞素、3）成詞的重要詞綴、4）環綴、5）變母音、6）超音段構詞、
7）零構詞、8）削減構詞（subtractive morphology）、9）重疊、10）
三疊、11）複合、12）構詞變化。

　　6.1 討論構詞類型與詞素類型，作者先從承襲自 19 世紀的兩個
傳統構詞類型參數（詳參 Aikhenvald 2007）出發討論構詞類型，接
著以一次小節討論詞素類型。[1]就成詞界限之透明度（Transparency
of word-formation boundaries）這個參數而言，作者先以邵語等四個
語言為樣本呈現界線問題，指出音韻轉換問題，特別是當轉換涉及
的不是一對一的音位對應時，詞素界線很可能會模糊掉。但總結起
來，就孤立、黏著、融合這個面向而言，南島語基本上是偏黏著類
型的。作者這裡所討論的詞音位轉換問題在台灣南島語的泰雅語系
可以找到很豐富的材料，泰雅語除了 z ~y 之外，還有 r ~y 與 g~w 的
轉換，詳細的討論可以參考李壬癸（Li 1980），根據楊秀芳（1976）

1　導致本節只有一小節 6.1.1，而無後續的 6.1.2 等小節。

的討論，賽德克語的現象更是豐富多樣，近期的文獻則有李佩容（Lee 2010），討論賽德克與太魯閣方言的現象。第二個參數涉及的是詞內部組成複雜程度（Degree of internal complexity of words），作者從加綴系統的複雜度、詞綴的數量兩個向度來討論，認為就分析、合成、多重合成而言，南島語偏屬合成。

詞素類型這一小節討論的第一個問題是詞（詞基）、依附詞、助詞以及詞綴的區分，第二個問題則是如何區分衍生與屈折，提出解決此問題之先決條件是決定滋生能力與改變詞類兩者何者較為重要。

6.2 的主題是次詞素（Submorphemes），所謂次詞素指的是跟語音象徵（sound symbolism）有關的聲音與意義連結，本節先以單音節詞根 -CVC 的形式與意義連結，主張南島語的單音節詞根最好視為聯覺音位（phonesthemes）。除了單音節詞根，本節也討論 Blust（1988a: 59 頁起）一文中的「完型符號」（Gestalt symbolism），以跨語言帶「長皺紋的」之類含意的詞為例，以「皺紋；皺褶」的概念本質上是複數為基礎，主張某些詞可能包含了一個反映原始南島語 *<al> 或 *<ar>的僵化複數中綴。

6.3 這一小節介紹的是大家比較熟悉的成詞重要詞綴，包含前綴、中綴、後綴，比較特別的是作者將環綴獨立在第四小節討論，而這一節還討論了詞形交替（Paradigmatic alternations）。作者先表列指出原始南島語層次的前綴一般是單音節，多以清塞音或鼻音開始，且幾乎都是以 *a 為唯一的元音或是雙音節的第一個元音，例外是原始南島語的 *mu-「移動前綴」、原始南島語的 *Si-「工具語態」，以及原始南島語的 *Sika-「序數標記」（通常減縮為 ka-），接著分 15 個小節介紹了 15 個／組前綴。中綴部分，除了廣見於台灣

南島語言的主事語態 -um- 以及完成貌 -in- 之外，還介紹了 *-ar- 這個表示「複數」的中綴，並討論 -um- 以及 -in- 兩個中綴同時出現的順序何者比較存古，以及古南島語 *-um- 跟 *-in- 的中綴或前綴反映這個議題。後綴除了常見的 *-an「處所語態」、*-en「受事語態」，還介紹 *-ay「未來」以及單輔音後綴。詞形交替（Paradigmatic alternations），指的是在一些台灣南島語和菲律賓語言中與 *ma-「靜態」*ka- 交替出現的現象，如阿美語的 ma-fanaʔ kako（知道 我）「我知道」與 caay ka-fanaʔ kako（否定 知道 我）「我不知道」，陳述句中的「知道」是 **ma-fanaʔ**，而否定句中則用 **ka-fanaʔ**。在台灣的南島語言中，*ka- 的反映很普遍，其中一個功能是標記出現在祈使句、否定句、以及構詞使動的靜態動詞，有些語言靜態動詞的使動以 paka- 標記。本書作者白樂思（Blust 1999）文中提出 paka- 這個詞綴，後續齊莉莎、黃美金（Zeitoun & Huang 2000）以臺灣南島語（汶水泰雅語、賽德克語、萬山魯凱語、南排灣語）的現象為基礎，主張 paka- 應該是由素 pa- 與 ka- 兩個詞所組成，且 ka- 是靜態動詞的非限定（nonfinite）標記，後續白樂思又在 Blust（2003）針對非限定這個分析提出反駁，並討論原始南島語三個使動前綴 *pa-、*pi-、*pu 的功能。有關 ka-，更早就有研究者，如 Li（1973）、Starosta（1974）等，依據語意標準將大南魯凱語等的 ka- 分析為起始標記（inchoative marker）。

　　6.4 環綴這一小節首先定義環綴是一個「前－後綴」的單一單位，與多個綴依序逐一加上去的情形需做區隔，檢驗方式是看前綴或後綴單獨加詞基是否構成詞彙。我們以台灣南島語為例來說明，何德華、董瑪女（2016: 38-39）指出，「環綴必須有固定意義並同時

出現在詞根前後環抱詞根構成新詞」，例如達悟語 kacimoyan（ka-雨 -an）的 ka-...-an 必須同時出現，方可形成不自主動詞，指「淋到雨」。該書並舉表面上看似環綴的例子，例如 paka-cita-en「要注意看」，是先加後綴 -en，再加前綴 paka- 組成的。pakacita 雖不會單獨出現，但可以和 ka- 形成 kapakacita「看見時」，此外也有 makacita「看得見」，因為這些詞綴可以單獨或先後和詞根結合組成詞幹，所以，paka-...-en 不能算是環綴。本書介紹了兩個比較明確的環綴，一是台灣、菲律賓、西印尼的 *ka-X-an「逆意被動」與原始馬波語的 *paR-X-an。*ka-X-an 的反映有巴宰語的 akux「熱」：ka-akux-an「熱衰竭、中暑」、lamik「冷」：ka-lamik-an「感冒」、udan「雨」：ka-udan-an「被雨淋」。作者指出，不管是單獨帶 *ka- 或 *-an 的詞基，一般而言都不存在，因此 *ka-X-an 是環綴。作者後續也提到，這個形式與表層同為 *ka-X-an 的「處所名詞或抽象特質名詞形成綴」反映形成對比，如賽夏語的 t-om-alək「煮」：ka-talək-an「廚房」、邵語的 kalhus「睡」：ka-kalhus-an「睡覺的地方」，並指出在許多語言，*ka- 的反映單獨使用，功能是形成抽象名詞，而 *-an 的反映則用來形成處所名詞，因此，用 *ka-X-an 形成抽象名詞，似乎是循環加綴的結果。只是，作者最後的總結是，這是歷史上的真實，兩者的反映在許多現代的語言中都是環綴。另一環綴是類似塔加洛語的賓語焦點 pag-...-an，反映的是原始馬波語的 *paR-X-an，作者指出其對塔加洛語詞基的語意貢獻通常是模糊的。

6.5 元音交替（Ablaut）這一小節討論以元音交替標記語態的現象，如泰雅語的 m-blaq：liq-an「好；做得好」、h<m>op：hab-an「戳、刺」、m-ziup：iop-an「進入」、m-qes：qas-un「快樂」例子中

所見的元音不同，並舉內部和歷史證據顯示這種元音交替衍生自早期的 *-um- 和 *-in- 加綴。

6.6 超音段構詞分兩種類型討論：1）構詞重音、2）構詞聲調。構詞重音指的是很多菲律賓語言不僅有詞彙重音，還運用重音來衍生詞彙。例如，在塔加洛語中，*pátid*「絆別人的腳」：*patíd*「阻斷」和 *túlog*「睡」：*tulóg*「睡著了」都是最小差異的詞對（minimal pair），但第一組是詞彙上的，而第二組則是構詞上的最小對比。

6.7 的 zero morphology，我們將之翻譯為零形構詞，指的是以詞基為命令式的情況，作者舉的例子包含木膠美拉鬧語的 siən **mə-tud** kayəw（三單 主事-彎　棍子「他在彎棍子」相對於 **tud** kayəw iən（彎棍子 那）「把那根棍子折彎！」、馬來語的 dia **məm-baca** buku（三單 主事-讀 書）「他正在讀書」相對於 **baca** buku itu（讀　書　那）「讀那本書！」。這種以動詞詞基表命令或出現在某些否定詞後面的動詞，在台灣南島語的泰雅語、賽夏語也有，相對於受事者語態（或焦點）動詞在以上兩種情況動詞加的綴是 -i，主事者語態以詞根出現，我們可以把所加的想像成一個零形式的詞綴。

這裡的討論似乎跟本書一開始給人的印象有所偏離，第六章一開始的「構詞與句法在許多南島語言難以區別……然而，即便是在這些語言，許多加綴的程序（包含重疊），其作用僅在形成詞彙，因此無須指涉到其所出現的句法情境即可處理。」似乎揭露所談的是形成詞彙（word-formation）方面的構詞，然而以上的例子，基本上卻偏向是句法上的動詞屈折變化。跟成詞比較有關的零構形程序詞類轉換（zero derivation），反而沒談。詞類轉換指的是類似英語的 *plant*「植物」、*to plant*「種植」這種加零形詞綴轉變詞類的例子。

賽夏語的 taew'an「房子」、hataS「工寮；帳篷」等，除了當名詞指涉物體之外，還可以當動詞，表示「蓋房子」、「搭帳篷」。

6.8 這一小節的刪減構詞談的是 Stevens（1994）以印尼語的綽號或暱稱、頭字語、雅加達年輕人的秘密語為基礎所報導的詞基縮短構詞，如 *bapak > pak*「父親」（通常用來稱呼長輩或受敬重的男性）。作者引述其研究（Blust 1979），指出南島語最常見的縮減構詞見於親屬稱謂，透過起始輔音縮減來標記呼格形式，如原始馬來波里尼西亞語的 laki「祖父」乎格形式為 aki。

6.9 重疊：南島語言廣泛的運用重疊這個構詞策略，作者在這部分的討論篇幅也不小，作者一開始即指出重疊的分析在音韻理論上的重要性，因此本節的內容將理論方面的啟示納入考量，前面四小節的主題基本上與理論有關，包含：1）重疊型式與重疊結構、2）詞基-1 和詞基-2、3）重疊詞的形式限制、4）重疊詞內容的限制，最後才介紹重疊的型式。

第一小節透過區分重疊的型式（pattern）與結構（structure）導入介底層結構到表層形式間的變異關係，作者透過邵語的語料討論說明「同位重疊詞素」（Spaelti 1997），即類似同位詞素的功能相似、且出現在互補環境的各種重疊表層形式，並提出最可行的分析是後綴音步重疊。第二小節詞基-1 與詞基-2 主要處理的議題是如何區別詞基與重疊詞素，特別是完全重疊時，根本無法區分詞基與重疊詞素，如馬來語的 *oraŋ*「個人」：*oraŋ-oraŋ*「人」、或 *kəlapa*「椰子」：*kəlapa-kəlapa*「椰子（複數）」。作者先以馬來語的 *tawar-mənawar*「討價還價」為例，說明由於詞綴通常會加在詞基，我們可以推論 *tawar* 是重疊詞素，而 *mənawar* 是加了綴的詞基。作者進一步舉出

具備兩種可能性的情況如 *masak*「煮」：*məmasak-masak*「做飯」：*masak-məmasak*「廚具」，指出這些型式之間的語意關係尚待建立，此外，在具有非重疊詞綴的重疊詞素中，重疊的一部份必須是本身可以被加綴的詞綴，如 *kənal*「認識」：*bər-kənal-kənal-an*「彼此熟識」。接著作者以邵語的「完全」重疊例子，指出類似 *patihaul*「詛咒、咒語」：*matihau-haul*「對某人下咒」或 *qriuʔ*「偷」：*q-un-riu-riuʔ*「習慣或反覆偷」的詞對呈現出一種沒有分歧的詞基＋重疊素型式。這種型式的存在使得我們沒有理由反對 *fariw*「買」：*fari-fariw*「去購物」或 *kaush*「舀」：*kau-kaush*「反覆舀水」有不同的順序。最後作者指出從跨語言的角度來看，以上結論令人驚訝。首先，根據 McCarthy & Prince（1994），重疊具有「無標浮現」（the emergence of the unmarked）的特質，亦即，重疊詞素傾向比其所複製的詞基型式無標，無論如何都不會包含詞基不具有的有標特質。然而，邵語的語料卻出現詞基有韻尾刪略（無標），而重疊詞素沒有的情況。其次是，一般都假定重疊詞素的形式大小不可以超過其所「複製」的詞基。接著，作者指出解決之道是承認「詞基」可以有兩個截然不同的意思：1）詞基是獨立的（Base-1）、或是 2）詞基是詞綴，包含重疊詞綴所附著的詞素（Base-2）。就重疊而言，Base-2 和重疊型式都是由 Base-1 複製而來，如 *fari-fariw*「採購」這個詞的兩個部分都是由 *fariw*「買」複製而來的，而 Base-2 產生了韻尾自動縮減。只是，作者接著又在下面一節「重疊詞素的形式限制」的討論前，指出南島語「無標浮現」問題比這還要普遍且頑強。第三小節「重疊詞素的形式限制」這一小節進到另一種理論立場，以將模板附加到詞基的方式來說明重疊，並以韻律單位（音拍、音節、音步或韻律

詞）來定義模板。作者認為南島語言挑戰此一觀點：McCarthy-Prince 的公式中有一點模糊不清之處待澄清，即模板是以詞基還是以重疊詞來定義。作者分三個次節討論三種違反理論預期的型式：重疊詞素為單一輔音、重疊詞素為韻律嵌合體、重疊詞素為雙重標記的音節。韻律嵌合體這一次節，作者用了 chimera 這個詞來指邵語、阿美語以及排灣語的複製音節尾加上後面音節的重疊型式（c+σ）。如阿美語的例子 faq.loh「新」：faq.lo-***q.loh***「每個都是新的」、in.tər「憎恨、鄙視」：ma.in.tə-***n.tər***「每個人都憎恨」、kaq.soq「美味」：kaq.so-***q.soq***「每樣都美味」、kar.təŋ「重」：kar.tə-***r.təŋ***「每個都重」，chimera 本指希臘神話中會噴火的獅面羊身蛇尾怪，現代用來指異種生物嵌合體。上面的阿美語例子複製第一音節的音結尾以及第二個音節。而重疊詞素為雙重標記的音節則討論阿古塔語中綴式重疊如：bi.lág「太陽」ma.-mi.l<***e.l.***>ág「曬太陽」、u.dán「雨」：u.d<***o.d***>án「很多雨」這樣的例子。第四小節透過桑伊爾與和博朗蒙貢多語 Ca- 重疊同位素所呈現的詞基與重疊詞素零相同性來討論重疊詞素的內容限制。在第五小節，作者用了 16 個次節介紹南島語所呈現的重疊型式，其中最後的次節 6.9.15.6「其他類型的重疊」下還包含雙疊等幾個罕見的型式，由此我們可以瞭解南島語呈現的重疊現象之豐富程度如何。

　　近年有關台灣南島語重疊的研究並不少，讀者可以參考李佩容（Lee, to appear）即將出版的文章。跨語言的研究主要有 Lu (2003)、齊莉莎、吳貞慧（Zeitoun & Wu 2005）以及李佩容（Lee 2007）。Lu (2003) 從優選理論的觀點研究巴宰語、阿美語、排灣語、邵語的重疊詞形式。Zeitoun & Wu (2005) 統整了十二個語言（包含阿美語、

泰雅語、布農語、排灣語、巴宰語、卑南語、魯凱語、賽夏語、西拉雅語、邵語、鄒語）不同理論取向的研究，透過型式與結構的區分，指出某些表層不同的型式實為同一底層結構的表徵（如 C-, CV-, CCV-, CGV-, CVC-, CVG-, CVV- 七種重疊型式都是部分重疊的次型式）並提出整合的處理方式，就重疊的意義而言，該文依據 Kiyomi（1995）將動詞與名詞的重疊分別依據象似性（iconic，如連續和累積）與非象似性（如小稱）兩類做討論。另一個跨語言研究是李佩容的博士論文（Lee 2007），從類型學的角度探討台灣南島語的重疊型式與語意。Yeh（2009）則是針對台灣南島語言 Ca- 這個重疊形式的功能做討論，試圖連結不同功能之間的關係，並主張 Ca- 的功能實質上是象似性的。另外，東華大學李佩容（Lee, Amy Pei-jung）有幾篇文章討論台灣南島語重疊與嗅覺語意的表達，台灣師範大學林蕙珊（Lin, Hui-shan）也有許多以優選理論探討不同台灣南島語言重疊現象的文章，包含布農語、噶瑪蘭語、太魯閣語等，有興趣的讀者，可以參考其個人網頁：https://sites.google.com/ntnueng.tw/linguistics-ntnu-eng/people/faculty/lin-hui-shan。

6.10 三疊，根據本書目前僅見於邵語，如 m-apa「背」：apa-apa-apa-n [apapápan]「被背」、（完全重疊兩次），pashʔuzu「痰」：mash<ʔa>ʔuzu-ʔuzu「一直咳嗽」（後綴音步重疊＋中綴 Ca- 重疊）。類似的變化亦可以在數詞詞基見到，但卻存有明顯的功能區別以及衍生上的差異：tusha「二」：ta-tusha「二（指人）」：ta-ta-tusha「一次兩個（人）」、turu「三」：ta-turu「三（指人）」：ta-ta-turu「一次三個（人）」。林蕙珊（2018）討論布農語的三疊。

6.11 複合這小節指出東印尼和太平洋的語言，典型上擁有比較

不是那麼發達的構詞，因此複合顯得相當普遍，如馬來語的 papan「寬」＋tulis「寫」＝ papan tulis「黑板」。誠如作者所指，複合在台灣南島語的文法少被提起，但近來相關的論文，如許韋晟（2008）、全茂永（2010）等，都指出複合詞有增加的趨勢。

　　6.12 構詞變化，作者在此節對構詞變化稍作評論，指出構詞變化主要透過三個方式產生：1）詞綴僵化、2）詞界的僵化，以及 3）功能重新分析。但第六章僅到 6.12.1 詞綴僵化即結束，因此無法得知功能重新分析的內涵為何。詞綴僵化指見於夏威語的 *malino*（PMP *ma-linaw）「風平浪靜，指海」或 *maʔi*「病人、患者；疾病；生病，月經」（PMP *ma-sakit「生病、痛」）等詞彙中，因為語意相關的形式 **lino、和 **aʔi 並未出現，所以 *ma-「靜態」的界限消失，另一個常見的是 *qali/kali- 前綴。作者花了一些篇幅舉例說明僵化呈現程度上的差異。

第七章－句法

　　簡要介紹南島語言的句法，作者選擇語態、詞序、否定、領屬、詞類、趨向、命令以及疑問等主題，排除複雜句、關係句、移位、依附詞等作者認為已經獲廣泛討論的議題；同時，作者認為南島語言雖有些共同詞彙，但缺乏一致性的句法結構，且語言數量龐大，因此在介紹以上主題時，側重形態類型及其歷史演變。的確，南島語言多達千餘種，如果不先做分類、不進行類型比較，很難能有效的引介。然而，雖說南島語句法紛雜，但就語言類型而言，南島語言大致上仍具有區別其他語族的句法特徵，例如語態、關係化

的主語限制、等同—分裂結構等。例如，印尼語雖已經發展出被動語態，但卻仍保留原始南島語言的特徵，特別是受事語態的及物性（詳參 Aldridge 2008）。另外，關係句和名物化是南島語言非常重要的句法現象，也是凸顯其句法特徵的結構，作者略而不談，令人惋惜，有興趣的讀者可參閱 Zeitoun (ed.)（2002）、Aldridge（2004）、Yeh（2011）等。作者的研究擅長歷史音韻／形態學，本章對於南島語形態（句法）的歷史演變也有非常清晰的介紹；可惜的是，作者對於南島語言的句法結構本體的說明較少，因此以下我們在導讀時候適時補充。

（一）語態

作者介紹南島語言語態的型態、語意以及歷史演變；同時，作者亦針對格位標記之不同，引介作格與賓格的歷史演變，相關議題及語言分群之最新研究可參閱 Aldridge（即將發表）。不過，我們對作者的部分說法有些補充說明：

1、四分語態系統：作者沿襲傳統的說法，把菲律賓類型的語態系統看成是四分的語態系統，但是事實上，許多近期的研究都已經顯示，菲律賓型語言的語態事實上也是二分的系統，即是主事語態相對於非主事語態，而所謂的處所語態其實是處所施用（locative applicative）、所謂的工具／受惠語態其實是工具／受惠施用（instrumental/benefactive applicative）。相關的研究讀者可以參考 H. Chang（2011, 2015）。

2、主語：作者採用傳統的看法，把動詞語態標記的論元視為主語。然而，近期的研究已經證明，南島語言所謂的主語其實是主題，因此具有主題句法特性，例如通常為有定、在命令句時不會被刪略

等，有興趣的讀者可以參閱 Pearson（2005）、張永利（2010）等。

（二）詞序

作者簡要介紹了南島語從動詞居首演變為動詞居中，在新幾內亞甚至受到鄰近語言的影響，發展出動詞居末的詞序。就詞序此一主題，如果讀者想要了解動詞居首的詞序是如何生成的可參閱 Chung（2017）、Aldridge（2019）。

（三）否定

作者談及大洋洲南島語言的否定式在直述句、存在句和命令句的否定使用截然不同的詞彙，這一點與 Yeh et al.（1998）對於台灣南島語言的否定式的描述相當接近。同時，他也指出大部分的南島語言都區分名詞和非名詞的否定形態，很少區分動詞和非動詞。就比較句法而言，許多南島語言和英語、漢語等主流語言不同，沒有一個通用的否定詞（如英語的 not、漢語的「不」），直述句用直述句的否定詞、命令句用命令句的否定詞、存在句用存在句的否定詞。

（四）領屬

如同作者所介紹的，領屬結構在大洋洲的語言非常發達，但在台灣南島語言裡，領屬結構卻常常用存在句來表達，有興趣的讀者可參閱 Zeitoun et al.（1999）、張永利（2019）。此外，作者亦提及在大洋洲語言（例如 Kove）中，領屬關係在句法上有區分經驗者與主事者，亦即「我的書」的兩種解讀－「我擁有的書」與「我寫的書」，在語法上會有所區分。

（五）詞類

作者引介南島語許多都沒有形容詞，但其實以台灣南島語言為例，副詞和介詞大多也都付之闕如，副詞性修飾語多以動詞方式出

現，相關文獻請參閱 H. Chang（2006, 2009）；而有關空間和時間的概念要不是以格位標記的方式出現，就是以名詞或動詞的方式來體現，相關研究請參閱 Pan（2010）。

（六）趨向

作者指出大洋洲南島語言趨向詞的功能極為多樣，能夠表達的功能不僅止於空間與時間，且其使用之自由度讓詞性分類變得相當不易。另外，作者亦指出大洋洲語言的趨向詞有可能源自獨立動詞，但仍保留其可議的空間。而可惜的是，台灣南島語並未出現在此節之討論中，有關台灣南島語與其他西部南島語言移動事件語意類型之研究可參考 Huang & Tanangkingsing（2005）。

（七）命令

作者首先談到語態標記在命令句與直述句之明顯區分，並試圖建構其歷史演變歷程。作者亦指出，一般而言，主事語態命令句較為不禮貌，而非主事語態則較委婉。然而，在命令句刪略的議題上，作者則未有著墨。台灣南島語具有類似主語保留的情況，但其實精確來說，保留下來的應該是主題，相關研究請參閱 Pearson（2005）、H. Chang（2010）。此外，作者亦將規勸式（hortative）視為命令句的一種形式。然而在許多台灣南島語中，規勸式的形態標記與命令句顯著不同，相關文獻請參閱吳靜蘭（2018）、黃美金與吳新生（2018）、鄧芳青（2018）等書籍之第八章。

（八）疑問

作者介紹了南島語疑問詞的基本類別及其演變歷程，然而卻僅著重在重構以及語言事實的描述上。從台灣南島語來看，疑問詞具有以下二個重要的句法特徵，作者卻未提及：

1、動詞性疑問詞：台灣南島語部分疑問詞（例如「怎麼」（與「為什麼」））在句法上與動詞相似，而其言談功能亦相當豐富，讀者可參閱 Tsai & M. Chang（2003）、H. Chang（2020）等。

2、準分裂（pseudo-cleft）結構：台灣南島語的疑問詞通常是「疑問詞在位（wh-in-situ）」，而名詞性疑問詞通常以「準分裂句」謂語的方式來體現，相關研究可參閱蔡維天（1997）與 Tsai（To appear）。

第八章－構擬

南島語音韻系統的構擬是本書作者最擅長的領域。本章節一開始，作者將所有關於南島語研究的重要事件及研究作品以編年方式列出，建構完整的學術史。他將南島語言比較研究史分為：（i）探索時代（在 van der Tuuk 或 von der Gabelentz 以前）、（ii）比較分析早期（von Humboldt、von der Gabelentz）、（iii）觀察時期（van der Tuuk、Kern）、（iv）解釋時期早期（Brandstetter）、（v）發展解釋期（Dempwolff、Dyen），並評論各時期代表性人物的作品及其在原始南島語音韻構擬上所代表的突破及意義，其中特別花了相當大的篇幅討論田樸夫（Dempwolff）以及戴恩（Dyen）的構擬方式、構擬系統及貢獻，對於這些早期研究的巨作，包括田樸夫的三大冊「南島語詞彙的比較音韻」（Vergleichende Lautlehre des austronesischen Wortschatzes，簡稱 VLAW），以及戴恩最為人所熟知的喉音理論，當時所用的書寫慣例及論證方法，對於現代讀者而言相當不容易理解，但藉由作者非常鉅細靡遺所提供的背景說明及評論，讓這些巨

作變得較為平易近人。作者認為，除了無法有效處理喉音的問題，以及對塔加洛語首位重音提出合理的解釋，田樸夫的構擬，整體而言相當成功，其中第一個問題已由戴恩解決。因此，作者認為在處理各個音段構擬之前，有必要先討論對比重音是否可以構擬於原始南島語。作者討論了各家學者對於此問題的看法後，接著將其所構擬的原始音段提出構擬的證據，並從現代語言的同源詞中，討論所構擬的原始音段的可能音質。最後，作者也討論在原始南島語層級以下的音韻及詞彙構擬，其中作者討論在詞彙構擬所面對的問題，以及數個較為重要的詞彙構擬作品。

第九章－音變

　　語言都會隨著時間逐漸改變，音變是其中很重要的一種演變。語言演變有不同的層次或類型：詞彙、音韻、構詞、句法、語意。有的變得快，有的變得慢。一般說來，詞彙變得快，而音韻變得較慢，也就是其穩定性較高，因此音變常用來做語言分類的主要依據。南島語言音變的類型很多，常見的音變類型較多，佔較多的篇幅，其中也有些音變的類型卻很罕見，在世界上其他各種語言都很罕見，但這類的音變當然不會太多。

　　本章涵蓋五個主題：（一）常見音變、（二）罕見音變、（三）音變的定量、（四）規律音變的假設、（五）漂移。

　　音變的基本類型如下：（一）丟失、（二）轉變、（三）合併、（四）分化、（五）加插、（六）換位。語音丟失最常見，詞尾最容易丟失。由一個音轉變成另一個音也很常見，如由 p 變成 f，由 s 變成 h，由

濁音 b 變成清音 p。如果該語言本來沒有 f，由 p 變成 f 這只是單純的轉變；如果該語言本來有 p，由 b 清化為 p，那就是 p 和 b 的合併。在部分部位的 p 轉變成 f，其他部位的部分 p 不變，這就是語音分化。漢語北方官話音節尾的 -m 轉變成 -n，這是雙唇鼻音 m 的部分分化以及舌尖鼻音 n 的部分合併。加插和換位都是偶發的（sporadic），不是很有規律的演變。布農語 buan '月亮'，baun-an '有月亮'，a 和 u 換位。有些南島語言卻也有一些加插的現象，例如在詞尾元音之後加插喉塞音 -ʔ，泰雅語、賽夏語、巴宰語都是如此。

第十章－分類

　　本章討論語言親屬關係建立的原則，以及在南島語中，一些有爭議的分群問題，並回顧不同學者對於南島語與其他語系的關係所提出的假說，討論這些假說所根據的證據是否足以說明彼此存在親屬關係。接著，在作者提出其對於南島語分群的看法前，作者檢視不同的分群模型及方法，接著由下而上討論南島語子群的建立及所根據的證據，並檢視其他最上層南島語分群理論所存在的問題。最後，作者亦綜合語言學及考古學的遷移理論佐證其所提出的分群假說。

第十一章－南島語言研究學界

　　本章作者完成後，南島語學界又有一些變化，因此譯者有必要做一些補充說明。首先，南島語言的研究機構中，原文列舉的新竹教育大學已於 2016 年併入國立清華大學，成為該大學之南大校區；國立暨南大學在 Loren Billings 離開後，應已無人從事南島語言的研

究工作，靜宜大學和元智大學目前也無相關的研究學者；另外，台灣的南島語言研究或教學機構應該還要包含國立政治大學、國立高雄師範大學以及大同大學和慈濟大學。此外，原文提及台灣的學者往往侷限於台灣地區的南島語言研究，這一點現在已有所改善，如國立清華大學的廖秀娟教授和國立台北科技大學的洪媽益教授研究菲律賓的南島語言、國立政治大學鍾曉芳教授致力於馬來語，中研院語言所的李琦教授的觸角也擴及菲律賓的塔加洛語和印尼語。其實早在 1995 年元月－1996 年 4 月間，李壬癸曾到呂宋島調查小黑人 Magbeken 語，1996 年 3 月－1997 年 2 月間，曾到巴丹群島調查三種巴丹群的語言，並且發表了一篇書評（Li 1997）。

八、 重要研究書目提要

　　白樂思（Blust 2013）是第一部介紹整個南島語系的專書，以前從來沒有過類似的專著。過去的出版品都是偏重某一方面的課題，而不是全面性的。唯一性質相近的是 Dyen（1971）的論文，是專書的一章：

1. Dyen, Isidore. 1971. The Austronesian language and Proto-Austronesian.
　　此文的優點是對南島語系有全面的介紹和說明，檢討原始南島語的構擬問題。他根據小川的論著，以台灣南島語言所顯示的證據，認為田樸夫（Dempwolff 1934-38）的音韻系統必須加以修正。並且為南島民族的原鄉這個重要課題提出幾個可能性，包括

美拉尼西亞西部－新幾內亞附近和台灣，再根據他自己的詞彙統計法分類（lexicostatistical classification）選取了美拉尼西亞西部－新幾內亞，排除了台灣。此文是在 50 年前發表，雖然稍嫌過時，但是全文簡潔扼要，仍然很有參考的價值。

2. Dempwolff, Otto. 1934-38. Vergleichende Lautlehre des austronesischen Wortsschatzes. Berlin: Deitrich Remimer.

　　這是第一次建構完整的原始南島語音韻系統以及兩千多個同源詞，都有詳細的例證。是具高學術水準的歷史語言學論著。可惜他沒有看到台灣南島語言的資料，因此它只能算作層次較低的馬來西亞-波里尼西亞這一語群的古語系統，而不是原始南島語。

3. 小川尚義，淺井惠倫。1935。《原語による台灣高砂族傳說集》。

　　這是日治時期台灣南島語言研究集大成的專書，含十二種語言：泰雅、賽夏、排灣、卑南、魯凱、阿美、賽德克、布農、鄒、拉阿魯哇、卡那卡那富、雅美等。內容包括它們的語法系統（音韻、形態、詞類）和從各部落所蒐集的珍貴文本資料。總說部分說明台灣南島語言保存了許多古音的區別，不見於台灣以外的語言，這部分影響了後來學者所構擬的原始南島語音韻系統，影響深遠。可惜這部巨著並沒有任何平埔族語言（邵語、巴宰語、噶瑪蘭語、巴賽語等）資料，得要參看後來的相關論著。

4. Tsuchida, Shigeru. 1976. *Reconstruction of Proto-Tsouic Phonology.*

　　土田滋教授從 1960 年開始，直到 2015 年左右，前後五十多年間一直都在研究台灣南島語言，他也調查過若干菲律賓語言。

此書是他在耶魯大學完成的博士論文，題目雖是鄒語群（鄒語、卡那卡那富語、拉阿魯哇語三種語言）的古語構擬，他卻顯示現存各種台灣南島語言的語音對應關係，他所鑑定的同源詞也涵蓋各種語言的資料（除了噶瑪蘭語之外），這也是過去數十年來國際南島語言學界經常引用的論著。

5. Dahl, Otto. 1981. *Early Phonetic and Phonemic Changes in Austronesian.*

繼田樸夫之後，這可說重新全面檢討南島語音韻系統的構擬，使用大量台灣南島語言的資料和證據，提出他的修正音韻系統，例如有三種 *d，兩種 *S 及 *H。他的見解似乎也頗有可取的地方，但是後來接納他的南島語言學學者似乎不多。

6. Wolff, John. 2010. Proto-Austronesian Phonology with Glossary.

伍爾夫（Wolff）的專書是要更新田樸夫的音韻系統和語言資料。他提出的音韻系統頗有爭議，但多種語言資料的更新卻很有參考價值。他調查研究印尼語言數十年，對菲律賓語言也很熟悉，對那些語言的現象都很能掌握。

7. Paul Li, *et al.*, (Eds)., 1995. *Austronesian Studies Relating to Taiwan.*

這是 1992 年在中央研究院歷史語言研究所召開的國際南島民族研究會議論文集，含考古學、人類學、語言學三個學門的論文。語言學有幾篇重要而且是開創性的論文，包括帥德樂以構詞演變為根據做南島語族的分群，羅斯所構擬的原始南島語動詞形態學（morphology），以及白樂思探討台灣南島語在南島語系的重要地位。

8. Zeitoun & Paul Jen-kuei Li, eds., 1999. *Selected Papers from the Eighth International Conference on Austronesian Linguistics.*

　　這是 1997 在台灣舉辦的第八屆國際南島語言學會議論文集，內有好幾篇極重要的論文，包括三篇專題演講：雷德（Reid）討論南島語系跟南亞語系的親屬關係，舉出了構詞和句法的證據。此說若獲得進一步的證實，南島民族的前身乃在亞洲大陸東南部，即福建、廣東、東南亞一帶。另一篇白樂思（Blust 1999）的論文，把台灣南島語言分為九大語群，是學術界常引用的重要文獻。還有一篇保雷（Pawley）探討南島民族離開台灣之後，從菲律賓到波里尼西亞廣大海洋地區的快速擴散歷程，當然要以語言分群為主要依據。本論文集中，研究台灣南島語言的就有九篇之多，涉及鄒、西拉雅、賽德克、泰雅、布農、排灣、巴賽等七種語言。

參考書目

小川尚義、淺井惠倫（1935）。《原語による台灣高砂族傳說集》。台北：台北帝國大學言語學研究室。

全茂永（2011）。《卡社布農語名詞構詞初探》。新竹市：國立新竹教育大學碩士論文。

何德華、董瑪女（2016）。《達悟語語法概論》。新北市：原住民族委員會。

吳靜蘭（2018）阿美語語法概論（第二版）。臺灣南島語言叢書 2。新北市：原住民族委員會。

林蕙珊（2018）。〈郡社布農語的「三疊式」〉。《臺灣語文研究》13.1: 125-157。

張永利（2010）。台灣南島語言語法：語言類型與理論的啟示。語言學門熱門前瞻研究 12(1)，頁 112-127。

—（2019）。「基數當謂語」及台灣南島語言類型定位. 發表於第三屆本土語言研討會暨教學教案競賽，國立清華大學，新竹。

許韋晟（2008）。《太魯閣語構詞法研究》新竹市：國立新竹教育大學碩士論文。

黃美金、吳新生（2018）。泰雅語語法概論（第二版）。臺灣南島語言叢書 1。新北市：原住民族委員會。

楊秀芳（1976）。〈賽德語霧社方言的音韻結構〉，《史語所集刊》47.4:611-706。

鄧芳青（2018）。卑南語語法概論（第二版）。臺灣南島語言叢書 13。新北市：原住民族委員會。

臧振華、李匡悌（2013）。《南科的古文明》。台東：國立台灣史前文化。

蔡維天（1997）。台灣南島語的無定用法－噶瑪蘭語、鄒語及賽德克語的比較研究。清華學報 27(4)，頁 381-422。

Aikhenvald, Alexandra Y. 2007. Typological distinctions in word-formation. In Timothy Shopen (ed.), *Language Typology and Syntactic Description* 3: 1-65. Cambridge University Press.

Aldridge, Edith. 2004. Internally headed relative clauses in Austronesian languages. *Language and Linguistics* 5(1). 99-129.

— 2008. Phase-based account of extraction in Indonesian. *Lingua* 118(10). 1440-1469.

— 2019. Labeling and verb-initial word order in Seediq. *Journal of East Asian Linguistics* 28(4). 359-394.

Bellwood, Peter. 2021. The origin and spread of the AN-speaking peoples, 3000 BC to AD 1500. *The Origins of the Austronesians: Papers from the 2019 International Austronesian Revitalization Forum*, 9-15. Taipei: Council of Indigenous Peoples.

Blust, Robert. 1985. The Austronesian homeland: a linguistic perspective. *Asian Perspectives*, 26.1: 45-67.

— 1998. Ca-reduplication and Proto-Austronesian grammar. *Oceanic Linguistics* 37.1: 29-64.

— 1999. Subgrouping, circularity and extinction: Some issues in Austronesian comparative linguistics. In Elizabeth Zeitoun and Paul Jen-kuei Li, eds., *Selected Papers from the Eighth International Conference on Austronesian Linguistics*, 31-94. Symposium Series of the Institute of Linguistics (Preparatory Office), No.1. Taipei: Academia Sinica.

— 1999. Notes on Pazeh phonology and morphology. *Oceanic Linguistics*, Volume 38, No. 2, 321-365.

— 2003. *Thao Dictionary*. Taipei: Academia Sinica.

Chang, Henry Y. 2006. The guest playing host: Adverbial modifiers as matrix verbs in Kavalan. Hans-Martin Gärtner, Paul Law and Joachim Sabel. (Eds.), *Clause structure and adjuncts in Austronesian languages*. 43-82. Berlin: Mouton de Gruyter.

— 2009. Adverbial verbs and adverbial compounds in Tsou. *Oceanic Linguistics* 48(2). 339-376.

— 2011. Transitivity, Ergativity, and the Status of O in Tsou. In Chang, Jung-hsing (Ed.), *Language and Cognition: Festschrift in Honor of James H-Y. Tai on His 70th Birthday*. 277-308. Taipei: Crane Publishing.

— 2015. Extractions in Tsou causative applicatives. *Lingua Sinica* 1(5).

— 2020. Structuring interrogative *how*s in Tsou and Amis: A Perspective of Comparative Syntax. Paper presented at The 13th Workshop on Formal Syntax and Semantics (FOSS-13), Academia Sinica, 16-17 Oct 2020. [Invited talk]

Chung, Kuo-Fang. 2021. Paper mulberry DNA attests Taiwan as Austronesian ancestral homeland. *Papers from 2019 International Austronesian Languages Revitalization Forum.*157-197.

Chung, S. 2017. VOS languages: Some of their properties. In Everaert, Martin & van Riemsdijk, Henk (Eds.), *The Wiley Blackwell companion to syntax*. 2nd edition. 4797-4832. Hoboken, NJ: John Wiley and Sons.

Dahl, Otto. 1981. *Early Phonetic and Phonemic Changes in Proto-Austronesian*. Oslo: The Institute for Comparative Research in Human Culture.

Dempwolff, Otto. 1934-38. 3 vols. *Vergleichende Lautlehre des austronesischen Wortschatzes.ZfES,* Supplement 1. *Induktiver Aufbau einer indonesischen*

Ursprache (1934), Supplement 2. *Deduktive Anwendung des Urindonesischen auf austronesische Einzelsprachen* (1937), Supplement 3. *Austronesisches Wörterverzeichnis* (1938). Berlin: Reimer.

Diamond, Jared M. 2000. Taiwan's gift to the world. *Nature* 403: 709-710 (17 Feb).

Dyen, Isidore. 1971. The Austronesian language and Proto-Austronesian. In Thomas Sebeok (ed.), *Current trends in linguistics*, Vol. 8: *Linguistics in Oceania*, 5-54.

Haudricourt, André. 1965. Problems of Austronesian comparative philology. *Lingua* 14: 315-529.

Huang, Shuanfan & Michael Tanangkingsing. Reference to motion events in six Western Austronesian languages: towards a semantic typology. *Oceanic Linguistics* 44(2). 307-340.

Kiyomi, Setsuko. 1993. *A Typological Study of Reduplication as a Morphosemantic Process: Evidence from Five Language Families (Bantu, Australian, Papuan, Austroasiatic, Malyo-Polenesian)*. Indiana University.

Lee, Amy Pei-jung. 2007. *A Typological Study on Reduplication in Formosan Languages*. PhD dissertation. Colchester: University of Essex.

— 2010. Phonology in Truku Seediq. *Taiwan Journal of Indigenous Studies* 3.3: 123-68.

— To appear. Reduplication in Formosan languages. In Paul Jen-kuei Li, Elizabeth Zeitoun & Rik De Busser (eds.), *Handbook of Formosan Languages.* Brill.

Li, Paul Jen-kuei. 1973. *Rukai Structure*. Institute of History and Philology, Academia Sinica Special Publication No. 64. Taipei.

— 1980. The phonological rules of Atayal dialects. *Bulletin of the Institute of History and Philology* 51(2): 349-405.

— 2008. The great diversity of Formosan languages. *Language and Linguistics* 9.3:523-546.

Li, Paul Jen-kuei *et al*., (Eds)., 1995. *Austronesian Studies Relating to Taiwan*. Taipei: Academia Sinica.

Lu, Shun-chieh. 2003. *An Optimality Theory Approach to Reduplication in Formosan Languages*. MA thesis. Taipei: National Cheng-chi University.

Pan, Chia-jung. 2010. The grammatical realization of temporal expressions in Tsou. LINCOM studies in Austronesian linguistics 7. München: Lincom Europa.

Pearson, Matthew. 2005. The Malagasy subject/topic as an A'-element. *Natural Language and Linguistic Theory* 23. 381-457.

Ross, Malcolm. 2009. Proto Austronesian verbal morphology: a reappraisal. In Sander Adelaar and Andrew Pawley, (Eds.), *Austronesian Historical Linguistics and Culture History: a Fetschrift for Robert A. Blust*, 295-326. Pacific Linguistics 601.

Sapir, Edward. 1916. *Time perspective in Aboriginal American culture: A study in method*. Reprinted in David G. Mandelbaum (Ed.), 1949. *Selected Writings of Edward Sapir in Language, Culture and Personality*, 389-462. University of California Press.

Starosta, Stanley. 1974. Causative verbs in Formosan languages. *Oceanic Linguistics* 13: 279-236.

— 1995. A grammatical subgrouping of Formosan languages. In Paul Li, *et al*., (Eds)., *Austronesian Studies Relating to Taiwan*, 683-726. Symposium Series of the Institute of History and Philology, Academia Sinica No.3.

Tsai, Wei-Tien Dylan, & Melody Ya-yin Chang. 2003. Two types of wh-adverbials: A typological study of *how* and *why* in Tsou. *Linguistic Variation Yearbook* 3(1). 213-236.

Tsai, Wei-Tien Dylan. To appear. Interrogatives. In Li, Paul Jen-kuei & De Busser, Rik & Zeitoun Elizabeth (Eds.), *Handbook of Formosan Languages*. Leiden: Brill Publishers.

Tsuchida, Shigeru. 1976. *Reconstruction of proto-Tsouic phonology.* Tokyo: Study of Languages & Cultures of Asia & Africa, Monograph Series No.5, Tokyo University of Foreign Studies.

Wolff, John. 2010. *Proto-Austronesian Phonology with Glossary.* Ithaca: Southeast Asia Program Publications, Cornell University.

Yeh, Marie M. 2009. Ca-reduplication in Formosan Languages. *Grazer Linguistische Studien*, Number 71: 135-156.

— 2011. Nominalization in Saisiyat. In Yap, Foong Ha & Grunow-Hårsta, Karen & Wrona, Janick (Eds.), *Nominalization in Asian Languages.* 561-588. Amsterdam/Philadelphia: John Benjamins.

Yeh, Marie M. *et al.* 1998. A Preliminary Study on the Negative Constructions in Some Formosan Languages. Papers from *The Second International Symposium on Languages in Taiwan*. 79-110. Taipei: The Crane Publishing Co. Ltd.

Zeitoun, Elizabeth. (Ed). 2002. Nominalization in Formosan Languages. *Language and Linguistics* 3(2). Special Issue. Taipei: Academia Sinica.

Zeitoun, Elizabeth and Lillian Meijin Huang. 2000. Concerning ka-, an overlooked marker of verbal derivation in Formosan languages. *Oceanic Linguistics* 39.2: 391-414.

Zeitoun, Elizabeth *et al.* 1999. Existential, possessive, and locative constructions in Formosan languages. *Oceanic Linguistics* 38(1). 1-42

第
1
章

南島的世界

1.0 　導論

　　語言的很多層面，尤其是歷史語言學，需要提及母語使用者所居住的實體環境，或是其語言所蘊含的文化。在討論南島語系之前，本章先勾勒南島民族的生活環境與文化背景。主要主題包含：1. 地理分布；2. 物質環境；3. 動植物；4. 體質人類學；5. 社會與文化背景；6. 對外接觸；以及 7. 史前時代。

1.1 　地理分布

　　如同其名（「南方的島嶼」）所提示的，南島語系主要分布在南半球的島嶼。然而，大部分偏西的島嶼多在赤道以北。西部島嶼群主要包含大印尼地區，或馬來群島，其北邊較小也較集中的菲律賓群島，以及更北在北緯 22 到 25 度，距中國大陸海岸 150 公里的台灣島（福爾摩沙）。以上這些島嶼群構成東南亞。傳統上，東邊的分區主要有美拉尼西亞（新幾內亞海岸及周邊島嶼，海軍部群島，新愛爾蘭島，新不列顛島，索羅門群島，聖克魯斯島，萬那杜，新喀里多尼亞島，及以忠誠群島），麥克羅尼西亞（馬里亞納群島，帛琉，卡羅琳群島，馬紹爾群島，諾魯，吉里巴斯），以及波里尼西亞（東加，紐埃，瓦利斯和富圖納群島，薩摩亞，吐瓦魯，托克勞，普卡普卡環礁，庫克群島，社會群島，馬克薩斯群島，夏威夷，復活島，紐西蘭等等）。由於一些波里尼西亞外圍的語言也分布在美拉尼西亞及麥克羅尼西亞地區，波里尼西亞的核心則被稱為「波里尼西亞大三角」，即連接北邊的夏威夷，南邊的紐西蘭，以及復活島的三

角區域。這些地區的其中三個因此以其所擁有的地形來取名（「印地安群島」、「小群島」、「多群島」），而第四個（「黑群島」）則以居民的外觀來命名。少數如斐濟群島及其屬地羅圖曼的小群島則無法如此分類。這些大塊區域一起構成大洋洲。近年來太平洋考古學家如 Pawley and Green（1973）及 Green（1991）對這樣的分區提出修正，以「近大洋洲」描述太平洋西部較大且可以互望的島嶼；以「遠大洋洲」描述太平洋中部及東部較小且彼此分隔較遠的島嶼。而令人驚訝的是，在印度洋西部的邊緣也有一個孤立的南島世界—廣大且在地理上長期與世隔絕的馬達加斯加島。另外，有些南島語言也分布在亞洲大陸，包括馬來半島南部第三大的馬來語，緬甸及泰國西部海岸的莫肯語，越南及柬埔寨七或八種屬於占語群的語言，以及中國海南島上的回輝話（又稱海南占語）。

以順時鐘來說，南島語系的界線如下。在西邊，麻六甲海峽分隔了 1600 公里長且整個島都是南島語言的蘇門答臘（包含沙邦及沿岸小島），以及說南亞語，由南往北延伸 160 公里遠位於安達曼海及孟加拉灣北部尼科巴群島。相較於以海岸線作為清晰間隔的區域，在亞洲大陸的語系則牽扯在令人疑惑的民族語言謎團中。在三分之一馬來半島的南部地區，沿海為馬來人所居住，讓出主要河川的上游區域給住在內陸雨林說南亞語的阿斯利人（馬來語為「原住民」之意）。在馬來西亞及泰國邊境以及往北的一些地方，音韻上有變異的馬來語方言使用者與泰語使用者相互混雜。而在馬來人區域的北部，泰國半島西部沿海以及高棉（緬甸），說南島語言的莫肯族，由於他們住在船屋的遷徙生活又被稱為海上吉普賽人，在丹老群島及鄰近大陸的小島之間遊牧著，也接觸到泰語（侗傣語系），緬甸語，以及克倫

語（漢藏語系）的使用者。而徜徉在安達曼海西部約 500 公里處的安達曼群島，則曾經是兩個相互歧異的語群（北安達曼語及南安達曼語）的祖居地。長久以來它們被認為沒有與其他語言有親屬關係。然而約瑟格林伯格（Josef Greenberg）1971 年提出它們隸屬於「印度-太平洋」語系一一個被高度懷疑且拒絕其存在性的超語系（Blust 1978c, Pawley 2009a）。如今只有南安達曼語仍有少數使用者。

　　南島語系在亞洲的北邊界線則相對地清楚分明。包括所有目前仍存在於台灣的十五種原住民語言，以及十二種或更多已經死亡的語言。而位於台灣島北方的沖繩群島，則分布數種琉球語。琉球語群的地位不明，有人認為是日本語較歧異的方言群，也有人認為它們是孤立語言，或是與日本語具較近親屬關係的語言。

　　由於波里尼西亞語言延伸到太平洋東邊的島嶼，因此或許可以說，南島語系東邊的界線位於太平洋東部及美洲沿海之間。然而在印度洋及太平洋中間也有個大島講完全不同的語言。多山的新幾內亞島（約法國的 1.5 倍大）有 750 種語言，且屬於不同語群，可說是聖經上巴別塔的現實版。雖然這些語言及島上大部分的人口被稱為「巴布亞」，然而在語言學上這個名詞也只是等同於「非南島」之意。過去三十年來學界已經累積不少語言證據，說明新幾內亞島上約三分之二的巴布亞語可能屬於單一且親屬關係鬆散的語群。巴布亞語言學先驅 S.A.Wurm 在 1970 年代將之命名為「泛-新幾內亞語群」（Trans-New Guinea phylum）（Pawley, Attenborough, Golson & Hide 2005）。其餘非南島語言的區域則分布在十個其他「語群」（phyla）。Foley（1963: 3）採取較保守的看法，認為「約六十種以上的巴布亞語系，以及可能約十二種巴布亞語言，乃是孤立語」。

非南島語也分布在東印尼地區，包括帝汶島，亞羅島，潘塔爾 Pantar 島，小巽它群島的基沙 Kisar 島，以及位於摩鹿加群島北方的哈馬黑拉島。直到十九世紀初，位於小巽它群島的松巴瓦島（Sumbawa）西邊，也曾存在一個非南島語。這個語言在 1815 年災難性的 Tambora 火山爆發後消失，只留下萊佛士在爪哇執政時期所收集的 40 個詞彙。Donohue（2007: 520）根據音韻上的推測及類型學上的特徵，認為這個語言乃是「巴布亞語，由南印尼地區的貿易人口所使用」。

　　其他非南島語也分布在俾斯麥群島的新愛爾蘭島與新不列顛島，位於新幾內亞西南方的路易斯亞德群島上的羅塞爾島，布干維爾島以及維拉拉維拉的一些小島，倫多瓦島，新喬治亞島，羅素群島，以及位於索羅門群島中西部的沙佛島。Greenberg（1971: 807）堅稱「『印度—太平洋語群』乃是由大洋洲到位於孟加拉灣西邊的安達曼群島的眾多非南島語，以及塔斯瑪尼亞南邊的語言所形成的單一具有親屬關係的語群。這項論述的例外主要是澳洲的原住民語言，幾乎所有前述的這些語言都互有親屬關係。」由於澳洲原住民語言與南島語言之間沒有具備親屬關係的證據，南島語系的南邊界線則落在東南亞島嶼的北邊及澳洲大陸之間。

　　最後，雖然有人曾提出南島語系與亞洲大陸或日本的不同語系之間有更遙遠的親屬關係，南島語系內部的語言分類則很少有疑慮。我們可以看到，親屬關係有問題的語言在地理分布上仍然呈現偏頗：相對於只有經歷一次激烈爭辯的西邊界線（主要關於占語的地位），以及後來體認到這樣的錯誤，南島語系及巴布亞語言之間的界線仍然使得美拉尼西亞地區的語言分類工作困難重重。

1.2　物質環境

　　南島世界的大部分地區位於赤道上下十度以內，因此可說是位處熱帶或亞熱帶。很多島嶼原來是火山所形成的；很多地區，包括夏威夷島（即夏威夷群島），萬那度的一部分，美拉尼西亞西部，以及延伸到印尼南部及東部的地區，並往北至菲律賓群島，均是火山活動及地震發生的核心區域。千年來很多南島語族即生長在與火山為伍的環境中。諸多毀滅性的火山爆發，如西元 1815 年 Tambora 火山，1883 年位於爪哇及蘇門答臘之間巽它海峽的 Krakatau 小島，1962 年位於峇里島上的阿貢火山（Gunung Agung），以及 1991 年呂宋島西部 Zambales 山脈的 Pinatubo 山，只是這些常年火山活動較近且壯觀的例子。關於地震的反映如 *linuR 或是 *luniR 常見於台灣、菲律賓群島、以及西印尼地區。然而沒有普遍分布的「火山」的同源詞組，只有結構性搭配詞「火」「山」出現在一些語言中。

　　印尼的島嶼通常分為大巽它群島及小巽它群島，部分基於大小，部分基於地理來源的區分。前者包含婆羅洲，蘇門答臘（分別為世界上第三及第六大島），爪哇，以及峇里島。後者龍目島（Lombok）以東至帝汶以外的小島，直到小巽它群島以東與摩鹿卡南邊會合的模糊界線。在蘇門答臘島、婆羅洲和爪哇島兩側的較小島嶼，包括蘇門答臘西邊的堰洲群島，蘇門答臘與婆羅洲之間的邦加和勿里洞島（Billiton），爪哇島北部的馬都拉島（Madura），爪哇島以東的峇里島，以及菲律賓西南部的巴拉灣島，雖然這些島在大巽它群島中比較沒沒無名，他們就像鄰近的大島一樣，躺在已經淹沒的巽它陸棚（Sunda Shelf）上，而這陸棚如同潛艇般延伸到大冰河時期仍顯露在水上的亞洲大陸。

位於摩鹿加群島南部的阿魯群島（The Aru Islands），就像新幾內亞的大島一樣，它們在地質上屬於莎湖陸棚（Sahul Shelf）的一部分，如同潛艇般延伸至澳洲。印尼和菲律賓的所有其他島嶼，包括摩鹿加群島（曾因其丁香，肉荳蔻皮及核仁而聞名），以及印尼中部相對較大的蘇拉威西島（以前被稱為西里伯斯或因其奇怪的形狀而被稱為赤道上的蘭花）佔據了華勒斯陸棚。這個在陸棚之間地質不穩定的區域，乃是以十九世紀英國博物學家阿爾弗雷德羅素華勒斯（Alfred Russel Wallace）來命名。在大冰河時期，包括現今的東南亞島嶼群和澳洲—新幾內亞的區域，乃是由三個大的區域所組成：一、巽它大陸（Sundaland），即亞洲大陸的延伸；二、莎湖大陸（Sahulland），曾是單一陸地，但在小冰河時期分裂成新幾內亞、澳洲和塔斯馬尼亞；以及三、華勒斯區塊，即位於這些大而穩定的大陸板塊之間多變的島嶼世界。

太平洋上的一個重要的地理界線稱為安山岩線（Andesite Line）。位於該線以西的島嶼（如新喀里多尼亞，斐濟）躺在澳洲陸棚上；而該線以東的島嶼（如社會群島或夏威夷群島）則是真正的大洋洲島嶼。後者由火山所形成，且未曾與任何大陸板塊連結，進而在生物的分布上呈現不同程度的生態貧瘠。

一些較大的島，如婆羅洲，其茂密的植被，高降雨量，以及危險或有害的動物可能大大地阻礙行進，河川因此成為通往內陸的自然管道。砂勞越北部的沙巴的語言分群顯示，在婆羅洲北部及西部定居的南島語族，曾經沿著海岸前進，再往上進入主要河川。同樣也是靠著這樣相對開放的路線（馬克姆山谷），南島語族完成他們在新幾內亞腹地中唯一的重要蔓延。在某些地區，強降雨造成相當大

的表土損失，並從下游流入大海。由此在河口周圍形成的沖積沉積物，在不遠的過去造就了蘇門答臘東部和婆羅洲南部的大片區域。最早由火耕農業以及近年來自國際之間伐木造成的森林砍伐，無疑加速了表土損失的進程。

　　麥克羅尼西亞以及太平洋一些有人居住的島嶼，如法屬波里尼西亞的土阿莫土（Tuamotus），為不超過幾米海平面上的珊瑚環礁。麥克羅尼西亞環礁尤其是一個特別不穩定的棲息地，因其大部分都位處於颱風帶，從卡羅林群島東部的楚克（特魯克）地區往西及西北延伸到菲律賓，台灣和日本南部。颱風對植被的破壞可能需要六到七年才能復原，對一個在任何時候僅能提供有限糧食生產機會的脆弱環礁環境，颱風所帶來的損害都可能是災難性的（Alkire 1977）。

　　南島世界的大部分地區都有相當多的季節性降雨，即使該地區一向相當潮濕。位居季風範圍的東南亞島嶼及美拉尼西亞西部，帶雨的強風所形成的季節性變化大大地影響當地的航行條件和經濟生活等其他方面。幾千年來這些條件對於南島民族的重要性也反映在語言裡，如馬來語 *mata aŋin*，斐濟語 *mata ni caŋi*（字面意為風的眼睛）為一般用來表達方向的術語，指南針的點，以及由此構擬的方向名詞如 *habaRat「西季風」和 *timuR「東季風」。

　　南島世界許多較大島嶼的低窪地區都炎熱且潮濕；而瘧疾在美拉尼西亞多數地區是一個嚴重的問題。相對的，波里尼西亞較小且偏遠的小島，被涼爽的海水和溫柔的海風包圍著，讓歐洲浪漫主義者將之視為人間天堂。雖然同樣的說法也適用於麥克羅尼西亞更小的島，只是由於其中大多數是環礁，因此未能像薩摩亞、大溪地、或夏威夷那樣的高島，同等地吸引歐洲人的想像力。在較大島嶼的

高地居住區域，如馬達加斯加中部的 Imerina 高原，婆羅洲中部的 Kerayan-Kelabit 或 Usun Apau 高地，夜間經常很涼爽，偶爾會受到冰雹的襲擊。只有少數幾個極端海拔的地區（如夏威夷 4,200 米的 Mauna Kea 和 Mauna Loa 火山），高緯度（如紐西蘭的南島），或綜合以上但溫度中和的地區（如台灣中部一些從 3,000 到 4000 多米的群峰）則可以看到雪。

1.3 植物與動物

　　南島世界的大多數島嶼都有類似的沿岸樹木。其中最為顯著的是無所不在的椰子。其他常見於海灘後面的樹種有松樹狀的木麻黃，可以遮蔭的紅厚殼（又名瓊崖海棠），棋盤腳樹和大葉欖仁。其中有些可生產有價值的水果或堅果。另外還有經濟上有用的灌木或低矮的灌木如露兜樹，或林投（Pandanus tectorius 和 Pandanus odoratissimus），以及盛開的木槿芙蓉（Hibiscus tiliaceus）。在沿海地區的沼澤地常見大片的紅樹林，將它們的長型撐根散播到鹹水或有鹽味的水中，為小型魚類或甲殼類動物提供了一個避風港，也為牡蠣提供可以依附的地方。

　　重要的非食用植物包括尼帕棕櫚（Nipa fruticans），其葉子像東南亞島嶼廣泛使用於製作牆壁和屋頂的西米棕葉。生長於海濱的林投樹，則被用來製作覆蓋地板的墊子以及（在太平洋地區）作為獨木舟帆的材料。木槿芙蓉的樹皮則用於繩索。不同種類的大型竹子在東南亞島嶼被用作運水或烹飪食物的器皿。藤條和各種藤蔓則用

於捆綁。將魚藤（Derris elliptica）的根粉碎與河水混合則可以用來麻痺水中的魚，以方便捕捉。多種樹木也生產木材用於建造房屋，獨木舟等等。

在南島世界的大部分地區，更重要的食用植物是椰子，香蕉，麵包果，西米棕櫚（Metroxylon sagu），山藥和芋頭（主要是紫芋，雖然巨人沼澤芋頭（Cyrtosperma chamissonis）在太平洋的某些地方也很重要）。一些植物在傳統上因其本身的食用價值以及其他實用性而受到重視，如波羅蜜可產生大且可食用的麵包果；其具粘性的樹汁可以用來捕鳥。稻米在東南亞島嶼的每個地方都很重要，其經濟的中心地位隨著印尼群島往東移而逐漸減弱；西米（sago）取而代之作為主食的重要性也隨之增加。摩鹿加以東則完全沒有任何糧食作物，除了馬里亞納群島，那裡的水稻顯然是查莫洛人的祖先於3500 多年前引進的。小米在東印尼部分地區以及台灣也很重要。

大多數島嶼的內部都被熱帶雨林覆蓋。帝汶的南邊及其鄰近的島嶼則屬例外，主要是因其位於從澳洲中部沙漠往北吹的季節性乾熱風的路徑上。一些距離赤道較遠的島嶼（如台灣，紐西蘭）也屬例外。在部分東南亞島嶼及新幾內亞，幾乎所有荒廢的農地都被白茅（Imperata cylindrica）接管，如此轉變為永久性的稀樹草原。

如果未提及地質歷史，討論南島世界的動物生命史就沒有意義。西元 1869 年英國博物學家阿爾弗雷德羅素華勒斯（Alfred Russel Wallace）發表了他稱之為馬來群島（Malay Archipelago）的自然歷史觀察報告。這些觀察中最重要的部分是關於兩個截然不同的動物區域，有趣地劃分了陸生動物和某些鳥類群—西區的動物與東南亞大陸和印度的動物較為相似，東區的動物則與澳洲的有較強烈的相

似性。在某些方面這兩個區域之間的分界相當令人訝異。Wallace
（1962: 11）指出，例如，巴峇島和龍目島的鄰近島嶼非常意外地包
含根本不同的動物組合：「在巴峇島，我們有五色鳥，水果畫眉，和
啄木鳥；但轉移到龍目島時，我們不再看到那些鳥類，卻有相當多
的鳳頭鸚鵡，蜜雀和火雞，而這些動物在巴峇島或往西的島嶼是不
為人知的。這兩個島之間的海峽只有十五英哩寬，所以我們可以在
兩個小時內，從地球上的一個大分區到另一個大分區，這種動物生
命史的差異基本上如同歐洲與美洲的差異一樣。」

　　在一個或多個西部島嶼上具特色的陸地哺乳動物有大象，貘，
犀牛，野牛，水鹿，山羌和鼠鹿（或小鼷鹿，Tragulus kanchil），馬
來熊，老虎和雲豹，穿山甲或鱗片食蟻獸（在印尼西部為 Manis
javanica；在台灣為 Manis pentadactyla），豪豬，山豬，狸貓，猩猩
和長臂猿，各種猴子，圖帕鼠（一種樹鼩），慢懶猴，眼鏡猴，水
獺，獾和老鼠。在東部島嶼上具特色的陸地哺乳動物則包括各種種
類的斑袋貂，袋狸（有袋的大型鼠），樹袋鼠（阿魯群島和新幾內
亞），針鼴或多刺的食蟻獸，以及老鼠。華勒斯指出，如果將大巽它
島嶼除了蘇拉威西外，視為曾經是亞洲大陸的延伸，就可以簡單地
解釋這個物種分布。同樣地，東部島嶼也曾經連結澳洲或更接近澳
洲，但由於西部與東部生物區長期以來被大水隔絕，使得大多數陸
生哺乳動物和陸地鳥類無法通過。後來研究發現華勒斯對動物分布
的推論與所測量的海洋深度緊密對應。為紀念其貢獻，世人將此動
物地理界線命名為「華勒斯分界線」。

　　現在已知印度和澳洲生物區之間的界線，即使是想像在它們之
間畫一條線，也仍然不是很清楚。大島如蘇拉威西，在某種程度上

呈現兩種區域的動物型態，有狐猴，明顯的原生本土猴，具備西部區域特點的野豬，兩種斑袋貂，以及具東部區域特色的的一種塚雉。在其他方面，蘇拉威西島在動物學上是獨一無二的，有兩種在其他任何地方找不到的侏儒水牛（Bubalus 屬），還有奇特帶長牙的鹿豚（馬來語為豬鹿），是一種在蘇拉威西島和鄰近的島嶼才有的豬群。

華勒斯界線往北延伸的區域一直是個爭議的問題，但似乎很清楚的是，如果以華勒斯界線來標記有袋動物的西部邊界，菲律賓群島即位於印度生物區，雖然只有巴拉灣島和附近較小的卡拉棉（Calamian）和庫約群島（Cuyo）位於巽它陸棚上。在菲律賓的大部分地區都可以找到各種類型的猴子，水鹿，野豬和狸貓。亦有記載過去曾在巴拉灣島和鄰近卡拉棉群島以北地區發現了穿山甲。所有這些相關物種如水牛，野山羊（serow），熊，豹，兔，水獺，鼯鼠，田鼠和幾種類型的松鼠也都見於台灣。在菲律賓中部的民答那峨島也發現了特有種野生水牛。

正如諸多作家的觀察，大型鼠類和各種蝙蝠的分布比起其他非馴養動物來得廣泛（到達波里尼西亞）。前者無疑是因其為成功的偷渡者，而後者則歸功於飛行能力。然而，一般來說，從亞洲大陸和澳洲往真正的海洋島嶼移動時，各式各樣生命形式（尤其是陸地哺乳動物）的數量和超物種層次也逐步遞減，最終在自然生物群高度貧瘠的孤立物種前哨站—夏威夷及復活島，到達極端。因為這些島提供了幾乎無人居住的棲息地，少數物種得以在與西方人接觸之前到達那裡。真正的海洋島嶼如夏威夷島鏈呈現眾多獨特物種之間的鮮明對比。這些物種通過適應性擴散（adaptive radiation）的考驗，但相對地科（family）與屬（genera）也較少。

有些具文化特色的顯見鳥類，一如同源詞所反映的，包括兩種野鴿（Ducula 屬，Treron 屬）、犀鳥（東南亞和西太平洋）、白鷺、啄木鳥、野鴨、貓頭鷹，以及鵪鶉或鷓鴣。在太平洋上，信天翁、軍艦鳥和各種燕鷗或海鷗也很顯見。

就爬蟲類而言，鱷魚從菲律賓北部到索羅門群島都很常見，然而單獨行動的個體連遠在東邊的馬貴斯島（波里尼西亞東部）也有發現（Darlington 1980: 229）。太平洋西部可見各式各樣的蛇類，以東至波里尼西亞西部的斐濟、東加、薩摩亞和富圖納群島也有。但一般而言不見於麥克羅尼西亞。在波里尼西亞中部和東部則完全沒有蛇類出現。在菲律賓和印尼的幾種語言中，關於蟒蛇（python）的重建詞（*sawa）已成為蛇的泛稱詞，證實了這蛇的類屬在該地區人們心理上具有顯著性。巨型蜥蜴（Varanus 屬）的分布與鹹水鱷魚類似。一種名為科莫多龍（Varanus komodoensis）的巨型蜥蜴，只出現在弗洛雷斯島的西端和少數在巽它群島鏈的較小島嶼。這是現存最大的蜥蜴，成年的長度有時可達到三米半。

只有在較大的島嶼內地或亞洲大陸人們才能遠離大海。因此，大多數使用南島語言的社會不僅熟悉當地具有特色的陸地動物，也熟悉熱帶海洋中豐沛的非本地海洋生物。包括像鯨魚這樣的水生哺乳動物（只在少數幾個地點獵捕），海豚，和西太平洋的儒艮，以及鰻魚，海蛇，海龜，巨蛤（Tridacna 屬），海螺（其殼被廣泛用作信號角），章魚和魷魚，龍蝦，各種類型的螃蟹，鯊魚和魟魚，以及令人眼花繚亂的其他魚類，如具食用價值的（西班牙鯖魚，各種鮪魚，鰹魚），在礁石上具危險性的（石頭魚），或具有驚人外觀的（蝴蝶魚，鸚鵡魚，河豚魚）。

1.4　體質人類學

　　南島民族前身的可能倖存者是長相矮小，黑皮膚，頭髮毛茸茸的菲律賓矮黑人，傳統上為採集者（在某些情況下仍然是），並與強勢的務農菲律賓人以文化共生的模式生活（Garvan 1963）。有些學者也區分北邊呂宋島東海岸的杜馬加特（Dumagat）族群，據說像巴布亞人，然而其他學者並沒有作這樣的區別。矮黑人族群分布在呂宋島的部分區域，一些比薩亞（Bisayan）島嶼（如班乃島及內格羅斯島），以及巴拉灣島和民答那峨島。在菲律賓群島以外的地方，他們則分布在馬來半島的內地，說南亞語，雖然裡頭有很多馬來語借詞，且持續增加中（Benjamin 1976）。在安達曼群島也有發現其他矮黑人的群體，但他們的語言完全不同。東南亞的矮黑人很有可能是四萬年前更新世時期來到該地之族群倖存者的代表。現今所有在菲律賓的矮黑人族群均使用南島語，但過去一定有段時間並非如此。而且也有學者聲稱很多現今在呂宋島的矮黑人族群在南島民族來之前曾共享一個語言底層（linguistic substratum）（Reid 1987, 1994a）。有可能是菲律賓和馬來半島的矮黑人分布區產生語言同化現象，透過貿易接觸導致採集者和務農者在經濟上相互依賴的關係日益緊密。矮黑人族群的獨特性可以從一些菲律賓的語言如 Agta，Alta，Arta，Ata，Atta，Ati，或是 Ayta（有時寫成 Aeta）中重建詞 *qaRta 的反映看出來。這些詞經常被菲律賓的主要人口用來指稱矮黑人，但有時也是矮黑人族群自己使用的自我稱謂。印尼西部和東部，甚至以東至新喀里多尼亞均發現了 *qaRta 的反映，其意義可以包含 1. 人，人類；2. 奴隸；以及 3. 非我族人；外人。鑑於原始南島語 *Cau，原始馬

來波里尼西亞語 *tau「人，人類」，以及原始西馬來波里尼西亞語 *qudip-en「奴隸」，原始馬來波里尼西亞語的 *qaRta 可能意味著「非我族人；外人」；這樣的推論也與菲律賓矮黑人族群的適用性一致。

與菲律賓形成鮮明對比的是，婆羅洲沒有現存的矮黑人，即使在砂勞越北部尼亞洞穴（Niah Cave）的考古現場揭示了可以回溯到大約四萬年前新石器時代之前的人口狀況。若從較寬廣的角度來看東南亞的族群，矮黑人的祖先最有可能是在尼亞洞穴擔負前新石器文化的承載者。這些族群消失的時間和原因尚不清楚，但儘管偶爾出現聲稱有關矮黑人在一些族群中混居的證據，例如沙巴的姆律人（Muruts），婆羅洲的南島民族和南島民族之前的族群似乎很少或幾乎沒有接觸。同樣地，早期的報導也提及一些蘇門答臘族群具有吠陀型（Veddoid）外觀，然而蘇門答臘的族群與婆羅洲或印尼西部的族群似乎沒有顯著差異。

台灣的情況則有點複雜。Dyen（1971d: 171）表示，「據說台灣中央山脈的西側一帶曾廣泛分佈著矮小黑人，應該是矮黑人族群，大約在一百年前消失了。」雖然長濱（Chang-pin）洞穴（八仙洞遺址）和其他地方的發現顯示新石器時代前台灣的族群（很有可能是矮黑人）在南島民族抵達之前已經在此生活了數千年，現今台灣原住民的神話中所提及的矮人種族並沒有表明他們一定是黑人，而且這些故事與其他在太平洋地區廣為人知的小矮人事跡也很類似（Ferrell 1968, Luomala 1951）。

台灣，菲律賓和印尼西部的大多數南島民族均為改良型蒙古人種。膚色從橄欖色到中度深褐色不等。頭髮呈深棕色至黑色，直至波浪狀，即使在某些區域也會偶爾出現澎鬆感（如爪哇），一般認定

他們未與早期族群接觸。眼睛是黑棕色至黑色，通常缺少蒙古眼褶。Chai（1967）區分內眥眼褶（epicanthic fold）及蒙古眼褶（Mongolian fold）並提出其在原住民族群出現的頻率報告。前者約有 85% 的魯凱族男性及 61.1% 的阿美族女性缺少；後者約有 96.3% 的鄒族女性及 50.9% 的泰雅女性缺少。因此，蒙古眼褶在泰雅族人（台灣最北的高山民族）之中非比尋常地顯著。Chai 發現台灣原住民男子的平均身高從 164.6 公分（阿美族）到 156.6 公分（排灣族）不等；台灣原住民婦女的身高從 155.9 公分（阿美族）到 146.2 公分（布農族）之間。若不算看起來非常高（且皮膚白皙）的阿美族人，這些數字對於大多數菲律賓和印尼西部的民族來說，可能在相當有限的範圍內仍具有代表性。雖然相對較矮，但一些族群的男子卻很精壯結實，肥胖也很少見。

Murdock（1959: 212）將馬達加斯加的人口描述為一個包含矮黑人種，蒙古人種，以及高加索人種的複合混雜體。膚色相對較淡且頭髮較直的伊美利那（Imerina）高原族群符合一般東南亞類型；而較受非洲影響的體型主要分布在西海岸的乾旱地區（Sakalava，Bara，Mahafaly）。高加索類型的成份則分布有限，似乎是最近幾個世紀與阿拉伯或歐洲船員通婚下的結果。

而在菲律賓，矮黑人種和南部的蒙古人種是相當鮮明的不同族群。印尼東部的體質人類學則顯示較大的逐步融合過程，從西印尼到巴布亞類型都有。在小異它群島西部，如森巴瓦島，弗洛雷斯島，薩武島或松巴島，體型與西印尼沒有顯著的區別。往東接近新幾內亞，表現型（phenotypes）呈現較大的變化，有時與西印尼的典型差異甚大。一般而言，最顯著的巴布亞體型出現在非南島民族，

如阿洛島人（Alor）。然而幾世紀的社會經濟接觸及以島嶼間的基因流動，如帝汶，已經模糊了語言關係與表現型之間的關聯。

語言關係和體型的不對稱性顯示摩鹿加群島北部有著複雜的人類定居史。巴布亞語及南島語兩者均在哈馬黑拉島上使用。一般來說，哈馬黑拉北部和鄰近的莫羅泰（Morotai）島（北哈馬黑拉語群）使用巴布亞語，而哈馬黑拉南部則使用南島語。然而，在哈馬黑拉西海岸的 Makian 小島，Makian 內部的語言（面向哈馬黑拉）Makian Dalam 語或 Taba 語，是南島語，而 Makian 外圍的語言（背對哈馬黑拉），Makian Luar 語，是巴布亞語。令人驚訝的是，哈馬黑拉的體質人類學與語言分類剛好反過來：很多哈馬黑拉北部的巴布亞語使用者，如 Ternate，Tidore 或 Galela，是印尼體型；而大多數哈馬黑拉南部的南島語使用者，反而與西太平洋巴布亞語使用者的體型類似。這種體型和語言關係之間的不對稱性，顯示哈馬黑拉北部及南部地區曾發生語言取代過程，或許是幾個世紀以來一直爭相控制香料貿易的結果。在摩鹿加群島的中部和南部，體型的變化從主要的印尼類型如 Buru，斯蘭島（Seram），Ambon 或 Tanimbar 等地區到主要的巴布亞類型如摩鹿加群島東南部的阿魯群島都有。

大多數在新幾內亞和俾斯麥群島的南島民族都有深褐色的皮膚和毛躁的頭髮。然而，這樣的一般描述卻隱藏了相當多的差異性。通常被稱為美拉尼西亞人的族群，其膚色從偏紅棕色（Mekeo，Motu，Kilivila 和新幾內亞東南部的類似民族）到煤炭黑（布卡，布干維爾和索羅門群島西部的其他地方）[1]。頭髮的自然色是黑到褐

1　Andrew Pawley（個人通訊 4/22/09）指出，明顯的東南亞特徵甚至也見於 Koita 這個長期與 Motu 親密接觸講巴布亞語的族群，並且毫無疑問受到來自它們的基因流動的強烈影響。

色，在某些區域甚至到紅褐色。在美拉尼西亞西部的部分地區也有用石灰進行人工漂白，將頭髮染成金色（如新不列顛島和新愛爾蘭島）[①]。Howells（1973）提到美拉尼西亞的髮捲通常比非洲族群的更澎鬆。因此，頭髮形狀不會毛燥，但可以是毛茸茸（俾斯麥群島）到濃密（斐濟）。眼睛是深褐色，蒙古眼褶可見於一些地區（如新幾內亞北海岸）。身材多樣，從西部和中部美拉尼西亞相對矮小的體型，到斐濟和新喀里多尼亞幾乎如波里尼西亞常見的體型。在體質上，美拉尼西亞的南島民族與非南島民族似乎在不知不覺中變成彼此。一些學者嘗試區分美拉尼西亞與巴布亞的體型，似乎毫無根據，儘管新幾內亞高地和低地的種群之間有明顯的身體差異且與語言隸屬關係無關。

此外，有些美拉尼西亞的南島民族在體型上反而比較接近東南亞島嶼或麥克羅尼西亞的族群，而非像其他美拉尼西亞地區的族群。在某些情況下，與索羅門群島，聖克魯斯島，萬那杜和羅亞爾蒂群島的十幾個波里尼西亞外圍社區，這個變異可以解釋為反向遷移的產物。然而，在其他情況下必須有不同的解釋。一些烏武魯和奧阿小島上的居民，新幾內亞塞皮克河口以北 170 公里處，往西375 公里位於馬努斯島的海軍部群島（Admiralties）族群，有黃褐色的皮膚和波浪到略微捲曲的頭髮，但他們的家鄉島嶼位於一般所定義的美拉尼西亞。更重要的是，Wuvulu-Aua 語言分群與海軍部群島東部黑皮膚毛燥髮質的族群有語言上的親屬關係。一種類似淺膚色，相對直髮的體型似乎在現今人口已滅絕的卡尼特群島，位於馬努斯西北約 170 公里，以及被描述為一種混雜美拉尼西亞的體型也在小小的 Tench 島（或 Tenis 島）發現。該島位於新愛爾蘭以北 100

公里處，聖馬蒂亞斯群島 Emira 島以東 65 公里處。值得注意的是，在瘧疾嚴重肆虐的地區淺膚色與直髮或波浪形頭髮就不會出現；但如果瘧疾較溫和或缺少的地區，這些身體特徵有時就會出現。德國語言學家田樸夫（Otto Dempwolff）在他早期從醫的職業生涯中，研究過對瘧疾抵抗差異這個問題。他認為這個偏相關（partial correlation）是太平洋種族歷史某些主要特徵的關鍵，並推斷早期南島民族是對瘧疾幾乎沒有抵抗力的南方蒙古人種。這些後期來到西太平洋的航海移民，遇到長期定居皮膚黝黑頭髮毛燥，經過世世代代的暴露與篩選對瘧疾已產生抵抗力的族群。那些留在瘧疾嚴重肆虐地區的南島民族，沒有與當地人通婚的，就難逃消亡的命運。那些留下來並且通婚的就能倖免於難，並在很多情況下傳承他們的語言和文化，但體型上則有所改變。那些在短時間內移居非瘧疾地區的南島民族，就能傳承他們的語言和文化且不需要改變體型。

一般來說，麥克羅尼西亞人的體型與美拉尼西亞人的典型體型差別很大。他們的體型被認為介於東南亞人和波里尼西亞人之間，因為他們往往比多數東南亞人高大，但比多數波里尼西亞人矮且黝黑。帛琉人的表現型顯示他們可能曾與西美拉尼西亞人接觸，但對於其他麥克羅尼西亞人來說並非如此。

波里尼西亞大三角地區普遍存在一種相似的體型，雖然波里尼西亞外圍人口顯示其與美拉尼西亞的鄰近族群有基因流動的證據。正如歐洲早期航海家所反覆指出的那樣，波里尼西亞人與多數美拉尼西亞人在體型上至少有以下的差異：他們比較高大，膚色較淺，頭髮較直。年輕男子多數擁有強壯的身形。隨著年齡增長男性跟女性都會越顯豐腴。然而豐腴的身材在波里尼西亞的社會被視為具有

文化價值。斐濟人的體型通常比較像美拉尼西亞人，但他們在文化上較接近波里尼西亞人，膚色的變異也很大，而且比多數美拉尼西亞西部的族群還要高大許多。羅圖曼（Rotuman）人在體型上與波里尼西亞人類似，但他們的語言不屬於波里尼西亞。

1.5 社會與文化背景

南島社會對其環境涵蓋了廣泛的生態適應與掌控層次。在技術以及其他方面，最單純的社會型態是狩獵採集型。長久以來廣為人知的狩獵採集族群分布在菲律賓群島及印尼，如呂宋島，菲律賓中部及民答那峨島的矮黑人族群，婆羅洲的 Penan / Punan 族，蘇門答臘的 Kubu 族和盧布族，蘇拉威西的 Toala 族，以及摩鹿加群島中部的蘇拉群島上的 Kadai 族。

1971 年時一些位於民答那峨島上，未與外界接觸過的狩獵採集家庭的相關報導引起了廣泛的轟動。對一些學者而言，這些單純的人們─塔沙代人（Tasaday），外人聲稱他們對農業一無所知，使用石頭工具，以及居無定所的特性，儼然是原始菲律賓人的代表。但是這些看法並未與語言證據吻合。語言證據顯示在民答那峨島上久居的農業族群講 Tasaday 語及 Blit Manobo 語這兩種語言，而這兩種語言在大約 500-750 年前有一個共同的祖語（Molony & Tuan 1976）。因此，對於 Tasaday 人的游牧生活，最簡單的解釋似乎是他們在早期時從定居的生活方式反過來轉變為現今狩獵採集的型態。1987 年 Tasaday 的案件被認為是基於政治及金錢利益而精心設計的騙局。社

會和文化人類學家之間經過多次且經常激烈的爭論之後，這樣的觀點反而被推翻了。現在普遍認為原始的報導是正確的，雖然不一定是他們附帶的解讀（Hemley 2005）。

關於婆羅洲森林游牧民族的起源，也是辯論地很激烈。Hoffmann（1986）認為 Penan 和 Punan 族在早期是農耕族群，為因應中國對林木的需求，轉而成為森林遊牧民族，以成為供給系統的一部分。布羅修斯（Brosius, 1988）和塞拉托（Sellato, 1988）大力反對這種觀點，並認為 Penan／Punan 族的游牧歷史與菲律賓矮黑人的歷史沒有什麼不同。婆羅洲的游牧族群是南島語族前身的代表，經由接觸而使用南島語，在歷史上呈現一種定居模式及與鄰近農耕族群的文化同化。這種觀點本質上並非不可能，然而舉證責任肯定落在抱持此觀點的人，畢竟無論在表現形上，語言上，以及在某些文化層面上，婆羅洲的游牧民族已經非常類似他們定居型態的貿易伙伴，除了經由語言轉移習得對方的語言，也湊巧在體型上與對方非常相似。而非將他們與菲律賓的矮黑人比較。矮黑人與一般菲律賓人在生物特徵上很不同。將婆羅洲的遊牧民族與塔沙代人相比是具啟發性的。塔沙代人在語言上及表現型上也是與鄰近定居族群非常相似，且似乎也曾拋棄早期的定居生活型態。

此外，至少可以從兩項有名的個案得知狩獵在歷史上是次要的。第一個個案是 Mikea 族，在馬達加斯加西南部的荊棘叢林裡過著半遊牧的生活。他們是首批來自婆羅洲講南島語之農耕族群的後裔（Kelly, Rabedimy & Poyer 1999）。第二個是 Chatham 群島的 Moriori 族。這個從紐西蘭來到 Chatham 群島的波里尼西亞族群，被迫適應較冷的氣候，以及比起其他波里尼西亞人更貧瘠的自然環境。也因此他們

缺乏農作物，家畜，以及用來建造獨木舟及房屋的大樹。當初次與
歐洲人相遇時，他們大多過著遷徙遊走的生活（Skinner 1923）。

　　如同婆羅洲的 Punan 和 Penan 族在近幾年的文獻受到較多的關
注，蘇門答臘也有自己的遊牧民族或之前是遊牧民族的狩獵採集者。
它們的名稱很多樣，包括 Orang Mamaq，Orang Ulu，Batin，Kubu
和 Lubu。那些發現於蘇門答臘東南部 Musi 河和 Batang Hari 河沖積
低地之間的族群，在文獻中稱為 Kubu；而其他與北部 Mandailing
Batak 接觸的族群則稱為 Lubu。過去二十年間關於婆羅洲遊牧民族
起源的辨論，基本上同樣的辨論在一百年前也發生在關於蘇門答臘
民族誌的（大部分）德國文獻中。就這兩種情況，有人認為遊牧民
族已經從世居農耕的生活型態經歷了轉移；也有人認為他們代表文
化保守主義的零星地區。Kubu 族的文化狀況尤其如此。這個族群居
住在古代室利佛逝遺址附近，這個地區在第七世紀時曾是佛教主要
的學習及海洋商業中心。所有 Kubu 族群似乎都講馬來語的方言，而
Lubu 族講 Mandailing Batak 語的方言。這些文化保守的群體，如東
爪哇的 Tenggerese 或峇里島中部的 Bali Aga，偶爾被說在外表上異
於其周圍主流的族群，然而聲稱他們代表古老遺留的族群，且有著
非常不同的歷史這樣的說法，並未受到支持。更確切地說，像西爪
哇講異它語的 Badui 族，他們似乎代表一種西方所不知的零星文化
保守族群，如同賓夕法尼亞州的 Amish 人。

　　雖然蘇門答臘西部孤立的 Mentawai 島和 Enggano 群島的居民是
久居的農人，但據說在剛與西方接觸時，他們的物質文化非常貧
乏。早期的說法認為這兩個群體的居民缺乏稻米農業，編織和冶
金。據說 Mentawai 島上也缺乏陶器的製造和檳榔的使用。偶爾出現

這些文化是古老的（Schefold 1979-80: 13 頁起）說法，如同對 Tasaday 的類似主張一樣，意味著保留了一種過去常見於南島語言的其他使用者的生活方式。然而，比較語言學上關於早期南島文化的語料精確地顯示，這些非典型的文化不是活化石，而是回歸到一種物質上更簡單的生活方式的產物。

在蘇拉威西島的人口沒有已知的矮黑人存在的痕跡。居住在西南部半島地區的單一族群 Toala（<*tau 人，人類+*halas 森林，森林人），過去曾是游牧民族，但據報導在歷史上受到該地區強勢 Buginese 族的干預，被迫離開岩屋，在單一部落定居下來。關於其他採食族群的報導有時也會浮現，包括聲稱在 Gorontalo 地區的小部分長居族群，在荷蘭治理期間曾採取了游牧生活方式，以免除對殖民政府繳稅。然而總的來說，有關蘇拉威西島游牧民族的報導事件遠低於婆羅洲或蘇門答臘島。

與西部地區不同的是，小巽它地區沒有狩獵採集者的報導。關於大巽它及小巽它在這方面的差異原因尚不清楚，但區分這些地區的兩個因素脫穎而出。首先，像婆羅洲或蘇門答臘，甚至是民答那峨島都比帝汶（小巽它地區的最大島）大得多。那麼，在某種程度上，游牧型態可能與可用土地的數量息息相關，讓採食族群得以維持生計。第二，可食用的森林產物是否相對豐富，應是維持狩獵及採集生活型態之可能性的一個決定因素。婆羅洲的游牧民族 Punan 族嚴重依賴野生西米，同時他們自己也助其繁衍。相比之下，小巽它的一些群島呈現半乾旱的稀樹草原，零星的樹木和灌木叢雜生的景觀。植被比起婆羅洲或蘇門答臘的雨林更顯貧瘠。

大多數南島語族都是農民。村莊組織的型態呈現多樣化。從零星

分散的小村莊，如賽夏族（台灣），Ibaloy 族（呂宋島）和 Subanen /
Subanun 族（民答那峨島），到高度集中的長屋社區，常見於婆羅洲
中西部的大部分地區，蘇門答臘南部的部分地區，以及東南亞大陸
的占語群地區。也許最常見的村莊類型是由一群家庭住宅組成，圍
繞一個廣場，以及一個用於社會，政治和某些宗教信仰事務的公共
建築。單身男子集會所在傳統上可見於台灣北部，菲律賓，加里曼
丹，蘇門答臘，麥克羅尼西亞西部（馬里亞納群島，帛琉）和美拉
尼西亞大部分地區。在麥克羅尼西亞中部也有大型的月經房。在東
南亞島嶼的大米糧倉以及美拉尼西亞的山藥倉庫，都是很常見的村
莊建築。傳統的村莊常被道路或河流分為兩個相互支持，相互對立
的對半二元組合─據報導這是世界上許多地方的傳統社會型態。在
某些區域，如馬達加斯加，紐西蘭和 Austral 群島的 Rapa 島，定居
地則是建在山頂上並增築防禦工事。

　　住屋類型差異很大，但經常出現的特徵包括：1）山牆屋頂，2）
以棕櫚葉蓋的屋頂，3）屋柱抬高，以及使用（通常有缺口的木頭）
梯子進入。在台灣北部泰雅族所居住的山區，由於冬季氣溫可以降
至冰點，其傳統的住宅是半地下的。同樣往下挖掘地板的居所也見
於諸多在太平洋颱風帶的南方族群，如台灣東南沿海蘭嶼（Botel
Tobago）島的雅美族，以及其具親屬關係的菲律賓最北部巴丹群島
的 Itbayaten 族和 Ivatan 族。就龐大規模而言，南島世界最宏偉的建
築物是婆羅洲的長屋，據說其中一些長達 400 米。在極端情況下，
這些足以構成一個單一結構的村莊，儘管村莊可能包含一個以上的
長屋。像大多數單戶住宅一樣，長屋在木柱上距地面兩到三米處。
通常，結構沿其長度分為公共和私人兩部分，前者作為工作，遊戲

和社會接觸的長廊，後者由牆壁細分為各個核心家庭單元。雖然上述長屋通常很普通，但是印尼其他一些族群的單一（延伸）家庭住宅，尤其是蘇門答臘島的巴達克族，Nias 族和 Minangkabau 族，以及蘇拉威西中部的托拉查（Toraja）族，有時建築結構相當華麗宏偉（Waterson 1990）。

　　幾乎在南島世界的所有地方，船隻是重要的運輸工具。雖然台灣原住民擁有舷外浮架（outrigger）的證據是有爭議的，這項獨特的航海穩定裝置在台灣以外的南島語族幾乎普遍存在。雙舷外浮架獨木舟常見於東南亞島嶼及馬達加斯加，也見於美拉尼西亞西部的部分地區，而單舷外浮架獨木舟則只見於太平洋島嶼。在東南亞島嶼較大的島嶼上可見不具舷外浮架的簡易空心獨木舟在河流上划動著。一些傳統上沒有接觸過大海的河川族群，如婆羅洲中部的加燕族（Kayan）和 Kenyah 族，倒是很熟練的獨木舟水手。船隻建造和房屋建築的完成傳統上都不需使用釘子。船板以榫釘和綁紮的方法連接，而房屋樑柱則以榫眼和榫頭連接。

　　大多數麥克羅尼西亞群島是低海拔珊瑚環礁，因此非常小，然而其中也有形成主要人口和政治中心的高海拔島嶼。麥克羅尼西亞低島和高島的差異，基本上呈現在人口規模（因而具政治影響力）以及文化歷史。很顯然地，若沒有成熟的航海科技，很難到麥克羅尼西亞定居，但由於不再具重要性，目前所有高島的長途航海技術都已經消失。相反地在低海拔的環礁上，在開闊海域航行的能力對生存至關重要，因為季節性颱風可能讓這些島嶼暫時不適合居住。在這樣的條件下也只有那些可以成功遷移它處的族群能夠傳遞他們的文化和語言。

大多數台灣，菲律賓，印尼，以及馬達加斯加的原住民，在經濟上以稻米為主，雖然小米對於台灣原住民族也同等或甚至更為重要。在帝汶周圍相對乾旱的島嶼上，可能由葡萄牙人於十六世紀時引入的玉米，在歷史上有段時間是主要作物。西米在摩鹿加群島大部分地區是主食，也見於其西邊一些孤立地區，尤其是砂勞越 Melanau 沿海沼澤區域。在整個東南亞島嶼地區，山藥，芋頭和其他塊根作物一般都是次要的，但在東南亞的幾個零星的地方，以及整個太平洋，這些植物已成為經濟的核心。即使來自南美洲的地瓜是民族植物學和民族歷史爭論的主題，在一些地區也已成為相當重要的食物（Yen 1974, Scaglion 2005）。

稻米種植有兩種類型：旱作和水作。旱作稻米為在小型低地或丘陵地塊進行砍燒耕作的農業型態，通常與其他農作物交互種植。土壤肥力迅速枯竭，許多地塊最終被白茅（Imperata cylindrica）佔領，形成長期或永久的綠色沙漠。水作稻米提供了更高的產量，但也需要更多勞動工程及灌溉系統的維護。傳統農業最令人印象深刻的成就之一是 Ifugao 的大型稻田及其在呂宋島北部的鄰近族群，其整個山坡已經變成了下降 500 米或以上的灌溉梯田（Conklin 1980）。

主要零嘴包括檳榔樹（Areca catechu）的果實（即檳榔），將其包裹在沾滿石灰的葉子來咀嚼，還有卡瓦酒，一種將卡瓦胡椒灌木（Piper methysticum）的根部發酵後製成令人放鬆的溫和飲料。雖然在現代世界咀嚼檳榔就像吸煙一樣，卡瓦在許多太平洋島嶼文化中則與儀式和祭典有關，通常是在正式聚會的過程中飲用，而非三五好友聚集的單獨場合。一般來說這些零食的使用在地理上是互補的，前者是東南亞島嶼及西太平洋的特色，後者則屬於遙遠的大洋

洲。有些二十世紀早期的民族學家，如 Friederici（1912-1913）和里弗斯 Rivers（1914），甚至提及將檳榔和卡瓦文化作為定居太平洋定居的歷史階層，即使兩者在某些地區的分佈有所重疊，如檳榔在金鐘島上也被廣泛使用，而卡瓦也是 Baluan 島和 Lou 島上傳統文化的一部分。

最普遍的家養動物是狗，豬和家禽。所有這些動物都可被食用，後兩者則比前者更為常見。*maŋ-asu「用狗打獵」（<*asu「狗」）一詞在菲律賓和印尼的語言有多種反映，從而證明了狗作為狩獵伴侶的傳統價值。在東南亞島嶼多數地區關於「狗」一詞的反映為*asu，而在太平洋地區則有很多變體。這種詞彙變異的顯著差異幾乎肯定是由於太平洋島嶼上陸地動物相當缺乏：在狩獵不再重要的地區，狗在經濟上重要性也跟著下降。在貧困時期，狗成為競爭食物的對手或甚至成為食物本身。在這種情況下，狗從許多島嶼消失了。後期由於再次引入而為其重新命名。在菲律賓和印尼的水牛是重要的勞力動物，尤其用於耕作稻田。老化的動物在重要的儀式場合被屠宰及食用。在印尼和菲律賓的部分地區仍飼養山羊和馬匹。牛在馬達加斯加非常重要，為財富的衡量標準（遵循非洲模式）。

典型的工藝包括陶器，幾乎到處都有合適的粘土可用，舷外浮架獨木舟及其相關的周邊用具，網和各種釣魚及狩獵的陷阱，弓箭，吹氣槍（常見於東南亞島嶼，但在太平洋罕見），樹皮布（最典型的在太平洋中部及東部，但也見於台灣和印尼），倚背織布機以及用其編織的衣料（廣泛分佈於東南亞島嶼，但零星分散於太平洋地區），樂器如竹子作的鼻笛和原木鏤空裂縫鑼，以及各種家用器具等。在台灣，印尼，菲律賓和馬達加斯加，冶金學傳統上很重要

（Chen 1968, Marschall 1968）。至少在前三個區域中，冶金包括在炭爐中使用垂直木材或以活塞運作的竹製風箱來冶煉鐵礦石。以脫蠟法進行青銅鑄造可見於印尼及菲律賓，銀，金，錫和銅（一種引入的銅—金合金）的鑄造也是如此。

貿易是大多數南島語言社區之間的主要關係形式。在印尼，據說狩獵採集族群與其鄰近的長居族群會在預定的地點從事「沉默交易」，前者留下叢林產品，後者則留下鹽和製成品。美拉尼西亞的巨大貿易網絡則更具社交性質，社區之間透過可以父子傳承的個人貿易夥伴關係來相互聯繫。其中之一是庫拉環（Kula ring），範圍包括 Trobriand，Amphlett 和新幾內亞東南部 Massim 地區的其他島嶼，乃由於英國人類學家 Bronislaw Malinowski 的研究而廣為人知。在這個貿易網絡中，兩種類型的貨物—長紅色貝殼項鍊和白色貝殼手鐲—在直徑超過 170 公里的圓形區域上、以相反方向上經過多手買賣循環交易。Malinowski 和他的法國當代同儕 Marcel Mauss 都強調，在這樣的系統中，貿易的材料尺寸是以社會，政治和神奇宗教為考量的附屬物。另一個重要的傳統貿易夥伴關係將現今 Port Moresby 地區的 Motu 語使用者與巴布亞灣周圍講南島語和講巴布亞語的族群聯繫在一起。Motu 人將大型帆海獨木舟的交易航程稱為 *hiri*，而在這些航程期間用作商業交易之溝通媒介的 Motu 的簡化形式被稱為 *Hiri Motu*。與這些基本上是相互平等的交換系統不同的是，在麥克羅尼西亞和波里尼西亞基於部分不平等的納貢系統。其中一個系統見於波里尼西亞東南部的大溪地與某些 Tuamotu 環礁的連結。也許這些納貢系統中最壯觀的是雅浦與麥克羅尼西亞卡羅琳群島西部的其他社區聯繫起來的系統，有時被稱為雅浦帝國，最遠

甚至到東部的 Nomwonweite（Namonuito）環礁，相距大約 900 公里。這個系統由一種信仰所驅動，雅浦人相信他們可以神奇地控制定期掃過該地區帶有破壞性的颱風。

印尼東部和蘇門答臘部分地區至少有一些貿易類型與血緣關係和婚姻制度密切相關。在 1930 年代萊頓民族學學院（the Leiden School of Ethnology）的成員指出，印尼東部的親屬及婚姻制度的特點在於廣泛地（但不是全然如此）出現以下三個一般特徵：1）單系關係群體（親屬群體定義參考最頂端的祖先），2）優先的母系表親婚姻，和 3）循環婚姻（circulating connubium），是在最近的文獻中廣為人知的所謂「不對稱交換」。由於它牽涉到具象徵性的「男性」及「女性」物品（後者包含妻子）在某些狹義指定類別裡的流通性及反流通性，不對稱交換可視為不僅僅是婚姻規範系統，也是政治聯姻系統，與美拉尼西亞以非婚姻為基礎的貿易網絡有異曲同工之妙。除了蘇門答臘之外，菲律賓及印尼西部缺少親族集團。雖然親族集團也見於大部分台灣原住民及太平洋島嶼的社會，母系表親婚姻比起東印尼地區少很多。而這種建構於此的聯盟系統也很罕見，但有可能也曾經很普遍（Hage & Harary 1996）。

許多南島語言社會的特徵是顯著的社會階層。婆羅洲中西部的許多民族都公認具備貴族、平民和奴隸的世襲階級。據報導，Nias 島，蘇拉維西島，松巴島，Sawu 島，Flores 島，Roti 島和在小巽它群島的帝汶，Kei 島和摩鹿加群島中部其他地區以及雅浦和早期接觸麥克羅尼西亞查莫洛族（Chamorros）的各種群體均具有類似世襲階級的三分法系統。奴隸通常是戰爭的俘虜，但也可能是在原出生地負債或是犯重罪的人。也許在南島世界中社會分層最顯著的表現

發生在波里尼西亞，在那裡，高級酋長傳統上被認為充滿了與他接觸的神聖力量（mana 法術力）或他所觸及的任何東西都可能危及平民的生命。麥克羅尼西亞的最高酋長擁有很大的權威性，並且經常在一個廣泛的納貢領域進行統治，但似乎沒有投入祭典性質。相比之下，大多數美拉尼西亞社會的特點是以獲得的財富為基礎的大人物（bigman）制度，儘管偶爾發現階級，如新幾內亞的 Mekeo 島，以及東南部索羅門群島，萬那杜，新喀里多尼亞，以及忠誠群島。由於缺乏強大的集中力量，美拉尼西亞的政體通常比麥克羅尼西亞或波里尼西亞的政體更小，更零碎，因此語言社區通常也小得多。

南島世界傳統宗教觀的重心在於靈魂的安撫。在菲律賓和印尼的非穆斯林和非基督教的社區，疾病通常由女性或者變裝男性的巫師（shaman）來診斷和治療。廣泛分佈在東南亞島嶼（或曾經）的信仰是次要靈魂位於每個人的肩關節上，而主要靈魂位於頭部。靈魂被認為有能力離開，從而導致祂們附身的人暈眩甚至死亡。水稻被認為是有靈體的（馬來語：*səmangat padi*），失去靈體可能會導致其無法發芽。對馬來人，爪哇人和其他一些西印尼的族群而言，作為食用的稻米可以用鐮刀採收，但採收稻米種子必須使用隱藏在手掌中的小刀片，以避免驚嚇或可能造成米靈飛走。

獵首的傳統在東南亞島嶼的大部分地區都很重要。重大的獵首遠征通常與農業循環有關，在某些地區則關乎每年的死亡盛宴。獨立的民族誌記載這個慣習不僅有助於確保戰爭的獎勵，而且（對於在地人心理上更重要的是）能夠更新人類和農業社區的集體活力，藉由捕獲和儀式納入外界的靈魂力量（soul-force）來補償在上一個成長周期中，從社區消失的靈魂。

最後，雖然對西方而言，南島世界可以藉由鮮明的語言界線來定義，外型和文化的界線則似乎較為模糊。除了非常漢化的越南人之外，東南亞大陸的體型與相應緯度的東南亞島嶼人的體型大致相同。許多描述東南亞島嶼的文化特徵也見於南亞（Austroasiatic），侗傣（Tai-Kadai）或漢藏語族。在某些情況下文化的一致性引人注目，例如獨特獵首紋身的使用，可見於阿薩姆邦（Assam）中部的某些納迦族（Naga，漢藏語系），台灣北部講南島語的泰雅族，沙巴的都孫族，蘇門答臘以西堰洲群島的 Mentawai 族，中國南部海南島 Hlai（侗傣語系）族的鼓掌竹舞，緬甸半島的卡倫（Karen，漢藏語系）族，以及至少從菲律賓到印尼東部講南島語的眾多族群等。卡倫族，納迦族，其他亞洲大陸講漢藏語系的族群，加燕族，以及在婆羅洲中部講南島語的類似族群，他們之間體型及文化的相似度令一些早期的觀察家吃驚（如 Hose & McDougall 1912: 2: 241），也因此想像這樣的連結是來自遷徙，即使缺乏相關的語言證據。雖然目前普遍認為遷徙不是東南亞大陸及東南亞島嶼之間文化相似性的成因，除非有語言關係的證據支持（如占婆語群）。這樣的相似性到底是由於擴散還是來自同一始祖社區，要回答這個嚴肅的課題，我們必須回來討論南島語言的外部關係。

1.6　外部接觸

　　大約 2000 年前，在東南亞島嶼的南島語族開始感受到來自外部文化和語言的重大影響。這些影響依外部族群在歷史上出現的順

序，可以區分為 1. 印度人，2. 中國人，3. 伊斯蘭人和 4. 歐洲人（主要是葡萄牙人，西班牙人，荷蘭人和英格蘭人）。相較於東南亞島嶼，太平洋地區南島語族來自外部影響的時間較短，分佈也較為零散。

　　南島語族最重要的早期外部接觸來自印度。大約 2000 年前印度教的神性，王權和國家的概念，以及印度教經文，開始滲透到東南亞大陸和印尼西部。印度教—佛教國家開始出現在蘇門答臘島和爪哇島，產生了許多建築結構。其中保存至今最著名的是婆羅浮屠（Borobudur）的佛塔和在爪哇中部的普蘭巴南（Prambanan）佛教寺廟。源自古老 Brahmi 經文（經由南部的帕拉瓦 Pallava 經文）的音節文字，成為印尼及菲律賓當地原住民傳統上在棕櫚葉或竹子上以音節書寫的基礎。有點出乎意料的是，這些傳統也出現在歷史上相對孤立的一些族群，如蘇門答臘的巴達克族（Batak）和菲律賓 Mindoro 島的 Hanunoo 族。

　　到了七世紀晚期，以印度的王權及世界觀為基礎的印度教—佛教國家開始出現在蘇門答臘南部。其中最強大的是室利佛逝（Srivijaya）。他們可能講馬來語。這樣的推論是有證據支持的。在蘇門答臘南部及 Bangka 的鄰近島嶼發現一組五個石碑上具紀念性的簡短銘文，以古馬來語（Old Malay）書寫，同時摻雜相當多的梵文（Mahdi 2005）。這些銘文其中三個刻有從西元 683 至 686 年的日期。再者，中國佛教朝聖者義淨和尚（I-ching），於西元 671 年從中國到印度的旅程中，途經室利佛逝（（Shih-li）fo-shi）的港口時，曾停留六個月以研究梵語語法。並描述這航程距離廣州（Canton）約二十來天。他在印度待了十年之後，回程時又在同樣的地點待了四年，將佛教經

典從梵文抄寫成中文。Coedès（1971）辨識出中文的「室-利-佛-逝」就是 Śrīvijaya，並引用義淨的話，說明在西元 671 年，同一地區被稱為 Mo-lo-yu，看得出是等同 Melayu 的名稱，Melayu 是蘇門答臘南部在歷史上的州名，也是馬來人對自身民族及語言的自稱。

印度文化和語言的影響很可能在室利佛逝時期超越蘇門答臘南部，但現有的證據很零散。Dahl（1951: 368）提到在婆羅洲東部 Muara Kaman 發現的梵文石碑，記載了公元 400 年左右，曾經試著在那裡建立一個印度化國家卻沒有成功的企圖。在隨後的幾個世紀中，在印尼的印度教—佛教國家形式從蘇門答臘南部轉移到爪哇島，並在那裡以滿者伯夷（Majapahit）王國達到了頂峰（1293 年至十六世紀初）。十六世紀初期，繁榮的穆斯林港口城市開始崛起，其政權也逐漸增強，而滿者伯夷王國在這期間也淹沒在這股潮流之中。因此，印度的宗教，文化和語言的影響力在爪哇島上消失，而很多早期的傳統也從爪哇東部轉移到峇里島，且存留至今。

印尼西部的印度時期持續了將近一千年，並留下了重要的語言遺產。雖然沒有證據表明菲律賓直接受到印度文化或語言的影響，但菲律賓的不少語言也有梵語借詞。對於這種情況最可能的解釋是，馬來語使用者在西方接觸之前的幾個世紀中傳播了本土詞彙和本土化的梵文詞彙。也許可以用來支持印度與菲律賓曾經直接接觸的最強倖存文化證據，是在十六世紀時，存在於印尼和菲律賓塔加洛族以及一些相對孤立的當代族群所使用源自印度的本土化音節文字，但不為馬來人使用，即使這種分布的最合理解釋是與馬來人接觸的結果，因為 1. 菲律賓語的馬來語借詞表明馬來人在任何情況下都曾與菲律賓人頻繁接觸，以及 2. 室利佛逝王國的古馬來語銘文中

所使用的印度文字，可能曾被伊斯蘭化之前的馬來商人廣泛傳播，直到被採用阿拉伯文字的伊斯蘭馬來人所取代，或是被基督化的低地菲律賓人採用羅馬字母而取代。

　　為了顯示早期印度來源的詞彙借用程度，大約一半在 Zoetmulder（1982）的古爪哇語詞典中有超過 25,000 個基本條目來自梵語。雖然這是一個令人印象深刻的接觸記錄，但必須牢記的是，古爪哇文本的語言是法院的語言，因此反映受過教育的精英，而非農民的語言世界觀。況且，儘管有相當多的梵語借詞是關於宗教，政府，貿易和諸如此類物質如珍珠，絲綢，寶石，玻璃和珠子等等，古爪哇語的基本詞彙幾乎沒有被影響到。Swadesh 的 200 項基本詞彙中，古爪哇語只有兩個已知的梵語借詞：*gəni*（梵語 *agni*）「火」和 *megha*（梵語 *megha*）「雲」。

　　中國與菲律賓的接觸始於北宋時期（960-1126），雖然持續的貿易關係之後才出現。相較於先前的接觸，如與印度人的接觸引進了書寫系統，建築風格，國家和宗教觀的概念；與阿拉伯人的接觸則是引進各種宗教及法律觀念，東南亞島嶼與中國的接觸主要是商業性質。雖然七世紀的佛教朝聖者義淨來自廣州，因此照理說是講廣東話的早期形式，大多數在歷史上定居東南亞的中國移民大都講閩南語或客家話。舒爾茲（Schurz 1959）指出，當菲律賓的西班牙殖民者於 1565 年發起了阿卡普爾科（Acapulco）和馬尼拉之間的大帆船貿易時，他們發現馬尼拉灣的中國船與當地居民的貿易往來早就已經相當熱絡。宋朝的紀錄顯示，與菲律賓部分地區的貿易往來早在十一世紀初已經開始，顯然與來自廣州和福建沿海的商船有關。在東南亞島嶼普遍使用的，有可能來自中國的借詞，包括 *waŋkaŋ*

「中國船」，*uaŋ*「錢」，*hupaw*「裝錢的腰包」，*hunsuy*「煙斗」。這些詞彙不太可能在明朝（1368-1644）之前就傳入東南亞島嶼。

依霍爾（Hall 1985: 213）的報導，阿拉伯商人早在至少公元十世紀時即開始造訪蘇門答臘的北部海岸。十三世紀末的中國紀錄表明那時伊斯蘭教已經開始在蘇門答臘南部的 Jambi 立足。然而，伊斯蘭的影響力在當時顯然尚未強大或統一，因為馬可波羅在 1292 年參觀蘇門答臘北部的薩穆德拉（Samudra）港時，提到其居民尚未信奉伊斯蘭教。然而隨著伊斯蘭教於十四世紀初在蘇門答臘日漸穩固，這種情況很快就改變了，並從那裡產生講馬來語的傳教士。婆羅洲西北部的汶萊，摩鹿加群島北部的 Ternate 島和 Tidore 島，以及菲律賓南部的蘇祿（Sulu）群島，均建立了伊斯蘭蘇丹王國。伊斯蘭教在菲律賓的滲透主要來自汶萊蘇丹國的馬來傳教士，並導致了許多馬來語，梵語和阿拉伯語借詞不僅進入菲律賓南部的語言（今天伊斯蘭教仍存留的地方），也進入那些中部，以及在某種程度上，菲律賓北部的語言。

瓊斯（Jones 1978）描述了馬來語／印尼語的阿拉伯語詞彙，引用超過 4,500 個借詞。其中許多都集中在宗教和法律的領域，但也包括星期幾，天體等的名稱。許多相同的借詞可以在亞齊語，巽它語，爪哇語和其他印尼西部強烈伊斯蘭化的族群所使用的語言中找到，同樣也見於菲律賓南部伊斯蘭居民所使用的語言。如同菲律賓語言的梵語借詞，在一些不為人知的伊斯蘭居民所使用的菲律賓語言中，也有找到阿拉伯語借詞。同樣地，這些詞彙似乎也是透過馬來商人來傳播。在原是元音結尾的詞彙中，出現詞尾喉塞音加插這樣的特點，顯示汶萊馬來語是許多這些形式的來源。在摩鹿加群島

以東的南島語言，完全沒有梵語，漢語或阿拉伯語早期移借的明確證據。

雖然歐洲與南島語族的接觸至少可以追溯到 1292 年，當馬可波羅從中國回程時曾在蘇門答臘停留，然而語料的收集直到十六世紀初才開始。1521 年，義大利麥哲倫探險隊的編年史家 Antonio Pigafetta，在菲律賓中部的宿霧島紀錄了約 160 個詞彙。沒多久麥哲倫就在那裡意外過世。到了同年年底，他又紀錄了馬來方言的 425 個單詞，但沒有說明是在哪裡紀錄的，只能從已知的探險路線推測可能是摩鹿加群島北部。當時大多數的南島語言仍未被發現，也不清楚它們內部之間的親屬關係，然而 Pigafetta 的詞彙紀錄象徵著在歐洲人大規模地殖民擴張時期，即西元 1500-1800 年之前，西方學術界已開始對這個如今我們知道是地球上分布最廣的語族產生興趣（Cachey 2007）。

麥哲倫遠航隊是接下來的世紀裡世界最大海上交通量的先行者。在此期間（1600-1700 年），由於摩鹿加群島的香料貿易有利可圖，荷蘭人從葡萄牙人手中搶下控制權，並為自己奠定了基礎，在接下來三個多世紀，成為當地島嶼世界，即後來被稱為印尼的殖民主人。整個一直到菲律賓群島的北部地區是麥哲倫遠航隊曾以西班牙國王菲利普的名義宣稱的領地，而荷蘭則居次，爭取到規模較小的福爾摩沙島（台灣）成為其在南島世界的立足點[2]。

2　由於台語是閩南語的一種方言（一種通常包含在通用術語「漢語」底下的語言），習慣上多使用 'Formosan' 來指台灣的原住民語言。我遵循這種作法，並使用「福爾摩沙」作為前現代時期的地理名稱，但以「台灣」來稱呼目前政治實體的島嶼。

如同在印尼，荷蘭在福爾摩沙（1624-1662）的存在源於商業動機，最初僅限於荷屬東印度公司與當地生產商或經銷商之間的貿易。在這兩個地區都存在對宗教皈信的附加興趣，但這種興趣在福爾摩沙遠比在印尼發揮更大的作用。毫無疑問，這種焦點的差異有幾個原因，但其中一個似乎特別重要。當歐洲人開始接觸時，馬來語被廣泛用作東南亞島嶼沿海地區的通行語，荷蘭人也使用這個語言與當地居民進行貿易。然而，以他們熟悉馬來語的事實，這些沿海居民也已暴露在其他外來影響之下。十七世紀時在印尼進行了基督化的努力，但在大多數較易進入的地區，伊斯蘭教的存在似乎在很大程度上阻礙了這些努力。因為福爾摩沙不存在這樣的障礙，所以能立即展開研究當地語言作為翻譯經文的準備。因此，雖然在此期間出版了馬來語和爪哇語（de Houtman 1603）的實用詞彙，甚至還有一本簡短的馬來語—荷蘭語詞典（Wiltens-Danckaerts 1623），但在十七世紀期間，荷蘭所出版關於東南亞島嶼的語言學著作，並沒有涉及印尼的語言，反而是在福爾摩沙的南島語（Happart 1650, Gravius 1661）。

　　荷蘭的傳教活動以及隨之將福音書翻譯成當地語言的工作，由於 1662 年荷蘭人從福爾摩沙被驅逐之後而打斷。因為在印尼對內地的滲透以及與尚未面對伊斯蘭教的種族群體之連帶接觸延遲了幾世紀，所以直到 1850 年代之前，很少有馬來語以外的印尼語言出版品。在英國統治下的馬來西亞也有類似的情形，但在菲律賓傳教的西班牙修士於十六世紀下半葉以塔加洛語，Bikol 語，主要的比薩亞方言和其他一些當地的語言編纂了詞典，語法和教義材料，而且重要的查莫洛語（Chamorro，關島的原住民語言）語法書和其他馬里

亞納群島的語言也很早就出現了（Sanvitores 1668）。

　　語言障礙加上國家和教會的對抗，並不利於歐洲主要殖民國家之間語言訊息的立即擴散。比較馬來語或其他政治上重要的印尼語與塔加洛語或其他重要的菲律賓語言的機會也因此在殖民時期受到限制。西班牙通往菲律賓的供應路線經由墨西哥橫越浩瀚的太平洋，僅在關島停留，荷蘭航行到印尼的路線則包括在時而驚險地通過好望角之後，一個遙遠的停留站：東非沿海的馬達加斯加大島。也許就是因為這樣，接觸過這兩種語言的荷蘭水手，無可避免地查覺到馬達加斯加人與馬來人之間相對透明的關係。隨著這個認知的產生，在十七世紀初期，一種至少跨越印度洋邊緣的語族的存在即已確立。

　　根據荷蘭航海家 Jacob Le Maire 於前一世紀在波里尼西亞西部收集的不完整且標記錯誤標記的詞彙（Engelbrecht & van Hervarden 1945: 133-138, R. A. Kern 1948），Hadrian Reland（1708）進一步指出與馬來語相關的親屬語言可能曾向東擴散到至少波里尼西亞西部。然而，這個尚未命名的語系的真正地理範圍仍然在臆測中。令人驚訝的是，台灣南島語與馬來語之間的關係比起馬拉加斯語（Malagasy）與馬來語之間，在一些情況下沒有很明確，直到十九世紀時，很顯然還沒有被辨認出來，至少在印刷文獻方面。但位在東南亞和美洲之間的廣大地區，對於歐洲人來說仍非常陌生。1768 年英國人詹姆斯庫克（James Cook）開始了他三次太平洋探險之旅的首航。在第二次航程中（1772-1775）則在以下幾個地點進行了詞彙收集：波里尼西亞的一些群島，美拉尼西亞南邊的新喀里多尼亞島，以及在新赫布里底 New Hebrides 群島鏈的幾個地方（現今的萬

那杜）。

在 1778 年出版的一本書中，該探險隊的瑞士成員 Johann Reinhold Förster，表達了以語言及體型來判定太平洋島嶼居民的語言關係可能造成持續的混淆。他注意到很多東太平洋（波里尼西亞）廣泛分散的島嶼居民多為身材高大、壯碩、皮膚比較好，語言也相近；而在島嶼較大且多瘧疾的西太平洋（美拉尼西亞），居民則矮小、皮膚黝黑、頭髮捲曲，且說著多種不相通的語言。Förster 觀察到所謂的「波里尼西亞語」相當類似馬來語，但美拉尼西亞的語言，如同其語言使用者不同的體型，與這些都無關，甚至彼此一點關係也沒有。

即使仍然有諸多細節需要增加以及修正，現有的資料也足夠確認這個橫跨東西，包含馬拉加斯語、馬來語，以及波里尼西亞語言的語系。隨著 Förster 著書的出版，南島語系的領土範圍似乎已成為歐洲知識分子之間的常識：英國學者威廉馬斯登 William Marsden（1783）和他的西班牙人同儕 Lorenzo Hervas y Panduro（1784）指出，與馬來語或波里尼西亞語相關的語系，從西部的馬達加斯加到東部的復活節島，所延伸的經度達到令人意想不到的 206 度。隨著更進一步的資料收集，這樣的結論也多次被證實。儘管有如此的進步，以語言標準的分類必須與種族標準的分類相對應這樣的信念，仍然繼續主導著對於美拉尼西亞語言的想像。

1834 年，威廉馬斯登 William Marsden 再次肯認一個廣大語系的存在，包括馬來西亞語，馬來群島的語言和東部太平洋的語言。他稱前者為「近波里尼西亞」，後者為「遠波利尼西亞」，將這兩者視為單一「普通語言」的不同表達型式一等同現今被稱為古語的一種

間接參照。Marsden 將有限的地理區域名稱，用來指定一個遠遠超出它範圍的語系，被視為不妥，也因此沒有獲得普遍的認同。之後不久即有具影響力的德國學者威廉・馮・洪堡 Wilhelm von Humboldt（1836-39）使用術語 Malayisch 來指涉相同的語言群。同樣地，該術語依舊不合適，也站不住腳。大約同一時間，德國的印歐語系學者 Franz Bopp（1841）確信馬來語，爪哇語和波里尼西亞語與印歐語有親屬關係，並提出以其西邊成員與東邊成員的合成名稱來命名，以方便參考。由於馬來語為馬斯登 Marsden（1812）的語法和詞典的代表，也是西方語言中最為人知的，該語系因此有點延續性地，被命名為 malayisch-polynesisch（Ross 1996a）。

在十九世紀下半葉，馬來─波里尼西亞語言的科學工程開始被認真看待。該工作的細節將於之後描述。就目前而言，僅說明 Malayo-Polynesian 這個名稱是經由通俗使用而建立起來的就足夠。這個名稱的優點是讓馬來語與波里尼西亞語的關係變得透明，但它也可能延續美拉尼西亞的語言是屬於其他地方的假象。雖然提及馬來─波里尼西亞語，但 von der Gabelentz（1861-73）認為，美拉尼西亞和波里尼西亞的語言之間的語法相似性眾多且基本，以致於無法歸因於移借。即使 Codrington（1885）接受 von der Gabelentz 反對美拉尼西亞的語言與馬來語和波里尼西亞語無關的論點，他仍然避免使用「馬來─波里尼西亞」這個名稱，而稱呼其為「海洋語系」（the Ocean family of languages）。

直到二十世紀學界才找到可以取代「馬來─波里尼西亞」這個名稱並同時可以避免種族的隱含訴求。1906 年奧地利語言學家和民族學家威廉・施密特（Wilhelm Schmidt）指出東南亞大陸的孟高棉

語（Mon-Khmer）與印度的門達語（Munda）具有親屬關係。他將這個語系稱為「南亞語系」（Austroasiatic）。與此同時，他指出南亞語系和馬來─波里尼西亞的語言兩者之間的相似之處，並建議兩個語系可以作為一個較大超語系的同等分群，他稱此超語系為「南方語系」（Austric）。在保有「南亞語系」這個專有名詞，以及已建立的名稱如 Indonesia，Melanesia，Micronesia，以及 Polynesia 的情況下，施密特將「馬來─波里尼西亞語系」（Malayo-Polynesian family）改名為「南島語系」（Austronesian）（南方島嶼）。雖然施密特的「南方語系」假設普遍不被接受，他創新的術語 Austronesian「南島語系」由以下學者所採用，如 Jonker（1914），Blagden（1916 年），以及更重要的是由田樸夫（Otto Dempwolff）在他的主要早期論文（1920，1924-25）和他的三卷 Vergleichende Lautlehre des austronesischen Wortschatzes（1934-1938）所使用，為南島語言的現代比較研究奠定了基礎。然而一些學者，如 Stresemann（1927）和 Dyen（1947a，1951，1953b，1962）仍繼續偏好舊的名稱。也因此，從二十世紀初期一直到最近，「馬來─波里尼西亞」以及「南島」這兩個名稱均以等同的意義被使用著。

美國語言學家 Isidore Dyen 發表了南島語言的親屬關係分類（1965a）。從中他建議將「南島」用於整個語系，而「馬來─波里尼西亞」則用於以詞彙統計所定義的分群。從此「馬來─波里尼西亞」和「南島」這兩個名稱對很多學者來說不再是同義詞。然而，正如後來所見，Dyen 對「馬來─波里尼西亞」的定義並未造成流通。在二十世紀 70 年代中期 Mills（1975: 2: 581）和 Blust（1977a）獨立提出將「馬來─波里尼西亞」用來指稱所有非「台灣」（Formosan）的

南島語言。這樣的用法後來也在該領域被其他學者普遍採用。

在離開術語主題之前，應該提到另一個問題。瑞士語言學家 Renward Brandstetter（1916）儘管對比較南島語言學做出了重要貢獻，卻使用了具有誤導性含義的術語，排除了太平洋的語言。在馬來語與波里尼西亞的語言之間的親屬關係清楚確立很久之後，他得以論及「普遍印度尼西亞語」（Common Indonesian）以及「原印度尼西亞語」（Original Indonesian），好像「印度尼西亞語」這個名稱指的是一個語系，或甚至是語言學上理所當然的分群。在重建原始南島語音韻時，Dempwolff（1934-1938）假設了一個原始印尼語（Proto-Indonesian，或 PIN）的語音系統，但後來明確承認他的 PIN 可以解釋美拉尼西亞，麥克羅尼西亞，以及波里尼西亞所有語言的歷史發展，所以也等同於原始南島語（Proto-Austronesian）。同樣地，英國語言學家 Sidney H. Ray（1926）以及他的澳洲門徒 Arthur Capell（1943）避免使用「南島」一詞乃是基於以下（普遍不被認同的）假設：美拉尼西亞的南島語言延襲來自東南亞島嶼的貿易商—殖民者所使用的史前涇濱語。雖然兩位學者都提及美拉尼西亞的語言中所廣泛使用的詞彙具有印尼語來源，他們對於波里尼西亞及麥克羅尼西亞的語言與印尼的語言之間的關係則保持沉默。

最後，柯恩（Kern）之後的荷蘭學者有時論及印尼的語言並非基於明確反對為南島語系提供的論據，而是出於使用殖民歷史事件（荷蘭控制印度尼西亞）來定義一個學術領域。這一點值得強調有兩個原因。首先，一如既往可以看出，南島語系印尼分支的認定沒有語言學上的基礎，因為比起跟印尼東部的語言，印尼西部的語言似乎與菲律賓，馬來西亞，馬達加斯加和東南亞大陸的語言的關係更

為密切。第二，荷蘭學者們傾向將印尼的語言孤立當作一個自我封閉的研究領域，在二十世紀下半葉有增加的跡象。因此，雖然 Adriani（1893）講的是馬來—波里尼西亞語，而 Esser（1938）則講在印尼的馬來—波里尼西亞語的分群，更近期的學者，如 Gonda（1947）和 Teeuw（1965）則提出印尼語言，甚至是印尼語系。這種孤立傾向受到 Anceaux（1965）和 Uhlenbeck 的抵制（1971: 59），而在國外工作的年輕荷蘭學者一般認為印尼的南島語言是南島語系中以政治為定義的分支，而非自然的比較單位。

1.7　史前史

　　即使在沒有其他證據的情況下，糧食農業的廣泛分佈，塊莖的種植，動物馴化，陶器製造，織布工藝，房屋建築，舷外浮架獨木舟結構，以及類似的事物，均強力指出南島語族的共同祖先已經擁有了新石器時代的文化。這樣的印象也獲得考古學和詞彙資料的支持。

　　雖然東南亞島嶼的人類歷史可以追溯到一百多萬年前，只有最近幾千年才與南島民族的遷徙有關。在爪哇發現了非常古老的人類祖先遺骸。這些包括著名的爪哇人（直立人）碎片，由 Eugene Dubois 於 1891 年及 1892 年在 Trinil 河床上發現，且最早可追溯至更新世中期，約 130,000 到 700,000 年以前。隨著改良的測年技術，之後在類似的地質背景下發現的這些和類似遺骸的年代，現已重新計算至少距今 120 萬年。一群明顯較先進的直立人種族在大約 100,000 年前可能曾有同類相食的情形；他們由在 Solo 河的礦床中所發現的

Ngandong 遺骨為代表。後來來自東南亞的人類遺骨包括由 Dubois 於 1890 年在爪哇中部的 Wadjak 所發現的上更新世的顱骨碎片（Homo wadjakensis），以及來自砂勞越的 Niah 洞穴，可追溯距今大約四萬年前的現代人類（Homo sapiens sapiens）最早的頭骨之一。

有人提出曾有一群 Homo wadjakensis 人類從現在已經淹沒的巽它陸棚南端越過海洋的障礙最早到達澳洲定居。澳洲北部人類存在的明確跡象被認定距今至少有 50,000 年，也有人提出更早的年代（但沒有被普遍接受）。太平洋的前新石器時代人口，在新幾內亞北部也已斷代距今至少 50,000 年，在俾斯麥群島的一些島嶼則距今 30,000 年或更早。毫無疑問地，這些遺骨也代表一群古老的巴布亞人。至少對新幾內亞這個人口而言，直到最後冰河時期末期當位於兩個大陸之間的 Torres 海峽因海平面上升而淹沒，在那之前都未曾與澳洲的人口實際分開過。

令人驚訝的是，2003 年秋季在小巽它島鏈上的弗洛雷斯島（Flores）進行的考古發掘，發現了一個全新人種的證據，被命名為弗洛雷斯人（Homo floresiensis）。化石證據表明這是現代人類的侏儒表親，倖存於至少距今 13000 年前。當地的小矮人傳說也助長臆測，認為他們有可能在過去 4,000 年間曾與來到該島的南島民族同時存在過。然而，鑑於南島世界充滿小矮人的傳說故事，將口傳故事作為弗洛雷斯人存在過的新近證據，在使用上必須謹慎處理。

早在距今 47,000 年的舊石器時代遺骸也來自菲律賓中部的 Tabon 洞穴，砂勞越北部的 Niah 洞穴，台灣的東海岸的長濱洞穴，以及蘇拉威西島上的 Leang Burung 巖壁。其中一些是在仍屬於大陸陸棚一部分的地區（台灣、婆羅洲）發現的。在最大冰河期時這些

地區是暴露在外的乾旱土地。而這些新石器時代前的人類很可能以步行到達他們被發現的地點。如前所述，這些史前狩獵採集者活著的後代幾乎可以肯定是在東南亞島嶼廣泛分散的矮黑人覓食群體。另一方面，澳洲—新幾內亞和蘇拉威西有可能只能經由很早期的水上載體，也許是竹製帆筏才能抵達。當南島語族開始到達東南亞島嶼時，當地的物質環境已經非常不同。隨著大約 10,000 年前的冰川融解以及海水上升，淹沒了大陸陸棚的許多低窪地區，造成原來較高的地區形成一個島嶼新世界。

迄今為止在東南亞島嶼發現最早的新石器時代文化是繩紋陶傳統，稱為「大坌坑」，發現者為張光直。大坌坑陶器與四角石釘，拋光板岩點和石網相關聯，沉積物廣泛分佈在台灣西部平原上，紀錄著最初在這個島上定居的新石器時代的族群（Chang 1969）。雖然最初斷代為距今 6,300 年，Chang（張光直）所推論的年表如今被很多史前史學家質疑，進而產生的共識是台灣最早可確定的新石器遺址的年代聚集在距今約 5,500 年前（Tsang 2005）。在台灣穀類作物的直接實體證據還無法追溯到最早的層次，但從語言學的證據可看出稻米及小米在南島語系開始分化成主要方言區時就已經被耕作。在張的解釋中，大約距今 4,500 年大坌坑文化已經產生兩個後代，台灣西部和南部的龍山形成期文化（Lungshanoid），以及台灣北部及東部的圓山文化（Yuanshan）。前者表現出與中國大陸同期考古文化的相似之處，而後者則類似菲律賓和印尼的新石器時代文化。最近的考古證據記錄了南島語族大約距今 4,000 到 4,500 年前在菲律賓北部定居；而在印尼大部分地區的定居時間則較晚。

與台灣和菲律賓一樣，新石器時代文化在西太平洋似乎是突然

地出現。在大多數考古組合中，陶器是一種重要的文化標記，因為它的耐用性以及相當具有造型及物質變化的潛力。目前太平洋上或是整個南島世界最值得注意的陶器類型是拉皮塔（Lapita）陶器，以1952 年在新喀里多尼亞首次挖掘出土的遺址來命名（Gifford and Shutler 1956）。拉皮塔陶器不是單調的實用產品，而是精心裝飾可能具有重要功能的商品。太平洋考古學家相當著迷於這種陶瓷傳統的吸引，以致於他們有時會稱之為拉皮塔文化，拉皮塔祖居地，甚至拉皮塔族群（Kirch 1997）。拉皮塔遺址的特點是偏好定居在沿海，或是常在距較大陸地的沿岸小島上定居。經濟上以漁撈及農作為主，栽植作物包含山藥，一些種類的芋頭，甘蔗，香蕉，麵包果和椰子，但沒有穀類作物。

　　與拉皮塔陶器相關的最早新石器時代遺址是靠近 St. Matthias 群島的 Mussau 島上一個干欄式村莊（pile village）的遺骸，位於新愛爾蘭島西北方約 160 公里處，距今約 3,500 年。在接下來幾個世紀中，具有類似陶器的文化出現在斐濟和波利尼西亞西部。拉皮塔陶器能迅速地在美拉尼西亞的島嶼之間傳播並進入波里尼西亞西部，顯示有一群具備高度移動性的人口，能夠在廣闊的海洋上航行，也可能從事製造及天然產品的長程貿易。在後者中，來自以下兩個可追溯來源（海軍部群島的 Lou 婁島以及 New Britain 島 Talasea 塔拉西半島）其中一個地點的黑曜石，也在以下考古遺址中發現：東邊遠至索羅門群島東南部，西邊遠至婆羅洲北部的沙巴（Bellwood 1997: 224）。

　　如今我們很清楚巴布亞語族比南島語族早到新幾內亞和美拉尼西亞島嶼約有數萬年之久。來自新愛爾蘭島的 Matenkupkum 及索羅

門群島西部 Buka 島的 Kilu 的放射性碳年代顯示了石器時代的人們在 30,000 多年前,靠著某種類型的船隻設法到達這些島嶼。此外,袋貂在大約距今 9,000 到 10,000 年前因人為干預從新幾內亞大陸引入這些島嶼;小袋鼠則是距今大約 7,000 年前引進,顯示新幾內亞和俾斯麥群島之間透過某種類型的船隻持續保持接觸(Spriggs 1993)。類似的定居歷史幾乎可以肯定地適用於索羅門群島西部的島嶼,因為在更新世期間這些島嶼仍是大布干維爾(Greater Bougainville)單一聯合陸地的一部分。

Pawley and Green(1973)提出「近大洋洲」(Near Oceania)及「遠大洋洲」(Remote Oceania)的劃分,前者範圍包含從新幾內亞到索羅門群島的太平洋島嶼,後者包含進一步移除東南亞島嶼的太平洋地區。在很大程度上,這樣的劃分與太平洋地區的航程相關。前者的航程牽涉到可以互見的島嶼之間,後者的航程則需要至少過一夜,也因此更加依賴天文,風向,以及潮汐等相關導航知識。所以索羅門島鏈似乎標記著太平洋定居的一個重要界線。雖然長久以來人們以為有兩種巴布亞語到達索羅門群島東南方約 350 公里處相當偏遠的聖克魯斯群島,Ross and Næss(2007)則論證出這些其實是相當異常的南島語言,且很可能是大洋洲語群的主要分群,他們二人的論證相當令人信服。更南或更東的地區沒有發現巴布亞語,儘管一些在萬那杜南部,新喀里多尼亞,尤其是忠誠群島的語言在音韻及詞彙上相當不同。此外,儘管美拉尼西亞南部沒有巴布亞語言或缺少這個地區在前拉皮塔人口的考古證據,體質人類學,獨特的文化特色,以及語言特徵如非十進位數詞系統的反覆創新,連動結構的過度使用,均普遍存在於萬那杜,新喀里多尼亞,以及忠誠

群島，強烈意味著一段曾與巴布亞語族接觸的歷史，儘管這種接觸的發生方式及地點的細節仍尚需與其他類型的證據相互協調（Blust 2005a, 2008b, Pawley 2006）。

　　新喀里多尼亞的史前史可能仍然有一些重大的驚喜。人口是一般的美拉尼西亞體型，但有些人—特別是在北方—顯示與澳洲原住民在表現型上有驚人的相似之處。另一方面，不像美拉尼西亞的大部分地區為非世襲階級的大人物系統，在新喀里多尼亞及忠誠群島的許多本土文化中，世襲階級很重要。忠誠群島的 Maré 島上廣泛分布的史前石雕，說明一個能為公共工程召集勞役的集中式酋長權力機制，已經在這個地區存在了好幾個世紀。

　　拉皮塔陶器在東加地區被發現的最早層次大約距今 3000 年，然而其所顯示的裝飾圖案已逐步簡化，船隻形式也逐漸減少，直到距今 2000 年左右完全消失（Kirch 1997: 68, 159 頁起）。其陶器在晚近年代重新從鄰近的斐濟取得，因斐濟那還保留著陶瓷傳統，而拉皮塔陶器的裝飾風格歷經了許多變化，這些改變是完全可以理解的。波里尼西亞文化的特色，就考古學術語而言，可以被稱為「後拉皮塔傳統」（post-Lapita traditions），因其衍生自製作這種獨特陶器的文化，但隨著歷史的長河這個文化已經演變成完全陶瓷的產物。

　　麥克羅尼西亞的考古研究雖然落後於斐濟和波里尼西亞，但近年來已取得很大的進展。目前為止的放射性碳年代很少超過 2000 年，但馬紹爾群島卻有距今約 3,500 年的可疑年代群，實在令人驚訝。鑑於珊瑚環礁的廣泛下沉，一些麥克羅尼西亞最早的考古遺址現今可能沉在水下。從考古研究中可以看出，帛琉語跟查莫洛語與大多數的麥克羅尼西亞語言有著截然不同的歷史。帛琉的考古學仍

然相對不發達，但已經清楚的是，馬利亞納洋區的史前史與以拉皮塔陶器傳統所主導的其他太平洋地區完全不同。一大套放射性碳年代顯示，查莫洛語的祖先定居馬利亞納群島距今至少 3,500 年，這樣的成就需要能在廣闊的海洋航行約 2,200 公里，這也是迄今為止經證實為距離最長且最早成功的海洋航程。關島和其他一些馬里亞納群島以其巨大沉睡般的岩石結構而聞名，在查莫洛語稱為 *latte*，它們在許多地方豎立著，可能作為社區建築或寺廟的支撐。此外，水稻長久以來由查莫洛人所種植，使得馬里亞納群島成為太平洋地區唯一將穀物作物作為主食的地區。

表 1.1 列出東南亞島嶼及太平洋地區關於新石器時代遺址的一系列放射性碳年代（太平洋地區的年代取自 Kirch 2000: 89, 94-95）。選擇這些乃是為了突顯每個區域最早的組合，以澄清南島語族如何從東南亞擴展到太平洋的相對年代。注意有些年代自 2000 年以來已經重新校準，現在也普遍同意菲律賓的新石器時代文化出現的年代聚集在距今約 4,000 年或稍微早一些。然而，放射性碳紀錄中從西到東傾斜的漸減時間深度之整體模式則維持不變。

表 1.1　東南亞島嶼及太平洋地區新石器時代文化的年代

區域	地點	遺址	年代（距今）
臺灣	台南	工業園區	5500
菲律賓	呂宋島北部	Rabel，Laurente	4800
印尼	桑格爾群島	Leang Tuwo Mane'e	4000
印尼	南蘇拉威西	Ulu Leang 1	4000
印尼	帝汶	一些洞穴	4000
美拉尼西亞	穆紹島	Talepakemalai	3550-2700

區域	地點	遺址	年代（距今）
美拉尼西亞	穆紹島	Etakosarai	3500-3300
美拉尼西亞	聖塔克魯斯群島	Nanggu	3200-3100
美拉尼西亞	萬那杜	Malo 島	3100-3000
美拉尼西亞	新喀里多尼亞	Vatcha	2800
中太平洋	斐濟	Natunuku	3200-3100
波里尼西亞	薩摩亞	Mulifanua	3000
波里尼西亞	東加	Moala's Mound	3000
波里尼西亞	夏威夷	Halawa（Moloka'i）	1400

　　儘管本節描述了當前正在使用或歷史上使用過的的南島語言之區域史前史，但如果省略了可能曾經使用過但不再使用語言之區域，那也是不完整的。在他們可重建的歷史中，南島語族一直是地域擴張的人口；波里尼西亞大三角的定居只是過去三千年來遠離亞洲後，這種長期移動歷史的最新表現。正如在南島語族到達之前，澳洲人或矮黑人也曾可能普遍存在於東南亞島嶼地區，因此，在今天以其他群體為主流的地區，也可能曾經存在過南島語族。

　　Pescadores，或澎湖（Peng-hu）群島，位於台灣海峽，距台灣中南部以西約 50 公里，距中國南方的省份福建沿海約 150 公里。在宋朝（公元 960-1279 年）期間，中國移民開始到達這些島嶼，也許早在十一世紀末期。中國紀錄沒有提及任何澎湖群島的早期居民，但 Tsang（1992）說明了這些島嶼的物質文化始於大約距今 4600 年，並展現與台灣西南部的同期文化驚人的相似之處。這些相似之處不僅包括製造的產品，如陶器，以及以石頭，骨頭和貝殼做的文物，

也傳播文化習俗如儀式牙齒拔除（常見於民族誌出現在許多台灣原住民族群）。

　　鑑於澎湖群島位處中國大陸和台灣之間，我們很自然會問那裡是否可能曾有新石器時代的農民定居過，成為一系列中國南方沿海人口移動的一部分。Chang（1986）認為大坌坑（Ta-p'en-k'eng）是考古文化的區域變體，早在七千年前就廣泛分佈在中國東南部的鄰近海岸。如果澎湖群島曾有一群說南島語言的人口已經消失而沒有留下任何語言或文化的遺跡，中國南方也可能是如此。

　　貝爾伍德 Bellwood（1997: 208-213）曾暗示在台灣建立的新石器時代文化，最合理的來源可能是長江下游的水稻種植考古文化，且已經充分證明距今約 7,000 年前。位於杭州灣南岸的河姆渡遺址，浸淹創造了一個無氧環境，使得通常易腐爛的材質得以保存良好。地基底層的放射性碳年代距今約 7,200 到 6,900 年之間，包含具有複雜的榫眼和榫頭的干欄式建築（pile dwellings）的證據，造船，舖墊，織布機，大量貯存的稻米，以及馴養動物，包括狗，豬，雞和水牛。其中一座挖掘出土的干欄式建築有七公尺寬，23 公尺長，看起來若不是公共住宅結構就是某種類型的公共建築。因此有明確的跡象顯示，公元前六千年後期的長江下游是一個物產富饒的地區，應該可以支持一群大量且可能不斷擴充的人口。

　　很久以後，在漢朝（公元前 206 年至公元 220 年）時期，漢人從黃河流域擴張，開啟了中國南方漢化的漫長歷史進程。一些非漢人族群，如貴州高原及鄰近地區的苗族（Hmong-Mien）（原名：苗瑤族），以及一些傣語民族，如廣東壯族，在主流人口的席捲中倖存下來。但毫無疑問地，在漢人從黃河流域向南擴張的幾個世紀中，

許多其他非漢人的少數民族在文化和語言上都被吸收了。除了以中文為主的歷史文獻有關於「千越」的記載，即曾居住在長江南方的許多非漢人少數族群之外，最近的遺傳研究也顯示，所謂「中國人（漢人）」（Chinese）應是兩種基因上不同族群的通稱，其中一群與北方草原的非漢人族群關係較近，另一群則與東南亞人較密切相關（Cavalli-Sforza，Menozzi & Piazza 1994）。

　　雖然這些論述將我們帶離歷史定義的南島世界，但它們的重要性在於標記了過去幾千年來人口分布可能發生了多少變化。直到最近的兩千年前，波里尼西亞的一大部分，包括夏威夷，復活島，紐西蘭，以及薩摩亞東部的許多其他島嶼，仍然處在南島世界不斷擴張的東部邊界之外。而必然地，澎湖群島和中國南部的沿海地區則處在日益緊縮的西部邊界之內。

----

① 這裡翻譯的「石灰」原文為 lime，亦有「檸檬」之意。經詢問相關人類學家後，判斷應該不是用檸檬來染髮，因此翻為「石灰」較恰當。

第
2
章

南島語系的鳥瞰

2.0 導論

本章必須提到許多語言名稱，對一般讀者而言那些語言名稱可能不太熟悉，所以在討論語言資料之前，對整個南島語系有個概要說明，會幫助讀者更好理解。本概要包括五部分：1. 南島語系的整體架構、2. 語言與方言、3. 國家語言與「通行語言」（lingua franca）、4. 語言的地理分布、5. 語言人口數及其研究狀況概述。Lewis（2009）一書已提供相當完整的南島語言名單、語言分類及其人口數，本書就不再贅述。我們把重點放在語言研究史、語言分布的顯著特徵和語言類型。為了強調主要語言以及瀕危語言，每個地區都會列舉十種人口數最多和十種人口數最少的語言。若地區的語言總數不超過二十種，則列舉出全部的語言名稱。

2.1 南島語系的整體架構

南島語系的分群討論會在第 10 章提到。以下南島語系的主要分群方式已經被許多權威的南島學者接受。

2.1.1 南島語

南島語至少有十大分群，其中有九大分群只分布在台灣：

1. 泰雅語群（台灣）	6. 鄒語群（台灣）
2. 東台灣語群（台灣）	7. 布農語（台灣）
3. 卑南語（台灣）	8. 西部平埔族語群（台灣）

| 4. 排灣語（台灣） | 9. 西北台灣語群（台灣） |
| 5. 魯凱語（台灣） | 10.馬來-波里尼西亞語群（台灣以外） |

　　泰雅語群包括在台灣北部的泰雅語和賽德克語，每種語言都有不少的方言差異；東台灣語群包含凱達格蘭語（含巴賽和社頭方言，都已消失）、噶瑪蘭語、在台灣狹窄東海岸的阿美語以及在嘉南平原的西拉雅語（19世紀中葉才消失）；卑南語只有單獨一支卑南語，位於台灣東南沿海地區並與鄰近的排灣語有長期互相移借關係；排灣語也只有一支排灣語，分布在台灣東南沿海地區，並跟卑南語和魯凱語有長期互相移借的關係；魯凱語位在台灣中南部山區，由許多歧異相當大的方言或者關係密切的語言所組成；鄒語群在魯凱語的西北方，分布於台灣中南部山區，有三種語言：鄒語、拉阿魯哇語、卡那卡那富語。鄒語群最先由 Ferrell（1969）提出，Tsuchida（1976）支持此分群並做詳細說明，但最近張永利（Chang 2006）跟 Ross（2012）兩名學者對此提出批評，他們都認為鄒語跟另外那兩種語言不該屬於同一語群，因此必須摒棄「鄒語群」此分群；布農語為單獨一支布農語，下有三大方言遍布在台灣中部和中南部內陸山區；西部平埔族語群有五種語言：道卡斯語、法佛朗／貓霧㪣語、巴布拉語、洪雅語、邵語，曾在台灣西部平原使用，如今僅存中央山脈西側的日月潭還有邵語存在；西北台灣語群是暫訂的一群，包括賽夏語、巴宰語、龜崙語。未有確實的證據能縮減這些語言分群的數目。雖然絕大多數台灣南島語言在類型上很相似，但是它們語言演變的歧異度非常高，這些主要分群在台灣島上的地理分布情況，拿印歐語系來作比喻，就好像所有印歐語系的主要分

群都出現在荷蘭境內一般。

　　台灣以外的所有南島語言，包括雅美語（在台灣東南海岸外的離島蘭嶼），都屬於南島語系的馬來-波里尼西亞語群。這個語群有多達 25 個分群，難怪原始南島語跟原始馬來-波里尼西亞語長久以來都被混而為一，正如田樸夫（Dempwoff 1934-38）開創性所構擬的「原始南島語」（其實是原始馬來-波里尼西亞語）那樣。在語言類型上，馬來-波里尼西亞語言的涵蓋範圍很廣，在後面的章節中會看到，此分群的語言都有共同的音韻合併現象以及明顯的不規則詞彙變化，根據這些演變的線索，我們可以確認它們都屬於同一分群。

2.1.2　馬來-波里尼西亞語群

　　馬來-波里尼西亞語群又分為兩群，西部馬來-波里尼西亞語群（WMP）和中-東部馬來-波里尼西亞語群（CEMP）。西部馬來-波里尼西亞語群有 500-600 種語言，從蘭嶼到菲律賓、印尼的大異它群島（含蘇拉威西島）、東南亞大陸再到馬達加斯加島。帛琉語和查莫洛語（Chamorro）這兩種語言雖然地處麥克羅尼西亞地區，但也是隸屬於這個語群。誠然，西部馬來-波里尼西亞並不是一個明確的語群，只要不屬於中東部馬來-波里尼西亞語群的語言，都算是西部馬來-波里尼西亞語群。這一語群主要的統一語言特徵是動態動詞形式上會有鼻音取代現象，例如馬來語 *pukul*「打」（詞幹）：*mə-mukul*「打」（主動動詞），又如查莫洛語 *saga*「停留」（基式）：*ma-ñaga*「停留」（主動動詞）。這種鼻音取代現象似乎只見於西部馬來-波里尼西亞語群。然而，有若干殘存的資料顯示這種動詞的構詞現象可能在

原始馬來-波里尼西亞語中就已存在，甚至在原始南島語就有了。如果有的話，鼻音取代現象並非西部馬來-波里尼西亞語群的創新，而是存古現象，一種被其它南島語言保留下來的僵化（fossilized）語言現象，如此一來，西部馬來-波里尼西亞語群也許要重新命名為「殘留的馬來-波里尼西亞語群」。

2.1.3　西部馬來-波里尼西亞語群

目前要將西部馬來-波里尼西亞語群（WMP）做高層次的分群是困難的，現今公認的主要分群有：1. 菲律賓語群，包括菲律賓群島上的所有語言，排除撒馬八搖語（Sama-Bajaw 或 Samalan），這是「海上吉普賽人」所說的語言，他們流浪在菲律賓中南部、印尼以及馬來西亞的幾個地方，2. 北砂勞越語群由許多婆羅洲砂勞越北部語言所組成，他們在地理位置上屬於馬來西亞，3. 巴里托（Barito）語群包括加里曼丹東南部的雅就達雅克語（Ngaju Dayak）和馬鞍煙語（Ma'anyan），以及在馬達加斯加的馬拉加斯語（Malagasy），4. 馬來-占語群包括東南亞群島的馬來語以及東南亞大陸上的占語（Cham），5. 西里伯斯語群（Celebic）由蘇拉威西島南邊的格容達洛語群（Gorontalic）的所有語言組成，但除去南蘇拉威西語群（比較有名的語言是布吉語（Buginese）和望加錫語（Makassarese））。沙巴語隸屬的北婆羅洲語群有兩大分群，而北砂勞越語群可能是其中之一。最近有人提出馬來-占語群要歸類在一個更大的語群裡，該語群包括峇里語（Balinese），撒撒克語（Sasak），馬都拉語（Madurese），但不含爪哇語（Adelaar 2005c）。末了，初步證據顯示除了應加諾語

（Enggano）之外，蘇門答臘的非馬來語言都共享一個直系祖語（Nothofer 1986）。

2.1.4　中東部馬來-波里尼西亞語群

中東部馬來-波里尼西亞語群幾乎涵蓋了整個印尼東部和太平洋地區的南島語言。它有兩大分群：中部馬來-波里尼西亞語群和東部馬來-波里尼西亞語群。

2.1.4.1　中部馬來-波里尼西亞語群

中部馬來-波里尼西亞語群大約有 120 種語言，遍布在小巽它群島以及東印尼摩鹿加（Moluccas）群島的南部和中部。此語群要劃分出主要分群尚有困難，Esser（1938）曾把東印尼的多數語言分為「Ambon-Timer」和「Bima-Sumba」兩個語群，但沒提出證據，也經不起考驗（Blust 2008a）。許多歸類本語群的詞彙和音韻演變證據事實上並不能涵蓋所有的語言，由此可見這個語群應該有個方言鏈當作「擴散走廊」，而不是透過一連串「清楚」的語言分化。有些較下層的語言分群比較清楚，尤其是摩鹿加群島中部的語言。

2.1.4.2　東部馬來-波里尼西亞語群

東部馬來-波里尼西亞語群遍布摩鹿加群島北部和太平洋地區。它有兩大分群：南哈馬黑拉-西新幾內亞語群和大洋洲語群。

2.1.4.2.1　南哈馬黑拉-西新幾內亞語群

南哈馬黑拉-西新幾內亞語群（South Halmahera-West New Guinea，簡稱：SHWNG）位於摩鹿加群島北部和西新幾內亞北岸的鳥頭半島

附近，約有三、四十種語言。現代的語言似乎是史前方言鏈的延續，其音變從兩端向中間擴散，有時會在中間區域重疊（Blust 1978b）。此語群下的語言人口數普遍偏少，描述嚴重不足。最有名的語言有分布在哈馬黑拉島南部的布力語（Buli），以及在其西邊 Makian 島上的搭巴語（Taba），和數世紀以來在西新幾內亞沿海地區作為當地貿易語言的奴否而（Numfor）語。

2.1.4.2.2　大洋洲語群

　　大洋洲語群（Oceanic，簡稱：OC）有超過 450 種語言，分布在三大區域：波里尼西亞、巴布亞 Mamberamo 河以東的美拉尼西亞、麥克羅尼西亞（不包括帛琉語和查莫洛語）。大洋洲語群的主要分群為美拉尼西亞西部的海軍部群島（Admiralty Islands）語言跟其它語言。Ross（1988）提出幾個位在美拉尼西亞西部的主要大洋洲語群分群，然而要把大洋洲語言下至分群，上到原始大洋洲語都弄明白，還有許多細節仍待釐清。如印尼東部一樣，部分困難起因於居住在這區域的史前南島民族更迭迅速。在美拉尼西亞西部以外合理且完善建立的下層分群有：東南索羅門語群、新喀里多尼亞語群、核心麥克羅尼西亞語群（麥克羅尼西亞地區的大洋洲語言，但諾魯語還不太確定）與中太平洋語群（波里尼西亞語、斐濟語、羅圖曼語（Rotuman）），其中波里尼西亞語群的面積幾乎是美國大陸的兩倍大，分為兩大分群：東加語群（東加語和紐埃語）與核心波里尼西亞語群（其它語言）。根據 Marck（2000）最近提出的修正，現在普遍看法是核心波里尼西亞語群有 11 個分群（Pukapuka、東 Uvea、東 Futuna、西 Uvea、西 Futuna–Aniwa、Emae、Mele-Fila、Tikopia、

Anuta、Rennell-Bellona 和 Ellicean），絕大多數分群都只是波里尼西亞的外圍語言（Outlier languages）、而在美拉尼西亞地區內單一的語言。Ellicean 語群又可再分為三支：薩摩亞語群、Ellicean 語群（位於麥克羅尼西亞和索羅門群島），以及東波里尼西亞語群。過去四十多年來，東波里尼西亞語群分為三大支：Rapanui 語群（復活節島）、大溪地語群（大溪地語、毛利語等等）、馬貴斯語群（馬貴斯語、Mangarevan 語、夏威夷語）。然而 Wilmshurst 等人（2011）針對東波里尼西亞聚落遺址所做的碳 14 年代最新修正清楚顯示：大溪地語群跟馬貴斯語群的區別是不切實際且沒根據的，Walworth（無出版年）重新檢驗了語言學的證據，也得到相同的結論，這些將在第10.3.3.1 節做更詳細的說明。

2.2 語言與方言

南島語言共有幾種？這麼簡單的問題，卻很難回答。第一，語言／方言的區分方法不只一種。要以能夠相互溝通作為區別的依據，還是同源詞的比例或是結構相似性？是否合併以上這些方法，或者使用完全不同的方法？第二，語言到底是獨立存在且有明確界定的實體呢？還是類似於自然界的許多現象，在某些情況下至少是連續不可分割的，因此，任何分界無可避免地都是非常任意。

若以溝通度作為區分南島語言跟方言的標準，我們必須面對一個情況就是：只有部分地區做過溝通度測試，而且主要都是「暑期語言學研究所」[1]（Summer Institute of Linguistics）的人員做的。即

使能夠取得這些資訊，要以溝通度作為決定語言的界限，還必須處裡若干共同問題：1. 語言間的溝通度並非相互呼應，會受到優勢語言或是早期語言接觸等社會因素的影響、2. 溝通度的測試結果根據測試期間或之前的語言暴露時間，而有不同的測試結果，例如，美國人最初聽到「澳洲英語」時常常無法理解。

　　詞彙相似性的定量測試是決定語言界限的另一個方法。實際做法上，通常以 100 或 200 個基本詞彙作為詞彙統計測試表。詞彙表的內容會根據不同的受測人以及不同的語系做些微調整（例如印歐語系的「太陽」和「日子」是不同的概念和詞彙，但在有些南島語系裡卻是重複的概念，許多南島語言用「日子的眼睛」來表示「太陽」，而「眼睛」和「日子」在詞表中是分開列舉的）。使用詞彙統計百分比的高低來找出語言界限會面臨到一個困難：不同的研究人員以不同的百分比做分界，那麼產生的結果就不同。戴恩（Dyen 1965a）認為基本詞彙有 70% 以上是同源詞的就是屬於同一種語言的不同方言，而 Tryon（1976）卻要 81% 的同源詞比例。許多南島語言跟另一種語言的最高同源詞比例界於 70% 和 81% 之間，因此採取哪個標準對語言數目的判定就有很大的影響。

　　「結構相似性」這用語涵蓋了 1. 詞彙相似性，2. 句法相似性，3. 音韻相似性，包括相似的音位和詞形。其中任何一個變數皆會影響溝通度，並在某些情況下隨著不同標準而產生不同的結果。例如，砂勞越北部的撒班語（Sa'ban）和 Bario 的標準方言有 82% 的基本詞彙都是同源詞，從詞彙統計法來看，撒班語是葛拉密語的一種方言，然而，快速的語音變化徹底改變了撒班語的語音和構詞，這變化大到使 Bario 語者認為撒班語是截然不同的語言，舉以下同源詞

為例:「雞蛋」在 Bario 語是 *tərur*,撒班語是 *hrol*,「骨頭」在 Bario 語是 *tulaŋ*,撒班語是 *hloəŋ*,「正確」在 Bario 語 *munəd*,撒班語是 *nnət*,「打開」在 Bario 語是 *ŋ-ukab*,撒班語是 *m-wap*。在這種情況下,同源詞百分比的高低似乎比溝通度更不適合作為區分語言和方言的標準。

地圖 **2.1** 南島語和其主要分群

　　方言鏈(dialect chain)則是另一系列的問題。在方言鏈中,相鄰的方言間彼此具有高度的溝通度,非相鄰的方言使用者隨著地理上距離越遠就越難溝通。如果方言鏈間沒有明顯的中斷,會造成計算語言種數的難題。例如,一組方言鏈的構成有 A 到 E,而 A/B、B/C、C/D、D/E 為顯著的方言關係,若中間隔了一個方言,像是 A/C 等,溝通度就會降低,要是隔了兩個方言,如 A/D 等,彼此的溝通度就會低到像是兩種不同的語言,如此情況要怎麼計算語言數目?要是 A 和 D 是不同的語言,那它們怎麼又分別是 B 和 C 的方言?

對於連續性的事物，任何分割都是隨意的，有個解決的辦法就是將整體視為一種內部複雜的語言，這個方法總比任意分割來的好，卻也有它的問題。如上所述，這整體「語言」內含有互相無法溝通的方言，如此一來便無法編寫此語言的識字教材，何況，假如方言 B 和 C 消失了，單一語言 A-D 將會變成兩種不同的語言 A 和 D。

方言鏈常沿著海岸線或島鏈發展開來。美拉鬧（Melanau）方言鏈沿著砂勞越海岸約 230 公里長，就是沿海方言鏈的例子，儘管方言鏈最北端的 Balingian 語跟緊鄰的南方語言顯然不同，卻是關係密切的語言。特拉克語群（Chuukic）的方言鏈，橫跨 2500 公里，東起特拉克（Truk）島，西至 Tobi 環礁，是島嶼方言鏈，也是世上最長的方言鏈。Marck（1986）認為麥克羅尼西亞地區清晰的語言界限和航程距離是否能隔夜抵達有關。

方言網絡（dialect network）與方言鏈相似，差別在於距離和溝通度之間的關聯，前者不再受限於線性方式，而是多方向的。Hockett（1958: 323 頁起）曾提出「L-complex」這個術語來表示不區分方言鏈和方言網絡的「複雜語言」情況。根據目的不同，有時區分方言鏈和方言網絡是有用的，有時不必區分，此時通用術語「L-complex」就能派上用場。

菲律賓中部的比薩亞語（Bisayan）複雜型是一個大規模的方言網絡的例子。除了地理因素外（許多中小型島嶼都被狹窄且容易航行的海面隔開），歷史發展亦是部分原因（一個晚近的史前語言在這地區快速成長進而取代了其他語言），今日的比薩亞地區方言歧異性豐富，方言間的差異大到足以視作不同的「語言」，同時卻有複雜的網絡使彼此緊密連結，之間幾乎沒有明顯的界限。另一個因方言網

絡而語言種數複雜的例子是在沙巴。一般認為有三組複雜語群：1. 都孫語群（Dusunic）、2. Murutic、3. Paitanic，同樣由於地理環境所造成。大部分婆羅洲其他地區的河流，既寬廣又平緩匯流，使之成為前進內陸的天然公路，然而沙巴地區多數是短急湍流，要到內陸就只能走陸路。大致上，沙巴的語言差異以島嶼兩端的沿海地區最為明顯，而內陸的語言群體差異較小。這種情況顯示婆羅洲北部的南島民族最初優先挑選在沿海地區定居，晚期才往內陸遷移。

　　某方面來說，語言／方言的區別難以用「客觀」條件判定，因為他們並非客觀的自然現象，而是人類對事物的看法和處理方式所造成的複雜結果。德國北部的低地德語（Low German）方言客觀上跟荷蘭語或比利時語之間並沒有天然障礙所造成的語言界限。然而，許多荷蘭人堅持荷蘭語是一種獨立的語言，絕不是德語的方言。由於在政治上是獨立國家所使用的語言，加上二次世界大戰被侵略所引起的情緒，更刺激人們產生強烈情感來強調語言的獨立地位。儘管細節上有所不同，但在南島語系中也有相似的情況（也就是，語言使用者要求的獨立語言地位，在語言學者看來是同一種語言的不同方言。）此外，兩個語言群體一旦被視為不同的語言，就很難再把它們合併為單一語言來處理了。比薩亞方言網絡內的希利該濃語（Hiligaynon）跟 Aklanon 語有 85% 相同的基本詞彙，可是它們已經各自有自己的語法書和詞典，要再把它們當作同一種語言來處理會很棘手。這種情況下，不可避免的將兩種方言的差異現象視作兩種不同的語言，至於「客觀條件」是否真的如此，就無法深究了。

　　以相似或不相似的名稱來指稱關係密切的語言群體，有時會影響我們做語言分類的決定。單就名稱來看，呂宋島北部的 Gaddang

和 Ga'dang 可能會被認為是同一種語言的不同方言。但是 Lewis（2009）根據「暑期語言學研究所」的田野調查報告內容，計算兩者間同源詞的比例以及溝通度，將它們當作兩種不同的語言。另一方面，許多關係密切的比薩亞語言群體卻有非常不同的語言名稱，造成觀察者常常因此認定他們為不同的語言。顯然地，族群跟語言並不一致。雖然《民族誌》（Ethnologue）把蘇門答臘語群中的 Batin 語、Muko-Muko 語、Pekal 語，當作三種語言，亦或將爪哇語群的 Badui 語和騰格爾語（Tenggerese）分為兩種不同的語言，但這些語言在相關文獻中被公認為是分屬不同語言的方言罷了（前三者屬於米囊家保（Minangkabau）或 Kerin 語言，Badui 語屬於異它語言，騰格爾語屬於爪哇語）。之所以做此區分，若不是因為含有大量借詞（Batin 語、Muko-Muko 語、Pekal 語），就是因為不同的宗教或文化現象。不像多數異它人或爪哇人是回教徒，Badui 人和騰格爾人擁有獨特的宗教信仰，揉合印度教與佛教，崇信萬物有靈，呈現伊斯蘭教傳入爪哇島前的面貌。此外，Badui 人（分為「內 Badui」和「外 Badui」）居住在他們認為的聖地上，對外人是嚴禁進入。種種文化差異顯示以上族群分別有不同的族群認同，但這不構成他們講不同語言的證據，而所有的第一手資料也不支持他們說的語言不同。

末了，克里奧語（Creole）[1] 替語言分類帶來一個特殊問題，因為它們由兩種不同的語言結合而來。一般來說，會根據基本詞彙量來判定克里奧語的歸屬語群。例如巴布亞新幾內亞的國家語言講涇濱（Tok Pisin），儘管句型上有很多大洋洲語言特徵，依舊被認為是英語的一種克里奧形式，因為絕大部分的詞彙（含基本和非基本的）源自英語。同樣的，菲律賓南部的 Chavacano/Chabakano 被認為是

西班牙語的一種克里奧，因為有大量的詞彙都是來自西班牙語。

　　根據上面所講的重點，我們可以依地區分布來說明南島語言的概況。為了方便比較，我都遵照 Lewis（2009）的判斷，可是有些情況根據我個人的了解，《民族誌》實在分得太細了。這樣的例子有婆羅洲的加燕方言群，《民族誌》將其分為七種不同的語言，事實上只有兩種語言（加燕語和 Murik 語）。爪哇語被《民族誌》劃分為五種語言：爪哇語、Carribean 語（或 Surinam Javanese 語）、New Caledonvan lavanese 語、Osing 語、騰格爾語，雖然它們有不尋常且重要的社會方言差異，特別是 Osing 語，但證據顯示他們似乎都是同一種語言。有的語言有好幾個名稱，我試圖挑選文獻上大家最熟悉的那一個，但不一定是《民族誌》的首選。對於語言人口數，我會採用在 Lewis（2009）之後較新的資訊。

　　以下概述分為兩部分，第一部分檢視國民大部分皆使用南島語言的國家所承認的官方語言，以及沒有官方地位但很重要的通行語言。因為涉及官方或國家語言，就必須根據國家疆界去做陳述。第二部份則純粹以地理環境的自然特徵（個別大型島嶼、島群等等）為依歸，在近代，這些特徵是決定語言分界、文化區域等的重要因素。第二部分會在主要地理區域上分別舉出十種人口最多、最少的語言，藉此突顯那些在政治和社會上最重要的語言（即使沒有公開的語言編碼），還會列舉最瀕危的語言。

2.3　國家語言與通行語言

　　絕大多數人民都講南島語言的國家，其國家語言或官方語言通常就是南島語言，可是有時英語也會是唯一或其中之一的官方語言，用於政府或商業事務。表2.1列舉了南島民族獨立國家的國家或官方語言，按照人口數由多到寡依序排列，語言的國際重要性跟人口大小息息相關，所以表格最頂層的語言討論將是最多的。人口估計數的資料取自2012年7月的CIA-The World Factbook：https://www.cia.gov/library/publications/resources/the-world-factbook/index.html。

　　新加坡區分國家語言以及官方語言的現象實屬少見（馬來語是國家語言，而華語、英語、馬來語、坦米爾語都是官方語言）。大多數的情況是依法認定一種或多種語言為官方語言，但說法跟做法未必一致。例如，諾魯（Nauru）唯一認定的官方語言諾魯語，可是政府機關跟商業交易卻使用英語。而在斐濟，雖然英語跟斐濟語都是官方語言，然而公家單位和媒體傳播大都使用斐濟語，教堂裡用英語傳福音就更罕見了。一般來說，若一個國家人口少、經濟上仰賴英語系國家，那麼英語就扮演著重要的角色，常成為替代的官方語言了。

表 2.1　南島語言使用人口佔多數的國家/官方語言

編號	國家	面積（平方公里）	人口	語言
01.	印尼共和國	1919,440	248,645,008	印尼語
02.	菲律賓共和國	300,000	103,775,002	菲律賓語／英語
03.	馬來西亞聯邦	329,750	29,179,952	馬來西亞語
04.	馬拉加斯共和國	587,040	22,005,222	馬拉加斯語／法語
05.	新加坡	693	6,310,129	馬來語

編號	國家	面積（平方公里）	人口	語言
06.	巴布亞新幾內亞	462,840	5,353,494	講涇濱
07.	帝汶-雷斯特	15,007	1,143,667	得頓語／葡萄牙語
08.	斐濟	18,274	890,057	斐濟語／英語
09.	索羅門群島	28,450	584,578	涇濱語
10.	汶萊	5,770	408,786	格斯邦撤語
11.	萬那杜	12,200	256,155	比斯拉馬語
12.	薩摩亞	2,944	194,320	薩摩亞語
13.	麥克羅尼西亞	702	106,487	英語
14.	東加王國	748	106,146	東加語
15.	吉利巴斯	811	101,998	吉爾貝特語／英語
16.	馬紹爾群島	181	68,480	馬紹爾語／英語
17.	帛琉	458	21,032	帛琉語／英語
18.	庫克群島	230	10,777	拉羅東加語／英語
19.	吐瓦魯	26	10,619	吐瓦魯語
20.	諾魯	21	9,378	諾魯語

2.3.1 印尼共和國、馬來西亞聯邦、新加坡、汶萊

由於國家語言的重要性跟使用人口多寡有關，在南島語言中，政治上最重要的語言大概就是印尼語了。大約 2,000 年前，印度跟中國開始有商業貿易和文化交流，兩地的交通往來主要依靠海路，而非不切實際的陸路。因為蘇門答臘西邊外海的海象凶險，因此蘇門答臘與馬來半島之間狹窄的馬六甲海峽成為大部分船隻通過的航行路線。在航程裡，馬來語是馬六甲海峽兩岸都會講的語言，因此

自古以來，印度跟中國之間的貿易都有馬來人的參與。香料貿易將東印尼跟印度連結起來，並一路向西，走的也是同一條水路，使得說馬來語的貿易中間人不僅在原鄉地的馬六甲海峽兩岸扮演重要角色，更是群島間貿易戰略據點所不可或缺的幫手。時至今日，婆羅洲西南部、蘇門答臘、馬來半島依舊以各種馬來方言當母語使用；汶萊、Banjarmasin（婆羅洲東南部）、Manado（蘇拉威西島北部）、Ambon（摩鹿加中部）、古邦（帝汶西部）是從前的商業據點，在這些地區也能觀察到一些殘留的語言跡象，這些語言學的證據顯示著香料跟其他貨物在歷史上從東印尼到馬六甲所走的貿易路線。此外，公元 1405-1433 年間，明朝永樂皇帝派遣鄭和七次下西洋，拜訪印度洋沿岸的國家並發展海外貿易和外交，最遠甚至到達非洲東岸，並在馬六甲建立據點作為貨物集散地。跟隨他前往的閩南籍船員很多就沿著馬六甲海峽的兩岸定居下來，與當地馬來人通婚，因此在馬六甲和新加坡產生了因語言接觸而出現的特殊馬來方言，現今稱為「Baba Malay 語」（Pakir 1986; E. Thurgood 1998）。末了，有些馬來人在歐洲殖民時期到東印度洋的科科斯（基林）群島和斯里蘭卡定居，催生了更多馬來方言。Adelaar（1996）說科科斯群島原先無人居住，探險家 Alexander Hare 和 John Clunies-Ros 帶了 100多個馬來血統奴隸到島上定居，後來又從西爪哇島的 Banten 以及另一地馬都拉（Madura）補充勞力進來，形成受爪哇語影響的馬來語，Adelaar 管它叫「涇濱馬來語」（Pidgin Malay Derived variety，PMD）。斯里蘭卡的馬來語一般認為起源於 1656 年，荷蘭人從葡萄牙人手中搶得香料貿易控制權後，南亞的馬來人來斯里蘭卡定居（Adelaar

1991）。[3]

　　二十世紀上半葉，印尼獨立運動獲得知識份子的響應，很自然地會選擇馬來語作為新國家的語言，一來它是許多人廣泛使用的第二語言，二來只有極少數人的第一語言是馬來語（當時印尼的人口大概不超過三、四百萬人），因此並沒有造成爪哇人族群統治上的威脅。在 1945 年 8 月 17 日，印尼宣布獨立，馬來語就被選定為國家語言並改名稱為「印尼語」。

　　馬來亞（Malaya）以及婆羅洲島上的砂勞越、汶萊、沙巴在英國殖民統治下的發展相當不同。1957 年，馬來半島與英國協議和平獨立，之後與新加坡、沙巴及砂勞越共同組成馬來西亞聯邦政府，以馬來語為國家語言，而新加坡後來於 1965 年脫離馬來西亞聯邦，成為一個獨立國家。汶萊（官方稱為 Brunei Darussalam）擁有豐富的自然資源，平均國民所得相當高，為英屬保護的伊斯蘭教蘇丹王國，直到 1984 年才脫離英國統治，成為主權獨立的國家。儘管名稱不同，馬來語在汶萊和新加坡都是國家語言，在汶萊管它叫 Bahasa Kebangsaan，意思就是「國家語言」，而在新加坡，如前所述，華語、英語、馬來語、坦米爾語亦是官方承認的四種語言。

　　根據 Wurm & Hattori（1981）的數據顯示，1980 年代初，大約有 2,000 萬印尼人以馬來語為第一語言，蘇門答臘島佔了其中半數，大雅加達地區約有 600 萬人，加里曼丹則有 330 萬人，以及其他地

3　Mahdi（1999a, b）認為說南島語的人於公元前 1000 到 600 年之間已在南亞定居，（1999b: 191）裡認為「南島民族至少在公元前 450 到 400 年間就已出現在斯里蘭卡了。」然而，無論他的主張有什麼優點，都與斯里蘭卡的馬來人不相干。

區的「成千上萬人」。從 2004 年（CIA-World Factbook）的估計來看，馬來西亞人口組成的百分比為：馬來人 50.4%、華人 23.7%、原住民族 11%、印度人 7.1%、其他 7.8%。1980 年的官方統計只承認兩個種族：馬來人（58%）與其他人，指華人、印度人和巴基斯坦人（42%）。

從語言政策執行的觀點來看，馬來語在印尼跟馬來西亞兩國所扮演的角色大相逕庭。爪哇人是印尼最大的民族，他們講的是爪哇語，因此採用馬來語不失為一個避免單一種族優勢的中立替代方案，反之，馬來西亞以馬來語為母語的人佔半數以上，對勤勞而經濟上成功的華人社群尤其是一個威脅。可能出此原因，再加上英語成為二十世紀的國際語言，因此只要馬來西亞人有中學程度，幾乎能說一口流利的英語，而荷蘭語在印尼年輕一代差不多已無人會講。

印尼跟馬來西亞的國家語言基於不同的殖民傳統，受到的現代化影響亦有所差別，特別是在羅馬拼音引進到書寫系統的過程裡可略見端倪。兩國獨立時，區別馬來西亞語跟印尼語的重要拼寫差異有以下幾種：1）*y*：*j*（硬顎滑音）、2）*j*：*dj*（濁硬顎塞擦音）、3）*c*：*tj*（硬顎清塞擦音）、4）*sh*：*sj*（硬顎清擦音）、5）*ny*：*nj*（硬顎鼻音）、6）*kh*：*ch*（舌根清擦音）、7）*u*：*oe*（後高圓唇元音）；*o*：*oe*（後中或後高圓唇元音）在有些輔音前、8）*ĕ*：*e*（央元音）、9）*e*：*é*（前中元音），因此馬來西亞語所書寫的 *chukor*「刮鬍」、*pĕnyu*「海龜」、*ekor*「尾」，在印尼語就分別寫成 *tjoekoer*、*penjoe*、*ékor*。由於元音的出現頻率極高，單元音 *oe*（荷蘭文書寫傳統）被視為累贅，儘管其他荷蘭文書寫傳統仍然保留，但依舊傾向以 *u* 取代之，不過

人名則保留不改，如 Soekarno 或 Soeharto。

　　歷經多年的遊說，尤其是在一位住馬來西亞好幾年的印尼學者 S. Takdir Alisjahbana 的努力之下，兩國終於在 1973 年採取一致的拼寫法如下：1）y、2）j、3）c、4）sh、5）ny、6）kh、7）u/o、8）e、9）é。一般說來，印尼語跟馬來西亞語遵循著像英文那樣不一致、但較有系統慣例的拼寫方式。唯一例外的是以 c 取代 tj/ch。汶萊保留舊的拼寫法，「刮鬍」仍舊拼為 chukor，而印尼文和馬來西亞語現在都寫作 c。

　　根據 1980 年的人口調查，約有 1760 萬的印尼人以印尼語為家庭用語，其中 1100 萬人住在市區。近幾年的報告，像是 Lewis（2009）的統計數字中，印尼有 22,800,000 人以印尼語為母語，在其他各國則有 23,187,680 人以印尼語為母語，其中超過 140,000,000 人以它為第二語言，說跟讀的程度不一。在東印尼，包括新幾內亞西半部，日常交談多以摩鹿加馬來語為主，而非標準馬來語，這些地區延續使用自香料貿易時期以來重要的通行語言。以印尼語為第二語言的人當中，絕大多數人的母語是爪哇語，隨著時間推移，未來印尼語的語音和結構受爪哇語的底層影響會越來越顯著。

2.3.2　菲律賓共和國

　　南島語使用人口數第二多的國家語言是菲律賓語（Filipino），由標準塔加洛語（Tagalog）稍微修訂而來。十六世紀上半葉首次與西班牙人接觸時，馬尼拉灣周圍和南部地區以及北方的呂宋島都講塔加洛語。如同馬來語一樣，由於地理位置因素，塔加洛語注定要

成為具有重要政治地位的語言。美國殖民期間（1898-1946），為之後的獨立做準備而成立了「國家語言研究所」，並於 1937 年選擇使用人口佔全國 25% 的塔加洛語為菲律賓的國家語言。1946 年 7 月 4 日菲律賓獨立建國之後，塔加洛語的使用人口急速增加，根據推測（Gonzalez & Postrado 1976），1970 年代約有 70% 的菲律賓人都講塔加洛語。Pilipino 是塔加洛語的通稱，由於 1987 年的憲法修正案將 Pilipino 的拼法以 Filipino 取代之，這造成菲律賓人心理上的兩難，因為塔加洛語缺少/f/音，菲律賓人在念自己國家語言的名稱時，就得糾結於本土發音或國際發音之間。

早在探險家麥哲倫抵達菲律賓的 1521 年以前，汶萊的馬來人已將回教引進菲律賓，當西班牙人於 1565 年開始進行馬尼拉大帆船貿易時，回教持續擴張到北方的馬尼拉灣來。西班牙殖民三百多年以來，將天主教傳到比薩亞（Bisaya）以北幾乎所有的菲律賓低海拔地區。然而，民答那峨島（Mindanao）時至今日幾乎沒有受到西班牙傳教影響，因此民答那峨跟蘇祿群島（Sulu）成為菲律賓南部的回教心臟地帶，這些地區在某種程度上被排除在菲律賓全國生活圈之外。

菲律賓語言可區分為「主要語言」和「次要語言」。Constantino（1971）認定的八種主要語言為：宿霧語、塔加洛語、伊洛卡諾語（Ilokano）、希利該濃語（Hiligaynon）、比可語（Bikol）、瓦萊語（Waray 也叫做 Samar-Leyte Bisayan）、加班邦安語（Kapampangan）、巴雅西南語（Pangasinan），這些語言的使用者都是住在低海拔地區的天主教徒居民。有些語言的使用人口也很多，如馬拉瑤語（Maranao）和 Magindanao，是民答那峨島上回教徒所講的語言，基於現在的語

言規模越來越大，也堪稱為主要語言。菲律賓的國家語言並非民間最多人說的母語，就像印尼的狀況一樣。這八種主要語言的地理分布位置並不平均：其中有七種集中在菲律賓中部的肥沃平原區，約為比薩亞群島最南端到呂宋島中部。伊洛卡諾語分布在呂宋島西北方的沿海平原，有大量來自呂宋島北部 Cagayan 河谷的移民，在海洋和中部 Cordillera 間有條狹窄的地帶，連接伊洛卡諾語與另個主要語言。值得注意的是，八種主要語言扣除伊洛卡諾語，巴雅西南語，加班邦安語後，剩下的五種語言形成一個橫跨半個菲律賓群島大的方言鏈。

2.3.3　馬拉加斯共和國

在印尼語、塔加洛語、馬來語之後的第四大南島語國家語言就是馬拉加斯語（法文拼法：Malgache）。所有報告都指出這語言有很大的方言差異，該國的官方調查報告將馬拉加斯分為約二十個族群或文化群體。Vérin、Kottak & Gorlin（1969）以詞彙統計法檢驗 16 個方言群的語料後發現，很多基本詞彙的同源詞百分比不到 70%，通常這個比例是方言和語言的分界線。

16 世紀初，馬利那（Merina）方言族群在馬達加斯加島的中東部高原區建立了王國，並征服全島的大部分地區。馬利那語使用的區域不僅在人口中心區安塔那那利佛（Antananarivo，又稱為 Tananarive），也就是後來的首都，更是優勢族群的方言，因此馬利那語（早期著作稱它為 Hova）就成為馬拉加斯語言的代表了，並在被殖民時期（1896-1958 年）與法語有相當密集的接觸。1958 年馬拉加斯共和國

獨立後，它被選為國家語言。根據官方統計，1993 年的馬利那語使用人口有 320 萬人，其它使用人口超過 100 萬人的方言有 Betsimisaraka 以及 Betsileo，前者分布於南緯 15 至 20 度之間的東岸地區，後者在首都以南的高原上。馬拉加斯共和國受過教育的民眾目前依舊會說流利的法語。

2.3.4　巴布亞新幾內亞

　　巴布亞新幾內亞國是由新幾內亞大島東半部（全島面積僅次於格陵蘭島）、俾斯麥群島、索羅門群島鏈西半部的布干維爾島，以及這些群島之間的許多小島們所組成。十九世紀下半葉，巴布亞（新幾內亞島東半部以南）是大英帝國的保護地，其他地方則受德國佔領，直到第一次世界大戰結束後交由澳洲聯邦管理。

　　「講涇濱」（Tok Pisin）[②] 是個克里奧（creole）語言，與其他多數南島國家語言不同，因此是否算它做南島語言，取決於涇濱語（pidgin）和克里奧語的認定標準。雖然音韻系統已被簡化（例如，標準英語的 11 個元音減併為 5 個），但講涇濱的多數詞彙來源於英語，像是基本名詞，如 *man*「男人」、*meri*「女人、*pikinini*「兒童」（原始來自葡萄牙語）、*tis*「牙齒」、*gras*「草、毛髮」、*blut*「血」、*pik*「豬」、*snek*「蛇」、*san*「太陽」、*mun*「月亮」、*ren*「雨」、以及基本動詞，如 *slip*「睡」、*kam*「來」、*go*「去」、*kuk*「煮」、*tok*「談」（也可以指「語言」）、*lukim*「看、見」、*bringim*「帶、拿」、*tingim*「思考」，還有語法形式，如 *long*「方位或方向前置詞」（*Boroko i stap long Mosbi*「Boroko 在 Moresby 港」；*Ol meri i go long Boroko*「女

人到 Boroko 去」)、*biloŋ*「屬格；為了」(*kap biloŋ ti*「茶杯」，*mi go biloŋ kisim pe*「我去領薪」)。少數的當地語詞(多為 Tolai 語)被用來指稱外來物，如 *balus*(本土斑鳩)也可以指「飛機」，這種形式令人驚訝。講涇濱在句法和語意方面的南島語成分很強烈，其人稱代詞雖然是根據英語詞素而來，卻呈現南島語的結構特徵，例如第一人稱非單數，區分包括式跟排除式，以及雙數：*yumi*「咱倆(包括式)」、*mipela*「我們(排除式)」、*yu*「你(單數)」、*yupela*「你(複數)」、*yutupela*「你倆(雙數)」。同樣的，*brata* 雖然來自英語的「brother」，事實上指的是同性別的手足，因此男人說的時候是指「兄弟」，女人說的時候意思則為「姊妹」。十九世紀時，太平洋的許多島嶼移居了來自四面八方，說著不同語言的種植工人，為了溝通，他們發展出一套廣泛使用的講涇濱，這種富有當地特色的英語在巴布亞新幾內亞叫做講涇濱，在索羅門群島為涇濱語，而在萬那杜則把它叫做比斯拉馬語(Bislama，念做 Beach-la-mar)。

在巴布亞原先的領土內，講涇濱和「警察莫杜語」(Police Motu)在近幾十年以來，互相競爭主要通行語的地位。警察莫杜語和涇濱英語不同的是，它的詞彙跟結構兩方面都是南島語言的形式。莫杜語(Motu)這種語言在 Port Moresby 的重要港口附近以及人口中心周圍作為母語使用。歐洲人抵達當地時，莫杜人會航越三百公里寬的巴布亞灣做季節性的貿易航行(稱作：「hiri」)，為了商業上的往來溝通，沿途地區的其他語言社群因此也會講一些簡化的莫杜語，叫做 Hiri Motu。而警察莫杜語這個名稱源自於英國殖民時期，將簡化後的莫杜語引入巴布亞作為地方警察所講的語言。二十世紀，這種形式的莫杜語在巴布亞沿岸地區被廣泛地使用(但不通

行於舊時的德國新幾內亞領土內），卻常被貶低為「訛誤的」莫杜語。第二次世界大戰期間，警察莫杜語發揮了關鍵作用，協助同盟國軍隊動員當地巴布亞人共同抵抗日軍侵略，因此當巴布亞新幾內亞於 1975 年獨立時，「警察莫杜語的地位被大力提升，成為該國的兩種國家語言之一」（Dutton 1986: 351）。

Tolai 語（亦稱為 Kuanua、Raluana、Tuna）是巴布亞新幾內亞另一個政治上值得注意的南島語言，在新不列顛島北端附近的 Gazelle 半島上，大約有 6 萬 5 千名住在 Rabaul 港城周圍的居民會說這種語言。由於衛理公會的使用，Tolai 語成為新不列顛-新愛爾蘭地區的通用語言。此外，Tolai 語（可能還有一些新愛爾蘭南部關係密切的語言）豐富了講涇濱語的本土詞彙和結構（Mosel 1980）。

2.3.5　帝汶（Timor-Leste/ Timor Lorosaʼe）

也許講東帝汶更為人所知，這是目前最新興的南島語國家。十六世紀時，歐洲人從當地商人手中取得高利潤的摩鹿加群島香料貿易控制權，葡萄牙人跟西班牙人最先抵達此處，大約 80 年後，荷蘭人也到了。葡萄牙人和西班牙人協定由西班牙人管理菲律賓，而部分地區（現今為印尼跟馬來西亞的部分領土）則由葡萄牙人管理，荷蘭人和英國人則直接挑戰葡萄牙對東南亞島嶼的控制權，致使大部分地區（現今為印尼領土）都在荷蘭人的控制之下，而葡萄牙人的影響力或控制權僅在一些零星地區，其中最大的區域就是帝汶島的東半部（加上被西帝汶包圍的部分領土 Oekusi Ambeno）。1949 年印尼獨立之後，這些地區仍然是葡萄牙的殖民地。1975 年 11 月 28

日東帝汶自行宣布獨立，印尼立即派軍侵略。1976 年 7 月，印尼併吞了東帝汶並劃為「東帝汶省」，此舉受到當地人強烈反抗，自此開啟長達 23 年之久的浴血奮戰。2002 年 5 月 20 日，東帝汶（後來改名為 Timor-Leste 或 Timor Lorosa'e）終於獲得國際承認，成為獨立國家，並以得頓語（Tetun）和葡萄牙語作為官方語言。

2.3.6　斐濟（Fiji）

位於南緯 16 度至 20 度之間的斐濟群島包括四個大島和幾百個小島，分布在國際換日線的兩側，其中較大的島是 Viti Levu 和 Vanua Levu。而羅圖曼（Rotuma）群島在斐濟群島的西北偏北方向，距離最近的斐濟島有 465 公里，儘管面積很小，語言和文化也大不相同，行政上卻同屬斐濟的一部分。

截至 2005 年 7 月，斐濟人口估計有 893,354 人，其中 51% 是斐濟血統，44% 是印度後裔（殖民時期被帶到斐濟當農場工人的印度人），5% 是歐洲人、華人及其他太平洋島族。這樣的人口組成比例比起二十年前已大有改變，那時印度裔人口略超過全部人口的一半，斐濟人則佔 45% 以下。

斐濟語的方言鏈到底有多少種語言？這討論曾引起廣泛的注意。由於方言的狀況一直被忽略，傳統上認為只有一種語言。1941 年 Arthur Capell 首度明確說明東、西方言的分類，以此作為區分西斐濟語和東斐濟語兩種不同語言的依據（Capell 1968: 407）。Pawley & Sayaba（1971）將他的說法闡述的更完整，並把西部語言叫做 Wayan。Schütz（1972）和 Geraghty（1983）也採取類似的立場。

歐洲傳教士最早登陸在斐濟的（1835）勞（Lau）群島以及東邊的東加群島上，然而，他們很快地發現到 Viti Levu 島才是斐濟的政治中心。在離島 Bau 上，有名武裝力量強大的酋長 Cakobau，統治著 Viti Levu 島東部的大部分區域、一部分 Vanua Levu 島以及一些小島。這種情況再加上其他因素考量，促使西洋人採用 Bauan 方言進行宣教活動，斐濟聖經就是用 Bauan 語寫的，同時它也是英國殖民政府所使用的語言。時至今日，相較其它斐濟方言，Bauan 語仍然維持著它的重要地位。

2.3.7　索羅門群島（Solomon Islands）

索羅門群島是相對新興的國家，1978 年 7 月 7 日它成為大英國協的獨立會員國。島鏈西起 Shortland 和金銀群島，經 Santa Ana 和 Santa Catalina 群島，到 San Cristobal 島（今叫 Makira 島）的東南方。此外，索羅門群島南部約五百公里外的聖克魯斯群島，以及遙遠的波里尼西亞離島：Ontong Java 島（Luangiua）、Tikopia 島、Anuta 島，皆是它的領土範圍。在西方遙遠的布干維爾大島，及其主要的衛星島 Buka，以及鄰近的小島，並不屬於索羅門群島，而是巴布亞新幾內亞的領土。其最大的島是 Guadalcanal 島，但是人口最多的是 Malaita 島。英語是官方語言，但涇濱英語（寫做「Pijin」）則為通行語，其結構跟新幾內亞涇濱英語相似，但發音跟詞彙有些不同。由於殖民政策的關係，這裡的涇濱英語並不像講涇濱那樣流行。

2.3.8 萬那杜（Vanuatu）

萬那杜（「土地」之意）由大約 80 個島嶼組成的雙鏈形島鏈，位在南緯 12 至 21 度和東經 166 至 171 度之間，面積約 12,220 平方公里。它原名新赫布里斯（New Hebrides），為英法共治區，於 1980 年 7 月 30 日獨立。根據 2003 年 7 月的人口統計結果，島上人口不到二十萬人。

在十九世紀，總部設在倫敦的美拉尼西亞使團開始將聖經譯成地方語言，位於新赫布里斯群島最北端地 Banks 群島的當地語言—莫塔語（Mota），經由傳教士推廣而成為重要的通行語。然而，莫塔語並沒有真正地廣泛通行使用，因此在歐洲語言被引進作為種植工人間使用的語言後就黯然失色。國家語言是比斯拉馬語（Bislama），以英語作為基礎的克里奧語，而比斯拉馬語、英語、法語都是官方語言。

2.3.9 薩摩亞（Samoa）

薩摩亞群島位於斐濟東北方約一千公里處。由於十九世紀列強瓜分殖民地，該群島被劃分為二，德國控制了西邊的主要島嶼，Sava'i 島和 Upolu 島（約 2,944 平方公里），美國在 1904 年則取得東邊的一些較小島嶼（約 199 平方公里）。第一次世界大戰爆發時，紐西蘭獲得德國所擁有的薩摩亞行政權。1962 年，此地區以「西薩摩亞」的名字獨立（1997 年取消「西」字）。美國所擁有的薩摩亞地區仍然屬於美國領土。如同其他波里尼西亞島群，薩摩亞國內部的方言差異很小，儘管薩摩亞語是正式商業用語，但是英語在薩摩亞

國和美屬薩摩亞都很通行。

2.3.10　麥克羅尼西亞聯邦（The Federated States of Micronesia）

　　第二次世界大戰結束之後，語言與文化十分多元的麥克羅尼西亞地區島嶼，成為聯合國太平洋島嶼託管地，並統一交由勝利方的美國治理。由於部分的託管地區紛紛尋求國家獨立，1979 年通過聯邦政府憲法，成立由 Pohnpei（原名 Ponape）、Chuuk（原名 Truk）、雅浦（Yap）、Kosrae（原名 Kosaie）四個區域組成的麥克羅尼西亞聯邦。1986 年，麥克羅尼西亞聯邦跟美國簽訂《自由聯合協定》而正式獨立。由於區域間的語言差異很大，英語就成為政府運作時正式且通用的語言。

2.3.11　東加王國（The Kingdom of Tonga）

　　十七世紀跟西方接觸時，東加王國已有一脈相傳的酋長制度。歐洲航海家看到他們的權力和威嚴，從庫克船長之後便稱這些統治者為國王。東加王國於 1875 年制定了第一部現代憲法，不久後就跟德、英、美三國簽約，確保東加的獨立地位。1900 年，由於內憂外患的夾擊，東加跟英國協商並簽訂條約成為它的保護國。政局恢復安定後，條約為適應現代社會做了一些調整，而 1970 年 6 月，東加王國成為獨立的國家。

　　根據 Biggs（1971: 490）的說法，面積只有 750 平方公里的東加群島大多數的方言差異很小。1616 年，荷蘭航海家 Jacob Le Maire 在北方的 Niuatoputapu 島上採集到的詞彙明顯與東加語不同，研究

後發現是和薩摩亞語比較接近的一種語言。Niuatoputapu 島上的人據稱現在大多講東加語,由於缺乏確切的語言使用調查資料,該地區的薩摩亞語可能還殘存在那。東加語是公共事務通行使用的語言。

2.3.12　吉里巴斯／吐瓦魯（Kiribati / Tuvalu）

　　吉爾貝特群島原先在語言跟文化上的分類是屬於麥克羅西亞的一部分,地處國際換日線以西,橫跨赤道,散布在北緯 3 度到南緯 2.5 度之間,形成從西北到東南的軸線。而艾利斯群島（Ellice）的語言及文化上則屬於波里尼西亞文化區,位置同樣位在西北-東南軸線上,比吉爾貝特群島稍微偏東一些,處於南緯 6 度到 10.5 度之間。1892 年,大英帝國宣布吉爾貝特及艾利斯群島為其保護地,並於 1916 年一起成為英國的殖民地。

　　這兩個群島的人口密度極高,吉爾貝特群島幾乎都是低海拔的小珊瑚礁組成,人口嚴重過剩,造成大量人口外流。如此勉強的組合,要在現代工業社會尋求生存之道,一開始就註定失敗。艾利斯群島進行公民投票,要求擁有獨立的政治地位,因此 1975 年 10 月 1 日,殖民地吉爾貝特及艾利斯群島分開為兩個領地。艾利斯群島之後在 1978 年 10 月 1 日成為獨立國家吐瓦魯,而在 1979 年末時,吉爾貝特群島獨立,改稱吉里巴斯（當地人對「Gilberts」的念法）。1979 年吉里巴斯與美國簽訂友好條約,其中美國放棄人口稀少的 Phoenix 群島和 Line Island 群島的管轄權,現在這兩個群島已成為吉里巴斯領土的一部分。吐瓦魯語和吉爾貝特語（也叫做 I-Kiribati）

據說都有南北方言的差異現象，雖然吉爾貝特語仍然保存良好，英語卻是官方方言。

2.3.13　馬紹爾群島（Marshall Islands）

馬紹爾群島由兩排平行叫做 Ratak（日出）和 Ralik（日落）的珊瑚環礁群島組成，處於北緯 5 度至 12 度之間，每排群島的方言明顯不同。馬紹爾群島跟其他脫離聯合國太平洋島嶼託管地的島嶼情況相似，與美國簽訂《自由聯合協定》，並於 1986 年獨立。自 1964 年以來，美軍基地就設在 Kwajalein 珊瑚環礁上，經濟上亦長期仰賴美國，因此英語普遍的作為第二語言使用，並且跟馬紹爾語都有官方語言的地位。

2.3.14　帛琉共和國（Republic of Palau）

帛琉群島大約位於北緯 8 度，與日本的四國島和新幾內亞的鳥頭半島（Bird's Head of Peninsula）東部可以連成一條直線，具有複雜的歷史背景和對外關係。西班牙經由菲律賓統治了這個地區一百多年，而部分島嶼在 1885 年被德國佔領。1898 年的美西戰爭中，戰敗的西班牙被迫將群島賣給德國。第一次世界大戰期間，日本從德國手中奪得統治權，佔領此處直到第二次世界大戰結束。之後的三十多年，帛琉做為美國監護下的聯合國太平洋島嶼託管地的一員，於 1978 年選擇獨立自主，而不加入麥克羅尼西亞聯邦。1986 年跟美國簽訂《自由聯合協定》，直到 1993 年才正式生效完全獨立。帛琉語詞彙含有大量的西班牙語和日語借詞，以及一些英語和德語借

詞，反映了其複雜的接觸歷史。1994 年帛琉獨立之初，使用國名「Belau」，領土不僅包括加洛林群島西端的的帛琉群島，還有外圍的 Sonsorol、Tobi、Angaur 等珊瑚環礁島，彼此間的語言和文化截然不同，由這些州聯合組成一個國家。不同群島上的官方語言亦不相同，帛琉群島是英語和帛琉語；Sonsorol 島則為英語和 Sonsorol 語；Tobi 島是英語和 Tobi 語；Angaur 島為日語、Angaur 語和英語。

2.3.15　庫克群島（Cook Islands）

庫克群島的 15 個島嶼座落在大溪地的西南方約 1,000 公里處，南緯約 10 至 22 度之間，根據地理位置不同分為北島群和南島群。首都和大多數居民都集中在南島群的拉羅東加（Rarotonga）島上。庫克群島過去是紐西蘭的殖民地，1965 年成立自治政府，但繼續維持跟紐西蘭的自由聯盟關係。根據 Lewis（2009）的研究，庫克島上在 2008 年時還有 7,300 位拉羅東加語的使用者，而全世界有 33,220 名拉羅東加語使用者，且絕大多數人口居住在紐西蘭，相較於 1979 年的人口調查數字，這些數據明顯下滑，顯示庫克群島的人口正持續減少當中。

2.3.16　諾魯共和國（Republic of Nauru）

諾魯共和國為 21 平方公里大的單一島嶼，19 世紀時受德國殖民，後來第一次世界大戰時，被澳洲佔領。除了 1942-1945 年間短暫受日軍控制之外，諾魯都由澳洲統治直到 1968 年 1 月 31 日獨立建國。雖是小島，但磷酸鹽蘊藏量豐富，大都由來自太平洋島嶼的

移工開採（主要為吉爾伯特籍的移工）。1970 年代，這個比夏威夷檀香山市還小的不起眼島國，人均收入領先全球，並有自己的航空公司—諾魯航空，結果之後政府財政措施失當，宣告破產。諾魯共和國只有諾魯語一種國家語言，而且沒有方言差異，雖然諾魯語是官方語言，但英語普遍通行，基於許多實用原因，政府機構和商業貿易大都使用英語。

2.4　語言的地理分布

　　本節將簡述南島語言的分布以及一些重要顯著的事實。前一節依據現今政治國家情勢，只提到有官方地位的語言，本節則依照地理自然環境列出語言，例如 2.3 節沒有提到的台灣原住民語言，本節就會討論，又如婆羅洲將就整體的島嶼討論，而不劃分為印尼、馬來西亞、汶萊個別領土來討論。語言類型在本節只有少數著墨，即使談到，也只是介紹一些初步的普遍現象而已，音韻和構詞句法在後面幾章才會詳細討論。如序文所提到，除非另有說明，將保留引用語料的書寫系統以及注釋。

　　本節分為：1. 台灣、2. 菲律賓、3. 婆羅洲和馬達加斯加、4. 東南亞大陸、5. 蘇門答臘-爪哇-峇里-龍目、6. 蘇拉威西、7. 龍目島以東的小異它群島、8. 摩鹿加、9. 新幾內亞及其附近的衛星小島、10. 俾斯麥群島、11. 索羅門群島和聖克路群島、12. 萬那杜、13. 新喀里多尼亞和忠誠群島（Loyalty Islands）、14. 麥克羅尼西亞、15. 羅圖曼-斐濟-波里尼西亞。由於篇幅所限，加上詳細的資料可以從 Lewis

（2009）中取得，所以每個地區列舉語言名稱時，只限於十種人口最多和十種人口最少的語言，除非該地區的語言總數只略多於 20 種，才全部列舉。這樣限制列舉數目，一方面可以突顯政治上重要的語言，另一方面顯示最瀕危的語言，而且一眼就能襯托出從東南亞到太平洋地區之間，語言人口數的劇烈變化。每個地區已經消失的語言或者只作為第二語言使用的語言並不列入表中，但語言消失狀況嚴重的台灣除外。語言人口數之估計若有 X 到 Y 的上下區間，就取其中間值，例如：羅地語（Rotinese）人口大約 123,000-133,000 人，會以中間值 128,000 人表示。

顯而易見地，語言人口數只能是粗估的，因為族群人口數和會講該語言的人口數應該是有落差的，但實際調查時很難加以區分。此外，每個地區的人口統計數目並非都在同一年調查，造成「拿蘋果比橘子」的情況。例如，Urak Lawoi'語和 Cacgia Roglai 語兩種語言的人口數都是三千人，可是前者是 1984 年做的調查，後者卻是 2002 年做的統計。如果我們假定三十年以來，Urak Lawoi' 語的語言人口數會增加，那麼它今天的語言人口數應該是多於 Cacgia Roglai 語。然而，我們並沒有進一步的調查資料，所以無法確定該語言人口數的實際增減狀況。

2.4.1　台灣南島語言

台灣島南北長約 380 公里，東西最長距離約有 150 公里，面積大約 36,000 平方公里，略跟荷蘭相同。北邊是中國東海，東北方對應著日本琉球群島，東邊是太平洋，南邊有巴士海峽隔開台灣島與

菲律賓群島，西邊隔著台灣海峽與中國大陸相距約 160 公里。政治上，台灣與分布在台灣海峽中間的澎湖群島（有 64 個島 [3]），以及在中國福建省海岸外的幾個小島嶼，還有一些在東岸和東南沿海的島嶼同屬中華民國的一部分，其中最重要的島嶼是蘭嶼。雖然漢人早在宋代（960-1279）就已在澎湖定居，但直到 16 世紀末，閩南人才開始大量的從中國鄰近地區移民到台灣本島來。初期的漢人移民只在西部平原開墾，這地區有最好的稻米種植環境。普遍認定台灣約有 24 種原住民語言，也許十七世紀初荷蘭人到達台灣時還有更多語言，其中有九種原住民語言已經滅絕，在未來大概還有一些語言會消失。在西部平原的農業地帶、台北以及宜蘭平原 [4] 曾有這些消亡語言的使用痕跡，當地人跟移入的台灣人（閩南人）在 1660-1870 年間爭奪土地、相互接觸直接導致這些語言消失（或被同化）。

研究簡史

　　台灣南島語言最早的紙本資料是西班牙和荷蘭的傳教士於十七世紀時所做的聖經翻譯。從 1626 年到 1642 年間，西班牙人在台灣北部一隅取得駐足之地，雖然只有短暫停留，卻完成了一部詞彙表和部分聖經內容的翻譯，叫做「la lengua de los indios Tamchui」（淡水語），1630 年在馬尼拉出版。這個出版品如今難以取得，內容推測可能和巴賽語有關，因為當時巴賽語的分布位置為現今台北以北的淡水河地區。由於彼此的接觸，使得原住民族語使用者學會了一些西班牙語詞彙，這種情況在巴賽語和噶瑪蘭語中尤其明顯，隨機取樣噶瑪蘭語中源自西班牙語的借詞如下：*baka* 借自西班牙語 *vaca*「牛」；*byabas* 借自西班牙語 *guayaba-s*「番石榴」；*kebayu* 借自西班牙語 *caballo*「馬」；*paskua*「新年」借自西班牙語 *Pascua*「逾越節；

復活節；聖誕節」；*prasku*「瓶子」借自西班牙語 *frasco*「瓶」；*sabun* 借自西班牙語 *jabón*「肥皂」；*tabaku*「抽菸」借自西班牙語 *tabaco*「香菸」。此外，噶瑪蘭語中也有一些菲律賓語借詞（巴賽語裡可能也有，但記載較少），顯然西班牙人伴同菲律賓人一起到台灣北部傳教，噶瑪蘭語中的菲律賓語借詞例子有：*Raq*「酒」借自塔加洛語 *álak*（馬來語 *arak*，借自阿拉伯語）「酒」，*baŋka*「獨木舟」借自塔加洛語 *baŋká?*「船」，*bilaŋ* 可能也是借自塔加洛語 *bílaŋ*「數（動詞）」。了解到菲律賓人是西班牙人和台灣原住民間往來的中間人後，便可以理解為什麼有些西班牙名詞的借用會是複數形式，例如，*byabas* 借的就是複數形式 *guayaba-s*，因為這在塔加洛語和其他中部菲律賓語言中很常見到。

荷蘭人在台灣的時間稍長一點，從 1624 年到 1662 年，他們也蒐集原住民語言資料，主要是在西南平原的西拉雅語和法佛朗語。荷蘭人所蒐集的原住民語言資料正如西班牙的資料一樣，也跟聖經翻譯有關。其中資料最多的是法佛朗詞典，後來知道它屬於貓霧㧡語（Happart 1650），以及譯成西拉雅語的馬太福音和約翰福音（Gravius 1661）。[5]Adelaar（1997a, 2011）仔細分析了 17 世紀留傳下來有關兩種西拉雅方言的荷蘭文本資料。

荷蘭人於 1662 年被逐出台灣後，就沒有人繼續採集語言資料，直到日本殖民統治時代（1895-1945）才重啟語言調查。第二次世界大戰結束後，學術上的忽視時期再次出現，唯一只有董同龢（Tung 1964）的鄒語研究出版。1970 年左右，中國、日本、美國語言學者對尚存的語言進行田野調查研究，改變了這種忽視情況，部分起因於人們逐漸察覺到這些語言對於理解南島語系的早期歷史有著關鍵

影響，部分是由於警覺到有些語言會在數十年內會消失。重要的學術著作包括小川、淺井（1935）和費羅禮（Ferrell 1969），這兩部專書內含比較詞彙表，對台灣南島語言都有較全面的論述；還有土田滋（Tsuchida 1976）以及李壬癸（Li 2004b）的台灣南島語論文選集。其他近幾年來有關台灣南島語言的重要著作包括蔡恪恕（Szakos 1994）的鄒語、Holmer（1996）的賽德克語、張永利（Chang 1997）的賽德克和噶瑪蘭語、李壬癸和土田滋（2001, 2002）的巴宰語、白樂思（Blust 2003a）的邵語、何德華和董瑪女（Rau & Dong 2006）的雅美語、李壬癸和土田滋（Li & Tsuchida）的噶瑪蘭語、齊莉莎（Zeitoun 2007）的魯凱語萬山方言、鄧芳青（Teng 2008）、Cauquelin（2008）及 Cauquelin（2015）的卑南語、李壬癸（Li 2011）的邵語、Adelaar（2011）的西拉雅語、齊莉莎（Zeitoun 2015）的賽夏語。關於台灣南島語言分析與處理的著作（Zeitoun, Yu & Weng 2003[6]）亦同樣重要，還有過去十多年來有關跨語言構詞句法方面的類型研究，齊莉莎一直是其中的核心研究人員（Zeitoun 等人 2002; Zeitoun, Huang, Yeh, Chang & Wu 1996; Zeitoun, Yeh, Huang, Chang & Wu 1998; Zeitoun, Huang, Yeh, Chang & Wu 1998; Zeitoun, Yeh, Huang, Chang & Wu 1999; Zeitoun, Yeh, Huang, Wu & Chang 1999）。許多年輕學者目前正積極投入台灣南島語言的研究工作當中，產出不少的中文文獻資料以及參考語法。

語言分布

表 2.2 按族語使用者的人數多寡，列出已知的台灣南島語言名稱、語群、以及族群人口規模估計。族語使用人數的資料來源於

Lewis（2009），而族群人口規模的資料則根據行政院原住民族委員會「台閩縣市原住民族人口-按性別族別」的統計。

表 2.2　台灣南島語言

編號	語言	語群	族語使用人數[⑦]
1.	阿美語	東台灣語群	165,579 總人口（2004）
2.	泰雅語	泰雅語群	88,288 族群人口（2004） 63,000 族語使用人數（1993）
3.	排灣語	排灣語	77,882 族群人口（2004） 53,000 族語使用人數（1981）
4.	布農語	布農語	45,796 族群人口（2004） 34,000 族語使用人數（1993）
5.	卑南語	卑南語	9,817 族群人口（2004） 7,225 族語使用人數（1993）
6.	賽德克語	泰雅語群	24,000 族群人口（2008） 族語使用人數甚少
7.	鄒語	鄒語群（？）	5,797 族群人口（2004） 5,000 族語使用人數（1982）
8.	賽夏語	西北台灣語群?	5,458 族群人口（2004） 3,200 族語使用人數（1978）
9.	雅美語	馬來-波里尼西亞巴士語群	3,255 族群人口（2004） 3,000 族語使用人數（1994）
10.	魯凱語	魯凱語	11,168 族群人口（2004） 族語使用人數甚少
11.	噶瑪蘭語	東台灣語群	732 總人口（2004）
12.	邵語	西部平埔族語群	530 族群人口（2004） 15 族語使用人數（1999）
13.	卡那卡那富語	鄒語群（？）	250 族群人口（2000） 6-8 族語使用人數（2012）
14.	拉阿魯哇語	鄒語群（？）	300 族群人口（2000） 5-6 族語使用人數（2012）

編號	語言	語群	族語使用人數
15.	巴宰語	西北台灣語群？	200 族群人口？ 最後會說族語的人卒於 2010[8]
16.	貓霧捒語	西部平埔族語群	消失
17.	巴賽語	東台灣語群	消失
18.	社頭方言	東台灣語群	消失
19.	洪雅語	西部平埔族語群	消失
20.	雷朗語	東台灣語群？	消失
21.	龜崙語	西北台灣語群？	消失
22.	巴布拉語	西部平埔族語群	消失
23.	西拉雅語	東台灣語群	消失
24.	道卡斯語	西部平埔族語群	消失

地圖 2.2　台灣南島語言分布圖

1) Amis
2) Atayal
3) Paiwan
4) Bunun
5) Puyuma
6) Sediq
7) Tsou
8) Saisiyat
9) Yami
10) Rukai
11) Kavalan
12) Saaroa
13) Thao
14) Kanakanabu
15) Pazeh

一般來說，最大、最有活力的語言就在最不理想的土地上。阿美族生活在台灣東海岸山海交界處的狹長地帶，泰雅族在台灣北部崎嶇不平的山區，布農族在台灣難以種水稻的中南部山區（Chen 1988: 17-18）。除了雅美族之外，較小的族群大部分住在得和漢人爭奪土地和資源的地方。

　　或許得先澄清一下語言滅絕的概念，雖然已經沒有人會說巴賽語或道卡斯語了，但其它族群的人可能還記得一些已經不再使用的詞彙或簡單的結構。例如，少數年長的噶瑪蘭人由於父母當中有人的母語是巴賽語，雖然在其成長過程中並非使用的主要語言，但依舊還記得一些詞彙。因此，有些已經消失的語言仍有可能透過這種方式採集到有限的詞彙。

　　學者對於噶瑪蘭語的活力有相當不同的看法。李壬癸（Li 1982c: 479）說噶瑪蘭語「只有少數人會講」以及「只有在台灣東海岸新社港口小社區日常仍在使用。」同樣的，Grimes（2000）將噶瑪蘭語列為「在 1990 年幾乎消失」，Lewis（2009）引用的 2000 年報告顯示，族群人口 200 人中只有 24 人會講噶瑪蘭語。然而，Bareights（1987: 6）估計有二、三千人會講或聽得懂噶瑪蘭語，並舉出六個村民多數會講噶瑪蘭語的村子。[9]

　　凱達格蘭（Ketagalan，又稱為 Ketangalan）這詞在文獻上涉及不同的族群，可能讓人混淆。1944 年，日本學者小川尚義用 Ketangalan 和 Luilang 指稱台灣北部兩種不同的語言，之後，馬淵東一（Mabuchi 1953）建議以 Basai 代替小川所說的 Ketagalan，而以 Ketangalan 取代小川所說的 Luilang，後來的學者普遍採用他的建議。Trobiawan 語是噶瑪蘭語言區內的一個部落語言。李壬癸（Li, 1995a: 665）認

為 Basay 和 Trobiawan 是「凱達格蘭語言中差異相當大的」，因此在表 2.2 中分開列舉。以下為文獻中曾出現的語言名稱，可能是其他不同的語言：

1. **猴猴語**（Qauqaut），二十世紀初的口傳歷史流傳猴猴族原先在台灣東北岸的花蓮縣太魯閣一帶定居。直到 1690 年，他們跟賽德克族發生糾紛，因此沿著海岸北上到蘇澳重新落腳。從噶瑪蘭地區的早期漢語文獻紀載來看，猴猴族「其語言風俗獨與眾異，婚娶亦不與各社往來」（Li 1995a: 670）。一位日本官吏曾於十九世紀末將猴猴語的數詞 1-10 以日文的片假名紀錄下來。雖然 1-9 的數詞反映構擬的原始南島語，它們的語音形式卻非常不同（*isa > *isu*「一」、*duSa > *zusu*「二」、*telu > *doru*「三」、*Sepat > *sopu*「四」、*lima > *rimu*「五」、*enem > *enu*「六」、*pitu > *pi*「七」、*walu > *aru*「八」、*Siwa > *siwu*「九」、*puluq > *toru*「十」）。李壬癸解釋說，除了「七」以外，各種形式的詞尾 *-u* 是由於日語音節必須以元音結尾，原先的數詞應該是沒有元音尾的 *is*，*zus*，*dor* ……等等。他認為 *pi* 應是 *pit*，只是記錄人聽不見音節尾的 *-t*。猴猴語的地位難以下結論，原因在於：1. 語言資料太少，2. 這些片假名紀錄的語音解釋是推測出來的，而這樣的情形無法避免，3. 無法斷定語料上的錯誤因何發生，是由沒受過專業訓練的記音人所造成？或是發音人本身的個人因素？

2. **大武壠語**（Tevorang），十七世紀的荷蘭資料記載，在玉井盆地，即今台南東部、嘉義、高雄一帶有三個講 Tevorang 語的部落：Tevorang，Taivuan，Tusigit，據說從熱蘭遮城（今台南市）騎馬到那些部落要一天的路程。1636 年元月，荷蘭代表團拜訪了 Taivuan

部落，並描述部落為「座落優美山谷中的一個大型定居點，距中央山脈約有一天的路程」（Campbell 1903: 112）。日文文獻一般認為大武壠族是西拉雅族的分群，可是費羅禮（Ferrell 1971: 221 頁起）認為兩者在語言和文化上都有顯著的不同。他沒提出任何語言學上的證據來支持這項論述，純粹是以十七世紀到十八世紀初間的報告來下定論，而這段期間的報告說大武壠族的文化跟西拉雅族的文化不同。

3. **Takaraian 語**（Makatau），Takaraian 或馬卡道「分布於西拉雅族東南方的平原，即現今高雄縣東部和屏東縣一帶」（Ferrell 1971: 225）。明確的部落數量不得而知，只知道至少有 Takaraian 和 Tapulang。日本學者傾向把 Takaraian 族分類為西拉雅族的一支，但荷蘭的文獻資料上清楚記載著 Takaraian 部落的人並不懂西拉雅語。日本學者小川尚義（1869-1947）揀選官方的殖民紀錄，將各部落的語言資料整理並做成比較詞彙表，加上土田滋、山田幸宏（Tsuchida & Yamada 1991）的研究，這些都能證明西拉雅語、Taivuan 語及 Takaraian 語大概是三種不同的語言。

4. **Pangsoia-Dolatak 語**（下淡水蕃），1630 年代，Pangsoia 族有七個人口眾多的部落位於林邊溪口沿岸附近，今台灣南部屏東縣內。此外，Dolatok 族有五個部落在下淡水溪口（勿與台灣北部淡水河混淆）。由於語言資料的缺乏，費羅禮不得不說：「難以確定 Dolatok-Pangsoia 族是否跟西拉雅族、Takaraian 族或瑯嶠族（Longkiau）關係很近，或者他們是平地排灣族」（Ferrell 1971: 229）。

5. **瑯嶠語**，荷蘭時期曾有十五至二十個瑯嶠部落，位於 Pangsoia 部落向南的兩天路程，在恆春半島的平原一帶（Ferrell 1971: 231）。有些瑯嶠部落已被確定是排灣族聚落，因此費羅禮推測瑯嶠語屬於

排灣語的 Sapdiq 方言群。

6. **Lamay 語**，Lamay 小島在當地話叫做 Tugin，漢語叫做小琉球，在今高雄縣和屏東縣交界處的數英里海岸外。根據費羅禮（Ferrell 1971: 232），荷據時期的島上原住民堅決反對任何外人進入島上，即使在跟漢人做交易，他們會划船到漢人停船的地方，而不是讓漢人上岸。Lamay 原住民和外界的衝突摩擦不斷，致使荷蘭人在 1630 年代圍攻該小島，驅散島上的居民並將他們送往西拉雅族當奴隸。沒有任何 Lamay 語的紀錄留下，因此該語言的隸屬關係完全未知。

類型簡介

台灣南島語言的類型描述很難一言以蔽之，尤其音韻或構詞方面。一種語言通常有十五至二十個輔音和四個元音（i、u、a、ə），而且歧異很大。[10] 南島語言不常見的音段，卻能在兩種或兩種以上的台灣語群中見到，包括清、濁齒間擦音（賽夏語、邵語、多數魯凱方言），舌面擦音（泰雅語、賽夏語、邵語），齒齦清塞擦音（泰雅語、賽德克語、鄒語、卡那卡那富語、拉阿魯哇語、魯凱語、阿美語、排灣語），清邊音（邵語、拉阿魯哇語），舌尖後塞音或邊音（魯凱語、排灣語、卑南語），舌根清擦音（賽德克語、巴宰語、布農南部方言），小舌塞音（泰雅語、賽德克語、邵語、布農語、排灣語）。此外，邵語、布農語、鄒語共有的區域特徵是前帶喉塞音的 *b* 和 *d*，然而，這種前帶喉塞音與內爆塞音散見於東南亞島嶼上的南島語言，後面會再說明。除了罕見的音段類型之外，台灣南島語言比典型南島語言有更多的擦音。多數菲律賓語言都只有 *s* 和 *h*（甚至只有 *s*），但有些台灣南島語言卻有四種甚至更多的擦音，例如，邵

語破紀錄的有七種擦音（f、c [θ]、z [ð]、s、lh [ɬ]、sh [ʃ]、h）和一種同位音（[v]是 w 的同位音）。其次是賽夏語的五種擦音（s [θ]、z [ð]、ʃ、b [β]、h）。

　　台灣南島語言的構詞也很歧異。多數語言並沒有輔音群，而不同元音可以連在一起。非重疊型語根的典型形式是 CVCVC，其中輔音都可以刪除。鄒語（Wright 1999）和邵語（Blust 2003）在詞首和詞中都容許很多種不同的輔音群出現，如邵語 θpiq「擊打稻穀」、ɬfað「打嗝」、pruq「地」、psaq「踢」、qtiɬa「鹽」、ʃdu「適合、足夠」、antu「否定詞」、ma-diʃlum「綠」、fuθðaʃ「摻地瓜之蒸米飯」、mi-luŋqu「坐下」[11]。雖然阿美語書寫系統有時出現詞首輔音群，那只是省略了央中元音 ə，如 ccay 代表[tsətsáiʔ]「一」、spat 代表[səpát]「四」、hmot 代表[həm:ót]「直腸」（Fey 1986）。

　　句法方面，幾乎所有的台灣南島語都是謂語在句首。最近有些分析認為，有好幾種語言在構詞和句法上屬於作格語言，也許就不適合用一般常用的 S、V、O 來表示句法類型。不過這是個簡便的句法表示方式，儘管有人理論上反對，這裡我仍然沿用。幾乎所有的台灣南島語言都是 VSO 或 VOS，賽夏語和邵語的 SVO 句型是例外，顯然是過去一個世紀以來受到台語 SVO 的影響。其中邵語的情況特別有啟發性，因為在文本語料中，動詞居首的句子較多，而發音人自然講出來的句子也是如此，尤其跟發音人工作一段時間之後。

　　多數台灣南島語言有複雜的動詞加綴系統，容許句子中的名詞組（包括主事者、受事者、處所、工具、受惠者）在構詞上顯示它跟動詞有特別的關係。這種動詞系統通常稱為語態系統或焦點系統，這裡「焦點」的意思跟平常語言學的用法不同。學術上為了描

述出事件的差異，會有相對應的術語指涉著不同的事情。通常我會把菲律賓型和西部印尼型語言這種動詞跟名詞組之間有特別標記關係的特徵稱為「語態」，然而，引用的資料卻又常用「焦點」來指稱這些關係，本書只好交互使用這兩種術語。最後，在原先引用的語料中，我局部修改了一些語法術語和書寫方式。以下面的泰雅例句和詞組為例來做說明：

泰雅語（Huang 1993）

1. sayun   saku?
    Sayun   **1 單.附主代**
    我是 Sayun

2. tayan   yabu
    泰雅   Yabu
    Yabu 是泰雅人

3. yat   tayan   tali
    否定   泰雅   Tali
    Tali 不是泰雅人

4. m-qwas   qutux   knerin
    主事語-唱   一個   女人
    一個女人在唱歌

5. s-qwas-mu   qwas   qutux   knerin
    受惠語-唱-**1 單.屬格**   歌   一個   女性
    我為女孩唱歌

6. m-ʔabi　　　　tali

　　主事語-睡　　Tali

　　Tali 睡著了

7. ʔby-an　　　　tali

　　睡-**處所語**　　Tali

　　Tali 睡的地方

8. ʔby-un　　　　tali

　　睡-**受事語**　　Tali

　　Tali 要睡的地方／Tali 要睡在什麼之上

9. nanuʔ ʔby-an　　　tali

　　什麼 睡-**處所語**　　Tali

　　Tali 要在哪裡睡？

10. nanuʔ ʔby-un　　　tali

　　什麼 睡-**受事語**　　Tali

　　Tali 睡在什麼東西上面？

　　例句 1-3 是以名詞作謂語，而例句 4-10 是以動詞作謂語。助動詞可以出現在動詞謂語之前，而否定詞可以在任何謂語之前。例句 4-10 的動詞都有一個詞綴，用來標示與一個名詞組之間的關係。在一些語言中，名詞組是透過前置的語法詞素特別標示出來，但在此泰雅方言中，這種關係則以詞序來表示，句尾的名詞有動詞詞綴所標示出的參與角色（participant role）。例句 4 和例句 5 分別有不同的動詞加綴，例句 4 中的 *m-* 標示著句尾的名詞是主事者，而例句 5 的

s- 則標示著句尾的名詞是受惠者。例句 6-10 中也有其他的動詞加綴，m- 詞綴仍然標示著主事者。許多語言的詞綴 -an 標示處所的關係，而同源詞 -un 則標示受事者的關係；這裡標示的「處所語態」和「受事語態」只是方便大家理解，在語意上並不是很精確，泰雅語實際上的 -an 跟 -un 對比十分微妙。動詞帶 s-、-an、-un 的詞綴更令人感興趣，因為都標示著主事者為屬格形式，致使這些帶詞綴的詞形，視句法結構內容不同，可以當動詞或當名詞使用。長久以來，如何適當的界定這類動詞系統都存在著爭議，之後的章節會再詳細討論。值得關注的是，多數台灣南島語言的動詞類型跟許多菲律賓語言很相似，而歷史音韻和詞彙方面，台灣南島語言間彼此大不相同，也跟其他地區的南島語言差異很大。

2.4.2　菲律賓語言

菲律賓群島包括 7,000 多個島嶼，總體面積（含領海）超過 300,000 平方公里，可分為三個大小相近的地理區：北部的呂宋島區（104,700 平方公里），中部的巴拉灣和比薩亞群島區，其中最大的島是 Samar（13,100 平方公里），以及南部的民答那峨島地理區（101,500 平方公里）。

菲律賓群島北鄰台灣，南鄰婆羅洲和蘇拉威西兩個大島。台灣和呂宋島之間由 Babuyan 群島和巴丹群島連結起來，形成鏈狀，這些小島約莫有 25 至 30 個，綠意盎然且易受颱風侵襲，據說天氣好時，還能彼此遠眺，它們的地理分布就像是綿延開來的墊腳石一樣，能從呂宋島北端（Fuga 島）跨到 Y'ami 島，距離台灣東南海岸外的蘭嶼約 110 公里。菲律賓到婆羅洲之間同樣有蘇祿群島作為連

接，從民答那峨島西南方的 Zamboanga 半島南端外的 Basilan 島到 Sibutu 島和沙巴東部 Darvel 海灣口附近的其他小島，而菲律賓到蘇拉威西之間則有 Sangir 島和 Talaud 島連接起來。Lewis（2009）列舉了 175 種菲律賓語言，其中四種已消失。

研究簡史

西班牙傳教士於十七世紀開始菲律賓語言資料的編寫工作，那時與其接觸的居民侷限於住在平地且地理上容易到達的地方，而嶺高絕處或人跡罕至的小島上居民，很晚才受到西方人的影響。西班牙人對於菲律賓語言的編纂工作不僅有基督教義的翻譯，還有仿照拉丁語模式所撰寫的語法書和詞典。十七世紀時，已有比可語、伊洛卡諾語、巴雅西南語、塔加洛語、瓦萊-瓦萊語（Waray-Waray）的語法書，十八世紀上半葉，西班牙神職人員注意到 Ibanag 語和加班邦安語，於是這兩種語言的語法書也出版了。直到十九世紀末，類似的出版工作持續延伸到一些人口較少的語言，而若干以西班牙文出版的菲律賓語言專書則在 1900 年到 1920 年間問世。

自 1898 年菲律賓成為美國的殖民地以來，菲律賓語言的研究開始有英文出版品了，大都是美國人寫的，直到 1930 年代才開始有菲律賓學者投入。第二次世界大戰結束之後，菲律賓獨立建國，這種趨勢更明顯增加。菲律賓語言學會成立於 1970 年，其「菲律賓語言學期刊」亦不斷出刊，幾乎期刊裡的所有論文都用英文撰寫。有另個規模較小但研究論文數量增加中的期刊，則是用塔加洛語來寫論文，並以塔加洛語為專門研究的語言。名篇包括 Bloomfield（1917），首次不以傳統拉丁語文法模式來描寫菲律賓語言，Reid（1971）首

次為多種人口較少的菲律賓語言提供大量的詞彙比較表[12]，Wolff
（1972）編纂了一部大概可算是最詳盡的菲律賓語言詞典大全，
Schachter & Otanes（1972）是塔加洛語最全面的參考語法書，Zorc
（1977）是迄今最精密的菲律賓方言研究，McFarland（1980）對語
言邊界提供了最清楚的製圖，Madulid（2001）為語意分類最全面的
詞典。菲律賓語言近幾年其它重要的研究著作有 Rubino（2000）、
Collins, Collins & Hashim（2001）、Wolfenden（2001）、Behrens
（2002）、Awed, Underwood & van Wynen（2004）、Lobel &
Riwarung（2009, 2011）、Lobel & Hall（2010）、Ameda, Tigo, Mesa
& Ballard（2011）、Maree & Tomas（2012）以及 Lobel（2013）。

語言分布

表 2.3 分別列舉菲律賓十種人口數量最多以及最少的第一語言
名稱：

表 2.3　菲律賓人口最多和最少的語言各十種[4]

語言	地理位置	語群	人口數
1. 塔加洛語	呂宋島中部	中菲語群	23,853,200（2000）
2. 宿霧語	比薩亞	中菲語群	15,807,260（2000）
3. 伊洛卡諾語	呂宋島西北部	北科地埃拉語群	6,996,600（2000）

4　Jason Lobel（個人通信），根據 2005 至 2007 年做的廣泛田野調查，他認為
　Mt. Iraya Agta 語、Sorsogon Ayta 語、Arta 語大概已經消失。（Lewis 在 2009
　年發表的文章中，認為第一個語言在 1979 年有 150 人，第二、三個語言
　在 2000 年分別還有 18、15 人。）他進一步說 Manide/ Agta Camerines Norte
　（Lewis 在 2009 年發表的文章中，認為這語言在 2000 年有 15 人）不應列為最
　瀕危語言，因為它至少還有一千人會講。

語言	地理位置	語群	人口數
4. 伊隆戈語／希利該濃語	比薩亞	中菲語群	5,770,000（2000）
5. 比可語	呂宋島南部	中菲語群	4,842,303（2000）
6. 瓦萊語	比薩亞	中菲語群	2,510,000（2000）
7. 加班邦安語	呂宋島中部	中部呂宋語群	2,312,870（2000）
8. 巴雅西南語	呂宋島中北部	南科地埃拉語群	1,362,142（2000）
9. 吉那來亞	比薩亞	中菲語群	1,051,968（2000）
10.馬拉瑙語	民答那峨西南部	達瑙語群	1,035,966（2000）

語言	地理位置	語群	人口數
1. Pudtol Atta	呂宋島北部	北科地埃拉語群	711（2000）
2. Bataan Ayta	呂宋島西部	中部呂宋語群	500（2000）
3. Faire Atta	呂宋島北部	北科地埃拉語群	300（2000）
4. Northern Alta	呂宋島東北部	南科地埃拉語群	200（2000）
5. 巴達克語	巴拉灣	巴拉灣語群	200（2000）
6. Inagta Alabat	呂宋島東北部	北科地埃拉語群	60?（2000）
7. Tasaday	民答那峨南部	馬諾波語群	25（2000）
8. Isarog Agta	呂宋島東南部	中菲語群	5-6（2000）
9. Ata	內格羅斯	中菲語群	2-5（2000）
10.Ratagnon	民都洛（Mindoro）	中菲語群	2-3（2000）

　　人口最少的十種語言是採用 Headland（2003）的文章，它比《民族誌》提供了更詳細的資料。這些統計資料很明顯是暫時性的數字，基於人群流動性很高的因素，並且居民有時會警惕外人的拜訪，想要取得精確的人口數字很困難的。例如，Lewis（2009）引用一篇 1991 年對 Pudtol Agta 語的人口估計，約有 500 至 700 人或 171

地圖 **2.3**　菲律賓人口最多的十種語言

1) 塔加洛語
2) 宿霧語
3) 伊洛卡諾語
4) 伊隆戈語
5) 比可語
6) Waray 語
7) 加班邦安語
8) 巴雅西南語
9) 吉那來亞語
10) 馬拉瑙語

戶家庭，可是 Headland 同一時期對同一族群所調查的人口數字卻只有 100 人。語言分布模式清楚地顯示著平地就是菲律賓語言人口最多的地方，主要都是回教徒（馬拉瑙人、Magindanao 人）或是基督徒（其它）。人口最少的語言在內陸地區，一般較少受到外來文化或宗教的影響，直到最近依舊如此。菲律賓的十種小語言中，有九種都是小黑人的語言，不僅驗證了傳統上到處覓食的族群為小規模的族群，還顯示了菲律賓的小黑人族群現今大多遭遇邊緣化而逐漸瀕危，而唯一非小黑人語言的 Tasaday 語，並非巧合地以打獵維生。定居的族群中，只有少數幾種語言人口少於 5,000 人，包括屬於巴

士語群的 Ibatan 語，分布在呂宋島以北的 Babuyan 群島 [13]（1996 年該語言人口約有 1,000 人）；在呂宋島中部屬於南科地埃拉語群的 Karao 語（1998 年該語言人口約有 1,400 人）以及呂宋島中部屬於南科地埃拉語群的 I-wak 語（1987 年該語言人口約有 2,000-3,000 人）。

　　一般說來，語言規模大小與地理特色密切相關。儘管陡峭的山區可以開闢出令人驚嘆的水稻梯田（最著名的例子是 Banaue 區的伊富高族人），但崎嶇的山地依舊不如平原地區那般能負載高密度的人口。因此山區的語言規模平均遠小於平原地區許多。這種其況尤其在以採集食物維生的小黑人族群裡更為明顯，因為游牧型態能夠承載的最大人口數量通常較低，定居型態的族群也是如此。此外，高山地區的交通往來不便亦造成語言支離破碎，因此，可以預見人口少的語言群在不易到達之處常不被外界所知，例如，有些小黑人所講的語言，像是 Arta 語、北 Alta 和南 Alta 語，直到 1987 年才首次被里德（Reid）記錄下來。同樣地，學者所關注的語言也是跟語言規模密切有關，除了少數例外。自西班牙傳教士的編寫工作開始，塔加洛語已有好幾部詞典和 50 多本語法書，相形對照之下，十種人口最少的語言中，只有 Casiguran Dumagat 語有一部詞典完成，至於語法書則沒有任何一種語言有。

　　一般認為伊洛卡諾語有兩個方言，北部方言和南部方言。該語言最早的語法書完成於 1627 年，以西班牙文撰寫，在 1860 到 1870 年代之間，又有許多語法書出版。近年來，由於人口膨脹，伊洛卡諾語的使用者已遍布 Cagayan 山谷的大部分地區，Babuyan 群島、呂宋島北部和中北部也都能見到他們的蹤跡，同時他們也是移民夏威夷的菲律賓人當中人數最多的。

馬尼拉灣以北為呂宋島農業心臟地帶，加班邦安語的使用者分布在此。以西班牙文寫成的語法書最早完成於 1729 年，而 1732 年則有一部詞典出版。加班邦安語跟塔加洛語長期接觸之下，相互產生大量移借現象，雖然這兩種語言的歷史背景迥異，史前時期的移借現象主要是從加班邦安語借入塔加洛語，可是近來移借的方向卻相反過來。

巴雅西南語分布在 Lingayen 灣以南的另一個農業肥沃區，其語言區被伊洛卡諾語三面環繞，而南邊則與撒摩巴爾語（Sambal）相互接壤，最早與這語言相關的著作是 1690 年以西班牙文寫成的語法文稿。

塔加洛語的使用範圍以馬尼拉灣為中心，並有許多方言，除了馬尼拉標準方言之外，Marinduque 和 Pagsanghan 兩大方言也有許多重要的語言學研究。如前所述，有超過 50 部以西班牙文和英文寫成的塔加洛語語法書，其中最早的一部著於 1610 年，時間上僅為馬尼拉大帆船（Manila Galleon）從宿霧來到馬尼拉後的 38 年。

Mintz & Britanico（1985）認為比可語有十一種方言，雖然方言鏈使某些地區的語言分類複雜。Sorsogon 省的北部、南部以及 Masbate 島上的方言介於比可語和一些比薩亞語（Samar 島北部的瓦萊語，班乃島的伊隆戈語（Ilonggo）或希利該濃語（Hiligaynon）之間的過渡形式。因此，比可語跟菲律賓中部的比薩亞複雜語言（L-complex）並沒有明顯的語言界限。比可語是菲律賓語言當中研究得最深入的語言之一，1647 至 1904 年間，有五本西班牙文以及一本英文寫的語法書出版。

要列舉菲律賓中部的語言無疑是一件難題，其中最大的困難在

於比薩亞方言區裡錯綜複雜的語言網絡該如何處裡。Zorc（1977）是目前為止對這個問題研究得最詳細的一篇論文，他用了許多研究方法，像是溝通度測試、同源詞百分比以及功能分析法（functor analysis）來劃分語言界限。一般來講，語言的同質性會隨著地理距離增加而下降，因此這些方法的研究結果很容易受到影響，造成語言的界限難以認定。根據同源詞百分比的統計，Zorc（1977: 178）認為西部、中部、南部的三個比薩亞語群「以過渡方言的形式連接在一起」。他沒有稱這些方言群為「語言」，其實不論哪個指稱都難以劃分語言和方言間的界線。再加上前面所述，瓦萊方言是中部比薩亞方言過渡為呂宋島東南部比可方言的一種形式。比薩亞地區構成了典型的語言複雜地帶，有兩個因素造成這種狀況：第一，比薩亞群島缺少天然障礙阻隔接觸，並不像呂宋島和民答那峨島那樣有聳立的高山阻擋交通往來。有些島上的內陸雖有丘陵，但人們大都沿海而居，而且內陸狹窄的灣流讓船隻往來更加容易。第二，比薩亞群島目前的語言歧異度很低，幾乎可以確定史前時期有一種語言強勢擴張，並取代了其他語言，造成語言消失。最近有這種演變趨勢的例子就是宿霧語，它本來只使用於宿霧島和 Bohol 島，過去一個世紀以來已逐漸擴展到民答那峨島的大部分地區，如今已成為通行語，宿霧語在菲律賓南部的擴展情形可以和伊洛卡諾語在菲律賓南部的的擴展程度相比。

　　比薩亞語的主要方言是宿霧語、希利該濃語、瓦萊語（也叫做 Samar-Leyte Bisayan 語）三種，每種都有超過兩百萬數量的語言人口。宿霧語的語言人口在 1975 年前已比塔加洛語的語言人口多，直到近幾年因為塔加洛語成為國家語言，並且成功吸收其他語群的人

口後才被超越。菲律賓的十大語言中有五種屬於中部菲律賓語群（塔加洛語、比可語、宿霧語、希利該濃語、瓦萊語）。中部菲律賓的方言網絡複雜，語言歧異度低且人口眾多，這些現象之間很有可能相互關聯，推測是某種因素造成人口激增，使得菲律賓中部的祖語在比薩亞群島和呂宋島南部之間快速擴展開來，消除了這些地區的語言歧異性，產生了有歷史證據可以證明的比薩亞方言網絡。

　　一般說來，菲律賓南部的語言並不像中部那樣有語言分歧度被淡化的證據。民答那峨島最大的語言是馬拉瑙語和 Magindanao 語，以回教徒為主。Bilic 語群（Tiruray 語、比拉安語、Tboli 語）是內陸地區少數人口的語言，文化上較保守，而且語言類型跟大多數菲律賓語言相當不同，曾引起學者懷疑它們是否屬於菲律賓語言，仔細檢驗之後的新證據依舊支持 Bilic 語群是屬於菲律賓語言（Zorc 1986; Blust 1991a, 1992）。馬諾波語（Manobo）大範圍遍布民答那峨島，同樣有中部菲律賓比薩亞群島上的語言連續性問題，但總體來說，馬諾波方言群的語言劃分較為清楚。

語言類型概況

　　菲律賓語言的音位系統相當簡單，通常只有 15 至 16 個輔音和 4 個元音 i、u、$ɨ$、a。有的語言只有三個主要元音 i、u、a，而少數幾個語言發展出較豐富的元音系統，多到七至八個元音（Reid 1973a）。印尼西部的語言中，常見的顎音在菲律賓語言裡相當少見，除了巴士語（Bashiic，為歷史上的後起語言）、加班邦安語（為歷史上的存古語言）以及一些南部菲律賓語言，如 Sama-Bajaw 語和 Tausug 語（至少部分借自馬來語）。

音韻系統中，菲律賓語言最明顯的特徵就是重音，重音在北部和中部的菲律賓語言中具有音位性，例如伊洛卡諾語的 *búrik*「雕刻」相對於 *burík*「一種多色羽毛的鳥」；加班邦安語的 *ápiʔ*「石灰」相對於 *apíʔ*「火」；塔加洛語的 *tábon*「堆積或成堆的泥土、垃圾或類似的東西」相對於 *tabón*「塚雉」。菲律賓語言中的重音發展依舊是個未解的重大問題，下面會再談及。

詞彙結構方面，菲律賓語言與其它多數南島語言不同，在非重疊式的語根中，容許語詞中間出現許多異部位輔音群。北部和中部的菲律賓語言常有這樣的現象，例如 Isneg 語的 *alnád*「回去」、*bugsóŋ*「裝入袋中」、*xirgáy*「精靈的名字」；比可語的 *bikrát*「將東西張大」、*kadlóm*「一種甘蔗」，*saŋláy*「煮」。[5] 南部菲律賓的語言大都已丟失了重音的音位性以及語詞中的異部位輔音群，然而民答那峨島南部的 Bilic 語言卻在詞首上發展出另外的輔音群。

句法結構上，大多數的菲律賓語言都是謂語在句首，並且有複雜的動詞構詞系統來呈現多樣的名詞組，包括主事者、受事者、處所、工具和受惠者，在構詞上顯示名詞組跟動詞之間有特別的關係。這樣的句法結構跟多數的台灣南島語言類似，除此之外，連語態系統中最基本的詞綴也是同源。塔加洛語可以用來說明菲律賓型的動詞系統（例句中的焦點名詞組以粗體和斜體表示，中綴的譯文在語幹之後）：[6]

5　人們偏好把 Isneg 拼為 Isnag，然而多數出版品都寫作 Isneg，因此全書我採用後者的拼法。

6　為了解說菲律賓型語言的常見現象，關於塔加洛語或其親屬語言中的特殊語言現象先略去不談。

塔加洛語（多重來源）

1. b<um>ilí　　　naŋ　　kotse　　*aŋ*　　*lalake*
   買-主事語　　屬格　　車　　主格　　男人
   男人買了一部車

2. b<um>ilí　　　naŋ　　kotse　　*si*　　*Juan*
   買-主事語　　屬格　　車　　主格　　約翰
   約翰買了一部車

3. bi-bilh-ín　　　　naŋ　　lalake　　*aŋ*　　*kotse*
   未來-買-受事語　　屬格　　男人　　主格　　車
   男人要買**那部車**

4. bi-bilh-ín　　　　ni　　Juan　　*aŋ*　　*kotse*
   未來-買-受事語　　屬格　　約翰　　主格　　車
   約翰要買**那部車**

5. b<in>ilí　　　naŋ　　lalake　　*aŋ*　　*kotse*
   買-受事語.完成　　屬格　　男人　　主格　　車
   男人買了**那部車**

6. b<in>ilh-án　　　naŋ　　lalake　　naŋ　　isdáʔ　　*aŋ*　　*bataʔ*
   買-完成-處所語　　屬格　　人　　屬格　　魚　　主格　　小孩
   男人**向那個小孩**買了一些魚（-an 標示來源）

7. b<in>igy-án　　　naŋ　　lalake　　naŋ　　libro　　*aŋ*　　*bataʔ*
   給-完成-處所語　　屬格　　男人　　屬格　　書　　主格　　小孩
   男人**給那個小孩**書（-an 標示終點）

8. t<in>amn-án　　　　naŋ　lalake　naŋ　damó　***aŋ lupaʔ***
    種-完成-處所語　**屬格**　男人　**屬格**　草　　**主格**　地上
    「男人***在那地上***種草」（-an 標示處所）

9. i-b<in>ilí　　　　　naŋ　lalake　naŋ　isdáʔ　***aŋ pera***
    工具語-買-完成　**屬格**　男人　**屬格**　魚　　**主格**　錢
    男人***用那錢***買魚（i- 標示工具）

10. i-b<in>ilí　　　　　naŋ　lalake　naŋ　isdáʔ　***aŋ bataʔ***
    受惠語-買-完成　**屬格**　男人　**屬格**　魚　　**主格**　小孩
    男人***為那個小孩***買魚（i- 標示受惠者）

　　句子中用粗體和斜體表示的詞語（以 *aŋ* 引領的詞組）跟句首的動詞在構詞上顯示著彼此的關聯，這些動詞詞綴，像是中綴 *-um-*，後綴 *-in*、*-an* 以及前綴 *i-*，明確指出與名詞組的各式關係。此外，完成式的 *-in-* 是一個互補詞綴，動詞中的後綴 *-in* 表非完成式，也就是說，當 *-in-* 出現時，後綴 *-in* 就不出現。雖然絕大多數的菲律賓語言有相似的動詞系統，但是 Samalan 語跟 Bilic 語就與這種形式非常偏離。

2.4.3　婆羅洲語言（及馬達加斯加）

　　婆羅洲通常被視為世界第三大島，面積約有 744,360 平方公里，政治上屬於三個國家。島上面積最大的加里曼丹（Kalimantan）隸屬於印度尼西亞共和國，較小的沙巴和砂勞越則是馬來西亞聯邦的兩個州，而所占面積最小的則為獨立國家汶萊。儘管婆羅洲早期

有些不錯的語言描述著作，但比起菲律賓語言或西部印尼的其他語言來說，其語言學工作依舊遲遲沒有進展，部分原因在於許多語言的規模既小又處於偏遠內陸區。Lewis（2009）為婆羅洲列舉了 200 種語言（汶萊 17 種，加里曼丹 82 種，沙巴 54 種，砂勞越 47 種），其中一種已消失。

研究簡史

1858 年瑞士傳教士 August Hardelande 出版了 374 頁的雅就達雅克語（Ngaju Dayak）語法書外加文本資料，次年，他再出版 638 頁的詞典，採用 10 點字雙欄排印。Hardeland 的語法書跟 Prentice（1971）的 Timugon Murut 語法書是兩部非常詳盡的婆羅洲語言語法書，而 Hardeland 的詞典一直無人匹敵，直到沙巴 Kadazan 都孫文化協會召集一群 Kadazan 語使用者編撰了 Kadazan 都孫—馬來—英語詞典（*Kadazan Dusun-Malay-English dictionary*），並於 1995 年印刷出版後才能夠與其媲美。荷蘭學者在當時荷蘭東印度公司的許多地區都很活躍，唯獨對婆羅洲語言關注甚少，這點實在令人訝異。這種忽視的背後可能原因在於，荷蘭的學術傳統向來注重文獻資料，因此他們傾向把重心放在至少已有數世紀書寫傳統的文化上，因此婆羅洲在荷蘭學者眼中被認為是落後地區，信仰大自然的萬物有靈，並甚少受到印度文化的洗禮，而且只有沿海若干地區才受到回教文化薰陶，尤其是位在荷蘭勢力範圍之外，為當時英屬馬來西亞的汶萊最是深受影響。

二十世紀以來有關婆羅洲語言的最大學術成就當屬挪威傳教士和語言學家 Otto Christian Dahl 發現到馬拉加斯語跟加里曼丹東南部

的馬鞍煙語（Ma'anyan）關係密切（Dahl 1951）。馬拉加斯語將梵文借入的時間點一定早於非洲東岸語言借入梵文的時間，而西元五世紀時，印度文化的影響正擴散到印尼西部容易到達的地區，據此 Dahl 認為馬拉加斯人的遷徙晚於那時發生，因此馬拉加斯語裡才會有梵文的借詞。然而，這種看法留有未解的重大問題，尤其是加里曼丹的東南部從未被印度文化影響，因此馬拉加斯語裡有關梵文借詞的緣由仍然不太清楚。現今，我們知道馬拉加斯語與巴里托（Barito）東南部的許多語言同屬一群，而不是跟馬鞍煙語有特別的直接關係，且學者普遍認為馬拉加斯人的遷徙過程出現在西元七世紀到十三世紀之間。Adelaar（1989）最近的著作指出：馬拉加斯人從加里曼丹遷徙到馬達加斯加的過程中，幾乎可以確定曾在蘇門答臘南部跟 Śrīvijayan 馬來人接觸一段時間，可能也有和馬來的航海民族互動，因為馬拉加斯人是從內陸河流區來的人，並沒有在大海中航行的經驗或技術。近來有關婆羅洲語言的重要著作包括 Kadazan Dusun Cultural Association（2004）、Goudswaard（2005）、Adelaar（2005a）、Rensch, Rensch, Noeb & Ridu（2006），以及 Soriente（2006）。關於馬拉加斯語的重要著作則有 Abinal & Malzac（1888）、Dahl（1951, 1991）、Beaujard（1998）。

語言分布

表 2.4 分別列舉婆羅洲十種人數最多和最少的語言。因為 Siang 語和海岸 Kadazan 語的人口數相同，並列在人數最多的欄位中，所以該欄共有十一種語言。馬拉加斯語放在後面討論並不在表上。（M-C=馬來-占語群（Malayo-Chamic），BTO=巴里托語群（Barito），SBH=

Sabahan 語群，KMM=Kayan-Murik-Modang 語群，M-K=Melanau-Kajang 語群，NS=北砂勞越語群（North Sarawak））：

表 2.4　婆羅洲十種人口數最多和十種人口數最少的語言

	語言	地理位置	語群	人口數
1.	Banjarmasin	加里曼丹東南部	M-C	3,502,300（2000）
2.	雅就達雅克語	加里曼丹東南部	BTO	890,000（2003）
3.	伊班語	砂勞越南部	M-C	694,000（2004）
4.	汶萊馬來語	汶萊	M-C	304,000（1984）
5.	Kendayan Dayak	加里曼丹西南部	M-C	290,700（2007）
6.	馬鞍煙語	加里曼丹東南部	BTO	150,000（2003）
7.	中部都孫語	沙巴西部	SBH	141,000（1991）
8.	Lawangan	加里曼丹東南部	BTO	100,000（1981）
9.	Dohoi	加里曼丹東南部	BTO	80,000（1981）
10a.	海岸 Kadazan	沙巴西部	SBH	60,000（1986）
10b.	Siang	加里曼丹東南部	BTO	60,000（1981）

	語言	地理位置	語群	人口數
1.	Punan Aput	加里曼丹東部	KMM	370（1981）
2.	Lahanan	砂勞越南部	M-K	350（1981）
3a.	Punan Merap	加里曼丹東部	?	200（1981）
3b.	Kanowit	砂勞越中部	M-K	200（2000）
4.	Punan Merah	加里曼丹中部	KMM?	140（1981）
5.	Ukit	砂勞越中部	?	120（1981）
6.	Tanjong	砂勞越中部	?	100（1981）
7.	Sian	砂勞越中部	?	50（2000）
8.	Punan Batu	砂勞越中部	?	30（2000）
9.	Lengilu	加里曼丹西北部	NS	4（2000）

如表 2.4 所示，婆羅洲人數最多的語言集中在加里曼丹東南部，Banjarmasin 馬來語的人數是全島任何其他語言的四倍。Banjarmasin 語的人數之所以特別多，大概因為是主要港口城市（Banjarmasin）所使用的語言，該城市數世紀以來為與外界貿易往來的中心。巴里托語群中有些語言人口數量相對較多，雖然難以解釋，但其中有些語言社群長期和 Banjarmasin 城市保持密切的商業來往，或許就是這種互動關係促使其人口成長。雖然 Banjarmasin 語被認為是馬來語的一種方言，但以詞彙統計法個別分析 Banjarmasin 語和伊班語兩者與標準馬來語或蘇門答臘馬來語間的同源詞百分比的話，結果顯示 Banjarmasin 語的同源詞比例並不比伊班語的高，但伊班語一般被認為是獨立的語言，無疑地有其他非語言上的因素造成這樣的結果，歷史上，Banjarmasin 人是與海洋關係密切的回教商人，而伊班人是信仰萬物有靈的內陸居民，以種植旱稻維生。

雖然 Banjarmasin 語屬於馬來語群，卻有許多爪哇語借詞，發生的時間大概是十三世紀末到十五世紀之間的爪哇滿者伯夷王國時期。Banjarmasin 人在馬拉加斯人遷移出去時是否住在巴里托河口？Banjarmasin 人在這場遷移過程中可能扮演的角色是什麼？目前雖然都還沒有答案，但已經有證據顯示馬拉加斯語和撒馬八搖語（Sama Bajaw）都源自巴里托河流域，而且 Banjarmasin 人可能就是引領這些族群與外界展開更多連結接觸的 Sriwijayan 貿易商人後代（Blust 2007d）。

大量的汶萊馬來語人口數存在著一些特殊的歷史情境促使其人口成長。汶萊馬來語並非婆羅洲西北部的原住民語言，它與當地的都孫語、北砂勞越語差異甚大，就像印尼群島地其他地區一樣，這

個地方的馬來語也是從外面引入的。Bandar Seri Begawan 其優良的港灣特色使汶萊成為早期的貿易中心，Śrīvijayan 馬來人為了控制婆羅洲北部沿岸與摩鹿加群島的香料貿易，大概很早便在此處建立據點。汶萊灣跟內陸並沒有交通連結，不像港口城市 Banjarmasin 就在一條通往內陸的主河口上，使得汶萊馬來語的影響力侷限於汶萊和砂勞越沿海地區，很少擴及到內陸一帶。

地圖 2.4　十大婆羅洲語言

伊班語使用者的範圍擴張顯然是晚近的事，約 200 年前大致上都還集中在砂勞越和加里曼丹交界處的 Kapuas 河上游盆地。有些伊班族群在十九世紀中葉開始向砂勞越移入，並迅速擴張到有其他族群地盤的砂勞越南部，例如，現今已消失的 Seru 語和岌岌可危的 Ukit 語、Tanjong 語以及 Sian 語（Sandin 1967, Sutlive 1978）。這樣

的範圍擴張到底是人口快速成長的原因或結果並不清楚，兩者間的因果關係很難釐清。

　　婆羅洲最小的語言群體有一些「Punan」遊牧民族，以及過往也是遊牧民族，但現代已經定居下來的族群，例如 Ukit 族、Tanjong 族和 Sian 族。他們多數分布於砂勞越中部和南部，而這地區在十九世紀時就是伊班人擴張的範圍內。根據《民族誌》的報導，婆羅洲最瀕危的語言是 Lengilu 語，是北砂勞越語的一種變體，類似於 Sa'ban 語，然而沒有任何公開的語料來檢驗此說是否屬實。

語言類型概況

　　婆羅洲語言在類型上比菲律賓語言更加多樣。許多沙巴以南的語言有至少包括 j 和 $ñ$ 的一套舌面音，而馬來達雅克語群中如伊班語以及馬來語還多了寫作 c 的舌面清塞擦音。多數北砂勞越語言有著不常見的音韻系統，一些 Kelabit 語的方言以及 Bario 的標準方言，存在著濁送氣（voiced aspirates）塞音 b^h、d^h、g^h，直到現在都還沒有在其它語言中發現這套塞音（Blust 2006a）。沙巴東部的 Ida'an 語似乎也有類似這樣的塞音，卻只是輔音群（bh、dh、gh）而非單輔音（Goudswaard 2005）。其它北砂勞越語言則有不尋常的輔音轉換，如 Kiput 語中 b 和 s 的轉換。婆羅洲語言的構詞結構與菲律賓語言的差異在於，前者不容許字詞中間的輔音群有太多不同組合，一般也不容許倒數第三音節有低元音 a（它已跟央中元音 $ə$ 中和，或者與 $ə$ 的歷史反映中和）。

　　有兩個代名詞系統特徵廣泛見於大洋洲語言、印尼東部的一些語言以及婆羅洲中部和西部的許多語言，卻不會在台灣、菲律賓或

西部印尼的語言中出現。第一個特徵是有關身體部位或親屬稱謂的代名詞都必須要有所有格標記 [14]。第二個特徵是有套與數量相關並完整發展的代名詞系統，除了區分單數和複數的之外，還有雙數和少數 [15] 的差別，有的語言，如 Kenyah 語，代名詞系統能確切標記四個人數（如「我們四人」）。這些細節上的不同，顯示婆羅洲語言有其獨立發展史，異於東邊的其他南島語言。

從句法類型來看，婆羅洲提供了語言演化的場域，由沙巴的菲律賓型動詞系統逐漸向南過渡到砂勞越和加里曼丹，最後構詞簡化為西部印尼型的動詞系統。婆羅洲語言的句型多為 SVO，但這順序可能隨著語態而有所變動。舉例來說，Kelabit 語的被動式結構通常是謂語在句首，但主動式結構卻是 SVO。儘管台灣南島語言和菲律賓語言的動詞系統中，有些重要的詞綴跟砂勞越和加里曼丹的語言同源，但功能上卻不一定相同，以北砂勞越的 Bario Kelabit 語為例，說明如下：

Bario Kelabit 語（Blust 1993a）

1. ŋudəh   iko   m-adil   kuyad   inəh
   為何   **2 單.主格**   **主事語-射**   猴   那（動詞語根：*badil*「槍」）
   你為什麼射那隻猴子？

2. bədil-ən   muh   kənun   kuyad   inəh
   射-受事語   **2 單.屬格**   為何   猴   那
   你為什麼射那隻猴子？

3. b<ən>adil　　　muh　　　idan　kuyad　inih
射-完成.受事語　**2 單.屬格**　何時　猴　　這
你何時射這隻猴子？

4. ŋi　iəh　　　m-irup　　əbʰaʔ　inəh
指示　**3 單.主格**　**主事語**-喝　水　　那
他正在喝水

5. n-irup　　　　iəh　　　　əbʰaʔ　inəh
完成.受事語-喝　**3 單.主格**　水　　那
他喝了水

6. rup-ən　　　muh　　　kənun　nəh　　idih
喝-受事語　**2 單.屬格**　為何　已經　它
為何你喝了水？

Kelabit 語只有主事者和受事者在動詞上有標記，而處所、工具以及受惠者則用前置詞來標示關係。有時 Kelabit 語（以及其它西印尼型的語言）保存著菲律賓型語言的構詞特色，用以表示處所、工具或受惠者，例如，Kelabit 語的 *-an* 與許多菲律賓語言的 *-an* 同源，附在動詞或名詞之後，但在 Kelabit 語裡，幾乎只用在名物化：*irup*「喝」：*rup-an*「水孔（動物喝水處）」、*dalan*「路」：*nalan*「走路」：*dəlan-an*「走過成為路徑、像是通過草地」等等。此外，許多砂勞越的語言有動詞元音交替的現象，類似英語 *sing*：*sang*：*sung* 中的元音變化，卻是從歷史上的特定語境下，縮減中綴 *-um-* 和 *-in-* 而來。Melanau 方言鏈將元音變化的模式發展得最為極致，以

Mukah 語為例，*ləpək*「折疊物」：*lupək*「已折疊」：*lipək*「被折疊」、*səput*「吹管」：*suput*「用吹管射擊」：*siput*「被吹管射擊」、*bəbəd*「繩子」：*mubəd*「已綁」：*bibəd*「被綁了」。

馬拉加斯語

馬達加斯加是世界第四大島，面積約有 587,040 平方公里。由於 Dahl（1951）將馬拉加斯語跟加里曼丹東南邊的馬鞍煙語以及巴里托河盆地的其他語言歸為同一語群，此分類方式已廣為接受，因此將馬拉加斯語放在這裡討論。從婆羅洲遷移到另個無人的大荒島上，提供了絕佳機會使人口快速增長以及方言分化。因此，馬拉加斯語現在的規模比任何一種婆羅洲語言都大，普遍認定約有二十種方言（Vérin, Kottak & Gorlin 1969）。馬拉加斯語的標準方言是 Merina 語，在馬達加斯加中部的 Imerina 高原上使用。馬拉加斯語的主要方言在 1993 年的人口數分別為：Merina 語（3,200,000 人），Betsimisaraka 語（1,800,000 人），Betsileo 語（1,400,000 人），Antandroy 語（635,000 人），Tañala 語（473,000 人），Antaimoro 語（422,000 人）。這些主要方言再加上一些零星的小方言，總人數為 9,390,000 人。絕大多數的馬拉加斯語言社群間有著方言鏈的關係，非相鄰的語言社群彼此的同源詞百分比會低到 52 至 56% 之間（Sakalava 語跟 Antambahoaka 語，Betsimisaraka 語或 Tsimihety 語，Antandroy 語跟 Antambahoaka 語，Antankarana 語或 Tsimihety 語）。這種情況下，在連續的語言區間上任選的幾種語言，彼此的差異都大到足以識別為不同的語言，基本上，菲律賓中部的比薩亞（Bisayan）複雜語言區以及沙巴的都孫和 Murutic 複雜語言區就是這樣的處理方式，然而，馬拉加斯語

的不同處理方式突顯了儘管同樣都是南島語系，但不同語群之間區別語言跟方言的方式並不一致。

　　總體類型來看，馬拉加斯語明顯的跟巴里托語言大相逕庭，儘管它們屬於同一語群。音韻方面，馬拉加斯語的輔音數比西部印尼語通常有的輔音數更多一些，而且可以沒有輔音尾，這顯然是受到非洲東海岸 Bantu 語的影響，此情形顯示馬拉加斯語是在跟 Bantu 語接觸後，才到達馬達加斯加。[7]馬拉加斯語在類型上最驚人的特色在於其結構與菲律賓型的語言極為相似，類似於台灣、菲律賓以及北婆羅洲等地的語言。如同這些語言一樣，馬拉加斯語也是謂語在句首，有些語料中，甚至容許好幾種名詞組在語法上當主語使用。下面有例句說明：[8]

馬拉加斯語（Keenan 1976）

1. mi-vidy　　　mofo　　ho?an　　ny　　ankizy　　**aho**

   主事語-買　麵包　　給　　　**冠**　孩　　　　**1 單.主格**

   我正在買麵包給孩子

7　Dahl（1954）認為這是受到底層語言影響的結果，他假設馬達加斯加原先有講 Bantu 語言的人，並在馬拉加斯人抵達後受到語言轉移的影響。然而，Adelaar（2010:165, 2012: 148 頁起）卻認為 Bantu 語對馬拉加斯語的影響發生在莫三比克沿岸，並在馬拉加斯人到達馬達加斯加後仍然繼續保持接觸。Murdock（1959:215）認為馬拉加斯人先在莫三比克海峽以西的東非沿岸定居後才前往馬達加斯加島上，他大概是最早提出這樣想法的人。Blust（1994a: 61 頁起）也有類似的結論，他根據弦外浮架獨木舟的分布，來追溯馬拉加斯人從婆羅洲東南邊遷移到東非所走的路線。

8　Keenan 原文中的例句 2 作 *i-vidi-ana-ko*，例句 5 作 *tolor-ana-ko*。根據 Adelaar（2012/8/8 個人通訊），本文的例句才正確。

2. i-vidi-an-ko   mofo **ny ankizy**
周語-買-周語-1 單.屬格   麵包   **冠** 孩
我正在買麵包給孩子

3. ma-nolotra   ny vary ny vahiny **aho**
主事語-給   **冠** 飯 **冠** 客人   **1 單.主格**
我把飯給客人

4. a-tolo-ko   ny vahiny **ny**   **vary**
中介語-給-1 單.屬格   **冠** 客人   **冠** 飯
我把飯給客人

5. tolor-an-ko   ny vary **ny** **vahiny**
給-**周語-1 單.屬格**   **冠** 飯   **冠** 客人
我把飯給客人

　　同個語言群內，語言類型卻有所出入，這些差異重要的闡明著西部印尼語言動詞系統的類型演變史。馬拉加斯語的動詞構詞方式和台灣南島語以及菲律賓語高度雷同，這只能以保留共同祖語（即原始南島語）語言特徵的存古現象來解釋。因此，簡化的動詞構詞方式是演變後的結果，影響著大範圍的西部印尼區域，其它巴里托語言以及大部分西部印尼語言都深受影響。如果馬拉加斯人的遷移晚於七世紀的話，那麼婆羅洲南部的許多語言現在就會簡化成類似馬來語的動詞系統（馬來語在 1,300 年前都還有菲律賓型的動詞系統）。正因為馬拉加斯語沒有接觸到這些語言簡化的地區，因此得以避開演變的命運，順利保存了許多早期的語言特徵，與它親屬關係密切的語言則受到演化影響丟失了那些特徵。

2.4.4　東南亞大陸的南島語言

　　東南亞大陸上有四個地區有南島語言：1. 馬來半島、2. 緬甸與泰國半島的沿岸島嶼、3. 越南、寮國、柬埔寨的內陸地區、4. 華南的海南島。此地區集結了地理上的各式特色，有島嶼、大陸沿海區域以及內陸山地區。東南亞大陸上，Lewis（2009）列舉了 21 種南島語言，然而其中有幾種只是馬來半島上的馬來語方言。

研究簡史

　　馬來語（以及較近的印尼語）的學術研究歷史悠久，遠遠超過本地區的任何其他語言。早在 1623 年，初來乍到的荷蘭人就編寫了一本有語法說明的馬來語詞典，英國殖民期間的馬來西亞更出版了許多有關馬來語的研究，這股風潮延續不斷，至今馬來語是研究最透徹的南島語言之一。早期以法文書寫的占語群研究，只限於占語本身，1889 年有一部占語語法書出版，1906 年有一部占語大詞典出版，直到二十世紀下半葉，占語群的其它語言如 Jarai 語和 Rhade 語才開始受到學者關注。有篇關於 Moken-Moklen 語且學術價值重要的博士論文，1990 年代在夏威夷大學答辯（Larish 1999），儘管如此，該語言的研究資料依舊有限。重要的出版品有 Aymonier & Cabaton（1906）的占語，Wilkinson（1959）是最詳盡的傳統馬來語詞典，紀錄了馬來語現代化之前的樣貌，Moeliono 等（1989）出版的印尼語詞典，G. Thurgood（1999）的占語史。

語言分布

　　表 2.5 列舉東南亞大陸的南島語言，按人數多寡，依序列舉。Moken 語的人口數不詳，故擺在最後。若 Moken 語的人數有調查出

來的話，其人口數大概會跟 Moklen 語相近（MAL=馬來語群，
CMC=占語群；部分是馬來-占語群）：

表 2.5　東南亞大陸的南島語言

編號	語言	語群	語言人口數
1.	標準馬來語	MAL	10,296,000（2004?）
2.	Pattani Malay	MAL	1,000,000（2006）
3.	Negeri Sembilan Malay	MAL	507,500（2004）
4.	Jarai	CMC	338,206（2006）[10]
5.	西占語	CMC	321,020（2006）
6.	Rhade/Rade	CMC	270,000（1999）
7.	東占語	CMC	73,820（2002）
8.	北 Roglai	CMC	52,900（2002）
9.	南 Roglai/Rai	CMC	41,000（1999）
10.	Haroi	CMC	35,000（1998）
11.	Jakun	MAL	27,448（2004?）
12.	Temuan	MAL	22,162（2003）
13.	Duano'	MAL	19,000（2007）[11]
14.	Chru	CMC	15,000（1999）
15.	Baba Malay	MAL	總族群人口 5,000（1979）
16.	海南占語	CMC	3,800（1999）
17a.	Urak Lawoi'	MAL	3,000（1984）

9　Lewis（2009）列出 Jarai 語於 1999 年，在越南有 318,000 人，而 2006 年，在
　　柬埔寨有 20,206 人，我將兩國的人數資料加總起來放在此表。但 Jarai 語於
　　2006 年，在這兩個國家的實際人數大概會超過這裡所列舉的人數。
10　包括蘇門答臘的人數。

編號	語言	語群	語言人口數
17b.	Cacgia Roglai	CMC	3,000（2002）
18.	Moklen/Chau Pok	?	1,500（1984）
19.	Orang Seletar	MAL	880（2003）
20.	馬六甲克里奧馬來語	MAL	300（2004?）
21.	Orang Kanaq	MAL	83（2003）
22.	Moken/Selung	?	?

地圖 **2.5** 東南亞大陸的十大南島語言

馬來語迄今是本區的絕對優勢語言。東占語（或稱 Phan Rang 占語）和西占語是同一語言的不同方言，兩者在地理位置、語言接觸的影響和人數上，十分不同，因此分開列舉。Duano' 語、Jakun 語、Orang Kanaq 語、Orang Seletar 語、Temuan 語和 Urak Lawoi' 語應該都被視為馬來語的不同方言，儘管 Urak Lawoi' 語的音韻非常不同。Baba 馬來語是馬來西亞的華人移民社群語言，已在當地紮根數世紀之久（Pakir 1986; E. Thurgood 1998）。Lewis（2009）所說的 Negeri Sembilan 馬來語，大概是 Minangkabau 語的一種形式，而 Pattani 馬來語則是受泰語接觸影響的北部馬來方言（Tadmor 1995）。

除了 Moken-Moklen 語之外，東南亞大陸的其它所有語言都屬於同一語群：馬來-占語群，Adelaar（2005c）把馬來-占語群分類在馬來-松巴瓦語群之下，這樣的分法會有許多問題（Blust 2010）。馬來語社群多分布於沿岸一帶，而歷史上住在內陸雨林深處的則是 Orang Asli（馬來語意指「原住民」），他們的語言屬於南亞語系的南孟高棉語群。Orang Asli 分為兩支不同的族群：一支是打獵、採集維生的游牧小黑人（古文獻中稱之為「Semang」），另一支是南方蒙古人種的定居農人（古文獻中稱之為「Sakai」）。這兩個族群跟馬來人的接觸已有數個世紀之久，有些語言中已採用了許多馬來語作為借詞。除了 Orang Asli 原住民之外，馬來半島上還有其他信仰萬物有靈的小族群定居，他們住在內陸地區，說著不標準的馬來方言。這些族群被稱作「Jakun」，相當於「馬來原住民」，可能早期從 Orang Asli 原住民中分化出來，其部分文化和語言受到主流馬來人口影響而同化。

馬來半島東邊（中國南海）的馬來語社群沿著海岸和河川下游，

向北延伸到泰國南部，與當地的方言接觸。這範圍內的兩種語言相互接觸了數個世紀，使得有些馬來方言出現了像是聲調等等的東南亞大陸語言特徵。馬來半島西邊的馬來方言則向北延伸更遠，直到遇到泰國南部方言為止（Lebar, Hickey & Musgrave 1964，圖末）。

馬來半島西岸越靠北部的地方，比起東岸有越多的島嶼。這些島嶼從緬甸的 Mergui 群島延伸到泰國的普吉島，以及馬來北部外海的 Langkawi 島，是那些以船為家、居無定所的海上流浪人家鄉。儘管和菲律賓與印尼講 Samalan 語的人一樣，常被叫作「海上吉普賽人」，但他們的語言跟撒馬八搖語（Sama-Bajaw）並不同。此外，馬來半島西部的島嶼分為兩群不同的海上吉普賽人，在南邊的是 Urak Lawoi'標準馬來語稱「Orang Laut」，意思是 Laut 人），分布範圍約在 Langkawi 島和普吉島的南端之間，他們講的是一種音韻很不同的馬來方言。在 Urak Lawoi'北邊的 Mergui 群島上，住著 Moken 人，他們的語言和其他南島語言並無太大關連。定居下來的 Moken 人逐漸跟泰語接觸後，也跟馬來半島北部的方言一樣，開始有聲調的產生，這些方言就叫作 Moklen 語，和在 Mergui 群島上依舊保持原有海上人家生活族群的 Moken 語有所區別，後者孤立流浪，不常與外界接觸，語言較少受到影響。「Samalan 人在歷史上一直活躍於貿易跟族群關係連結，而 Moken 人則完全相反的不願意跟外界接觸，使得外界難以估計他們的人數（White 1922）。」

占語群在越南有九種關係密切的語言，其中一種占語方言（西占語）分布在柬埔寨中部的 Tonle Sap 湖。因為西占語跟柬埔寨語有所接觸，也就跟那些越南、柬埔寨、寮國的孟高棉語言一樣，有了氣嗓輔音（breathy consonants）。有些研究報告顯示，東占語跟越南

語接觸之後，開始有了聲調，但這份報告存有重大疑慮（Brunelle 2005）。占語群的區域特徵調整十分廣泛，因此曾被 Schmidt（1906）誤認為「南亞混合語言」，這種誤認至少持續到了 1942 年。末了，在中國南方海南島上的占語—海南占語，由白保羅（Benedict 1941）首次發現。

語言類型概況

語言類型方面，東南亞大陸的語言可以分為兩大類：受語言接觸影響較少而結構不變的語言，以及向鄰近非南島語言做區域特徵調整的語言。前者包括 Moken 語以及多數跟泰語沒有接觸的馬來方言。後者有 Moklen 語、北部馬來方言以及其它占語群。Moklen 語、北部馬來方言由於長期和泰國南部接觸，已經變成單音節和聲調語言了，儘管語言接觸對 Moklen 語的影響是相當晚近的事，對 Pattani 馬來方言的影響大概也不超過 5、600 年，然而在歷史上，占語群受到東南亞大陸語言結構的影響卻是淵源流長。Thurgood（1999）詳細記錄了 2000 多年以來，占語群受鄰近的孟高棉語言影響，逐漸變化調整的過程。這致使現代占語群比起多數西部印尼語言，在類型上更像孟高棉語言。調整後的語言特徵包括前喉塞音（preglottalised）和送氣塞音（大概是清塞音+ *h* 的輔音群），濁阻音之後帶氣嗓音（breathy voice），帶半個音節的語詞形式（Cə）CVC，許多詞首輔音群可以是塞音或鼻音後帶有流音 *l* 或 *r*，更豐富的元音系統，並區分長短元音，除了「使動式」*pə-*（可能來自孟高棉語）以及很少見的動詞前綴 *mə-* 之外，所有的其他詞綴幾乎已丟失。此外，東占語和越南語接觸之後，開始有了聲調，海南占語跟侗傣語以及南部漢語方言接觸近千年以來，已發展出五個聲調。表 2.6 比較了馬來語

和 Jarai 語的詞彙，可以看出語言因接觸而產生的一些演變。

標準馬來語是從馬來半島南端的 Riau-Johore 方言傳承而來，在類型上並沒有特殊的語言特徵，但有些非標準馬來語方言就不同了。Kedah 馬來語分布在馬來西亞西北方和泰國的交界處，詞尾有小舌塞音 q 對應標準馬來語的小舌顫音 r，在它之前的元音音位會受到影響。Trengganu 馬來語的一些方言，位於馬來西亞東北方和泰國的交界處，原本詞尾的高元音都變成複合元音，而原本複合元音的音節尾則變成 k、kx 或 h，例如 Kampung Peneh 語的 *kakɨy*^kx（標準馬來語 *kaki*）「腳、腿」，*tuw*^kx（標準馬來語 *itu*）「那個」（Collins 1983b）。如前所述，Urak Lawoi' 語的音韻演變歧異，與其他方言的相互理解度低到可以稱它為不同的語言了，然而，它有 90% 的基本詞彙與標準馬來語同源。

表 2.6　馬來語和 Jarai 語的同源詞，顯示 Jarai 語的區域演變

原始馬來-波里尼西亞語	馬來語	Jarai 語	詞義
*mata	mata	məta	眼
*batu	batu	pətəw	石
*puluq	puluh	pluh	以十為單位
*bulan	bulan	blaan	月
*m-alem	malam	mlam	夜
*qudaŋ	udaŋ	hədaaŋ	蝦
*qulun	（oraŋ）	hlun	人
*duRi	duri	drəy	刺
*zaRum	jarum	jrum	針
*epat	əmpat	paʔ	四

原始馬來-波里尼西亞語	馬來語	Jarai 語	詞義
*paqet	pahat	phaʔ	鑿
*buhek	（rambut）	ɓok	頭髮

　　馬來語和占語群的詞序都是 SVO。雖然馬來語的動詞構詞系統相當複雜，但沒有像菲律賓型的動詞系統那麼複雜。占語群大概是從類似馬來語型的系統中發展而來，以前置詞表達許多語法關係，而這些語法關係在馬來語和西部印尼語言中，則是以動詞構詞來表示，以下語料說明：

馬來語／印尼語（綜合來源）

1.　si　　　Ahmad　　pandai　　bə-rənaŋ
　　人標　　Ahmad　　擅長　　**不及物-**游泳
　　Ahmad 善於游泳

2.　məreka　　bər-lihat-lihat
　　3 複　　　**不及物-**看.**相互**
　　他們相互看著

3.　saya　　mə-lihat　　　tikus di-makan　　kuciŋ
　　1 單　**主事語-**看　　鼠　　**被動語-**吃　　貓
　　我看見一隻老鼠被貓吃了

4.　anak yaŋ　　mə-ñəmbuñi-kan　diri　itu　　masih　tər-lihat
　　孩　**關係詞**　**主事語-**躲**-及物**　本身　那個　仍然　**無意行為-**看
　　那個正躲著的孩子仍然可見

5. pətani   daerah   ini umum-ña   bər-tanam   ubi kayu
   農民   地區   這 通常   **不及物**-種   木薯
   這地區的農民通常種植木薯

6. pətani   mə-nanam-kan   padi   di-ladaŋ-ña
   農民   **主事語**-種-**及物**   米   **處所格**-田-**3 單.所有格**
   農民在他的田地種植稻米

7. pətani   mə-nanam-i   ladaŋ-ña   dəŋan   padi
   農民   **主事語**-種-**處所及**   田-**3 單.所有格**   用   米
   農民用稻米種在田裡

Jarai 語（Blust 無出版年）

1. cədeh   hui?
   孩   怕
   孩子害怕

2. asəw   pə-hui?   kə   cədeh
   狗   **使動**-嚇   到   孩
   一隻狗嚇到了孩子

3. dapanay   tap   pəday   hoŋ   hələw
   女人   搗   米   用   杵
   女人用杵搗了米飯

4. cəday   ji   hra?   hoŋ   gayji
   男孩   寫   信   用   筆
   男孩用筆寫了信

5. asəw   həməw   diay

   狗   已經   死

   狗已經死了

6. mənuih   pə-diay   asəw

   男人   **使動**-死   狗

   一個男人殺死了狗

7. ñu   həməw   naw   rəgaw   sa   blaan   laeh

   3單   已經   離開   **過去**   一個   月   **完成**

   他一個月前已經離開了

2.4.5　蘇門答臘、爪哇島、馬都拉島、峇里島、龍目島的語言

　　蘇門答臘是世界第六大島，面積約 473,481 平方公里。從西北到東南綿延 1,600 公里，坐落中央的 Barisan 山脈將地貌分隔開來，其南段非常靠近西海岸，而北段最大的特色則是 Toba 湖，在巴達克（Batak）高原區，環繞著 Samosir 島的一大片水域。蘇門答臘西部是堰洲群島（Barrier Islands）的一連串島鏈，北起 Simeulue 島，南至 Enggano 島，堰洲群島的語言和文化極具多樣性。

　　爪哇島小於蘇門答臘，面積約 126,700 平方公里，有 32 座火山。由於部分土地肥沃，使爪哇島是世界人口密度極高的地區之一；1990 年有超過一億的人口住在面積比紐約州還小的地方。同樣也是火山島的峇里島，面積更小，約 5,600 平方公里，地質上是爪哇島的延伸，中間隔了約一到三公里寬的海峽。龍目島位於峇里島

的東邊，卻有著截然不同的生態系統，因為華勒斯分界線（Wallace Line）正好通過這兩島之間。最後，馬都拉島只比峇里島小一點，位於東爪哇的北海岸外。它平坦、乾燥、塵土飛揚，跟爪哇島差異極大。Lewis（2009）列舉了蘇門答臘有 38 種語言，爪哇島-峇里島有 10 種南島語言，加上龍目島的薩薩克語（Sasak）和西松巴瓦的松巴瓦語，本地區共有 50 種南島語言。

研究簡史

第一位研究這些語言的重要學者是 H.N. van der Tuuk。在現代語言學興起之前，他早已完成一部富有創見的語法書。Van der Tuuk 於 1864 和 1867 年出版了兩冊 Toba-Batak 語法書（*Tobasche Spraakkunst*），他跳脫那時代描述非西方語言以歐洲為中心的窠臼，客觀中立的描述 Toba-Batak 語，這本語法書至今仍是經典之作，從中依舊能找到不少有用的資料。他除了出版 Toba-Batak 語法書，還開創性的將西部印尼語跟菲律賓語的語音關係進行對應，更於 1897 年展開龐大的比較研究計畫，編著一本「古爪哇語（Kawi）-峇里語詞典」，試圖以歷史語言學的資料來解讀古爪哇語（Kawi）的文本。這本詞典在他去世不久前出版，主要作為解讀古爪哇語手稿的工具書，因此編排複雜難懂，不易閱讀。而 Zoetmulder（1982）的詞典出版後，總算把這些問題都解決了。

現代爪哇語已有相當數量的著作出版，而巽它語、馬都拉語、峇里語和薩薩克語（Sasak）的出版數量稍微少一些。此外，蘇門答臘北部的 Gayō 語和巴達克語已有具份量的論著出版，而蘇門答臘的其他語言也有一些較小的出版品。本地區早期的語言學著作多以荷

蘭文書寫完成，少數的蘇門答臘語言是以德文寫成。重要的出版品包 括 van der Tuuk（1864-67） 和（1897-1912）、Snouck Hurgronje（1900）、Hazeu（1907）、Djajadiningrat（1934）、Zoetmulder（1982）以及 Nothofer（1980, 1981）開創性的爪哇語方言地圖集。

語言分布

表 2.7 列舉蘇門答臘、爪哇、馬度拉、峇里和龍目各島的語言〔M-C=馬來-占語群，BI-B =堰洲群島-巴達克語群（Nothofer 1986），LPG=Lampungic 語群〕：

表 2.7　使用人口數最多和最少的語言各十種：從蘇門答臘到龍目島

編號	語言	語群	語言人口數
1.	爪哇語	?	90,000,000（2004）
2.	印尼語	M-C	22,800,000（2000）
3.	巽它語	?	34,000,000（2000）
4.	馬度拉語	M-C?	13,600,900（2000）
5.	Minangkabau	M-C	5,530,000（2007）
6.	Betawi/雅加達馬來語	M-C	5,000,000（2000）
7.	峇里語	?	3,330,000（2000）
8.	亞齊語	M-C	3,500,000（2000）
9.	Sasak	?	2,600,000（2000）
10.	Toba Batak 語	BI-B	2,000,000（1991）
1a.	Lubu	BI-B	30,000（1981）
1b.	Pekal	M-C	30,000（2000）
1c.	Simeulue	BI-B	30,000（?）

2.	Krui	LPG	25,000（1985）
3b.	Penesak	?	20,000（1989）
3c.	Sichule	BI-B	20,000（??）
4.	Kubu	M-C	10,000（1989）
5	Nasal	?	6,000（2008）
6.	Enggano	?	1,500（2000）
7.	Lom/Bangka Malay	M-C	900（1981）
8.	Loncong	M-C	420（2000）

地圖 **2.6** 蘇門答臘、爪哇島和峇里島的十大語言

1) Javanese
2) Indonesian
3) Sundanese
4) Madurese
5) Minangkabau
6) Betawi/Jakarta Malay
7) Balinese
8) Acehnese
9) Sasak
10) Toba Batak

蘇門答臘的語言分布呈現有趣的模式。南島民族大概是從婆羅洲出發到達該島，而堰洲群島是語言最分歧的地方，其次在蘇門答臘北部，那一帶聚集了亞齊語、Gayō 語和巴達克語三種迴異的語言。蘇門答臘東南部在預期上應該要是語言最分歧處（依族群遷移時間順序來看），相反地，在這卻找到馬來方言網絡以及許多和馬來語關係密切的語言，如 Minangkabau 語和 Kerinci 語。這種分布結果顯示蘇門答臘的語言分化，在歷史發展上並非連續不受干擾，可能曾經發生過一些重大事件，使得馬來語取代了當地早期的語言，語言分歧因而被統整過了，因此語言的「演化時鐘」被調整過了。

　　毫無疑問地，本地區最顯著的特色就是其語言規模之大。印尼共和國在 2003 年全國有超過 2.35 億人口，國家語言是印尼語，語言規模之大部分歸因於許多以印尼語為第二語言的人。對爪哇語、巽它語或馬都拉語來講，情況就非如此，根據 1989 年的人口普查推斷，它們在 2003 年的人口分別會達到約 9000 萬、3300 萬以及 1650 萬人。由於難以區分印尼語使用者以此為第一語言或第二語言，若把人數排名第二的印尼語排除不計的話，人數排名第一的爪哇語幾乎是排名第三的巽它語的三倍。進一步來說，爪哇語和巽它語在爪哇島上的分布是接壤連續的，而南島語言超過一千種，語言總人口數約 3.6 億人，幾乎有三分之二的人住在印尼共和國，有三分之一的人住在爪哇島上，有四分之一的人以爪哇語為第一語言。如此在語系中佔有數量優勢，除了爪哇語之外，就只有華語可以比擬，然而，部分原因在於華語是國家語言（爪哇語並非國家語言）。

語言類型概況

　　本地區的語言類型相當多樣，難以歸納陳述。亞齊語早期曾是越南沿岸的占語方言之一，因此有著東南亞大陸孟高棉語的語言特徵。它不像多數西部印尼語言那樣有四個元音 *a*、*ə*、*i*、*u* 或加上中元音 *e* 和 *o*，亞齊語至少有十個元音，同時有相當多的複合元音，也有清送氣塞音和低語（murmured）濁塞音。巴達克語是謂語在句首，其動詞系統與菲律賓型的語言相似，但細節上有許多差異。尼亞司語（Nias）類型上有不常見的前鼻化雙唇音和齒齦顫音，這在南島語系中只見於大洋洲語言（Catford 1988）。

　　爪哇語分別有舌尖前塞音與舌尖後塞音，不同於多數西部印尼語言，而且濁阻音有氣噪音或低語的特徵。峇里語也有舌尖後輔音，幾乎可以確定是從爪哇語移轉過來的。爪哇語的詞首跟多數菲律賓和西部印尼語言的不同處在於允許許多輔音群的出現。這地區的一些語言，像是 Karo 語和 Toba-Batak 語，容許語詞中間的流音出現在其他輔音之前，尼亞司語和 Enggano 語是眾多西部印尼語言和菲律賓語言當中，惟二沒有輔音尾的南島語言。

　　蘇門答臘北部的巴達克語儘管謂語在句首，並且跟菲律賓型語言些許類似，但此地區的語言句型多為 SVO，而且動詞系統為馬來型。SVO 的句型大概是西部印尼語言創新的演變，約在 600 至 1,200 年出現，區別了現代爪哇語（SVO）跟古爪哇語。原始爪哇語的謂語在句首，且動詞系統比現代爪哇語更像菲律賓型語言。以下 Toba-Batak 語和現代爪哇語的語料，說明了兩者間的差異幅度之大（不連續的詞綴（circumfix）在語根前後都有譯文解釋）：

Toba-Batak 語（Nababan 1981，使用 Warneck 1977 的書寫系統）

1. halak　　na　　hatop　　mar-dalan
　　男人　　**繫**　　快　　**不及物**-走
　　走得快的男人

2. hipas　　jala　　mokmok　　do　　ibana
　　健康　　和　　強壯　　**肯定**　　**3 單**
　　他健康和強壯

3. taŋis　　do　　ibana
　　哭　　**肯定**　　**3 單**
　　她在哭

4. halak　　na　　sabar　　do　　parawat
　　人　　**繫**　　病人　　**肯定**　　護士
　　護士是（照顧）病人的人

5. iboto-ŋku　　　　do　　si　　Tio
　　姊妹-1 單.屬格　　**肯定**　　**人標**　　Tio
　　Tio 是我的姊妹（男人說的話）

6. modom　　　do　　ibana　　di　　bilut
　　主事語-睡　　**肯定**　　**3 單**　　在　　房間（動詞語根：podom）
　　他在房間睡覺

7. di-garar　　　ibana　　do　　utaŋ-ŋa　　　i　　tu　　nasida
　　受事語-償還　　**3 單**　　**肯定**　　債-**3 單.屬格**　　那個　　給　　他們
　　他償還債給他們

8. mar-hua   ibana   di-si
什麼   **3 單**   在-那
他在那裡做什麼？

爪哇語（Horne 1974，以 *c* 代替 *tj*，以 *j* 代替 *dj*）

1. alun-alun   di-rəŋa-rəŋa   gəndera
公共.廣場   **受事語**-裝飾.**多重**   旗幟
廣場用旗幟裝飾

2. kuciŋ-ku   məntas   m-anak
貓-**1 人稱（無人數）.屬格**   剛剛   **主事語**.生-子
我（們）的貓剛剛生產

3. ana   siŋ   manḍuŋ   bəras,   uga   ana   siŋ   kuraŋ
存在   關代   足夠   米，   也   存在   **關代**   缺少
有的有很多米，而有的卻不夠

4. gorokan-ku   kə-sərət-an   salak
喉嚨-**1 人稱（無人數）.屬格**   逆被-哽住-逆被[16]   salak
salak 水果哽在我喉嚨

5. katok-e   kə-cənḍak-ən;   tuluŋ
di-dawak-ake
褲子-**3 人稱（無人數）**   逆被-短-逆被   幫忙
受事語-做.較長-**使動**
他的褲子太短了，請把它改長

6. piriŋ-e   di-undur-undur-ake   kana,

    banjur   di-asah   pisan

    碗盤-3 人稱（無人數）   **受事語**-收走.**多數**-**受惠**   那裡,

    然後   **受焦**-洗 一次

    清理桌子並洗碗盤

7. kancil   k-onaŋ-an   maŋan   timun-e

    Pak   Tani

    矮鹿   **逆被**-逮-**逆被**   **主事語**-吃   小黃瓜-**3 人稱（無人數）**

    敬語   農夫

    矮鹿吃農人的小黃瓜被逮住了（「吃」的動詞語根：paŋan）

2.4.6 蘇拉威西（Sulawesi）語言

    蘇拉威西早先被稱為「西里伯」（Celebes），由四個長半島組成，從中央山區斷層塊向外延伸，是全新世初期冰川融化淹沒山脈之間的低窪山谷造成的。它的形狀奇特，有時被稱為「赤道的蘭花」（the orchid of the Equator），是地球上第十一大島，總面積約為189,000 平方公里。蘇拉威西的海岸線相對於它的大小而言非常長，雖然島上的大多數種族居住在內陸地區，傳統上通稱為「Toraja」（< 原始馬來-波里尼西亞語（PMP）*tau「人、人類」+ *daya「朝向內陸」）。Lewis（2009）列出了蘇拉威西語的 114 種語言。

簡要的研究歷史

    除了 Matthes（1858, 1859, 1874, 1875）對於望加錫語（Makassarese）

和布吉語（Buginese）的研究外，直到 19 世紀結束前，對蘇拉威西語的研究還很少，只有研究印尼語的荷蘭學者 Nikolaas Adriani 在 19 世紀末時寫了 Sangir 的語法，在某些方面是受到 van der Tuuk 早期寫的 Toba Batak 語法的啟發。Adriani 持續為這些語言的研究做出寶貴的貢獻約四十年。近年來，更多的研究人員投入了這些語言，如 Mills（1975）和 Sirk（1983, 1988）對南蘇拉威西語言的重要描述和比較研究，Sneddon（1978, 1984）研究 Minahasan 和 Sangir 語言，Himmelmann（2001）和 Quick（2007）研究 Tomini-Tolitoli 語言，Mead（1998, 1999）研究 Bungku-Tolaki 語言，以及 Anceaux（1952, 1987）、van den Berg（1989, 1996a）和 Donohue（1999）研究布頓（Buton）島、Muna 和 Tukang Besi 群島的語言。指標性的出版物包括 Adriani（1893, 1928）和前面提到的作品。

語言分佈

　　表 2.8 列出蘇拉威西語的十種最大和十種最小的語言（SSul = 南蘇 拉 威 西，GOR = Gorontalic，B-T = Bungku-Tolaki，K-P = Kaili-Pamona，M-B = Muna-Buton，SAN = Sangiric，T-T = Tomini-Tolitoli）：

表 **2.8**　蘇拉威西語的十種最大和十種最小的語言[11]

編號	語言	分群	語者人數
1.	布吉語	SSul	3,310,000（2000）
2.	望加錫語	SSul	1,600,000（1989）

---

11 Jason Lobel（2007 年 8 月 3 日個人通訊）指出 Ponosakan 語大概是蘇拉威西最小的語言，僅剩三位流利的語者。

編號	語言	分群	語者人數
3.	Gorontalo 語	GOR	900,000（1989）
4.	Sa'dan Toraja 語	SSul	500,000（1990）
5.	Tolaki 語	B-T	281,000（1991）
6a.	Tae'語	K-P	250,000（1992）
6b.	Mandar 語	SSul	250,000（2003）
7.	Ledo Kaili 語	K-P	233,500（1979）
8.	Muna 語	M-B	227,000（1989）
9a.	Sangir 語	SAN	200,000（1995）
9b.	Mongondow 語	GOR	200,000（Lobel 個人通訊，2008）

編號	語言	分群	語者人數
1a.	Kalao 語	M-B	500（1988）
1b.	Koroni 語	B-T	500（1991）
1c.	Taloki 語	B-T	500（1995）
2.	Talondo'語	SSul	400（2004）
3a.	Taje 語	T-T	350（2001）
3b.	Waru 語	B-T	350（1991）
4a.	Baras 語	K-P	250（1987）
4b.	Kumbewaha 語	B-T	250（1993）
5.	Bahonsuai 語	B-T	200（1991）
6.	Dampal 語	T-T	100（1990）
7	Liabuku 語	M-B	75（2004）
8.	Budong-Budong 語	SSul	70（1988）

地圖 **2.7** 蘇拉威西十個最大的語言

1) Buginese
2) Makassarese
3) Gorontalo
4) Sa'dan Toraja
5) Tolaki
6a) Tae'/Southern Toraja
6b) Mandar
7) Ledo Kaili
8) Muna
9a) Sangir
9b) Mongondow

　　蘇拉威西島有十一個語言「微群」（microgroup）：1. Sangiric，
在遙遠北方的 Sangir 和 Talaud 群島中、以及蘇拉威西島大陸的北端
和菲律賓南部的民答那峨（Mindanao）島，2. Minahasan，位於北半
島 Manado 市的南部及周圍，3. Gorontalic，佔據了北半島東西部的
大部分地區，4. Tomini-Tolitoli，延著北半島弧形區，5. Saluan，佔
據了蘇拉威西島的東半島大部分地區、托米尼（Tomini）灣的托吉
安（Togian）群島、以及東半島南端的 Banggai 群島，6. Kaili-Pamona
語群，位於中部山區以及北部和東部半島的相鄰部分，7. Bungku-
Tolaki，分佈在幾乎整個東南半島，8. Muna-Buton，位於 Muna 島、

布頓島和 Selayar 島的南端，9. Wotu-Wolio，由布頓島的 Wolio 和位於 Gulf of Bone 頂部一小區被包圍的領土 Wotu 組成，10. Tukang Besi，位於 Tukang Besi 群島，從較大的布頓島向東南延伸而來，11. 南蘇拉威西島，佔據整個蘇拉威西島的西南半島、以及 Selayer 島北部三分之二的區域。前兩個語言是菲律賓分群的主要分群，而 Gorontalic 是菲律賓大中語群（Greater Central Philippines）的一部分，該分群從北部的塔加洛（Tagalog）延伸到 Gorontalo 和南部的 Mongondow。Tomini-Tolitoli 語言的分類位置仍然存在問題，但有一些證據支持「西里伯超群」（Celebic supergroup）包含 4 至 10 群、但不包括南蘇拉威西語（Mead 2003b）。這種分類對於南島語族如何定居在蘇拉威西島有何關聯，尚未被探索過。

從歷史上看，蘇拉威西島最主要的兩個民族是西南半島的布吉人（Buginese）和望加錫人（Makassarese）。幾個世紀以來，這兩個群體在整個印尼群島都有廣泛的貿易關係。英國博物學者阿爾弗雷德·羅素·華勒斯（Alfred Russel Wallace）報導了 19 世紀 60 年代的印尼東部的斯蘭-勞特群島（Seram-Laut Archipelago），出現了布吉人（Bugis, Buginese）貿易船隻，而 Goa 王國的望加錫人有一段時間控制了摩鹿加（Moluccas）群島的香料貿易。一般用所謂的「望加錫人」（Makasans）指這兩個群體的其中之一，他們也長期參與中國市場的海參貿易，航行到印尼東部的阿魯（Aru）群島，再隨著季節性季風返回，甚至在澳洲北部的阿納姆地（Arnhem Land）海岸採集，在那裡與當地居民有零星接觸，因此該地區的原住民語言中借入了一些詞彙（Walker & Zorc 1981）。除了布吉人和望加錫人之外，高度流動的 Bajau 族人分散在蘇拉威西島中部和南部的沿海地

區，他們傳統上與當地居民進行貿易。

類型概述

　　蘇拉威西語言除了偶爾的捲舌邊音外，音段通常不甚特別。許多語言已經將原始南島語的四元音系統（*i, *u, *a, *e）轉換為對稱的五元音系統，在高、中舌位具有匹配的前後元音，這一特徵與許多印尼東部和太平洋地區的語言相同。雖然蘇拉威西語的音段不是特別值得注意，但它們與印尼西部和菲律賓的大部分語言在詞素結構的某些特徵上有所不同。最受關注的音韻特徵是傾向於減少詞尾輔音對比，或者完全丟失詞尾輔音（Sneddon 1993）。這種發展影響了除了 2-4 群之外的所有微群，並且與其他大多數印尼西部或菲律賓語言的歷史發展形成鮮明對比，那些語言的詞尾輔音通常保存完好。雖然大多數詞尾輔音消蝕的語言都在「西里伯超群」之中，但顯然蘇拉威西語言的詞尾輔音消蝕現象一再重複出現。首先，語言的詞尾輔音弱化在 Sangiric 和南蘇拉威西語言也出現，這些語言不屬於「西里伯超群」。其次，西里伯群內的構擬（如 Bungku-Tolaki）顯示許多詞尾輔音存在於較低階的原始語言中，但在現代語言的歷時過程中丟失（Sneddon 1993; Mead 1998）。第二個在該島幾處值得注意的詞素結構特徵是前鼻化的詞首塞音，通常對應於其他地方同源詞中的單純塞音，例如在 Bare'e 語（Pamona）*mbaju*（< *bayu）「舂米」，*mbawu*（< *babuy）「豬」，*ndundu*（< *duRduR）「雷」，或 Muna *mbali*（< *baliw）「一半，（成對出現的東西的）一半」，*ndawu*（< *dabuq）「掉落」。

　　在句法上，蘇拉威西語的語言可以分為兩組：北半島的語言有

菲律賓類型的動詞系統，而南方的語言則改變了早期的菲律賓類型系統，但仍然保有豐富的動詞加綴。以下來自北部的 Tondano 語和東南部的 Muna 語的例句可以用來說明蘇拉威西語動詞系統中類型變異的範圍（Sneddon 1970: 35 的註 4 稱這些為「語態詞綴」，但將它們標示為「主事者焦點」、「受事者焦點」等）：

Tondano（Sneddon 1970）

「那個男人會用繩子把推車拉到市場上」（以四種語態出現）：

1.
si	tuama	k\<um\>eoŋ	roda	wo	ntali	waki	pasar
主格	**人**	拉-**主焦**	推車	用	繩子	到	市場

2.
roda	keoŋ-ən	ni	tuama	wo	ntali	waki	pasar
推車	拉-**受焦**	**屬格**	人	用	繩子	到	市場

3.
tali	i-keoŋ	ni	tuama	roda	waki	pasar
繩子	**工具焦**-拉	**屬格**	人	推車	到	市場

4.
pasar	keoŋ-an	ni	tuama	roda	wo	ntali
市場	拉-**指焦**	**屬格**	人	推車	用	繩

這些句子語意也可以標示成：1.「那個男人會用繩子把推車拉到市場上」，2.「推車將被那個男人用繩子拉到市場上」，3.「繩子將被那個男人用於將推車拉到市場」，以及 4.「市場是那個男人將用繩子把推車拉去的地方」。菲律賓語動詞系統有很高的統計數據顯示詞序以謂語起始。而 Tondano 語這一點有所不同，因為它允許四種帶構詞標記的語態，但是焦點名詞須出現在句首。Muna 語是蘇拉威西東南部許多語言的代表，具有相當不同類型的動詞系統，van den Berg（1996b）將其特徵描述為基本上為「動詞變化」（conjugation）

的體系（si-X-ha＝「在一起、共同」）：

Muna（van den Berg 1989）

1.　paka-mate-no　　　　no-bhari　　　　kahanda
　　首次-死亡-他的　　　**3 單.實現**-許多　　幽靈
　　當他剛剛去世時，有許多幽靈

2.　no-ala-mo　　　　kapulu-no　　maka　no-lobhi　　wughu-no
　　3 單.實現-拿-**完成**　砍刀-他的　那時　**3 單.實現**-砍　脖子-他的
　　他拿他的砍刀砍了他的脖子

3.　naewine　　da-k<um>ala　　　　tora　　we　　kaghotia
　　明天　　　**1 複.包括**-**主動**-去　　再次　　**處所格**　海灘
　　明天我們將再次去海灘

4.　ne　　tatu　naando　se-gulu　ghule
　　處所格　那　是　　　一-**量詞**　蛇
　　那邊有一條蛇

5.　naewine　　da-si-kala-ha　　　　dae-kabua　　we　　　tehi
　　明天　　　**1 複.包括 -si-** 去 **-ha**　**1 複.包括**-魚　**處所格**　　海
　　明天我們將一起去海邊釣魚

6.　kenta　　ka-ghawa-no　　　sadhia　mina　　na-bhari-a
　　魚　　　**主格**-得到-他的　　總是　　不是　　**3 單**-許多-**量詞**
　　他從未捕獲過許多魚

7. a-leni-fi   simbi-ku   mo-ndawu-no
    1 單.實現-游泳-**及物**   手鍊-我的   **主動**-掉落-**主分**
    我正在游泳找我遺落的手鐲

    諸如 Muna 語之類的語言與菲律賓類型的語言不同，缺乏動詞詞
綴與特定的名詞論元標記之間的關聯性，並且允許將許多依附代名
詞、前置詞等納入單個音韻詞中。儘管在印尼西部大部分地區，菲律
賓類型語言豐富的黏著構詞形態減少並簡化了，然而，（除了巴達克
語和馬拉加斯語是明顯的例外），在蘇拉威西島，普遍的傾向是將傳
統的黏著構詞形態以複雜度相當接近的類複綜（quasi-polysynthetic）
語的系統取代。

2.4.7 龍目島（Lombok）以東的小巽它群島（Lesser Sundas）的南島語

小巽它群島鏈從峇里島向東延伸越過帝汶（Timor），在那裡與
摩鹿加群島南部範圍重疊（位於摩鹿加群島南部的整個 Wetar 島，
位於帝汶最東端以西）。印尼政府使用的行政劃分，將峇里島、龍目
島和松巴瓦島（Sumbawa）劃入 Nusa Tenggara Barat（小巽它群島西
部），而弗羅里斯島、Solor Archipelago、Alor、Sawu、Roti 和帝汶
被分配到 Nusa Tenggara Timur（小巽它群島東部）。由於西部馬來-
波里尼西亞語群（WMP）與中部馬來-波里尼西亞語群（CMP）的
主要語言分界線貫穿松巴瓦（Sumbawa）整個島嶼，因此這裡將此
島嶼分為西部和東部兩半來討論。表 2.9 中列出的所有語言（Kupang
馬來語除外）均屬於南島語的中部馬來-波里尼西亞分群。儘管帝汶

在政治上分為印尼共和國和東帝汶（Timor-Leste），但是這種區隔在語言層面上沒有意義，因此這裡予以忽略。Lewis（2009）列出了在小異它群島（又稱努沙登加拉（Nusa Tenggara））的 68 種語言，其中 49 種是南島語；2.4.5 節中已討論其中兩個（Sasak 語和松巴瓦語），這裡將處理小異它群島的另外 47 個語言。

簡要的研究歷史

小異它群島與印尼西部不同，是南島語和非南島語言的所在地。非南島語言雖然數量超過了亞羅島（Alor）和潘塔島（Pantar）上的南島語言，在此卻是一個獨特的少數群體，是被包圍於東帝汶中部和東部境內重要的內飛地（enclave）[17]（Bunak、望加錫、Fataluku 族群）。小異它群島的所有非南島語言已被分類到巴布亞語言的泛新幾內亞分群（Trans-New Guinea Phylum），代表史前時代從新幾內亞西端返回遷移至潘塔島、亞羅島和帝汶鄰近地區。

龍目島東部的小異它群島語言有充分描述的並不多。這一地區早期研究的荷蘭學者最重要的是 J.C.G. Jonker。在 1893 年至 1896 年期間，Jonker 為松巴瓦（Sumbawa）島東部的比馬語完成了語法描述、文本和詞典，然後繼續他畢生的志業—研究羅地（Roti）島這個小島的語言。從 1905 年到 1915 年，Jonker 出版了許多羅地語（Rotinese）文本、一部 806 頁的羅地語-荷蘭語詞典、和一部羅地語語法（Jonker 1908, 1915）。幾年後，他蒐集了有關於松巴島東部 Kambera 語的大量文本。

Jonker 的研究成果雖多、但其語言洞察力有限，迄今為止最詳細的描述，是由將自己的生命獻給了這些族群的荷蘭與德國傳教士

完成的。這些傳教語言學者對於弗羅里斯島（Flores）西部語言的研究工作做得特別好。其中最值得注意的是 Burger（1946）撰寫的 Manggarai 語法、Verheijen（1967-1970）1,041 頁的 Manggarai 語-印尼語詞典、以及 Arndt（1961）646 頁的 Ngadha 語-德語詞典。這個區域語言的其他主要著作包括 Onvlee（1984）628 頁的 Kambera 語-荷蘭語詞典、Pampus（1999）646 頁 Lamaholot 語-印尼語-德語詞典（及相關文本），以及最近的 Klamer（1998）Kambera 語法和幾個得頓語法，其中最重要的是 van Klinken（1999）。儘管有這些語法以及 Geoffrey Hull 的一些出版物，帝汶的語言相對較少受到關注。這點令人驚訝，因為 Atoni 語和得頓語都是小異它群島中最大的語種，但既沒有 Atoni 語的詞典或語法，而得頓語語料最豐富的詞典（Morris 1984; Hull 2002; Williams-van Klinken 2011）卻只不過是 Verheijen 所撰寫的 Manggarai 語詞典很小的部分而已。

語言分佈

　　表 2.9 列出龍目島以東的小異它群島的十種最大和十種最小的南島語言（WT =西帝汶，WF =西弗羅里斯（West Flores），CT =中帝汶（Central Timor），M-C = 馬來-占語群（Malayo-Chamic），EF = 東弗羅里斯（East Flores），S-H = Sumba-Hawu）。這些估計中特別多的數字零和相同數字清楚反映了該地區欠缺詳細的文化人口統計數據：

表 2.9　小巽它群島的十種最大和十種最小的南島語言

編號	語言	分群	語者數目
1.	Atoni 語	WT	586,000（1997）
2a.	比馬語	?	500,000（1989）
2b.	Manggarai 語	WF	500,000（1989）
3.	得頓語	CT	400,000（2004）
4a.	Kupang 馬來語	M-C	300,000（2000）
4b.	松巴瓦語	?	300,000（1989）
5.	SW Lamaholot 語	EF	289,000（2000）
6	Kambera 語	S-H	234,574（2000）
7.	Sika 語	EF	175,000（1995）
8.	Lamaholot 語	EF	150,000（1997）

編號	語言	分群	語者數目
1a.	Laura 語	S-H	10,000（1997）
1b.	Palu'e 語	WF?	10,000（1997）
1c.	So'a 語	?	10,000（1994）
1d.	Wanukaka 語	S-H	10,000（1981）
2a.	Dhao/Ndao 語	S-H	5,000（1997）
2b.	Ngadha, Eastern 語	WF	5,000（1994）
3a.	Rajong 語		4,240（2000）
3b.	Wae Rana 語		4,240（2000）
4a.	Rembong 語	WF	2,140（2000）
4b.	Rongga 語	WF	2,140（2000）
5.	Komodo 語	?	700（2000）

地圖 2.8　小異它群島的十大語言

1) Atoni
2) Bimanese
3) Manggarai
4) Tetun
5) Kambera
6) Kupang Malay
7) Sika
8) Lamaholot
9) Lio
10) Rotinese

如表 2.9 所示，小異它群島四種最大語言的其中兩種在帝汶西部和中部地區使用。在某種程度上，這可能反映了帝汶語言佔有相對較大的土地。這個地區的另外兩種最大的語言是在松巴瓦（Sumbawa）東部和弗羅里斯島（Flores）西部，中間相隔著薩佩海峽（Sape Strait）當中的林卡島（Rinca）和科莫多島（Komodo）。小異它群島當中最小的語言似乎是科莫多語，在同名的科莫多小島上使用，或許是以其獨特的監視蜥蜴（「科莫多巨蜥」）、而非以其族群居民而廣為人知。

類型概述

關於小異它群島語言的描述性研究仍然不足，當以後有更為充分的資料可參考時，這裡對類型特徵的概述可能會有相當大的改變。

一般來說，小異它群島語言的元音系統比台灣、菲律賓或印尼大部分地區的語言更豐富。許多語言缺乏央中元音，但已發展出五個元音系統 *a e o i u*；其他語言已進一步演變為七元音系統，在前中和後中舌位都有鬆、緊元音。帝汶的一些語言在類型上相當不尋常，發音部位不在喉部的輔音可帶有喉部發音。例如，帝汶西部的 Atoni 語有像是喉塞化（glottalised）或咽部緊縮的流音和鼻音，據報導東帝汶的 Waima'a（或稱 Waimahaa、Waimoa）語有音位性的送氣和喉化塞音（Belo, Bowden, Hajek & Himmelmann 2005）。這個區域也有較多具音位性內爆塞音的語言。比馬語和 Ngadha 語各有兩個內爆音，一個是唇音另一個是捲舌音；比馬語的捲舌內爆音用舌尖偏後部位發音（apico-domal）。研究顯示 Hawu 語（在舊文獻中稱為「Savu」或「Sawu」）有唇部、齒齦、硬顎和軟顎內爆音（Walker 1982; Grimes 2010）。[12]

這一區域語言最引人注目的類型特徵之一，是詞尾輔音的消蝕。雖然有些弗羅里斯島（Flores）和帝汶的語言幾乎允許所有輔音出現在詞尾位置，但有幾個語言完全不允許詞尾輔音。詞尾音節只能為開音節的語言包括松巴瓦島（Sumbawa）東部的比馬語，弗羅里斯島的 Ngadha 語、Keo 語、Palu'e 語和 Ende 語，Hawu 語，Dhao 語，以及除了 Anakalangu 語之外的松巴島的語言。羅地語（Rotinese）只允許 *-k* 和 *-s*，在類型上相當不尋常，這兩者似乎（至少在歷史上）是後綴。

---

12 因其在印尼大多數地圖上的形狀變化不大，我將繼續將該島稱為「Sawu」，但語言為「Hawu」。

印尼東部的許多語言有別於西部其他語言的另一個共有類型特徵，是所謂的「顛倒的屬格」，這一特徵導致 Brandes（1884）提出印尼語言分為東西兩群。這兩個類型之間的界限在 Hawu 和羅地島、弗羅里斯島和索洛群島（Solor Archipelago）之間，位於布頓島以東、Sula 群島以西，在米納哈薩縣（Minahasa）、Sangir-Talaud 地區和菲律賓以東。這個被稱為「布蘭德斯線」（Brandes Line）的分界，可以透過馬來語 *ékor babi*（尾巴 -Ø- 豬）和 Dawan 語（西帝汶）*fafi in iku-n*（豬 屬格 尾巴-3單）「豬尾」屬格結構的對比來說明。後來逐漸了解布蘭德斯線根本不是一條線，而是一個大致的圓圈，其中包括印尼東部和美拉尼西亞西部的許多語言，這些語言似乎透過早期與巴布亞語言的接觸而發生了結構性變化。

　　幾乎所有小巽它群島語言都是 SVO，動詞形態通常比菲律賓類型或西部印尼語言類型簡單得多。弗羅里斯島西部的 Manggarai 語，據報導根本沒有詞綴（Verheijen 1977）。該地區大多數語言的一個顯著特點是動詞可帶有表示主語協同（agreement）或前依附代名詞（proclitic pronoun）的語音音段。在其他語言中，主語和賓語代名詞都依附於動詞上，這種現象讓人聯想到許多蘇拉威西語言的動詞形態。有些語言也有些微的動詞序列化現象，這種現象在台灣、菲律賓和印尼西部的南島語言中很少見。以下 Kambera 語（松巴島東部）和得頓語（帝汶中部）的句子說明了這點：

Kambera（Klamer 1998，呈現的方式略作修改）

1. nda　　　ku-hili　　　　　beli-ma-ña-pa

   否定　　1 單.主格-再　　返回-強調-3 單.與格-非完成

   我不會再回到他身邊了

2. na-hoba-ya　　　　　　　iu　　nú

3 單.主格-吞-**3 單.賓格**　　鯊魚　**指示**

他被那裡的一條鯊魚吞下（字面上意義為「它吞下了他，鯊魚在那裡」）

3. lalu　　mbana-na　　na　　lodu

多餘的　　熱-**3 單**　　**冠**　太陽

太陽太熱了

4. nda　　ku-pi-a-ña　　　　　　　　　na　　ŋandi-mu

否定　**1 單.主格**-知道-剛才-**3 單.與格**　**冠**　帶來-**2 單.屬格**

ru　　kuta　　hi　　hili　　kei-ŋgu-ña　　　　　kawai

葉　　檳榔葉　**連接**　再　　買-**1 單.屬格**-**3 單.與格**　最近

我不知道你帶了檳榔葉，所以我剛才也買了一些

5. nda　　ku-ŋaŋu-a　　　　iyaŋ

否定　**1 單.主格**-吃-**語標**　魚

我不吃魚

6. na-ita-ya　　　　　　　na　　hurat　la　　　pinu　　nulaŋ

3 單.主格-看-**3 單.賓格**　**冠**　信　**處所格**　主題　枕頭

他看到枕頭上的那封信

7. na-unu　　　　mema-ña　　　　na　　wai　　mbana

3 單.主格-喝　　立刻-**3 單.與格**　**冠**　水　　熱

他馬上喝了咖啡

得頓語（Tetun）（van Klinken 1999，呈現的方式略作修改）

1. nia　　n-alai　　tiʔan

　　3 單　**3 單-跑**　已經

　　她已經逃跑了

2. tán　　nia　　n-aklelek　　　haʔu　　foin　　haʔu　　fota　　nia

　　因為　**3 單**　**3 單-說.辱罵**　**1 單**　然後　**1 單**　打　**3 單**

　　因為她辱罵我，所以我打了她

3. haʔu kopi　k-emu　　haʔi　　kaŋkuŋ　k-á　　　haʔi

　　1 單 咖啡　**1 單-喝**　不　　西洋菜　**1 單-吃**　**否定**

　　我不喝咖啡或吃西洋菜

4. m-ola　　tais　　ó-k　　　　á　　té　　ní　　nia

　　2 單-帶　紗籠裙　**2 單-所有格**　那是　因為　那個　**3 單**

　　帶上你的紗籠裙，因為那個是（你的）

5. nia　　dadi　　bá　　fahi

　　3 單　變成　去　豬

　　他變成了豬

6. ita　　　　hoʔo　manu,　rán　kona　ita,　　　manu　rán

　　1 複.包括　殺死　雞　　血　接觸　**1 複.包括**　雞　　血

　　é　　　　dadi　　bá　　kfuti

　　這　　　變成　去　　痣

　　如果我們殺了雞，血液接觸我們，雞血就變成了（皮膚）痣

7. hofonin   mane   sia   mai   labu   iha

   最後.晚上   男人   過去   來   去.出   **處所格**

   h-oa   sia   né   mama   n-ó

   1 單.所有格-孩子   過去   這個   檳榔   **3 單-存在**

   昨晚男人來找我的孩子，（所以）會有檳榔（在房子裡）

8. sia   at   bá   r-afaho   r-akawak

   3 複   **未然**   去   **3 複-除雜草**   **3 複-互相.幫助**

   他們將去幫助彼此除雜草

2.4.8 摩鹿加群島（Moluccas）的語言

　　摩鹿加群島是歷史上著名的「香料島」，涵蓋一區小到非常小的火山島嶼，分佈在印尼東部，西邊是蘇拉威西島和小巽它群島，東邊是新幾內亞。其中最大的是斯蘭島（Seram/ Ceram），土地面積約為 18,700 平方公里。然而，在歷史上和政治上，摩鹿加群島最重要的島嶼是位於摩鹿加群島北部的 Ternate 和 Tidore 小島（丁香的主要來源），以及位於摩鹿加群島中部的安汶（Ambon）島和 Banda 島（後者是肉荳蔻的唯一原始產地）。大致而言，香料貿易形成摩鹿加群島北、中部的政治和經濟網絡，南部因為在香料貿易的歷史中無足輕重而被排除在外。丁香起源於摩鹿加群島北部，有考古證據顯示來自於敘利亞的古城 Terqa 遺址，距今約 3,700 年。如果準確的話，這個時間點意味著將摩鹿加群島與馬來半島聯繫起來的整合貿易網絡，在南島語族移居東南亞島嶼後的幾個世紀內形成。然而，

中東考古學者對 Terqa 的丁香來自摩鹿加群島的認定一直有所質疑，目前整個問題似乎非常不明確（O'Connor, Spriggs & Veth 2007: 16）。Lewis（2009）列出了摩鹿加群島 131 種語言，其中 18 種是非南島語言，一種（Ternateño）是以葡萄牙語為基礎的克里奧語（creole）、置入大量西班牙語詞彙，而有 112 種是南島語言。

簡要的研究歷史

直到 1910 年至 1912 年弗萊堡摩鹿加遠征隊（Freiburg Moluccan Expedition）訪問摩鹿加群島之前，該地區的語言系統性研究很少。值得注意的是，探險隊的 Erwin Stresemann 是一位對語言學有著濃厚興趣的鳥類學者，他收集了大量關於安汶島、塞拉姆島、和塞拉姆島以東的戈蘭（Goram）群島、或稱戈隆（Gorong）群島的精確的比較語言資料。根據這些材料、K. Deninger 未發表的語料、以及早期出版文獻中的材料，Stresemann（1927）研究了 30 多種語言的歷史音韻學和分群關係。本書在很多方面而言，仍然是至今對這些語言進行比較研究的最重要的貢獻，儘管 James T. Collins（1982, 1983a）最近另外進行了一些重要研究，特別是在分群方面。

Stresemann 除了他的比較研究之外，他還發表了關於 Paulohi 語的語法，這是塞拉姆島西部的一種語言，當 Collins 在 20 世紀 70 年代中期在該地區進行實地考察時，這個語言已經滅絕。具有諷刺意味的是，Stresemann 是位鳥類學者，但他編寫的 Paulohi 語法至今仍然是「中部 Maluku 語言的唯一語法研究」（Collins 1982: 109）。暑期語言學研究所（Summer Institute of Linguistics）的成員在 20 世紀 80 年代開始在這一領域開展工作，並撰寫了許多關於摩鹿加中部和南部語言的文章，以及未發表的 Buru 語法（Grimes 1991）。

語言分佈

表 2.10 列出了摩鹿加群島十個最大和十個最小的南島語言（M-C = 馬來-占語群（Malayo-Chamic），K-F = Kei-Fordata, ECM = East Central Maluku, S-B = Sula-Bacan, Y-S = Yamdena-Sekar, L-K = Luangic-Kisaric, SHWNG = 南哈馬黑拉-西新幾內亞群（South Halmahera-West New Guinea））。與小巽它群島一樣，這些估算的數字零和相同數字特別多，反映的是該地區的欠缺詳細的文化人口統計數據：

表 2.10　摩鹿加群島十個最大和十個最小的南島語言

編號	語言	分群	語者數目
1.	Ternate 馬來語	（WMP/M-C）	700,000（2001）
2.	安汶馬來語	（WMP/M-C）	200,000（1987）
3.	Kei 語	K-F	85,000（2000）
4.	Fordata 語	K-F	50,000（2000）
5.	Geser-Goram 語	ECM	36,500（1989）
6.	Buruese 語	S-B	32,980（1989）
7.	Taba/Makian Dalam 語	SHWNG	30-40,00（2001）
8.	Yamdena 語	Y-S	25,000（1991）
9a.	Kisar 語	L-K	20,000（1995）
9b.	Luang 語	L-K	20,000（1995）
9c.	Sula 語	S-B	20,000（1983）
9d.	Soboyo 語	S-B	20,000（1983）

1a.	Amahai 語	ECM	50（1987）
1b.	Paulohi 語	ECM	50（1982）
1c.	Salas 語	ECM?	50（1989）

2.	Loun 語	ECM	20（？）
3a.	Hoti 語	ECM	10（1987）
3b.	Hulung 語	ECM	10（1991）
3c.	Kamarian 語	ECM	10?（1987）
3d.	Nusa Laut 語	ECM	10（1989）
3e.	Piru 語	ECM	10（1985）
4.	Naka'ela 語	ECM	5（1985）
5.	Kayeli 語	ECM	3（1995）
6.	Hukumina 語	ECM	1（1989）

　　如表 2.10 所示，摩鹿加群島擁有相當多嚴重瀕危的語言。Kayeli 語和 Hukumina 語在 1989 年的語言人口各少於五人，在塞拉姆島西北部的 Loun 語言，據說有「幾個」語者（查無估算的日期）。摩鹿加群島大多數最小的語言都是在塞拉姆島或附近的島嶼上使用（Nusa Laut 語在一個名字同為 Nusa Laut 的島嶼，以及位於 Buru 島東海岸的 Kayeli 語）。摩鹿加群島最大的語言是安汶馬來語（Ambonese Malay），主要在安汶市的首府，也在安汶島的其他地方使用，並且是這整個區域的第二語言。如在本書其他地方所述，印尼東部有馬來方言並不尋常，歷史上的香料貿易將摩洛加群島起源地與沿著馬六甲海峽的馬來語中間商聯繫起來。摩鹿加群島最大的三種土著語言（Kei, Fordata, Geser-Goram）位於鄰近的 Geser-Goram 和 Kei 群島的小島上，延伸至塞拉姆島的東南方。該地區語言群體相對較大的原因尚不清楚。

地圖 **2.9** 摩鹿加群島十個最大的語言

類型概述

　　大多數有文獻描述的中部和南部摩鹿加語言的音位庫沒有任何不尋常的特徵。有些語言，如塞拉姆島西部的 Alune 語，有一個軟顎唇輔音 k^w，但是軟顎唇輔音分佈在整個南島民族的大部分地區。[13] 大多數摩鹿加語言至少有元音 *a e o i u*，有些語言也有央中元音。正

---

13 在許多南島語文獻中，「軟顎唇音」一詞代表主要閉合點在唇部或軟顎的輔音，圓唇為次要。近來許多語音方面的研究，如 Ladefoged & Maddieson (1996: 356)，將這種發音稱為唇化或圓唇化（因此為圓唇化唇音或圓唇化軟顎音）。為了與早先文獻的用法一致，我保留「軟顎唇音」一詞。

如在小巽它群島中一樣，摩鹿加群島缺乏詞尾輔音的語言比台灣、菲律賓或印尼西部的語言比例稍高，但許多仍保留了原始的詞尾輔音。發音部位不同的輔音串並不罕見，並且由於歷史元音刪略，有些語言已經形成了非典型的詞首輔音串，像是 Yamdena 語（Tanimbar 群島）kmpʷeaŋ「我喜歡」，tndiɲan「一種魚」，或者 kbʷatar「破壞根部的蛆」。在摩鹿加群島北部，包括至少 Ma'ya 和 Matbat 在內的幾種語言都有音位性的聲調（Remijsen 2001）。該特徵最有可能的來源是與巴布亞語言的接觸，據研究其中很多都有聲調或音高重音系統，但是目前這種接觸情況並不存在，這種解釋假設了過去的語言分佈與現在的語言分佈不同。

在句法上，摩鹿加群島中部和南部的語言與小巽它群島的語言具有許多共同特徵。在這兩個地區中，主要句子成分的順序幾乎都是 SVO，動詞形態相對簡單，而動詞通常帶有主語協同詞素或依附代名詞。這兩個區域的許多語言也具有「顛倒的屬格」（reversed genitive）結構（所謂「顛倒」是從大多數南島語言的角度來看），擁有者先於被擁有物（「鳥的 尾」而不是「尾 的 鳥」）。以下句子來自 Larike 語（安汶島）以及也稱為「Makian Dalam」的 Taba 語（南哈馬黑拉群（south Halmahera）），分別說明了中部馬來-波里尼西亞語群（CMP）和南哈馬黑拉-西新幾內亞語群（SHWNG）語言的一般句法特徵：

Larike（Laidig 1993）

1. Abu   mana-pala   elau
   Abu   **3 單.屬格**-肉荳蔻   很多
   阿布有很多肉荳蔻

2. au-leka   aku-ba   laku aku-ina   matir-mau
    1單.主格-遵循   **1單.屬格**-父親   和   **1單.屬格**-母親   **3複.屬格**-希望
    我遵循了我父親和母親的意願

3. ana   hi   Husein   laku   Kalsum   matuar-ana
    孩子   這個   Husein   和   Kalsum   **3雙.屬格**-孩子
    這個孩子是 Husein 和 Kalsum 的孩子

4. Sait   mana-ba   mana-duma   i-koʔi
    Sait   **3單.屬格**-父親   **3單.屬格**-房子   **3單.主格**-小
    Sait 的父親的房子很小

5. aʔu   aku-iŋine   au-na-anu-imi
    1單.主題   **1單.屬格**-願望   **1單.主格**-未然-吃-**2複.賓格**
    至於我，我的願望就是要吃掉你所有

6. mati   matir-ure   tau   iri-ape
    3複   **3複.屬格**-香蕉   未.尚   **3複.賓格**-成熟
    他們的香蕉尚未成熟

7. mati-tunu   iʔanu
    3複.主格-烤   魚
    他們烤魚

8. hima   Abu   na   doma
    那個   Abu   **屬格**   家
    那是阿布的房子

9. mana-rupae   na   hutua   tahi   i-na   sanaŋ

3 單.屬格-妻子   **屬格**   心   不是   **3 單.屬格**   幸福

他的妻子不高興

Taba（Bowden 2001）

1. n-pun   bobay   pake   sandal

3 單-殺死   蚊子   使用   皮鞭

他用皮鞭／拖鞋殺死了蚊子

2. n-han   n-hait   te-su

3 單-去   **3 單**-上升   否定-可能

她／他尚未上來

3. we   ha-lu   da   e   de   yak   k-on

芒果   **類**-二   **遠距**   **焦名組**   **結果**   **1 單**   **1 單**-吃

第二個芒果是給我吃的

4. k-yat   coat   lu   ak-le   tapin   li

1 單-帶   **類**.捆   兩個   **向格**-地   廚房   **處所格**

我帶著兩捆（木柴）到廚房

5. ŋan   i-so   yak   k-wom   nak

天   **量詞**-一   **1 單**   **1 單**-來   再

有一天，我會回來

6. k-tala   yan   banden   nyoa   beit-utin   co

   1 單-遇見   魚類   虱目魚   幾乎   **量詞**-百   一

   我抓了差不多一百隻虱目魚

7. polo Taba   ne   mdudi   cilaka

   如果 Makian   **近**   沉沒   災難

   如果 Makian 島那時沉沒，那會是一場災難

8. n-yol   calana   de   n-ha-totas（> natotas）

   3 單-拿   褲子   **de**   **3 單·使動**-洗

   她拿了褲子並將它們洗了

9. yak   k-goras-o（> kgorco）   kapaya   ni   kowo   bbuk

   1 單   **1 單**-刮-**施用**   木瓜   **3 單.所有格** 種子   書

   我正在把木瓜種子刮到書上

2.4.9　新幾內亞（New Guinea）和其衛星島嶼的南島語

　　新幾內亞是世界上第二大島嶼，土地面積約為 821,000 平方公里，印尼共和國和巴布亞新幾內亞大致各占一半。在十九世紀，該島的西半部成為荷屬東印度群島的一部分，而東半部則分為德國新幾內亞和英屬殖民地巴布亞。當印尼在 1949 年獲得獨立時，荷蘭新幾內亞仍然是荷屬東印度群島的最後一個殖民據點，直到它於 1963 年以「伊里安」（Irian）的名義併入印尼共和國，這個名字在印尼被普遍認為是「Ikut Republic Indonesia Anti-Netherland」的縮寫（跟隨印尼共和國對抗荷蘭），後來增為「伊里安查亞」（Irian Jaya）（大伊

里安 Great Irian）。由於巴布亞民族主義者的壓力，早先的伊里安查亞最近更名為「巴布亞」。為避免混淆「巴布亞」這個詞兩個不同的用法—第一個指的是二十世紀早期島嶼的東南部，第二個近來的用法指的是它的西半部—這裡採用較為人熟悉的名字「伊里安查亞」（或者只是「伊里安」）。新幾內亞的形狀有時被比為天堂鳥，頭部朝向西北，尾部位於東南方向，因此該島的西部末端稱為「鳥頭」（荷蘭語：Vogelkop）。由於位於赤道以南，新幾內亞主要是熱帶氣候。然而，也有非常多的山，因此有一系列與海拔高度相關的氣候，甚至在伊里安內部海拔 4,884 米處有一個小型的永久性冰川（Puncak Jaya）。

放射性碳日期顯示新幾內亞至少在 4 萬年前就已有人定居，現在已經確定在東部高地的園藝開發距今約 6,500-7,000 年前，並且在南島語族於西元前兩千到前一千年到達沿海地區時已廣泛存在（Golson 2005）。雖然新幾內亞高地居住人口與沿海人口的體型有差異，但新幾內亞沿海地區的南島語者和巴布亞人由於數千年接觸的結果，體型變得通常難以區分。相比於菲律賓為數不多的狩獵-採集族群 [1] 在語言上被前來的南島人同化、在基因上直到近年來才有所改變，園藝「巴布亞」人保有自己的基因，至少有一部分原因是因為他們人口眾多。因此，新幾內亞的許多南島語語者在身體類型和文化方面都呈現顯著的接觸影響。

新幾內亞擁有大約 750 種語言，面積大約是法國的 1.5 倍。其中絕大多數語言被歸類為「巴布亞」（Papuan），這個術語似乎涵蓋了許多不同的語系。南島語言主要侷限於大陸沿海地區和較小的沿海島嶼。南島語言進入新幾內亞的內陸地區最重要的起始點，是在

島嶼東北海岸的廣闊的馬克姆（Markham）山谷中，由於平坦且逐漸上升的地形，進入更高的海拔相對較為容易。到達新幾內亞就代表離開了東南亞島嶼，進入美拉尼西亞的島嶼世界。儘管術語「美拉尼西亞」的定義相當明確，但形容詞「美拉尼西亞的」並非如此，因為它可以指的是美拉尼西亞（並非形成一個分群）的南島語言，或者是指皮膚相對較黑、頭髮捲曲、含南島語者和非南島語者的沿海人群。更增加潛在混淆的是，不說南島語言的「美拉尼西亞人」據說講的是巴布亞語言，但就體型而言，「巴布亞」一詞通常保留給內陸（或內陸取向）的人群。Lewis（2009）列出了新幾內亞島及其直接衛星島嶼（不包括俾斯麥群島）的 120 種南島語言。

簡要的研究歷史

雖然島上幾乎所有地區現在都與外界保持聯繫，但新幾內亞一直是西方科學探索的最後邊境之一。長久以來一直定居在東部高地部分地區的大量人口，直到 20 世紀 30 年代才被西方人發現，並且由於語言的數量和許多語言族群的規模很小，該地區的語言研究落後於許多其他地區。在二十世紀的最初幾十年中，有一些關於當時德屬新幾內亞的南島語言的一些描述性和比較性研究出版，最著名的 是 Schmidt（1900-1901），Dempwolff（1905, 1939） 和 Friederici（1912-1913）。在當時的英屬新幾內亞，第一個描述南島語言的重要貢獻是 Lister-Turner & Clark（1930）的 Motu 語法和詞典。Capell（1943, 1971）廣泛調查新幾內亞南島語言，是首次從歷史和類型學角度的嘗試。Lichtenberk（1983）的 Manam 語法以及 Ross（1988）具有里程碑意義的比較研究，使得這些語言的學術工作質量達到了

一個全新的水平。在荷蘭殖民時期，對伊里安（Irian）的南島語言的研究很少，最值得注意的例外是 Anceaux（1961）的調查。然而，即使有這些學術貢獻，新幾內亞的任何南島語言很少有語法或詞典。

語言分佈

　　表 2.11 列出新幾內亞及其直接衛星島嶼的 10 種最大和 10 種最小的南島語言，不包括俾斯麥群島（M-C = 馬來-占語群（Malayo-Chamic），NNG = 北新幾內亞群（North New Guinea Cluster），PT = 巴布亞島尖群（Papuan Tip Cluster），SHWNG = 南哈馬黑拉-西新幾內亞群（South Halmahera-West New Guinea），MC = 麥克羅尼西亞；此表和第 2 章後續其他表中的所有分群，除了南哈馬黑拉-西新幾內亞群之外，都是大洋洲語言的分群）：

表 2.11　新幾內亞 10 種最大和 10 種最小的南島語言

編號	語言	分群	語者數目
1.	巴布亞馬來語	（M-C）	500,000（?）
2.	大溪地語	NNG	40,000（?）
3.	莫度語	PT	39,000（2008）
4.	Numfor/Biak 語	SHWNG	30,000（2000）
5.	Adzera 語	NNG	28,900（2000）
6a.	Tawala 語	PT	20,000（2000）
6b.	Kilivila 語	PT	20,000（2000）
7.	Keapara 語	PT	19,400（2000）
8.	Mekeo 語	PT	19,000（2003）
9a	Sinaugoro 語	PT	18,000（2000）
9b.	Misima-Paneati 語	PT	18,000（2002）

1.	Mindiri 語	NNG	80（2000）
2a.	Iresim 語	SHWNG	70（2000）
2b.	Vehes 語	NNG	70（2000）
3.	Kayupulau 語	NNG	50（2000）
4.	Gweda/Garuwahi 語	PT	26（2001）
5.	Liki 語	NNG	11（2005）
6.	Masimasi 語	NNG	10（2005）
7.	Dusner 語	SHWNG	6（1978）
8.	Tandia 語	SHWNG	2（1991）
9.	Mapia 語	MC	1（？）

地圖 **2.10** 　新幾內亞及其衛星島嶼十個最大的南島語言

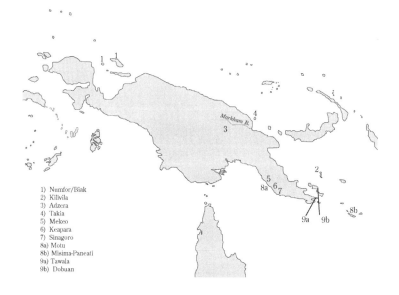

1) Numfor/Biak
2) Kilivila
3) Adzera
4) Takia
5) Mekeo
6) Keapara
7) Sinagoro
8a) Motu
8b) Misima-Paneati
9a) Tawala
9b) Dobuan

Lewis（2009）指出，1989 年在巴布亞新幾內亞有 120,000 名 Hiri Motu 的語者（前身稱為 Police Motu 語，而不是原來的 Hiri Motu 語），但幾乎所有人都是第二語言習得者。然而，除了 Hiri Motu 語之外，新幾內亞最大的南島語言似乎是 Biak 語（有時被稱為 Numfor-Biak，來自伊里安的極樂鳥灣（Cenderawasih Bay）同名島嶼上的兩種主要方言）。Biak 語者傳統上控制著極樂鳥灣大島嶼區域的當地貿易網絡，因此在鳥頭半島（Bird's Head Penisula）這一區，Biak 是許多世代以來當地的通用語言。新幾內亞其他四種主要的南島語言（Mekeo 語、Keapara 語、Sinaugoro 語、莫度語）在新幾內亞東南部的巴布亞中部區域使用。新幾內亞最瀕危的南島語言在地理分布並未偏於某一區域。其中兩個（Bina 語和 Yoba 語）屬於新幾內亞東南部的同一分群，但其他的語言分佈在鳥頭（Anus 語、Dusner 語）到巴布亞新幾內亞的北海岸（Terebu 語、Wab 語、Vehes 語、Mindiri 語），有一個語言（Mapia 語）位於鳥頭半島以北約 180 公里的一個小島上，是 Chuukic 方言鏈的最西端的一員。

類型概述

新幾內亞的南島語言有三種類型特徵較為突出。首先，儘管一些南哈馬黑拉-西新幾內亞（South Halmahera-West New Guinea）的語言保留了詞尾輔音，但新幾內亞的幾乎所有大洋洲語言都只允許 CV 開音節。第二，包括至少 Mor 語在內的幾種在鳥頭極樂鳥灣同名小島上的語言，以及在遙遠的休恩（Huon）半島東部的 Yabem 語和 Bukawa 語，詞彙有音高的區別。第三，也許是最引人注目的是，新幾內亞的南島語言主要句子成分的順序在類型上分為兩類：

SVO 和 SOV。動詞居尾的語言僅限於新幾內亞東部的北部和南部海岸，以及布干維爾島（Bougainville）東部的一個小區域。與世界其他地方一樣，動詞居尾的類型暗示了各種其他結構屬性，最受人注目的是後置詞的使用。新幾內亞南島語言獨特的 SOV 類型幾乎確定是通過語言接觸產生的，因為幾乎所有的巴布亞語言都是動詞在句尾。以下來自 Numbami 語（休恩半島）和 Motu 語（巴布亞海灣東部）的句子說明了 SVO 和 SOV 類型：

Numbami（Bradshaw 1982）

1. ti-lapa　　　bola　　uni
    3 複-打　　豬　　　死
    他們殺死了豬

2. i-tala　　　　ai　　　tomu
    3 單-砍　　樹　　　倒
    他砍倒了樹

3. ti-ki　　　　biŋa　　　de　　　lawa　　manu　　ai-ndi
    3 複-送　　訊息　　　給　　　人　　　**疑關**　　**3 複-屬格.複數**
    waŋga　　　i-tatala　　na
    獨木舟　　　**3 單**-沉　　關係詞
    他們向那些船沉沒的人發了一封信

4. ma-ki　　　bani　manu　ma-yaki　　　na　　　su　ulaŋa
    1 複.排除-放　食物　**疑關**　**1 複.排除**-削　**關係詞**　入　鍋
    我們把我們削好的食物放入鍋裡

5.
manu	bembena-ma	i-ma	teteu	na,	i-loŋon-I
當	第一次-**副**	**3 單**-來	村莊	**關係詞**	**3 單**-聽-**及物**

biŋa	numbami	kote
講	Numbami	**否定**

當他第一次來到這個村莊時，他不懂 Numbami 語

6.
iŋgo	ta-tala	kundu	tomu	na,	a
從屬（「說」）	**1 複.in**- 砍	鐵樹	倒	**關係詞**	也許

kole	lua	mo	toil	i-na-wasa	i-na-tala	tomu
人	二	或	三	**3 複-未實現**-去	**3 複-未實現**-砍	倒

當我們砍倒鐵樹時，也許兩三個人會砍掉它

Motu（Lister-Turner & Clark 1930）

1.
Hanuabada	amo	na-ma
Hanuabada	從	**1 單**-來

我來自 Hanuabada

2.
lau	na	tau,	ia	be	hahine
1 單.主格	冠	人	**3 單.主格**	冠	女人

（**na** = 較為有定, **be** = 較為無定）

我是男人，她是女人

3.
asi	gini	diba-gu
否定	知道	站-**1 單.所有格**

我無法站

4. sisia   ese   boroma   e   kori-a

狗　　**指示**　　豬　　　　**3 單**　　咬-它

這狗咬了這豬

5. hahine   ese   natu-na   e   ubu-dia

女人　　**指示**　　孩子-**3 單.所有格**　　**3 單**　　餵-**3 複.賓格**

這個女人餵她的孩子

6. mahuta-gu   ai   natu-gu   e   mase

睡-**1 單.所有格**　　當　　孩子-**1 單.所有格**　　**3 單**　　死

當我睡覺時，我的孩子死了

7. boroma   e   ala-ia   tau-na   na   vada   e-m

豬　　　**3 單**　　殺-它　　男人-那　　**指示**　　**完成**　　**3 單**-來

殺了豬的那個男人來了

8. tua   ese   au-na   imea   bogaragi-na-i   vada   e   hado

人　　**指示**　　樹-這　　園子　　中間-它的-內　　**完成**　　**3 單**　　種

那個男人在園子的中間種了樹

2.4.10 俾斯麥群島（Bismarck Archipelago）的南島語言

　　俾斯麥群島包含相對而言較大的新不列顛島（New Britain）（37,800 平方公里）、較小的新愛爾蘭（New Ireland）島嶼、海軍部群島（Admiralty Islands）（其中馬努斯 Manus 是最大的島嶼），以及一些較小的島嶼群，如法國群島（French Islands）、新漢諾威島

（New Hanover）和聖馬蒂亞斯（St. Matthias）群島。它的名字源於十九世紀的殖民時代，當時它是德國新幾內亞的一部分。這些島嶼由火山形成，這個區域內，新不列顛島的塔拉西（Talasea）半島和海軍部群島的婁島（Lou），是黑曜石主要的兩個來源，這些黑曜石被廣泛用於石器工具的交易（馬努斯島許多語言中的「黑曜石」一詞反映了婁語（Lou）中的石頭 *patu i low）。Lewis（2009）列出了俾斯麥群島 63 種南島語言。

簡要的研究歷史

關於俾斯麥群島語言的大部分描述性和比較性材料都出現在過去三十年中。整個地區的一些比較語料可見於 Ross（1988），聚焦於新不列顛或新愛爾蘭的調查研究包括 Johnston（1980）、Thurston（1987）和 Ross（1996d）。儘管該區域近來取得了進展，已研究的語言仍然顯得零星。Hamel（1994）是海軍部群島語言中唯一完整的語法著作，新愛爾蘭和新不列顛的語言中，少數幾個有非常短且概略性的語法。關於詞典編纂，新不列顛的 Lakalai 有一部有實質內容的手稿詞典，但迄今為止整個地區的語言唯一出版的詞典是簡短且粗略的 Tanga 語-英語詞典（Bell 1977），代表的語言是與新愛爾蘭東海岸平行的小島嶼的其中一個。

語言分佈

表 2.12 列出了俾斯麥群島的十種最大和十種最小的南島語言（MM = 美索-美拉尼西亞語群（Meso-Melanesian），NNG = 北新幾內亞語群（North New Guinea），ADM = 海軍部群島語群（Admiralties Family），SM = 聖馬蒂亞斯語群（St. Matthias Family）：

表 2.12 俾斯麥群島的十種最大和十種最小的語言

編號	語言	分群	語者數目
1.	Tolai/Kuanua 語	MM	61,000（1991）
2.	Bola 語	MM	13,700（2000）
3.	Nakanai/Lakalai 語	MM	13,000（1981）
4.	Lihir 語	MM	12,600（2000）
5.	Lavongai/Tungag 語	MM	12,000（1990）
6.	Duke of York/Ramoaaina 語	MM	10,300（2000）
7.	Bali/Uneapa 語	MM	10,000（1998）
8.	Vitu/Muduapa 語	MM	8,800（1991）
9.	Mengen 語	NNG	8,400（1982）
10.	Patpatar 語	MM	7,000（1998）

1.	Lenkau 語	ADM	250（1982）
2.	Elu 語	ADM	220（1983）
3a.	Amara 語	NNG	200（1998）
3b.	Gasmata 語	NNG	200（1981）
3c.	Mokerang 語	ADM	200（1981）
4.	Label 語	MM	144（1979）
5.	Nauna 語	ADM	100（2000）
6.	Likum 語	ADM	80（2000）
7.	Tenis 語	SM	30（2000）
8.	Guramalum 語	NNG	3（1987）

地圖 2.11　俾斯麥群島十個最大的南島語言

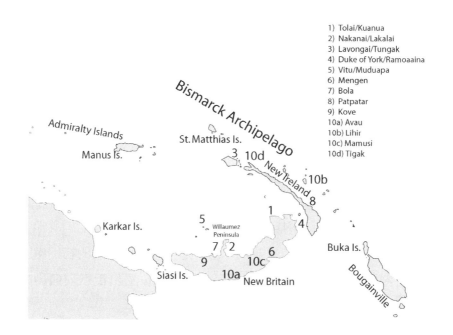

1) Tolai/Kuanua
2) Nakanai/Lakalai
3) Lavongai/Tungak
4) Duke of York/Ramoaaina
5) Vitu/Muduapa
6) Mengen
7) Bola
8) Patpatar
9) Kove
10a) Avau
10b) Lihir
10c) Mamusi
10d) Tigak

　　俾斯麥群島最大的南島語言是 Tolai 語（也稱為 Kuanua，或 Tuna），是新不列顛島東北端附近的 Rabaul 港區的語言。至少一部分因為地理位置，Tolai 語長期以來，一直是該地區重要的通用語言，並且是 Tok Pisin 語主要的詞彙來源（Mosel 1980）。鄰近的約克公爵島（Duke of York Island）的語言是其近親。最小的南島語言在地理位置上沒有特別集中；五個（Mondropolon 語、Lenkau 語、Mokerang 語、Nauna 語、Likum 語）在海軍部群島、三個（Amara 語、Gasmata 語、Getmata 語）在新不列顛島、一個（Label 語）在新愛爾蘭島被發現、另一個（Tenis）在新愛爾蘭島北部的聖馬蒂亞斯群島（St Matthias Archipelago）的一個孤島上。

類型概述

俾斯麥群島的南島語言非常多樣化，因此以類型學來概括有難度。海軍部群島東部的所有語言不僅丟失了原本的詞尾輔音、還失去了輔音之前的元音，因此許多當代單詞允許詞尾輔音。馬努斯島的一些語言有雙唇和齒齦部位的帶音的（voiced）前鼻化顫音。雖然齒齦顫音在斐濟語等語言中眾所周知的，但是雙唇顫音很罕見，對於一般語音學理論而言是相當有趣的議題（Ladefoged & Maddieson 1996: 129 頁起）。此外，Hajek（1995）特別提到新愛爾蘭島三種語言有詞彙對比音高，不知為何二十多年來被忽視且幾乎被遺忘了。

俾斯麥群島的所有南島語言都是 SVO。與美拉尼西亞的其他部分地區一樣，連動結構相當普遍，也許是在該地區定居的初期與巴布亞語言接觸的結果。馬努斯島東部的 Loniu 語和新不列顛島的 Kaliai-Kove 語可以用來說明：

Loniu（Hamel 1994）

1. iy   amat   itiyɛn   iy   amat   a   kaw
   3 單   男人   **指示**   **3 單**   男人   **所有格**   巫術
   那個男人是巫師

2. wɔw   a-la   tah   ɛ   wɔw   ɛ-li   yaw
   2 單   **2 單**-走   **處所格**   或   **2 單**   **2 單-完成**   走
   你在那裡，還是你走了？

3. sɛh   amat   masih   sɛh   musih   epwe
   3 複   男人   都   **3 複**   一樣   只
   所有男人都一樣

4. mwat itɔ yɛni lɛŋɛʔi ñanɛ suʔu
   蛇　　**3 單.靜**　吃　　像　　母親　　**3 雙**

   蛇會像它們母親一樣吃

5. hɔmɔw pasa ŋaʔa-n pwe
   某人　　知道　　名字-**3 單**　**否定**

   沒有人知道她的名字

6. he tɔ takɛni pat
   誰　　**連續**　扔　　石頭

   誰扔石頭？

7. pɛti cah iy i-tɛŋ cɛlɛwan
   為　　什麼　**3 單**　**3 單**-哭　　多

   為什麼她哭這麼厲害？

8. an macɛhɛ ta ɛtɛ wɔw
   水　　如何.多　**處所格**　**有生目標**　**2 單**

   你有多少水？

Kaliai-Kove（Counts 1969）

1. tanta ti-watai
   男人　　**3 複**-知道

   這些男人知道

2. i-kinani   tamine   ɣa   ti-la

3 單-允許   女人   而且   **3 複**-去

他讓女人們去

3. u-ndumu-ɣao   mao

2 單-說謊-**1 單**   **否定**

別騙我

4. i-sasio-ri   ɣa   mamara

3 單-送-**3 複**   而且   遠

他把他們送到很遠的地方

5. ta-ɣali   iha   salai

1 複.包括-矛   魚   多

我們釣了很多魚

6. ŋa-ani   moi   salai   tao

1 單-吃   芋頭   多   很

我吃了很多芋頭

7. waɣa   ɣane   sei   e-le

獨木舟   這裡   誰   **3 單-所有格**

這是誰的獨木舟？

8. ti-moro   pa-ni   ɣaβu   aisali

3 複-住   上-它   ɣavu   坡

他們住在 Gavu（一座山）的山坡上

9.　tanta　i-naɣe　　tuaŋa　ai-tama

　　人　　**3 單**-是　村子　它的-父親

　　這個人是「村子的父親」（大人物）

2.4.11　索羅門群島（Solomon）和
　　　　聖克魯斯群島（Santa Cruz）的南島語言

　　索羅門群島鏈從 Nehan（或 Nissan）環礁向西北-東南延伸到 Santa Ana 小島。在政治上，它分為控制布卡（Buka）島、布干維爾島（Bougainville）、和其北部和西部較小島嶼的巴布亞新幾內亞，以及控制其餘部分的索羅門群島。雖然比新不列顛島來得小，但是按照太平洋上島嶼的標準，索羅門群島的大多數島嶼都很大，並且有「海上人」與「山地人」的對比。Lewis（2009）列出了索羅門群島的 74 種語言，其中 5 種已經滅絕。然而，其中 14 個不是南島語言，與計算土著南島語言無關。索羅門群島鏈中的另外 14 種南島語言是巴布亞新幾內亞的一部分，因此索羅門群島鏈中現存的南島語言總數達到 69 個。

簡要的研究歷史

　　索羅門群島被納入 Codrington（1885）和 Ray（1926）的早期調查中，並由 Tryon & Hackman（1983）進行了詳盡的調查，他們為 111 個語言社群提供了 324 個單詞的詞彙。因此，大多數索羅門群島語言都有關於音位庫、常用詞彙、和歷史變化的基本資訊。二十世紀初期，澳洲學者 W.G. Ivens 以及在索羅門群島東南部工作的傳教士 C.E. Fox 開始進行更為深入的研究。若是計入最近的研究，現

在可能共有十幾種該區域語言的詞典。這些詞典多為索羅門群島東南部語言（'Āre'āre 語、Arosi 語、Bugotu 語、Nggela 語、Kwaio 語、Lau 語、Sa'a 語）以及不在波里尼西亞三角區內的波里尼西亞語言（Polynesian Outliers）（Rennell-Bellona 語、Tikopia 語、Anuta 語、Pileni 語）。到目前為止，儘管有好一些較短的已發表的語法簡介，完整的索羅門群島語言的語法不超過三個或四個。晚近一些重要貢獻包括 White, Kokhonigita & Pulomana（1988）研究 Cheke Holo 語，Corston（1996）研究 Roviana 語，Davis（2003）的 Hoava 語，以及 Palmer（2009）關於 Kokota 語的作品。

語言分佈

表 2.13 列出索羅門島鏈的十種最大和十種最小的南島語言（SES = 東南索羅門語群（Southeast Solomonic），MM = 美索-美拉尼西亞語群（Meso-Melanesian），PN =波里尼西亞語群，UV = Utupua-Vanikoro）：

表 **2.13** 索羅門群島和聖克魯斯群島十個最大和十個最小的語言

編號	語言	分群	語者數目
1.	Kwara'ae 語	SES	32,433（1999）
2.	Halia 語	MM	20,000（1994）
3.	'Āre'āre 語	SES	17,800（1999）
4.	Lau 語	SES	16,937（1999）
5.	Lengo 語	SES	13,752（1999）
6.	Kwaio 語	SES	13,249（1999）
7.	Toqabaqita 語	SES	12,572（1999）
8.	Talise 語	SES	12,525（1999）

編號	語言	分群	語者數目
9.	Ghari 語	SES	12,119（1999）
10.	Nggela 語	SES	11,876（1999）

編號	語言	分群	語者數目
1.	Anuta 語	PN	267（1999）
2.	Nanggu 語	?	210（1999）
3.	Ririo 語	MM	79（1999）
4.	Oroha 語	SES	38（1999）
5a.	Laghu 語	MM	15（1999）
5b.	Tanimbili 語	UV	15（1999）
6a.	Zazao/Kilokaka 語	MM	10（1999）
6b.	Asumboa 語	UV	10（1999）
7.	Vano 語	UV	5（2007）
8.	Tanema 語	UV	4（2007）

地圖 2.12　索羅門群島十個最大的南島語言

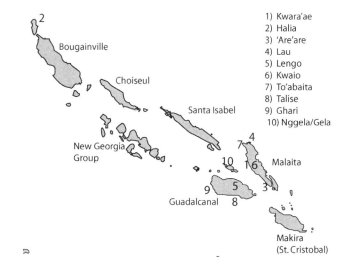

1) Kwara'ae
2) Halia
3) 'Are'are
4) Lau
5) Lengo
6) Kwaio
7) To'abaita
8) Talise
9) Ghari
10) Nggela/Gela

索羅門群島鏈中最大的語言主要集中在東南部（Halia 除外）。最瀕危的語言分佈較為廣泛，包括兩個波里尼西亞三角區外圍語言（Polynesian Outliers）（Nuguria 語以及 Nukumanu 語）、南部聖克魯斯群島（Santa Cruz）的四種語言（Tanema 語、Tanimbili 語、Vanikoro 語、Asumboa 語）、以及索羅門群島西部和東南部的其他語言。

類型概述

索羅門群島的南島語言具有在美拉尼西亞語言廣泛存在的一些語音特徵，例如濁塞音均為前鼻化、或者有軟顎唇輔音，但是這些並非它們所特有。像許多其他大洋洲語言一樣，它們傾向於詞尾位置只允許開音節，無論是經由丟失詞尾輔音或者增加迴響元音（echo vowels）。布干維爾島（Bougainville）的兩種南島語言（Torau 語和 Uruava 語）是 SOV（主詞-受詞-動詞），幾乎可以確定是由於與鄰近較大的巴布亞南島語言 Nasioi 接觸的結果，而新喬治亞群島（New Georgia Archipelago）的一些南島語言，至少在某些句式中，謂詞出現在起始位置，但在索羅門群島的其他地方幾乎所有語言都是 SVO。索羅門群島西部、與索羅門群島的中部和東南部語言分屬不同類型，這個分野源自於古語（Ross 1988），下面分別提供這兩區域的語句：

Roviana（Todd 1978；已加入在原版中找不到的詞素邊界和一些詞素意義）

1. vineki   ziŋa-ziŋara-na   si   asa
    女孩   紅-帶紅色的-**修飾**   **聯繫**   **3 單**
    她是一個淺膚色的女孩

2. maɲini hola sari na rane ba veluvelu si ibu
    熱　　　很　　**複數**　**冠**　白天　但　傍晚　　　**聯繫**　涼爽

白天很熱，但傍晚很涼爽

3. mami　　　　　　vetu-raro　si　pa　mudi-na　　　sa
    1複.排除.所有格　煮-房子　**聯繫**　在　後面-**修飾**　**冠**

    mami　　　　　　vetu
    1複.排除.所有格　房子

我們的廚房在我們的房子後面

4. lopu　　tabar-i-go　　rau
    否定　　付錢-**賓標**-2 單　1 單

我不會付錢給你

5. kote　oki　atu-n-i-a　　　　rau　sa　bolo　koa　goi
    將　　丟　　離開 **-n- 賓標**-它　我　**冠**　球　　向　　你

我會把球丟給你

6. hiva　lau　si　rau　sapu　niu　sa　vaka
    感覺　生病　**聯繫**　我　當　搖　**冠**　船

當船在搖時我感覺不舒服

7. heki-n-i-a　　　　sa　tama-na　　　　　pude　lopu
    禁止 **-n- 賓標**-它　**冠**　父親-**3 單.所有格**　所以.那　**否定**

    haba-i-a　　　　sa　tie　sana
    嫁-**賓標**-他　**冠**　男人　那

她的父親禁止她嫁給那個男人

8. 　pana　　　ruku　　sa　　kaqu　　koa　　pa　　korapa-na

假如／當　下雨　　它　**未來**　留　　在　　裡面-**修飾**

　　si　　　gita

聯繫　　**1 複.包括**

如果下雨，我們將留在裡面

Toqabaqita（Lichtenberk 1984）

1. 　nia　　ʔe　　θauŋani-a　　sui　　naʔa　　luma　　nia

3 單　**3 單**　做-**3 賓標**　**完結**　**完成**　房子　**3 單**

他已經蓋好了他的房子

2. 　wane　　baa　　ki　　kera　　taa-tari-a　　boθo　　baa

男人　　那　**複數**　**3 複**　**重疊**-追-**3 賓標**　豬　　那

男人們一直追著那隻豬

3. 　kini　　ʔe　　ŋali-a　　　mai　　raboʔe　faŋa

女人　　**3 單**　帶-**3 賓標**　至此　碗　　食物

女人帶來一碗食物

4. 　oli　　　na-mu　　　nena

去.回　**完成-2 單**　現在

你現在回去嗎？

5. 　θaʔaro　ʔe　　lofo　kali-a　　　fafo-na　　　　ŋa

鳥　　　**3 單**　飛　圍繞-**3 賓標**　之上-**3 單.所有格**　冠

luma　　lakoo　ki

房子　　那　　**複**

鳥在那裡那些房子的上面飛成了一圈

6.　ku　　uʔunu　　ʔi　　sa-na　　　　wela

1 單　告訴.故事　　向　　**終點-3 單.所有格**　孩子

我告訴孩子一個故事

7.　niu　　neʔe　ki　　na　　ku　　　ŋali-a　　mai

椰子　　這　　**複**　**焦點**　**1 單.達成**　帶-3 實標　至此

我帶來了這些椰子

8.　ŋali-a　　mai　　ta　　si　　ʔoko　fasia　kuka

帶-**3 實標**　至此　一些　**類**　繩子　**目的**　**複.包括.依序**

kani-a　　ʔana　　boθo　　neʔe

綁-**3 實標**　**結果.pro**　豬　　這

帶一根繩子，這樣我們就可以用它綁這隻豬了

2.4.12　萬那杜（Vanuatu）的語言

　　萬那杜由北到南從托雷斯（Torres）和班克斯（Banks）群島延伸到 Anejom 島（舊文獻中的「Aneityum」）。它在北部是一個雙鏈，但從 Efate 島開始，島嶼向南延伸就像一條線上的踏腳石一樣。萬那杜比索羅門島鏈來得短，軸線更接近南北向，其島嶼比索羅門群島的島嶼小得多。Lewis（2009）列出了萬那杜的 110 種語言，其中一

種已經滅絕。由於這數字包括法語、英語和 Bislama 語，因此南島語言的總數為 107 個。

簡要的研究歷史

　　儘管班克斯群島的莫塔（Mota）島的語言在十九世紀晚期被描述過（Codrington & Palmer 1896），但直到 1970 年代中期之前對於萬那杜的大多數語言知之甚少。1976 年，澳洲語言學者 D.T. Tryon 發表了對萬那杜（當時的新赫布里底群島（New Hebrides））的語言調查，其中包括 179 個語言社群的 292 項比較詞彙。這項研究為這些語言的比較研究奠定了基礎，在那之前這些語言大都被忽視。自 1970 年代中期以來，萬那杜語言的學術研究節奏加快了。這在很大程度上要歸功於澳洲語言學者 John Lynch 和 Terry Crowley 的努力，目前有 Lenakel 語（Lynch 1978a）、Sye 語（Crowley 1998）、Ura 語（Crowley 1999）和 Anejom 語（Lynch 2000）的語法，以及 Lenakel 語（Lynch 1977a）和 Kwamera 語（Lindstrom 1986）的詞典。此外，Lynch（2001）全面介紹了萬那杜南部語言的歷史發展。萬那杜南部的語言在四分之一世紀以前是太平洋地區描述得最不足的語言，由於這些出版品，現在已成為記載最詳盡的語言。過去三十年中，有關於萬那杜中部和北部語言的主要出版物包括 Nguna 語的文本和簡短語法（Schütz1969a, 1969b），一本關於東南 Ambrym 語的簡短詞典（Parker 1970），一本關於 Ambrym 島上 Lonwolwol 語的簡短語法和詞典（Paton 1971, 1973），Sakao 語北方方言的簡短語法（Guy 1974），Big Nambas 語的簡短語法（Fox 1979）、萬那杜中部 Paamese 語的語法和詞典（Crowley 1982, 1992），非常詳細的東北 Ambae 語的語法（Hyslop 2001），一個 Araki 語的語法和短詞典（François

2002），一個關於 Mwotlap / Motlav 語動詞語義非常詳細的描述（François 2003a, b），Thieberger（2006）所撰寫的一個技術上具開創性的 South Efate 語法、含所有主要語料音檔的隨附光碟，以及 Guérin（2011）的 Mafea 語法。此外，在 Terry Crowley 突然過早去世之後，有了馬拉庫拉島（Malakula）四種語言的語法，是由 John Lynch 於其過世後編輯（Crowley 2006a, 2006b, 2006c, 2006d）。另外還有幾篇尚未發表的博士論文，這些研究顯示萬那杜不再像以前一樣被語言學研究忽視。這個地區的語言學術研究的速度不僅加快了，而且最近的出版物比 1970 年代的作品篇幅更長、質量更高。儘管如此，很明顯還有很多工作要做，鑑於倖存的語言社群規模很小、以及該地區社會和語言變化的速度，時間至關重要。

語言分佈

　　Lynch & Crowley（2001: 17-19）提供了萬那杜語言的完整列表，其中包括估計的語者人數。表 2.14 列出了文中十種最大的語言。十種最小的語言較難確定，因為有 18 個語言的語者數量被標記為「少數」或「少數?」。基於這個原因，表 2.14 列出了給出實際數字的十種最小的語言，而那些似乎瀕臨滅絕的語言（或者可能滅絕、但不一定已滅絕）在表格後面單獨列出。來自 Alexandre François 的個人通訊提供了有關於萬那杜北部的其他資訊。SM = 南美拉尼西亞語群（Southern Melanesian Family），SNE = Shepherds-North Efate，MC = 馬拉庫拉沿海群（Malakula Coastal），AM = Ambae-Maewo Family，PNT = Pentecost，AP = Ambrym-Paama，SE = South Efate，SWS =西南桑托語群（Southwest Santo），WS =西桑托語群（West Santo），MI = 馬拉庫拉內陸群（Malakula Interior），EP = 埃皮島（Epi），T-B

= Torres-Banks：[14]

表 2.14　萬那杜十種最大和十種最小的語言

編號	語言	分群	語者數目
1.	Lenakel 語	SM	11,500（2001）
2.	北 Efate/Nguna 語	SNE	9,500（2001）
3.	東北馬拉庫拉語	MC	9,000（2001）
4.	West Ambae/Duidui 語	AM	8,700（2001）
5.	Apma 語	PNT	7,800（2001）
6.	Whitesands 語	SM	7,500（2001）
7.	Raga 語	AM	6,500（2001）
8a.	Paamese 語	AP	6,000（1996）
8b.	南 Efate 語	SE	6,000（2001）
9.	北 Ambrym 語	AM	5,250（2001）

1a.	Tambotalo 語	WS	50（1981）
1b.	Dixon Reef 語	MI	50（1982）
2.	Bieria 語	EP	25（2001）
3a.	Litzlitz 語	MI	15（2001）
3b.	Maragus/Tape 語	MI	15（2001）
4.	Mwesen 語	T-B	10（2012）
5.	Ura 語	SM	6（1998）
6a.	Araki 語	SWS	5（2012）
6b.	Nasarian 語	MI	5（2001）

---

14 參看 Francois（2012）關於 Mwesen 語、Araki 語、Olrat 語和 Lemerig 語的僅存語者人數。

| 7. | Olrat 語 | T-B | 4（2012） |
| 8. | Lemerig 語 | T-B | 1（2012） |

　　剩下「極少數」語者的瀕危語言包括馬拉庫拉島的 12 個其他語言（Aveteian 語、Bangsa 語、Matanvat 語、Mbwenelang 語、Naman 語、Nahati /Nāti 語、Navwien 語、Nivat, 語、Niviar 語、Sörsörian 語、Surua Hole 語、Umbrul 語），兩個在埃皮（Epi）島（Iakanaga 語、Ianigi 語），一個在 Ambrym 島（Orkon 語）。

地圖 **2.13**　萬那杜十個最大的語言

1) Raga/Hano
2) Lenakel
3) Paama
4) NE Malakula
5) East Ambae
6) West Ambae
7) Apma
8) South Efate/Erakor
9) Whitesands
10) North Efate

或許萬那杜語言最引人注目的是它們的人口數非常少。2005 年 7 月，萬那杜人口為 205,754 人，平均每個語言人數為 1,923 人。這人口數遠低於巴布亞新幾內亞（2005 年 7 月人口 5,545,268 人，750 種土著語言＝每種語言約有 7,394 人）或索羅門群島（人口 538,032 人，84 個本土南島和非南島語言＝每種語言 6,405 人）。按照世界標準、或甚至太平洋島嶼標準，萬那杜沒有大型語言。2001 年，Lenakel 語（Tanna 島）有 11,500 名語者，是該國最大的語言。萬那杜最大或最小的語言在地理分布上沒有明顯地偏於某一區。

類型概述

　　萬那杜的語言因某些不尋常的語音特徵而聞名。萬那杜中部大約有 15-18 種語言有一系列的舌尖唇輔音，用舌尖接觸上唇而產生；發音方式最多包括了塞音、鼻音和擦音。在某些語言中，舌尖唇輔音僅出現在非後元音之前；在其他語言，它們似乎有對比性。萬那杜的許多語言都失去了原始大洋洲語 *-VC，導致不太典型的高頻率單音節詞。萬那杜的所有語言似乎都是 SVO，連動結構很常見。以下說明語法的句子來自北端的莫塔（Mota）島的語言和極為南方的 Anejom 語。為了印刷方便，唇軟顎鼻音寫為 m^w：

Mwotlap（François 2003b）

1. no-sot　　mino　　ne-mhay

 　冠-襯衫　　我的　　**靜**-撕破

 　我的襯衫被撕破了

2. na-mnē-k　　me-lem
　　冠-手-1 單　　完成-髒
　　我弄髒了手

3. kēy　　m-il-il　　　lawlaw　　n-ēm^w　　nonoy
　　3 複　　完成-漆.重疊　　紅　　　冠-房子　　他們的
　　他們把房子漆成紅色

4. ige　　su-su　　　me-gen　　nō-mōmō　　na-kis
　　人　　小.重疊　　指焦-吃　　冠-魚　　　　冠-領屬類別.1 單
　　孩子們吃掉了我的那份魚！

5. kēy　　ma-galeg　　n-ēm^w　　mino　　vitwag
　　3 複　　完成-建造　　冠-房子　　我的　　一
　　他們為我建了一間房子

6. ave　　na-gasel　mino?　Agōh,　nok　tēy　tō　agōh
　　哪裡　　**冠-刀　　我的　　1 指向　　1 單　握有　靜態呈　1 指向**
　　我的刀在哪裡？在這裡，我手裡拿著它！

7. nēk　　te-mtiy　　　tō　　　en,　　togtō　　　　nēk
　　2 單　　違實 1- 睡　　違實 2　　述明,　然後.違實　　2 單
　　te-mtewot　　vēste
　　可能 1- 受傷　可能 2. 否定
　　假如你已睡了，你就不會受傷了

8. kē   ta-van   me   qiyig

1 單   未來-去   外向   今天

我將今天去

Anejom（Lynch 2000）

1. is   itiyi   apan   aan   a   naworitai   iyenev

3 單.過去   否定   去   3 單   處所格   園子   昨天

她／他昨天沒去過園子

2. hal   halav   jek   era   amjeg

有些   孩子   **存在.複   3 複.不定過去時   睡覺**

有一些孩子在那裡睡覺

3. Era   ahagej   a   elpu-taketha

3 複.不定過去時   覓食.為.貝類   生主   複-女人

婦女正在尋找貝類來食用

4. era   mʷan   atge-i   pikad   alpʷas

3 複.不定過去時   完成   殺-及物   豬   大

itii   aara

指示詞.單照詞   3 複

他們殺了那頭大豬

5. is   atce-ñ   inhat   aan

3 單.過去   砸-及物   石頭   3 單

她／他把石頭砸了

6.　ek　　　　　pu　　idim　apan　añak　Vila

1單.不定過去時　**未來**　真的　去　**1單**　Vila

a　　　　intah　　noup^w an

處所格　**非定指**　時間

我真的必須去 Vila 一段時間

7.　is　　　ika　aan　is　　　pu　apam　plen　imrañ

3單.過去　說　**3單**　**3單.過去**　**未來**　來　飛機　明天

他說飛機明天會來

8.　et　　　　　amjeg　a　kuri　itac　a　niom^w

3單.不定過去時　睡　**生主**　狗　後面　**處所格**　房子

狗在房子後面睡覺

2.4.13　新喀里多尼亞（New Caledonia）和忠誠（Loyalty）群島的語言

　　新喀里多尼亞島嶼相對而言較大，面積 19,100 平方公里，位於大堡礁以東和澳洲昆士蘭海岸約 1,600 公里處。忠誠的三個主要島嶼（Uvea, Lifou, Mare）位於新喀里多尼亞以東約 160 公里處。除了主島以北的貝萊普（Belep）群島外，忠誠群島整個位於南緯 20 度以南，而新喀里多尼亞南端的松樹島（Isle of Pines）就位於南迴歸線內。Lewis（2009）指出新喀里多尼亞和忠誠群島有 40 種語言，其中兩種已滅絕。然而，這數字包括混合法語、爪哇語、越南語、Bislama 語，以及法語為基礎的克里奧語（creole）Tayo（也稱為

Caldoche 或 Kaldosh），和後殖民-波里尼西亞引進的大溪地語
（Tahitian）、East Futunan 語和 Wallisian 語。因此，本地南島語言的
數量是 34 個，其中兩種已經滅絕。

簡要的研究歷史

　　新喀里多尼亞島和忠誠群島是法國的海外領土，法國學者為該
地區的語言做出了重要貢獻。第一次對新喀里多尼亞和忠誠群島的
系統性語言調查是傳教士 Maurice Leenhardt（1946），他為 36 個語
言社群提供了 1,165 個單詞的比較詞彙，以及 240 頁的語法系統概
述。此調查的目的，是提供以前未被描述的許多語言的基本類型和
詞彙資料。接下來是 A.G. Haudricourt 撰寫的一些文章，主要關注歷
史變遷，並確定這些非常不同的語言在南島語系中的位置，以及簡
短的描述性專書（Haudricourt 1963）。近年來，很大程度上（但並非
完全）經由 Haudricourt 培訓的法國學者的努力而有了更詳細的語法
描述和語言詞典。著名的貢獻包括 Xârâcùù 語（Moyse-Faurie 1995）、
Nyelâyu 語（Ozanne-Rivierre 1998）、和 Nêlêmwa 語（Bril 2002）的
語法，Paicî 語（Rivierre 1983）、Iaai 語（Ozanne-Rivierre 1984）、
Xârâcùù 　語（Moyse-Faurie & Néchérö-Jorédié 1986）、Cèmuhî 　語
（Rivierre 1994）和 Nêlêmwa-Nixumwak 語（Bril 2000）的詞典，以
及 Rivierre（1973）和 Haudricourt & Ozanne-Rivierre（1982）的比較
研究。法國以外學者的其他貢獻包括 Nengone 語（Tryon 1967a）、
Dehu 語（Tryon 1968a）、Iaai 語（Tryon 1968b）、以及 Tinrin 語
（Tîrî）（Osumi 1995）的語法，和 Dehu 語（Tryon 1967b）、Nengone
語（Tryon & Dubois 1969）、Canala /Xârâcùù 語（Grace 1975）、和

Grand Couli 語（Grace 1976）的詞典。新喀里多尼亞和忠誠群島的語言在 1946 年之前默默無聞，在 1960 年代後期之前仍有嚴重的不足，現在由於這些貢獻，成為有相對豐富文獻的語言。

語言分佈

　　表 2.15 列出了新喀里多尼亞和忠誠群島的十種最大和十種最小的語言（PN ＝波里尼西亞，LI ＝ 忠誠群島（Loyalty Islands）群，WMP ＝西部馬來-波里尼西亞（Western Malayo-Polynesian），NNC ＝北新喀里多尼亞群（North New Caledonia Family），SNC ＝南新喀里多尼亞群（South New Caledonia Family））。

表 2.15　新喀里多尼亞和忠誠群島最大和最小的語言

編號	語言	分群	語者數目
1.	Wallisian/West Uvean 語	PN	19,376（2000）
2.	Dehu 語	LI	11,338（1996）
3.	新喀里多尼亞爪哇語	(WMP)	6,750（1987）
4.	Nengone 語	LI	6,500（2000）
5.	Paicî 語	NNC	5,498（1996）
6.	Iaai 語	LI	4,078（2009）
7.	Ajië 語	SNC	4,044（1996）
8.	Xârâcùù 語	SNC	3,784（1996）
9.	East Futunan 語	PN	3,000（1986）
10.	West Uvean/Fagauvea 語	PN	2,219（2009）

1.	Tîrî 語	SNC	264（1996）
2.	Neku 語	SNC	221（1996）

3.	Pwaamei 語	NNC	219（1996）
4.	Pije 語	NNC	161（1996）
5.	Vamale 語	NNC	150（1982）
6.	Haeke 語	NNC	100（1996）
7.	Arhö 語	SNC	62（1996）
8.	Arhâ 語	SNC	35（1996）
9.	Pwapwa 語	NNC	16（1996）
10.	Zire 語	SNC	4（1996）

地圖 **2.14** 新喀里多尼亞和忠誠群島十大語言

一般來說，這個地區的語言非常小。四種最大語言中的兩種在忠誠群島，另外兩種語言來自法屬波里尼西亞（Wallisian）和印尼

（新喀里多尼亞爪哇人）的移民勞工。因此，最大的新喀里多尼亞本地語言是 Paicî 語，在 1982 年有大約 5,500 名語者。索羅門群島的 93%、以及萬那杜的 98% 人口屬於美拉尼西亞血統，而新喀里多亞和忠誠群島不同，2005 年 7 月的 216,494 名居民中有美拉尼西亞血統的只佔 42.5%。因此當地的本地人口約為 92,000 人擁有 32 種語言，平均語言大小約為 2,875 人，是除了萬那杜之外的最小的太平洋語言。

類型概述

在新喀里多尼亞可能會注意到的第一個不尋常的類型特徵，是在島嶼南部的五種語言有音位性的對比聲調（Rivierre 1993）。其他不同尋常的類型特徵是音位性的鼻化元音、非常大的元音庫（Haudricourt 1971：377 指出，在松樹島上的 Kunye 語有 19 個對比元音），並且有硬顎、捲舌和齒輔音的對比，也有清鼻音、以及某一些語言有非常長的單詞，例如在忠誠群島的 Nengone 語，其中大多數詞彙基礎是四個音節或更長。新喀里多尼亞和忠誠群島的所有語言似乎都是 SVO。以下例句來自新喀里多尼亞南部的 Xarâcùù 語和忠誠群島的 Maré Island 的 Nengone 語：

Xarâcùù（Moyse-Faurie 1995）

1. mʷââ-rè　　　　　　xöru

   房子-3 單.所有格　　美麗

   他的房子很美麗

2. è   da   na   xöö-dö   amû   ŋê   chêêdê
   3單   吃   **過去**   蛋-雞   昨天   之中   傍晚
   昨晚他吃了一些雞蛋

3. （mè） bêêri bʷa   nä   toa   rè   ŋê   xaa-mêgi
   未實現 老.人   那   **持續**   來   **持續**   在   季節-熱
   這位老人肯定會在夏天回來

4. anîî   mè   ke   nä   fè   rè
   何時   那   **2單**   **持續**   去   **持續**
   你什麼時候離開？

5. è   xwi   bachéé   daa   mè   péépé   paii
   3單   達到   三   天   那   Bebe   病
   Bébé 已經病了三天

6. dèèri   nä   sii   kʷé   rè   töwâ   xiti
   人們   **持續**   **否定**   跳舞   **持續**   在   宴會
   人們不會在宴會上跳舞

7. wîna   chaa   ùbʷa   nèxêê-sê   röö!
   留   一   地方   **所有格**-姊妹   **決定.2單**
   為你的妹妹留一個位置！

8. nâ   fadù   dèèri   ŋê   ääda
   1單   分   人們   **關聯**   食物
   我在為人們分食物

Nengone（Tryon 1967a；然而，我使用 Tryon & Dubois 1969 的拼寫法，根據的是倫敦傳教會 Nengone 語聖經的書寫方式）

1. bon   ha   taŋo   hnɛn   ɔre   du
   3 單   **現在**   死   被   **冠**   太陽
   他被太陽殺死了

2. inu   deko   me   ered
   1 單   **否定**   如果   打架
   我不打架

3. nidi   nia   kore   retok
   非常   壞   **冠**   酋長
   這酋長非常壞

4. numu   rue   wanat
   存在   二   故事
   有兩個故事

5. ci   ule   kore   retook   ore   so   wakoko
   現在   看   **冠**   酋長   **特定賓**   堆   芋頭
   這酋長看到一堆芋頭

6. buic   ci   eton   wenore   bone   ha   sic
   3 複   **現在**   問   為何   **3 單**   **過去**   逃離
   他們在問他為何逃離

7.

inu	co	ruaban	ɔre	mma	bane	so	bɔn
1 單	**未來**	安排	**冠**	房子	所以.那	為	**3 單**

我要為她打掃房子

　　Moyse-Faurie 提供的詞素語意顯示一些 Xârâcùù 語句至少部分是由法語轉借，而且一些新喀里多尼亞語言可能與法語越來越相似（實際上整個族群的法語都很流利）。

2.4.14　麥克羅尼西亞（Micronesia）語言

　　麥克羅尼西亞至少有四次歷史上不同的南島語者遷徙。大洋洲語言的大多數語者似乎已在大概 3,000 年前，經由吉里巴斯-諾魯（Kiribati-Nauru）進入該地區，從那裡他們穩步向西擴散，直到他們到達 Sonsorol、Tobi 和 Mapia，幾乎完成了一圈回到古大洋洲語言起源地。在原始大洋洲語分化後不久，Yapese 語可能就已從海軍部群島（Admiralty Islands）到達麥克羅尼西亞。帛琉語（Palauan）和查莫洛語（Chamorro）與這些語言不同，從東南亞島嶼分次移出、由西向東遷徙到達了他們的歷史位置。查莫洛語幾乎可以肯定來自菲律賓中部或北部，並且發生在 3,500 年之前（Blust 2000c）。Lewis（2009）列出了該地區的 25 種語言，其中大多數是在麥克羅尼西亞聯邦。

簡要的研究歷史

　　Lingua Mariana 是西班牙神職人員 Diego Luis de Sanvitores（1668）對查莫洛語的描述，採用經典的拉丁語法模式，是太平洋地區語言

最早的語法，也是所有南島語言最早的語法之一。儘管有此貢獻，但是我們對於麥克羅尼西亞的大部分語言知之甚少，直到第二次世界大戰結束之後，整個地區成為美國政府統治下的聯合國託管領土之後才改觀。

　　麥克羅尼西亞的語言現在已經有了較好的研究。有很大的一部分，歸功於夏威夷大學的學者從大約 1960 年代末到 1980 年代中期共同的努力，當時政府經費可用於支持田野調查工作以及編寫一些語法和詞典，針對以前尚未描述或描述不足的語言。這些包括馬紹爾語（Marshallese）的教材和大型詞典（Bender 1969b; Abo, Bender, Capelle & DeBrum 1976），查莫洛語的教材、參考語法和詞典（Topping 1969, 1973; Topping, Ogo & Dungca 1975），帛琉語的參考語法和詞典（Josephs 1975; McManus & Josephs 1977），Kosraean 語的參考語法和詞典（以前稱為「Kusaiean」; Lee 1975, 1976），Pohnpeian 語（以前稱為 Ponapean 語; Rehg 1981; Rehg & Sohl 1979）參考語法和詞典，Mokilese 語的參考語法和詞典（Harrison 1976; Harrison & Albert 1977），Puluwat 語的詞典和語法（Elbert 1972, 1974），Woleaian 語的參考語法和詞典（Sohn 1975; Sohn & Tawerilmang 1976），Ulithian 語的語法（Sohn & Bender 1973），Yapese 語的參考語法和詞典（Jensen 1977a, b），以及 Carolinian 語的詞典（Jackson & Marck 1991）。Bender（1984）有許多比較研究，最近以文章形式發表了大量關於原始麥克羅尼西亞語的構擬（Bender, et al. 2003a, b）。夏威夷大學之外發表的有關於麥克羅尼西亞語言學的重要著作，包括 Chuukese 語的簡略語法（以前稱為「Trukese」; Dyen 1965b），一本大型的 Chuukese 語-英語詞典（Goodenough & Sugita 1980, 1990），諾魯語

的語法（Kayser 1993），馬紹爾語語法（Zewen 1977），Gilbertese 詞典（Sabatier 1971），以及查莫洛語的兩個語法，一個是傳統的描述（Costenoble 1940）、另一個是高度的理論分析（Chung 1998）。

表 2.16　麥克羅尼西亞的語言

編號	語言	分群	語者數目
1.	吉里巴斯語	NMC	107,817（2007）
2.	查莫洛語	（WMP）	92,700（2005）
3.	馬紹爾語	NMC	59,071（2005）
4.	Chuukese/Trukese 語	NMC	48,170（2000）
5.	Pohnpeian/Ponapean 語	NMC	29,000（2001）
6.	帛琉語	（WMP）	20,303（2005）
7.	諾魯語	NMC?	7,568（2005）
8.	Kosraean/Kusaiean 語	NMC	8,570（2001）
9.	Yapese 語	OC	6,592（1987）
10.	Mortlockese 語	NMC	6,911（2000）
11.	Ulithian 語	NMC	3,000（1987）
12.	Carolinian 語	NMC	3,000（1990）
13.	Kapingamarangi 語	PN	3,000（1995）
14.	Pingilapese 語	NMC	2,500（?）
15.	Woleaian 語	NMC	1,631（1987）
16.	Puluwat 語	NMC	1,707（2000）
17.	Pááfang/Hall Islands 語	NMC	2,142（2000）
18.	Mokilese 語	NMC	1,050（1979）
19.	Nómwonweité/Namonuito 語	NMC	1,341（2000）
20.	Nukuoro 語	PN	860（1993）

編號	語言	分群	語者數目
21.	Sonsorol 語	NMC	600（1981）
22.	Satawalese 語	NMC	458（1987）
23.	Tobi 語	NMC	22 或更多（1995）

語言分佈

　　表 2.16 列出了麥克羅尼西亞語（NMC =核心麥克羅尼西亞語（Nuclear Micronesian），WMP = 西部馬來-波里尼西亞語（Western Malayo-Polynesian），OC = 大洋洲語（Oceanic），PN =波里尼西亞語（Polynesian））：

地圖 **2.15**　麥克羅尼西亞十個最大的語言

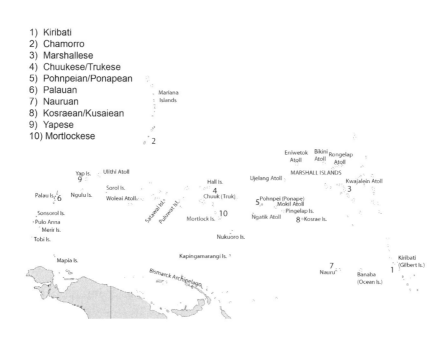

1) Kiribati
2) Chamorro
3) Marshallese
4) Chuukese/Trukese
5) Pohnpeian/Ponapean
6) Palauan
7) Nauruan
8) Kosraean/Kusaiean
9) Yapese
10) Mortlockese

類型概述

　　鑑於麥克羅尼西亞的語言有不同的起源，沒有理由去預期它們在類型上會一致。Yapese 語有豐富的喉塞化輔音，幾乎是南島語言中唯一的。核心麥克羅尼西亞語言（NMC）比典型大洋洲語言常態性的五元音系統多了許多表層元音。據說 Chuukese 語和 Puluwat 語有 9 個元音音位，而 Pohnpeian 語有 7 個。馬紹爾語有 12 個表層元音，不過 Bender（1968）已經證明這些元音可以簡化為只標記舌位高度的四個底層元音。核心麥克羅尼西亞語言失去了詞尾輔音和它們前面的元音，就像萬那杜的許多語言一樣、但與大多數其他大洋洲語言不同。因此，許多詞基是單音節的，儘剩的元音延長以保持雙音拍詞基，例如 Chuukese 語 *iim*ʷ（＜ *Rumaq）「房子」、*im*ʷ*a-n*（＜ *Rumaq-na「他／她的房子」）。

　　核心麥克羅尼西亞語言通常顯示複雜的元音交替（vowel alternations）。帛琉語的音韻也很複雜，主要是輔音的交替而非元音的交替。在這兩種語言例子中，共時音韻的複雜性與歷史變化的類型有直接關聯：核心麥克羅尼西亞語言具有複雜的元音變化史，而帛琉語有複雜的輔音變化史。從語法上來說，核心麥克羅尼西亞語言和帛琉語都是 SVO。查莫洛語的詞序很複雜，謂詞可在起始或或句中位置。查莫洛語的動詞形態在類型上與菲律賓語言類似，在某些情況下，雖然和菲律賓的任何語言並無共屬同一分群，但有歷史上共通的同源詞綴。以下來自 Pohnpeian 語、查莫洛語和帛琉語的句子說明了麥克羅尼西亞語言內部的類型變異。Rehg（1981）以（V）標記「贅生元音」（excrescent vowel），而 McManus & Josephs（1977: 3）稱帛琉語 *a* 是一個「在許多情況下、出現在名詞和動詞之前無內

容的詞」。

Pohnpeian（Rehg 1981）

1. me-n-（a）-kan　　　　　o:la
   東西-那裡.被.你-（V）-複　　破了
   那些被打破

2. e　　　wie　　　dɔdɔ:k　　wasa:-t　　　met
   3 單　　**助動**　　工作　　　地方-這　　　現在
   他現在在這裡工作

3. e　　　pa:n　　　taŋ-（a）-da
   3 單　　**未實現**　跑-（V）-向上
   他會向上跑

4. i　　　pwai-n　　　deŋki　　　pwɔt
   1 單　　買-**及物**　　手電筒　　　**類**
   我買了一個手電筒

5. i　　　pa:n　　　lopuk-e:ŋ　　　o:l-o　　　se:u
   1 單　　**未實現**　切.橫向地-為　　　男人-那　甘蔗
   我會為那個男人切甘蔗

6. me:n　　Pohnpei　　inenen　　kadek
   一.的　　Pohnpei　　非常　　善良／慷慨
   Pohnpei 人非常善良

7.	e	me-meir	ansou	me	na:	seri-o	pwupwi-di-o

	**3 單	持續-**睡	時間	那	他的	孩子-那個	摔倒-下-那裡

	他睡覺的時候，他的孩子摔下來了

8.	ke	de:r	wa:-la	pwu:k-e	pa:-o

	**2 單	否定**	帶-那裡	書-這	下-那裡

	不要把這本書帶到那裡！

查莫洛語（Topping 1981）

1.	dánkolo	si	Juan

	大	**冠**	Juan

	Juan 很大

2.	g<um>u-gupu	i	paluma

	重疊<主焦>- 飛	**冠**	鳥

	這隻鳥在飛

3.	hu	liʔeʔ	i	dánkolo	na	taotao

	1 單	看	**冠**	大	**繫**	人

	我看到了那個大人物

4.	ha	gimen	si	Juan	i	hanom

	3 單	喝	**冠**	Juan	**冠**	水

	Juan 喝水

5. todu　　i　　tiempo　ma-cho-choʔchoʔ　　gueʔ　　duru
　　所有　　冠　　時間　　**動詞化-重疊-工作**　　**3單**　　努力
　　他一直努力工作

6. ha　　hatsa　　i　　lamasa　　chaddek
　　3單　　抬起　　冠　　桌子　　迅速
　　他迅速抬起桌子

7. matto　　gi　　　gipot　　nigap
　　來　　**處所格**　　派對　　昨天
　　他昨天來到派對

8. si　　Juan　　l<um>iʔeʔ　　i　　palaoʔan
　　冠　　Juan　　看到-**主焦**　　冠　　女人
　　Juan 是看到那個女人的人

9. l<in>iʔeʔ　　ni　　lahi　　ni　　palao ʔan
　　看見**<受焦>**　　冠　　男人　　冠　　女人
　　男人看到了女人

10. si　　Paul　　ha　　sangan-i　　si　　Rita　　ni　　estoria
　　冠　　保羅　　**3單**　　告訴-**指焦**　　冠　　麗塔　　冠　　故事
　　保羅向麗塔講述了這個故事

帛琉語（Josephs 1975）

1.　a　buík　　a　r<əm>urt

　　a　男孩　**a**　跑<主事語>

　　一個男孩正在跑

2.　a　buík　a　r<əm>urt　　ər　　a serse-l　　　　　a　Droteo

　　a　boy　**a**　跑<主事語>　在 **a**　花園-**3 單.所有格**　**a**　Droteo

　　一個男孩在 Droteo 的花園裡跑步

3.　a　Toki　a　　mə-latəʔ　　　　ər　　a　ulaol

　　a　Toki　**a**　　**主事語**-打掃　**定指**　**a**　地板

　　Toki 正在打掃地板

4.　a　sensei　a　ol-sebək　　ər　　　a　rəŋu-l

　　a　老師　**a**　**使動**-擔心　**定指**　**a**　感覺-**3 單.所有格**

　　a　Droteo

　　a　Droteo

　　老師擔心 Droteo（無意中）

5.　ak　ou-ʔad　ər　　kəmiu　　e　ak　　mo　　ʔəbuul

　　1 單　有-人　因為　**2 複.強調**　和　**1 單**　未來　窮

　　讓你作為我的親戚會讓我變得貧窮

6.　ak　　ou-ŋalək　　ər　　　a　səʔal

　　1 單　有-孩子　**特定賓**　**a**　男

　　我是一個男孩的父母

7.   a   blai   el   lurruul   ər   ŋii

a	房子	那	建造	**特定賓**	**3 單.強調**

     a   Droteo   a   mle   klou

a	Droteo	**a**	是	大

Droteo 建造的房子很大

8.   tia   kid   a   blsibs   el   ləti-lobəd   ər

這裡	**強調**	a	洞	從那	出來	**特定賓**

     ŋii   a   beab

3 單.強調	a	老鼠

這裡是老鼠出來的那個洞

2.4.15 波里尼西亞、斐濟（Fiji）和羅圖曼（Rotuma）的語言

　　這裡考慮的地區包括波里尼西亞三角區、西邊的斐濟群島，以及斐濟群島中的 Vanua Levu 以北約 550 公里的羅圖曼小島。雖然這個區域幾乎是美國大陸的兩倍，但早期的歐洲太平洋探險家、例如 1768 年至 1779 年 James Cook 的三次航行，很快就發現到波里尼西亞語言之間的相互關係。即使對於外行人來說，波里尼西亞語言有共同起源與 Romance 語言的共同性一樣顯而易見—這是因為他們在過去 2000 - 2500 年間才由共同古語形式分化的結果。雖然大多數波里尼西亞語言在波里尼西亞三角區內使用，但在這範圍外的有麥克羅尼西亞的 Kapingamarangi 語和 Nukuoro 語、以及在美拉尼西亞有大約 13 個語言。這些包括巴布亞新幾內亞的三種語言（可能已經滅

絕的 Nuguria，以及 Nukumanu、Takuu），索羅門群島和聖克魯斯群島的六種語言（Rennell-Bellona, Luangiua / Ontong Java, Sikaiana, Tikopia, Anuta, Pileni），三種萬那杜語言（Mae / Emae, Mele-Fila 或 Ifira-Mele, Futuna-Aniwa），以及一個忠誠群島語言（Faga Uvea / West Uvea）。Biggs（1971: 480-81）列出了 48 個波里尼西亞的「社群方言」（communalects），他將這些方言分為 26 種，不包括查塔姆（Chatham）群島已滅絕的莫里奧里（Moriori）語。這可能是最準確的計算。斐濟語和羅圖曼語（Rotuman）跟波里尼西亞語群的關係稍微疏遠。

研究簡史

最早的波里尼西亞詞彙是在 1616 年荷蘭航海家 Jacob LeMaire 航行期間所收集的。然而，直到 1768 年至 1779 年 James Cook 的航行，才蒐集到足以識別波里尼西亞語群地理範圍的資料。由於波里尼西亞語言之間的相似性甚至對於未經訓練的觀察者亦相當明顯，因此在廣泛的描述文獻出現之前，我們已經認識到波里尼西亞語言的密切關係。波里尼西亞語言的語法和詞典在十九世紀中葉開始出現，今日波里尼西亞群是南島語系中研究最多的一群。除了 Mosel & Hovdhaugen（1992）的薩摩亞語語法、Bauer（1993）的毛利語語法、Besnier（2000）的 Tuvaluan 語法、Elbert & Pukui（1979）夏威夷語語法、以及其他人較為傳統的研究之外，還有一些語言有大型詞典，例如東加語（Churchward 1959）、Niuean 語（Sperlich 1997）、薩摩亞語（Milner 1966）、毛利語（Williams 1971）、夏威夷語（Pukui & Elbert 1971）、Futunan 語（Moyse-Faurie 1993）、拉羅東加（Rarotongan）語

（Savage 1980）、Nukuoro 語（Carroll & Soulik 1973）、Kapingamarangi 語（Lieber & Dikepa 1974）、Rennellese 語（Elbert 1975）和 Tikopia 語（Firth 1985）。雖然一些早期的作者已觀察到斐濟方言的多樣性，但是直到 Pawley & Sayaba（1971）才明確說明了西斐濟和東斐濟為兩種截然不同的語言。Geraghty（1983）將斐濟語的方言區分做得更為完善，他採用 Pawley（1996a）擴展到羅圖曼語的一種新的語言分裂模式，提供了斐濟語與波里尼西亞語言相關歷史的關鍵理論。斐濟語的大多數研究都描述了標準方言 Bau。標準斐濟語的主要語法是 Schütz（1985）；主要的雙語詞典是 Capell（1968），但最近出現了一本更大的單語詞典（斐濟語言與文化研究所（Institute of Fijian Language and Culture）2007）。Dixon（1988）是關於（東斐濟）非標準方言的主要語法，而 Pawley & Sayaba（2003）的 Wayan（西斐濟語）詞典比任何現有的標準語雙語詞典更大、更詳細。雖然羅圖曼語已受到一般的理論學者頗大的關注，但總括來說，羅圖曼語的描述不如斐濟語或更大的波里尼西亞語群來得完整。

語言分佈

　　表 2.17 按語言人數降序列出了波里尼西亞、斐濟和羅圖曼的語言（EL = Ellicean，FJ = 斐濟，TN =東加，EP =東波里尼西亞，NP =核心波里尼西亞，RT = 羅圖曼；斐濟、羅圖曼和波里尼西亞之間較為精確的關係仍不明確，因此這裡假設它們為中太平洋語群的三個平行分群）：

表 2.17　波里尼西亞、斐濟和羅圖曼的語言

編號	語言	分群	語者數目
01.	東斐濟語	CP	330.441（1996）
02.	薩摩亞語	PN	217,938（2005）
03.	大溪地語	PN	117,000（1977）
04.	東加語	PN	112,422（2005）
05.	毛利語	PN	60,000（1991）
06.	西斐濟語	CP	57,000（1977）
07.	拉羅東加語	PN	42,669（1979）
08.	Wallisian 語	PN	29,768（2000）
09.	Tuamotuan 語	PN	14,400（1987）
10.	Tuvaluan 語	PN	11,636（2005）
11.	羅圖曼語	CP	11,500（1996）
12.	西北 Marquesan 語	PN	3,400（1981）
13.	Rakahanga-Manihiki 語	PN	2,500（1981）
14.	Rapanui 語／復活節島	PN	2,450（1982）
15.	Niuean 語	PN	2,166（2005）
16.	東南 Marquesan 語	PN	2,100（1981）
17.	Mangarevan 語	PN	1,600（1987）
18.	Tokelauan 語	PN	1,405（2005）
19.	夏威夷語	PN	1,000（1995）
20.	Pukapukan 語	PN	840（1997）
21.	Penrhyn/Tongareva 語	PN	600（1981）
22.	Rapa 語	PN	521（1998）

　　波里尼西亞-斐濟-羅圖曼地區最大的語言是斐濟語。從 2005 年中期開始的估算數字，斐濟人口數超過 455,000。但是，這個數字並

未區分東斐濟語和西斐濟語，它們通常被視為不同的語言。Lewis
（2009）認為 Gone Dau 語（1977 年有 500 位語者）和 Lauan 語（1981
年有 16,000 位語者）是不同的斐濟語言，但大多數作者認為這些都
是東斐濟的方言。羅圖曼語者因為相當分散，數量很難估計。根據
Lewis（2009 年）的說法，1991 年約有 9,000 名羅圖曼人居住在斐
濟，而過去幾十年來，本島的人口顯然相對穩定，約為 2,500 人。

地圖 **2.16**　波里尼西亞、斐濟和羅圖曼的十大語言

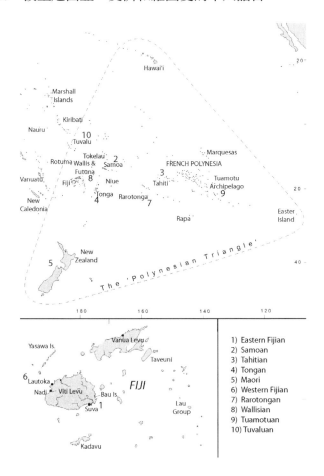

Lewis（2009）估算 1979 年在庫克群島的拉羅東加語（Rarotongan）語者為 16,800 人，但總體上為 43,000 人。其中絕大多數居住在紐西蘭，這可能是庫克群島語者最大的單一社群。截至 2003 年，庫克群島的人口估計為 21,008 人，其中近 90% 生活在南部島嶼上，超過一半生活在拉羅東加島。這些數字顯示庫克群島在過去的四分之一世紀中人口增長很少，可能是普遍外移的結果。Wallisian 語有 29,768 名語者，但是這數字並沒有將 Wallisian（East Uvean）與 Futunan 區分開來，因為這兩個島嶼屬於同個行政區。這些人一半以上居住在新喀里多尼亞。1995 年夏威夷語有 1,000 名語者，這數字指的是「母語」語者，其中大多數是 Ni'ihau 私人小島的居民。粗估約有 8,000 名語者，多數是在課堂環境習得了夏威夷語，為「夏威夷文藝復興」（Hawaiian renaissance）的一部分，這是自 20 世紀 80 年代以來透過教育、媒體和定期文化活動重振夏威夷語言的共同努力。最後，Lewis（2009）估計 1987 年 Tubuai-Rurutu 島嶼（南方群島 Austral Islands，法屬波里尼西亞）有 8,000 名語者，但從 Biggs（1971）的評論中可以清楚地看出，幾乎所有這些人應該是「新大溪地語」的語者，新大溪地語是法屬波里尼西亞東南部的通用語言。南方群島最南部的獨立島嶼拉帕（Rapa）的語言情況，可能與南方群島北部語言相同，拉帕語在 1921 年仍然與新大溪地語並用—與 Rurutu 或 Tubuai 的情況不同。

類型概述

波里尼西亞語言廣為人知的是其音位庫很小、而且只有開音節，有時導致一個單詞中可有多至四個元音的序列，如夏威夷語

Ɂaiau「用貪婪或嫉妒的眼睛看」，或者 *iāia*「他、她；對他、對她」。[15] 斐濟語的前鼻化齒齦顫音（寫為 *dr*）以及羅圖曼語在語法範式中系統性出現的換位現象，在文獻中備受關注。在句法上，斐濟語和波里尼西亞三角區語言的謂語在句首，但在羅圖曼語和一些位在波里尼西亞三角區外的波里尼西亞語言，謂語在句中。波里尼西亞語言幾乎平均地分為作格語言和受格語言，但在動詞系統中使用同源的語法詞素。即使沒有進一步的研究佐證，這已顯示分佈特徵的微小變化導致對現有語法標記的重新解釋，進而發生了類型轉換。以下句子說明了斐濟語和夏威夷語的一些句法屬性：

斐濟語（Schütz 1985, 書寫方式依作者建議修改）

1. sā   moce   na   ŋone
   動貌 睡   **定指**   孩子
   孩子正在睡覺

2. au   na   baci   saba-k-a   na   mata-mu
   1單 未來   重複   打-及物-3單   **定指**   臉-2單
   我會打你的臉

3. au   sā   ŋalu   tū   ŋā
   1單 動貌   啞   連續   加強
   我保持安靜（現在）

---

15 Andrew Pawley 對這一點的進一步說明（個人通訊）曾指出，已故的 Bruce Biggs 喜歡引用毛利語的句子/I auee ai au i aa ia i aa ai i aua ao/「我在他趕走那些雲時發出感嘆」。

4. ni-u   dau   rai-ci   koya,   au   taŋi

   從屬-1 單   **習慣**   看-及物   **3 單**   **1 單**   哭

   每當我看到她，我就會哭

5. e   tuku-n-a   sara   ko   tata   me   keitou

   3 單   告訴-及物-3 單   **加強**   **本體**   父親   **從屬**   **雙.排除**

   laki   vaka-tā-kākana   ki   matāsawa

   趨向   野餐   **奪格** 海邊

   父親說我們兩個人（不包括說話者）可以去海邊野餐

6. erau   dau   ŋgoli   e   na   nō-drau   tolo

   3 雙   **習慣**   釣魚   **奪格**   **定指**   **所有格-3 雙**   當中

   ni   bāravi

   所有格   海灘

   他們兩個總是在他們的海灘釣魚

7. era   cavutū   mai   na   vei-vanua   tani

   3 複   去.一起   **奪格**   **定指**   **分布**-土地   不同

   他們剛剛訪問過不同的國家

8. e   buta   vinaka   sara   na   lewe   ni   lovo

   3 單   被煮   好   **加強**   **定指**   內容物   **所有格**   炕窯

   炕窯內的東西完全煮熟了

夏威夷語（Elbert & Pukui 1979）

1. ua　　hele　ke　kanaka　i　Maui
   完成 去 **冠** 男子　到　茂宜島
   男子去了茂宜島

2. ua　　　kākau　Pua　　i　ka　leka
   完成 寫　　Pua　**賓 冠** 信
   Pua 寫了這封信

3. ua　　　kākau　ʔia　　ka　leka　e　Pua
   完成 寫　**被動 冠** 信　被　Pua
   這封信是由 Pua 寫的

4. i　ke　ahiahi　　ka　pāʔina
   在 **冠** 傍晚　**冠** 派對
   派對是在傍晚

5. ua　　　noho　ke　kanaka　　i　　Hilo
   完成 停留 **冠** 男人　　在　Hilo
   那個男人住在 Hilo

6. maikaʔi　ka　wahine　i　　kāna　　　　mau　hana　pono
   好　　　**冠** 女人 **目的 3單.所有格** 恆常 行為　正義
   這女人的正義行為顯示她是好人

7. aia　　ke　　kumu　ma　　Maui
   存在　**冠**　老師　上　　茂宜島
   茂宜島上有一位老師

8. he　　kaʔa　　ko-na
   冠　車　　　**領標-3 單**
   他有車

9. he　　kaʔa　　n-o-na
   冠　車　　　**為-領標-3 單**
   有一輛車要給他

2.5　語言大小和描述概述

　　表 2.18 提供了橫跨不同地理區域所粗估的語言大小差異，根據的是上述調查中十種最大和十種最小的語言。馬達加斯加被省略了，因為加入它會扭曲婆羅洲的數據，而單獨計算並沒有意義。計算台灣的數據很難，因為只有十五種[②] 台灣南島語言仍在使用。為了與其他數據進行比較，我根據文獻的語者人數將這些資料分為兩組（分別為八個和七個）。其他無法控制的複雜因素包括：1. 聲稱具有特定族群身份的人數與那些積極使用語言的語者，兩者有時不能明確區分；2. 估計人口的最新日期因語言而異；3. 由於已滅絕的語言不包括在計數中，因此在人口估算日期之前幾年已在瀕危邊緣的語言現今可能該被排除，因此增加了現存語言的平均大小。最大語

言的語者數量以千計，最小的語言以百計。

表2.18　南島語不同區域的十種最大和十種最小的語言平均值

地區	最大語言	最小語言
1. 台灣	40.4	7.9
2. 菲律賓	5,709	2.3
3. 婆羅洲	421	1.7
4. 東南亞大陸	1,140	37.6
5. 蘇門答臘、爪哇等	16,629	201.9
6. 蘇拉威西	799	3.95
7. 小巽它群島	319	92.5
8. 摩鹿加群島	51	.2
9. 新幾內亞	18.3	.6
10.俾斯麥群島	12.2	1.6
11.索羅門	15.9	1.5
12.萬那杜	5	.3
13.新喀里多尼亞群島等	5.9	1.9
14.麥克羅尼西亞	34.3	10.8
15.波里尼西亞等	100.6	15.4

　　這些數字和一些預期符合，但有些則否。毫無疑問地，最大的
語言集中在印尼西部和菲律賓，這些國家的南島語言人口最多。東
南亞大陸也顯示出相對較大的語言集中，但這個地區的數字包含有
七百多萬人半島馬來語，分布並不均衡。除了台灣和婆羅洲之外，
從印尼西部到美拉尼西亞的語言人數穩步下降，而麥克羅尼西亞、
尤其是波里尼西亞-斐濟的人數則急劇上升。

雖然這裡無法以確切的方式探討，很明顯地，一個語言可能獲得的學術關注度與其大小有密切關聯。因此，語言描述被忽視的多半是語者很少的區域。摩鹿加群島、新幾內亞、萬那杜、和索羅門（語言人數最多及描述最完整的是在 Malaita-Cristobal 地區）都是如此。若要更為準確地說明這種相關性，則需要這十五個地理區域中有關於南島語法、詞典數量的資料。一個值得注意的例外是新喀里多尼亞群島在過去的二十年裡，法國學者貢獻了極多的高質量描述性研究，而這些語言很少超過 5,000 名語者。

　　語言人數多寡也牽涉到了瀕危的議題，Florey（2005）對此主題提供了有用的調查數據。由於美拉尼西亞的許多語言只有不到 200 個語者，並且顯然已經持續了幾代人，所以並不能認為語言瀕危與大小直接相關（Crowley 1995）。儘管如此，人們普遍同意，語言人數是最容易識別的瀕危指數。從這個角度來看，瀕危的南島語言集中在摩鹿加群島，緊隨其後的是萬那杜和新幾內亞。台灣有時被認為是一個有嚴重瀕危語言的地區，有些語言接近滅絕（巴宰語和邵語）[3]，但其中八種最大的語言情形看起來相對較好。難以決定語言生存與否低於關鍵門檻的原因之一，在於其做為一個社會實體，很大程度上取決於其社會經濟環境。台灣南島語言的語者長期處於台語和華話的環境，就像毛利人或夏威夷人經常接觸英語一樣，在這兩種情況下，強勢語言主導了社會和經濟的進步。在萬那杜，十種最大的語言平均每個只有大約 5,000 個語者，而最小的只有 30 個，對於主流語言的同化壓力要小得多。因此，在美拉尼西亞這裡和其他地方，可以維持代代只有 100-200 人的（多語言）語言群體。在台灣、紐西蘭或夏威夷，有 100-200 名語者的南島語言長期生存的

機會不大，和美拉尼西亞一些較大島嶼上較為平衡的多語種社會不同。然而，這些被華語、英語或法語等強勢語言邊緣化的語言群體最終是否生存或消失，端看其社會文化網絡凝聚的力量是否足夠強大。

---

① Summer Institute of Linguistics 簡稱 SIL，是基督教會的組織，分派傳教士到世界各地、各民族傳教，將聖經、詩歌譯成當地語言，並教當地人如何書寫自己的語言。另一方面，傳教士也會研究並出版該語言的語法和詞彙論著。

① 克里奧語（Creole）是當地語言長期接觸外來語言的情況下，所產生的一種混合語言，並作為當地人的母語。

② Tok Pisin 英文是 Talk Pidgin，中文譯作「講涇濱」。

③ 澎湖縣政府 2005 年清查澎湖群島島嶼數量，調查結果為 90 個島。

④ 原文說盆地（basins），作者有誤，蘭陽平原三面環山，一面環海，並非盆地。

⑤ 還有一本 Gravius 1662，"*'t Formulier des Christendoms Met de Verklaringen van dien, Inde Sideis-Formosaansche Tale*"「西拉雅語基督教信仰要旨」，有陳炳宏 2005 的解讀，附英、中、荷譯文。

⑥ 此文指 Elizabeth Zeitoun、Ching-hua Yu 和 Cui-xia Weng 於 2003 年發表在期刊 Oceanic Linguistics 的文章「The Formosan language archive: Development of multi-media tool to salvage the languages and oral traditions of the indigenous tribes of Taiwan」，作者在參考書目中漏列。

⑦ 表 2.2 所列的族語使用人數並不太可靠。阿美族只列出總人口數 165,579 人，並沒列出阿美語的使用人數；噶瑪蘭族也只列出總人口 732 人（2014 年），並沒列出會說噶瑪蘭語的人數。其他各族群都列出總人口數和族語使用者的人數，可是數據的年代都不同，並且都是較早期的資料。最近幾年各族群的人口普遍增加，但會說族語的人數卻明顯下降。請參見李壬癸等（2015）《族語保存現況調查研究計畫成果報告》，台師大《原住民族語言調查研究計畫第一年實施計畫》和《原住民族語言調查研究計畫第二年實施計畫調查研究報告 I，II》，以及世新大學《原住民族語言調查研究實施計畫-16 族綜合比較報告》（2016）。

⑧ 與巴宰語極為相似的噶哈巫語（Kaxabu），迄今還有極少位會說族語的耆老。

⑨ 兩種說法都有一些偏差。2012-15 年李壬癸、章英華、林季平、劉彩秀執行了科技部專題研究計畫「族語保存現況調查研究」，噶瑪蘭人口是 1,080 人，

族語聽力人口推估：完全聽得懂 241 人（佔 22.28%），大部分聽得懂 288 人（佔 26.66%）；推估完全會說 199 人（佔 18.4%），大部分會說 270 人（佔 28.02%）。大致上說，近四分之一的噶瑪蘭人（二百多人）會聽和說族語。此外，跟噶瑪蘭人住在同一村子的阿美族人中年以上大都也會噶瑪蘭語。

⑩ 白樂思這段有關音韻的說明大致上都可信，但是難免有一些遺漏。例如，有舌根清擦音的語言漏掉了阿美和泰雅，清邊音漏掉了布農語南部方言（高雄）。參見李壬癸，1991，《台灣南島語言的語音符號系統》或原住民委員會教育部，2005，《原住民族語言書寫系統》。

⑪ 以上以國際音標代替原作者的書寫系統

⑫ Reid（1971）首次為 43 種人口較少的菲律賓語言提供有 372 個詞彙的詞彙比較表。

⑬ 處應為巴丹群島（Batanes），地圖上巴丹群島才是被劃分在巴士語群裡的。

⑭ 有些語言的身體各部位名稱或少數親屬稱謂，如：父、母，都是「不可分割的名詞」（inalienable nouns）。例如，不能單獨說「手」這個詞，而必須說「你的手」、「我的手」、「他的手」等。

⑮ 原文中的 paucal number 指「少數」。英文的名詞 paucity 指「缺少」，但沒有形容詞，美國語言學者 Charles Hockett 就為它造出形容詞—paucal。譯者在英文詞典裡遍查不到這個單字，後來問了本書原作者才知曉。這個詞在原書第五章的 5.5 節中也出現許多次。

⑯ 原文 ap 是 adversative passive「逆意被動」的縮寫，被動式通常都用在不利的情況。

⑰ 一個國家的內飛地（enclave），指的是這個國家內有一塊被包圍的土地、它的主權屬於另一個國家。而某個國家的外飛地（exclave），則是指一塊與本國分離的領土，被包圍於其他國家之內。

① 指菲律賓的矮黑人（Negritos），身材矮小、皮膚黑、頭髮捲，過去據說常住在山洞中，是半游牧民族。

② 實際上只有十四種台灣南島語言：阿美語、泰雅語、布農語、卡那卡那富語、噶瑪蘭語、排灣語、巴宰語、卑南語、魯凱語、賽夏語、賽德克語、拉阿魯哇語、邵語、鄒語。蘭嶼島的雅美語（達悟語）屬於馬來-波里尼西亞語言的巴丹語群，和語言學上所謂的台灣南島語言（Formosan languages）不同。

③ 事實上，卡那卡那富語及拉阿魯哇語也是嚴重瀕危的語言。

第
3
章

社會中的語言

3.0　導論

前兩章提供了一些一般的社會語言學資訊，穿插其他材料。本章旨在對南島世界中語言使用的社會情境進行廣泛的概述，但不試圖鉅細彌遺地討論可能主題的範圍。在組織本章的論述時，我採用以下的七分法：1）以階級為基礎的語言差異，2）以性別為基礎的語言差異，3）謾罵和褻瀆，4）秘密語言，5）儀式語言，6）接觸，和7）語言大小的決定因素。[16]

3.1　以階級為基礎的語言差異

社會階級的制度化差異存在於許多南島語言的社會中，而這些通常與語言使用的明確性相關。這個小節涉及東南亞島嶼的語言級別（speech levels），以及波里尼西亞和麥克羅尼西亞的敬意語言（respect languages）。

3.1.1　東南亞島嶼的語言級別

爪哇文化因其社交禮儀的複雜模式而眾所皆知，即使對其他印尼人來說也是如此。對於 *priyayi*，即爪哇的文化精英或宮廷貴族，管理人際互動之間可接受模式的這個傳統系統，已經超越單純以禮貌性來獲得美學理想地位的功能。在爪哇語中，管理所有行為判斷

---

16 Fox（2005）涵蓋了本章討論的許多相同主題，但其重點及觀點不相同。

的一個根本區別在於 *alus* 和 *kasar* 的對比。與 *alus* 有關的行為是精緻的，克制的，安靜及柔和的；而 *kasar* 的行為恰恰相反。聲音語調的貿然變動或突然變化會令人感到不悅或可能受到驚嚇：至少就社會的理想而言，一切的衡量都是為了確保個人的行為及社會關係能夠順暢，漸進與和諧。正如 Geertz（1960: 248）所提及，爪哇人的語言行為模式通常圍繞著同樣的 *alus* 和 *kasar* 準軸來組織他們的社交行為。

在爪哇語中，以口說來滿足 *alus* 理想的方式是透過使用適當的「語言級別」，或者有時稱為「語言語體」（speech styles）。正如 Geertz（1960: 248）指出，這些主要是經由詞彙選擇來定義的：「因此，對於「房子」，我們有三種形式（*omah*，*grija* 和 *daləm*），每種形式都意味著聽者之於說者的相對地位越來越高。」一些詞彙類別，如那些以代名詞所代表的，可能具有更多禮儀等級（四個第二人稱單數的形式），而其他類別可能較少，如 *di-* 和 *dipun-* 標記被動。然而，大多數詞彙並沒有標記來區別以地位劃分的語言禮儀，許多普通名詞保持不變，無論對話者的相對地位如何。Geertz 指出，雖然地位敏感術語構成整體詞彙的一小部分，但它們往往集中於基本詞彙。

爪哇的語言級別均有名稱。基本的區別在於 *ngoko* 和 *krama*（[krɔmɔ]），Geertz 及一些學者（例如 Errington 1988）均或多或少直接將之與 *kasar*/*alus* 的區別聯繫起來。另一方面，Robson（2002）建議雖然 *krama* 語言對應到 *alus* 行為，但 *ngoko* 語言本質上並非粗俗。相反地，他將其描述（Robson 2002: 12）為一種「基本層級（basic stratum）⋯一種個人反思自己的語體，並用在同年齡或更年

輕的親密家人及朋友。我們可以將其擴展到包含那些社會地位比自己低的人，以及任何我們想要侮辱的人（不論社會地位）。」傳統的爪哇社會禮儀是複雜的，其相關語言也反映了這種複雜性。一些互動情境的社交動態常常曖昧不明，有時很難決定應該使用 ngoko 還是 krama。在這種情況下，較為中性的 madya（中）語言語體可以用來避免尷尬。除了這三個語言級別（低，中，高）之外，還有一個特別的詞彙稱為 krama inggil，其本質上是敬語，用於指涉任何值得尊敬的對象。根據 Robson（2002: 12），「第二組詞彙，稱為 krama andhap，是恭敬的，且限於陪伴，請求，給予和通知的語詞。這些是用於自己覺得對方應獲得尊重的人。Krama inggil 和 krama andhap 跟語言語體無關，亦即，它們可以視需要出現在 ngoko 或 krama 之中。Horne（1974: xxxii）用類似的術語描述 krama inggil：「無論使用的是哪一種基本語體，他利用一個小的（約 260 項）Krama Inggil（ki）或是高 Krama 詞彙來對適用的人表達特別的敬意。兩個小男生用 Ngoko 喋喋不休地談論一個生氣的同學會說 nəsu「生氣」，但是（受尊敬的）老師發脾氣，他們會用 ki 詞 duka「生氣」（雖然仍然說著 Ngoko）。Robson（2002: 13）提供以下的句子來說明爪哇語言級別的差異，或是用他偏好的稱呼「語言語體」（dh=濁捲舌阻塞音）：

表 **3.1** 爪哇語語言語體的範例

Ngoko（Miyem，十五歲，對她的妹妹說）

Aku wis maŋan səgane

我已經吃了那米飯。

Krama（Miyem 對她叔叔說）

Kula sampun nədha səkulipun

我已經吃了那米飯。

Krama 用 *krama inggil*（Miyem 跟她叔叔談她爸爸）

Bapak sampun dhahar səkulipun

爸爸已經吃了那米飯。

Ngoko 用 *krama inggil*（Miyem 跟她妹妹談她爸爸）

Bapak wis dhahar səgane

爸爸已經吃了那米飯。

Madya（老僕人對 Miyem 說）

Kula mpun nədha səkule

我已經吃了那米飯。

　　第一對句子，說明基本的 *ngoko*：*krama* 在表達相同語義內容方面的區別。令人訝異的是沒有共同的詞素（*aku* / *kula* =「我」，*wis* / *sampun* =「一，變成」，*maŋan* / *nədha* =「吃」，*səga* /*səkul* =「米飯」，加上後綴）。另一方面，老家庭傭人使用的 *madya* 語體似乎是 *krama* 的縮寫形式（*mpun* 為 *sampun*，*səkule* 為 *səkulipun*）。如上所述，爪哇語的社會專業詞彙比一般詞彙要少得多。雖然 *ngoko* 詞典中包含數以萬計的項目，但 Horne（1974: xxxi-xxxii）估計 *krama* 詞彙量約為 850 個詞，而 *madya* 詞彙量約為 35 個。此外，正如已經指出的那樣，大約有 260 個 *krama inggil* 術語，這橫切了 *ngoko-krama* 的區別。

在她的現代爪哇語詞典中，Horne（1974）標記所有 *krama* 和 *krama inggil* 形式，使人可以輕鬆比較兩種語體的一般語言特徵。這個資料顯示 *ngoko* 和 *krama* 之間音韻對應的模式，在文獻上一般均未提及，也因此暗示一些常見的重複陳述需要確認。[17]已經觀察到的重複模式包括以下：

（1）在 *ngoko*（在冒號之前）有後元音的地方，*krama*（在冒號之後）使用前元音，而其他地方的形式都相同：*agama : agami*「宗教」，*akon : akɛn*「告訴某人做某事」，*amarga : amargi*「因為」，*aŋon : aŋen*「某人的作為」，*aŋo : aŋe*「休閒的；休閒穿著」，*aŋon : aŋɛn*「放牧或照顧牲畜」，*bambu : bambət*「竹子」，*bubar : bibar*「擴散」，*bubrah : bibrah*「故障，年久失修」，*buḍal : biḍal*「離開，出發（團體）」，*bukak : bikak*「打開的，未加蓋的」，*buɲah : biɲah*「快樂，高興」，*ḍuga : ḍugi*「判斷，常識」，*Jawa : Jawi*「與爪哇有關的」，*gunəm : ginəm*「演講」，*kulon : kilɛn*「西」，*kuna : kina*「老的，老式的」，*mula : mila*「本來地」，*rupa : rupi*「出現」，*rusak : risak*「損壞的」，*umpama : umpami*「例如」，*unḍak : inḍak*「上升，增加」。

---

17 鑑於荷蘭學界對爪哇語研究的悠久傳統，這樣的情形是令人訝異的。例如，Gonda（1948: 371）只是模糊地論及「詞尾的變異性」，即使在他明確了解音韻模板（phonological templates）之後他也只稍微提到 *-a*：*-i* 和 CuCuC：CəCaC 模式，儘管它們構成從 *ngoko* 獲得 *krama* 形式的機制之主要部分。同樣的，Uhlenbeck（1978a: 288-93）指出，Krama-Ngoko 配對可分為兩類，一類為在形式上沒有相似性，另一類為由多產性或半多產性過程形成的方法（衍生過程）。然而，他的討論也是粗略的，並沒有明確地帶出統計上的主導模式。

（2）在 *ngoko* 有 -uCu- 的地方，*krama* 以 -əCa- 來取代：*buruh*：bərah「勞動者」，*butuh*：bətah「需要的東西」，*ḍuku*：ḍəkah「小村莊」，*kudu*：kədah「應該，必須」，*kukuh*：kəkah「堅固，強壯」，*kumpul*：kəmpal「成群，集合」，*munguh*：məngah「萬一，如果那樣的話」，*munsuh*：mənsah「對手，敵人」，*rusuh*：rəsah「難以控制的」，*tuduh*：tədah「指向」，*tungu*：tənga「等待」，*tutuh*：tətah「受指責的人」。

（3）在 *ngoko* 有 -i 或 -iC 的地方，*krama* 的形式使用前元音 -os：*adi*：*ados*「美好的，美麗的」，*anti*：*antos*「期待，等待」，*arti*：*artos*「意義」，*ati*：*atos*「小心的」，*batin*：*batos*「內心的感覺」，*dadi*：*dados*「成為，變成」，*gati*：*gatos*「慎重的，重要的」，*gənti*：*gəntos*「改變，取代」，*jati*：*jatos*「柚木」，*kanti*：*kantos*「耐心的，願意等待的」，*kati*：*katos*「狡猾的」。由於所有記載的範例都牽涉到 -di(C) 或 -ti(C)，很有可能這個模式只限於最後音節以齒音為首其後接 i 的詞彙。

其他 *ngoko*：*krama* 配對在音韻上彼此沒有關係，但模式（1）到（3）得到很好的支持，並可以視為一組模板（templates）的成果，這些模板從他們的 *ngoko* 同等形式得到 *krama* 形式，因為其他語言的同源詞總是對應到 *ngoko* 形式，如馬來語 *agama*「宗教」（來自梵語），*bambu*「竹子」，*bukak*「開放或出去」，*duga*「探測，揣摸」，*rupa*「外觀 appearance」（來自梵文），*rusak*「損壞的」，*umpama*「例子，實例」（來自梵文），*kukoh*「堅定，強烈建立」，*kumpul*「聚集」，*musoh*「敵人」等。模式（1）包含至少兩個子模式。在其中一個 *ngoko* -a 對應 *krama* -i。另一方面，*ngoko* -uCa- 對應 *krama*

-iCa-。這些模式競爭某些形式，並可能出現不可預測的變化，如 ḍuga：ḍugi 與 kuna：kina 的不同處理。第三種不太能充分證明的模式是 ngoko -o(C) 對應於 krama -e(C) 或-ɛ(C)。這些子模式中的每一個都是經由元音前化（vowel fronting）的過程生成的，通常是針對 i，較少針對 e 或 ɛ。在對比環境中，前元音，特別是高前元音，普遍與小化，高音調和精緻等語意相關聯，這群特質將 alus 的語意與 kasar 對比，因此可以假設模式（1）是由聲音象徵（sound symbolism）的普遍性所驅動。另一方面，模式（2）和（3）似乎是語言特定的發展。

雖然許多 krama 形式很明顯地藉由這三個模板之一衍生自他們的 ngoko 同等形式，其他模板沒有呈現語音關係，因此必須徵求單獨的詞彙項目，如同 adoh：təbih「遠，遙遠」，adol：sade「賣」，ayo：maŋga「Come on!加油！」，alas：wana「森林」，或 bocah：lare「小孩」。不是由語音模板推導出的 krama 形式因而引出以下的問題：ngoko：krama 是否可能有時候對應於本土詞：借詞的區別。表 3.2 顯示了音韻上不相關的 ngoko-krama 配對，以及可用的詞源。帶有詞源的爪哇形式以斜體字表示：

表 **3.2** 語音無關的 **ngoko-krama** 配對以及其詞源

Ngoko	Krama	詞義	詞源
adoh	təbih	遠	PMP *zauq
adol	sade	賣	馬來語 jual
ayo	maŋga	一起走吧!	馬來語 ayo
alas	wana	森林	PMP *halas
bənər	lərəs	真實的；正確的	PMP *bener

Ngoko	Krama	詞義	詞源
bəŋi	dalu	夜晚	PMP *beRŋi
bəras	*wos*	糙米	馬來語 bəras/ PAN *beRas
bocah	lare	小孩	無
dalan	margi	路	PAN *zalan
goɖoŋ	*ron*	葉子	PMP *dahun
kayu	kajəŋ	木頭；樹	PAN *kaSiw
lima	gaŋsal	五	PAN *lima
loro	kalih	二	PAN *duSa
panas	bənter	熱	PMP *panas
papat	(sə)kawan	四	PAN *Sepat
pitik	*ayam*	雞	馬來語 ayam
puluh	(n)dasa	十	PAN *puluq
si	pun	人稱標記	PAN *si
siji	*satuŋgal*	一	馬來語 tuŋgal
sukət	*rumput*	草	馬來語 rumput
təlu	*tiga*	三	PAN *telu，馬來語 tiga
watu	sela	石頭	PAN *batu

　　大多數表 3.2 中像本土詞的詞彙都是 *ngoko* 形式。這點可以從較低的數字看出來：1 到 5 和 10 都有 *ngoko* 和 *krama* 形式，但其他數字沒有。雖然爪哇語的 *siji* 是一種創新，但所有其他 *ngoko* 形式的數字反映了已知的詞源並且看起來是本土詞彙。另一方面，馬來語借詞通常在 *krama* 級別中找到。這些概括有例外，但這些似乎偏離了更常見的模式。例如，爪哇語的 *wos*「糙米」以及 *ron*「葉子」顯然

是本土的 *krama* 形式，而 *bəras* 幾乎肯定是馬來語借詞。一些案例似乎難以處理，如 *abot*：*awrat*「重」。像 *bəras*：*wos*「糙米」這個 *ngoko*：*krama* 配對是一個「詞彙詞對」（lexical doublet）（<原始馬來-波里尼西亞語 *beReqat「重」）。而 *bəras*：*wos* 很容易被解析為借詞與本土詞的區別，然而，*abot* 和 *awrat* 都不能輕易解釋為借詞。最後，一些 *ngoko*：*krama* 配對是明確的借詞，其中 *krama* 形式由語音模板組成：*agama*：*agami*「宗教」，*nama*：*nami*「名字」，*rupa*：*rupi*「形式，外表」，全部來自梵文帶有 -a 詞尾的原始詞彙。

其他三項觀察值得說明一下。首先，許多 *ngoko* 形式有首字母輔音串 bl-，br-，dr-，gl-，gr-，kl-，kr-，sl-，sr- 和 tr-; *krama* 形式也有這些輔音串（*klumpuk*：*kləmpak*「總共 altogether」，*srati*：*sratos*「管象人 mahout」），但只出現在由語音模板衍生出來的形式。其次，詞素雙關語賦予 *krama* 添加到 *ngoko* 形式時某些語法語素的狀態，如 *di-*：*dipun-*「被動前綴」，或者 *apa*：*punapa*「是什麼？」。最後，雖然大多數學者只承認在 *ngoko*：*madya* 和 *krama* 之間的三重區分，Horne（1974）列出了一些標記為 'ng kr' 的詞彙基底（用於兩個語言級別）。這些總是伴隨著獨特的 *krama inggil* 形式，如 *abah*：*abah*：*kambil*「馬鞍」，*aḍi*：*aḍi*：*raji*「弟弟或妹妹」，*adus*：*adus*：*siram*「洗澡」，*bapak*：*bapak*：*rama*「父親」，或是 *bojo*：*bojo*：*garwa*「配偶」。由於 *ngoko* 形式用於所有而 *krama* 形式只用於少數的語義類別，目前尚不清楚像 *bapak*（ng）：*bapak*（k）：*rama*（ki）「父親」與 *əmbok*（ng）：*ibu*（ki）「母親」有何不同，但其含義是有標記 'ng kr' 的形式構成了第四類別。

在 Sundanese、Madurese、峇里語以及 Sasak 等語言也發現了類

似但不太複雜的語言級別系統。由於這些語言與爪哇語相鄰，並且已經在不同時期直接或間接地被強大的爪哇文化所影響，合理的假設是印尼西部的語言級別分佈是一種擴散的結果。在針對早先主張的批評中，Clynes（1994: 141 頁起）已經表明：1）峇里語的語言語體幾乎可以肯定來自古爪哇語（直到十五世紀末所使用的語言），2）在十五世紀時，爪哇語已經擁有一個複雜的語言語體系統，以及 3）口頭和書面爪哇語之間的差異在十五世紀時已經很顯著，以至於一種虛擬的雙語現象很普遍。雖然僅僅基於具有特殊語言語體的南島語言分佈，以及已知在這個地區存在這種語言特殊性的爪哇文化強權，可能會讓人懷疑這些結論中的第一個，但第二個及第三個結論較不明顯，也因此比較有趣。透過與峇里語的比較，Clynes 認為語言級別已經出現在古爪哇語中，即使該語言的書面資料並沒有反映這些級別。如此的雙語情形並不令人意外：古爪哇文本幾乎有一半的語言包含梵語借詞，其中許多是不太可能成為普通人日常詞彙一部分的深奧術語。書面語言是法院的語言，甚至可能是在法庭上的選擇少數，且隨著時間的推移，其使用的情況無疑會有助於強化口語和書面（或背誦）語言之間的分離。最近 Nothofer（2000）也表達了 Sasak 語的語言層級來自於與峇里語及爪哇語兩者的接觸，這項論述著實令人信服。相較於曾經受制於爪哇文化及語言影響的馬來語，也已經沒有爪哇系統語言級別的痕跡。即使是被爪哇語使用者所包圍的雅加達馬來語也是如此。社會敏感的詞彙區別僅有少數幾個情形，如詞源上謙稱（humilific）的第一人稱單數 *saya*（詞源為「僕人」;「奴隸」），或尊稱（honorific）的第三人稱單數 *bəliau*（如用於指涉印尼總統和其他一些傑出人士），但是這些是孤立的情況，

並沒有在任何出版的文獻中被描述而形成一個詞彙階層。有可能之所以爪哇語的語言級別沒有擴散到馬來語，乃是由於這兩個語言社區在大部分的接觸歷史過程中，馬來語的聲望比爪哇語來得更高。

爪哇語語言級別的歷史一直是爭議的主題。Robson（2002: 11）指出，*ngoko* / *krama* 的區別至少可以追溯到十六世紀初期。他推測表達尊敬的詞彙似乎是南島語言非常古老的元素。其在爪哇語的發展可能起因於同義雙詞配對的存在，並結合使用同義詞的需要來達到詩歌的要求。因此他將歷史上的語言級別與祭儀語言的對稱構句（parallelism）聯繫起來，我們將在下節討論這個主題。另一方面，Nothofer（2000: 57）認為語言級別系統不是這五種語言所屬的較原始語（如 Proto Malayo-Polynesian）的特徵，而是在約公元 1000 年左右開始出現在爪哇語。正如 Clynes（1994）和 Nothofer（2000）所指出的那樣，這個系統顯然在歷史上受到爪哇統治的不同時期擴散到相鄰的語言社區。

Errington（1988）記錄了這種爪哇語詞庫中對地位敏感的系統逐步崩解，一個可以說是帶動印尼獨立成就的過程。現代化帶來了由國家和國際政治決定的新社會秩序，因此具有真正政治權力的世襲貴族 *priyayi* 也跟著衰落。由於 *priyayi* 的傳統語言禮儀反映了更大的社會規範，傳統社會進入現代民族國家的轉型對於爪哇的語言級別系統產生了不可避免的後果，使得這個系統很可能在下一代或兩代之後消失。

3.1.2 麥克羅尼西亞和波里尼西亞的敬意語言 （respect languages）

一些太平洋島嶼社會有一種用來與大酋長交談或對話的特殊詞彙。由於世襲地位的區別在麥克羅尼西亞和波里尼西亞很常見，但罕見於美拉尼西亞，因此大多數報導的個案都在前者區域中發現。

Rehg（1981: 359-75），總結了 Garvin and Riesenberg（1952）的早期著作，但提供更多的語言細節，描述了 Pohnpeian 語的一種敬意語言或高尚語言系統，其與傳統政治體制內的頭銜標記等級密切相關。他指出語言級別之間的主要差異在於詞彙，高尚語言和普通語言之間在聲音系統或語法結構中幾乎沒有區別。然而如下所述，這種說法似乎並不完全正確。

Pohnpei 高島分為五個城市，每個城市有兩行酋長系統。正如 Rehg（1981: 360）所說的那樣，「一行中的最高首領稱為 *Nahnmwarki*，另一行的稱為 *Nahnken*。在每位酋長之下還有很多其他的頭銜擁有者，前十一位被認為是最重要的。」根據 Garvin and Riesenberg（1952: 202），「內部氏族的每位男子會依照其在母系血統的年資排行進行評比，所分配的頭銜大致也按照相同的標準。」基本上每個人都擁有一個頭銜，而且兩名具有相同頭銜的男子的相對排名取決於他們所屬的較大社會政治單位之間的資歷。基本的區別一方面將上級頭銜與被尊敬的同儕分開，另一方面也將熟悉的同儕與下級分開。Garvin 和 Riesenberg 補充說，雖然敬意行為在 Pohnpei 島是日常生活的一部分，其在儀式場合中更為複雜與強制。未能遵守該有的敬意會遭受超自然的懲罰，因為 *Nahnmwarki* 被認為無論到哪裡都會有一個看不見但有力的靈魂同伴跟隨著，稱為 *eni*，即祖先的幽靈。

Rehg（1981: 363）指出，「在 Ponapean 語的詞彙中，至少有幾百個敬意詞素。」其中大多數是名詞和動詞，他們可以出現在以下三種模式的任何一種中。根據尊重敬語（respect honorific，REH）形式和皇室敬語（royal honorific，ROH）形式的分離或融合構成以下三種模式：

圖 3.1　**Pohnpeian** 敬意詞彙的使用模式

	平常用語	尊重敬語	皇室敬語
1)	A	B	C
2)	A	B	B
3)	A	C	C

在模式 1）中，不同的形式用於 A）平常用語，B）高頭銜持有者，以及 C）最高酋長。在模式 2）中，B 和 C 形式被視為尊重敬語，並且在模式 3）整合成為皇室敬語。爪哇語許多敬語形式乃是透過使用語音模板從平常語言的同等形式中衍生出來，而與爪哇語不同的是，Pohnpeian 語中最尊敬的形式似乎與其平常用語的語義同等形式無關：*paliwar*：*ka:lap*：*erekiso*「身體」，*mese*：*wasaile*：*sileŋ*「臉」，*kouru:r*：*kiparamat*：*rarenei*「笑」，*u:pʷ*：*pe:n*：*pʷi:leŋ*「喝椰子水」，*meir*：*seimʷɔk*：*derir*「睡」。如果關係明顯，則是基於構詞而不是音韻，並且通常從其 REH 等同形式中得到 ROH 形式：*pe:*：*lime*：*limeiso*「手，手臂」，*sowe*：*pelikie*：*pelikiso*「背」，*sokon*：*irareileŋ*（Nahnmwarki），*irareiso*（Nahnken）。

在其他例子中，平常形式和尊重形式共有一個基底形式，但呈現不同的加綴／複合詞法：*pa:nadi*：*pa:nkupʷur*：*mʷareiso*「胸膛」，

pa:npe:（平常用語）：*pa:np^wɔl*（尊重敬語／皇室敬語）「胳肢窩」。Rehg（1981: 366）指出在一些敬語形式中發現了兩個語素，即 *-iso*「老爺，貴族，勳爵 lord」及 *-leŋ*，即 *la:ŋ*「天堂，天空」的附著形式，從而標記聽話者的崇高地位。

除了敬語詞彙外，Pohnpeian 語還使用了領屬（possessive）標記的謙稱及敬意的形式。第一個是相對簡單的，如：*mɔŋei*「我的頭」:*ei tuŋol mɔ:ŋ*「我的頭（謙稱）」或是 *ei se:t*「我的襯衫」: *ei tuŋol se:t*「我的襯衫（謙稱）」。儘管 Pohnpeian 的日常用語區別直接領屬與間接領屬，但是謙卑用語僅使用間接領屬。根據 Rehg（1981: 371），「敬語領屬結構在語法上平行於日常用語的領屬結構，只是其使用敬語分類詞，敬語代名詞和敬語名詞。」例子包括 *sawi-*（詞根）：*sawim^w*（日常用語）：*sawim^wi*（尊重敬語 REH）：*sawi:r*（皇室敬語 ROH）「你的家族」，或 *m^ware-*：*m^warem^w*：*m^warem^wi*：*m^wara:r*「你的頭銜」。最後，Rehg（1981: 374）注意到敬意語言的單一語音關聯，即「在一些常用詞和表達中誇大的元音延長」。因此，在共同的問候語 *kasele:lie*（書寫為 *kaselehlie*）中，已經很長的元音 *eh* 可以延長其正常長度的兩到三倍，當與上位或受尊敬的同儕對話時，在 *ei*「是的」及 *i:yeŋ*「不好意思（excuse me）」的第一個元音同樣加長以表示尊重。雖然語言的敬語模式發生在其他地方，但 Pohnpeian 語似乎是唯一將這一特徵發展到任何明顯複雜程度的麥克羅尼西亞語言。

Pohnpeian 語的敬語與爪哇敬語有一些不同的地方。首先，它有三個明顯與社會階層（social hierarchy）相關的語言層級，而爪哇語實質上只有兩個。雖然有人可能會說爪哇語也有三個語言層級，其中一個（madya）是中性的而非由階級定義的。也因此它的目的在於

應付社交曖昧的情況。相較之下，Pohnpeian 語的敬語顯然不容許曖昧。這樣的結果來自兩個系統在結構框架之間的差異。Pohnpeian 的敬語以親屬關係為主，因此比起反映社會階級的爪哇敬語，能更緊密地與世襲頭銜的正式社會政治制度聯繫在一起，無論那是如何達成的。第三，雖然爪哇敬語的一大部分很明顯是從日常語言衍生到少量語音模板的應用，Pohnpeian 語很少使用語音區別來標記地位的敏感性。第四，Pohnpeian 語的敬語言談可能會改變該語言的正常語法結構，而爪哇語在各層級之間沒有這種變化。至少值得提及的是，敬語言談中允許違反語法結構的情形，與公然違反社會結構的情形有異曲同工之處，即 Garvin and Riesenberg（1952: 211）所報導關於 Nahnmwark 的傳統行為。他可以對其所在領域的所有女性有性接觸，無論是否已婚，以及可以肆無忌憚地進行家族亂倫，即使這樣的行為通常可判處死刑。如果要以最精簡的描述來說明兩個系統的差異，也許就是 Pohnpeian 系統的敬語最終是基於恐懼，而爪哇語的系統是基於對 alus 行為的美學理想。違反 Pohnpeian 系統會導致超自然的報應；而違反爪哇系統的語言層級則會導致個人的屈辱。

語言層級也見於波里尼西亞西部的薩摩亞和東加。如同爪哇語及 Pohnpeian 語，這些層級主要或完全由詞彙變體來標記。Milner（1961），就薩摩亞的這個現象提供了最全面的描寫，區分五個層級由詞彙所標記的禮節：1）粗俗（或不雅），2）口語（或俚語），3）日常（或普通），4）禮貌（或恭敬），5）最禮貌的（或最尊敬的）。他注意到（1961: 297）如果一個普通單詞有相對應的禮貌詞，當發言者與（且通常當他向）酋長對話時，普通單詞的使用就幾乎排除了。但如果他是指涉自己，自己的親屬或財產，則無論他自己的等

級有多高，普通單詞的使用反而是強制性的。Milner 用以下的例子
來說明普通詞與禮貌言談之間的差別：

普通詞	禮貌詞	句義
ʔua pē le maile	ʔua mate le taʔifau	狗死了
Fafano ou lima	Tatafi ou ʔaʔao	洗你的手
ʔua tipi le maʔi	ʔua taʔoto le ŋaseŋase	病人正在動手術

這些例子表明，在薩摩亞語的語言層級中，大多數詞彙變體影
響實詞詞素而非功能詞素。Milner 的文章最後列出了一個大約 450
個普通單詞及其對應禮貌詞的清單。其中的一個樣本出現在表 3.3。
該詞彙若有原始大洋洲語（Proto-Oceanic）詞源也一併列出：

表 3.3　薩摩亞語的一些普通詞與禮貌詞之詞彙配對

普通詞	禮貌詞	原始大洋洲語	詞義
afi	mālaia	api	火
afi ʔafato	afi līpoi	qapatoR	一堆可食用的幼蟲
ʔai	talialo	kani	吃
aitu	saualiʔi	qanitu	鬼
ʔanae	āua	kanase	烏魚
atu	iʔa mai moana ŋāʔoŋo	qatun	鰹魚
āvā	faletua	qasawa	妻
fafano	tatafi	paño	洗手/腳
fafie	polata	papie	木柴
fale	apisā	pale	房屋
fana	lāʔau mālosi	panaq	槍；射擊武器

普通詞	禮貌詞	原始大洋洲語	詞義
fono	aofia	ponor	聚會討論
ŋutu	fofoŋa	ŋusuq	嘴
inu	tāumafa	inum	喝
isu	fofoŋa	icuʔ	鼻
lima	ʔaʔao	lima	手掌、手臂
mā	liliʔa	mayaq	尷尬，慚愧
mata	fofoŋa	mata	眼、臉
naifi	ʔoʔe/polo		刀子
nifo	ʔoloa	nipon	牙齒
niu	vailolo	niuR	椰子
susu	mau	susu	女人的胸
tae	otaota	taqe	排泄物
taŋi	tutulu	taŋis	啜泣、哭
talo	fuāuli	talos	芋頭

　　從上個列表所呈現的語料可得出一些有用的概括性。第一，爪哇語的敬語形式不僅存在於詞彙庫，也存在於詞綴中；Pohnpeian 語的地位敏感系統則是滲透到詞彙庫及一些語法層面；然而與以上兩者不同的是，薩摩亞的敬語似乎完全是由詞彙替換所組成。然而，即使在詞彙替代方面，薩摩亞的敬語與迄今為止所提及的其他語言不同，因為在爪哇語和 Pohnpeian 語中，詞彙替換幾乎在所有情況下都出現，牽涉到一個詞素的互換，或至少一個詞取代另一個詞。另一方面，在薩摩亞，敬語形式有時候很明顯是婉轉曲折的說法，就像 *iʔa mai moana*「來自深海的魚」（=鰹魚），*lāʔau mālosi*「強力

的工具」（=槍），或 *lasomili*：*ŋaseŋase o tāne*「陰囊水腫」（後者字面意義即為「男性疾病」）。

其次，Milner（1961: 310）指出，「naifi 是許多源自英語的詞彙之一，其禮貌對應詞是薩摩亞語。」這句話說明外來語 foreign = 普通語 ordinary 和本土 native = 禮貌 polite 之間存在相關性，但 Milner 的數據只顯示了另一個可以用來支持這種說法的例子：*tāvini*（來自英語，經由大溪地語）：*ʔau ʔauna*「僕人」。如表 3.3 所示，在比較薩摩亞的普通和禮貌形式時，最顯著的模式是「承襲的：普通的」，「創新的：禮貌的」。對這種模式的認識很重要，因為它更加地闡明了薩摩亞語敬語的起源，並反駁以下的說法：非本地術語通常被使用於普通用途，而本土術語用於禮貌用途。只有極少數是例外（例如 *pē*：*mate*：POC *mate「死」），現有的詞源資料顯示普通詞彙包含承襲於原始波里尼西亞語（Proto-Polynesian），原始大洋洲語（Proto-Oceanic），以及更遙遠的原始語形式，而禮貌詞彙則是創新的。雖然這些創新詞的本質並不總是很清楚，但在某些情況下，我們可以有相當大的信心來陳述。如上所述，例如，禮貌性詞彙有時是一種迂迴曲折的說法。鑑於這種模式，很明顯地，薩摩亞的敬語詞彙似乎相當地創新，並且源於詞彙新創或來自於語義轉換，複合或描述性詞組的遺傳詞彙語料。

第三，薩摩亞的敬語似乎與其他上面所檢視的案例不同，單一的敬語術語有時可以取代一些語義不同的普通詞彙。表 3.3 中最明顯的例子是 *fofoŋa*，用作取代「口」，「鼻」和「眼睛」。Milner（1966）給出了這個術語的意思為「面部（或其任何部分，如鼻子，嘴巴等）」。最後，如同爪哇語和 Pohnpeian 語，薩摩亞語的敬語詞彙似

乎是一個標記的語體。這不僅在使用它的社會或文化環境中顯而易見，也可以從系統本身的正式屬性看出來。普通語言的詞彙，舉例來說，通常是單一詞素，而那些敬語的詞彙常常可以從構詞或語法或兩者進行分析。迂迴曲折的說法（circumlocutions）在本質上是間接的，而使用間接的指涉或稱謂是很多語言對於地位具有敏感度的指標。再者，詞源資料顯示，即使在構詞上不透明的地方，敬語形式似乎仍是次要的創造，用來取代在特定社會環境中必須避免的普通語詞。

表 3.4　東加敬語詞彙的三個層級

Muomua	Lotoloto	Kakai	詞義
（領導酋長）	（中間酋長）	（人民）	
hala	pekia	mate	死的
hoihoifua	katakata	kata	笑
laŋi	tauoluŋa	mata	眼睛/臉
laŋi	fofoŋa	ulu	頭
laŋi	faiaŋatoka	tano	掩埋
tofa	toka	mohe	睡覺
tutulu	taŋi	taŋialoima	哭泣
tamasiʔi	taŋata	siana	男人
feitaumafa	halofia	fiekai	飢餓
fekita	uma	uma	親吻
hoko	vala	fatei	紗籠裙
houhau	tupotamaki	ita	生氣
laŋilaŋi	fakavao	mumu	用火取暖
fakamomoko	fakamomofi	fakamafana	自己取暖

在他的東加一般民族誌中，Gifford（1929: 119-122）描述了一種語言層級的三方對比，區分平民，貴族，以及國王。如表 3.4 中的選定範例。

Philips（1991）提供了較多關於東加語言層級使用的資料，也注意到陳述與實際使用之間的差異，但沒有在語料上增加對基本系統的描述。如同上述所檢視的其他語言，承襲的形式與普通語言密切相關（*mate* < POC *mate「死，死的」，*mata* < POC *mata「眼，臉」，*ulu* < POC *qulu「頭」，*tano* < POC *tanom '埋葬'，*faka-mafana* < POC *mapanas「溫暖的」等等）儘管如此，還是有一些這種模式的例外，如 *taŋi* < POC *taŋis「哭泣；哭」，或 *taŋata* < POC *tamʷataq「人，人類」，兩者都被列入 Lotoloto。東加系統其中最顯著的特點是使用 *laŋi*（<POC *laŋit「天空，天堂」）作為「眼睛／面部」、「頭部」和「埋葬」的 Muomua 取代形式；*laŋilaŋi* 作為「以火取暖」的類似取代形式。在前兩個含義中，*laŋi* 顯然在使用上非常類似 Pohnpeian 語的後綴 *-leŋ*，Rehg（1981）將其描述為 *la:ŋ*「天堂，天空」的附著形式。在這兩種情況下，這似乎標誌著其聽話者的崇高地位，且鑑於對該術語的認知，也令人猜想是否這可能不是針對核心麥克羅尼西亞語（Nuclear Micronesian）和波里尼西亞語兩者的祖先語言的用法。然而，由於缺乏其他同源的敬語形式，這樣的一致性最好將其視為趨同的（convergent）結果。接近東加和薩摩亞之間的一致性，如在 Lotoloto 的術語 *fofoŋa*「頭」（薩摩亞語 *ulu：ao*「頭」，但 *fofoŋa* 表達「口、鼻、眼／臉」等語意）最好將之歸因於擴散。

總而言之，儘管和一些學者的主張相反，爪哇語和薩摩亞語似

乎在詞彙上區分了兩種關於地位敏感度的層級，而 Pohnpeian 語和東加語則區別三個層級。在大洋洲語言中，所有充分描述的語言層級系統均圍繞著世襲頭銜系統，而在爪哇語的地位敏感度則著重在個人所分配的社會階層，其可能來自職業也可能來自血緣關係。換句話說，爪哇語系統較重視由成就獲得的地位，而非與生俱來的地位，雖然情況可能並非總是如此。再者，雖然 Milner（1961: 301）指出爪哇語和薩摩亞語的敬語在人體有關的詞彙，以及與身體有關的動作跟狀態表現出高度的重疊，我現有的語料顯示，比起爪哇語，與身體有關的敬語詞彙較常使用於麥克羅尼西亞和波里尼西亞的語言，這種差異幾乎可以肯定與最高酋長作為人的感知神聖性有關。儘管使用大洋洲語言的社會中，就酋長等級在尊敬行為存在一般相似性（包括敬語），仍有重要的差異可以區分麥克羅尼西亞及波里尼西亞。在波里尼西亞，違反適當的尊敬行為冒著與酋長的法力（稱為 *mana*）接觸的風險；而在 Pohnpei 島上類似的違反被認為會受到 *eni*（<PAN *qaNiCu）或伴隨在酋長身邊祖靈的懲罰。雖然結果可能相似，但波里尼西亞的概念是去人格（depersonalised）且自動化的（幾乎如同與電接觸），而麥克羅尼西亞的更像是報復。

這些比較無可避免地引出了南島語言中關於言談層次歷史的一些問題：這樣的系統是否存在於原始馬來-波里尼西亞語，還是這經過證實的系統是趨同演化的結果？如上所述，Robson（2002）推測，爪哇語中的 *ngoko*：*krama* 區別可能反映了古代南島語言中對儀式平行主義的使用，其中任何既定的含義可以用替代術語來表示，以在儀式背誦中實現一種宣告效果。隨著時間的推移，根據這種觀點，同義形式漸漸地與社會地位的差異連結起來。如果是這樣的話，我

們應該可以期待找到比較證據，允許至少重建這種系統的片斷，然而迄今為止還沒有任何類似的發現。此外，許多 *krama* 形式很明顯地經由少量語音模板的應用，從其 *ngoko* 對應詞衍生而來。如果爪哇語的語言層級是從儀式平行系統演變而來，那麼它們最初必定只包含與彼此之間沒有語音關係的 *ngoko*：*krama* 配對（如 *alas*：*wana*「森林」），並且後來才擴展到包括音韻機制以衍生出新的 *karma* 形式（如 *rupa*：*rupi*，*butuh*：*betah*，或 *arti*：*artos*）。因此，現有的證據顯示，爪哇語的語言層級是在該語言的個別歷史中演變而來的。大洋洲的例子也許可以合理地推測是衍生自共同祖語的形式，但即使這樣也似乎沒有基礎可以重建這個系統的任何細節。儘管存在一些淺顯的相似之處，例如 Pohnpeian 語及東加語兩者均使用 POC 的反映 *laŋit「天空、天堂」作為敬語，仍然很難證明麥克羅尼西亞及波里尼西亞的敬語之間有歷史的關聯。相反地，該證據顯示這些語言學的闡述源於古大洋洲社會中，承襲酋長制度的共同基礎，由於語言和文化的大量接觸引起的變化而在美拉尼西亞的大部分地區妥協的結果。

雖然南島語言中的語言層級之全面性歷史還無法寫成，但可能的情況可以勾勒如下。大多數語言顯示一些詞彙變異與地位敏感度有關，但其組織及執行都是相當鬆散。在某些社會中，這些趨勢漸漸地較為正式化及帶強制性，也許最初僅在祭典場合，後來擴大到日常生活中。造成正式化增加的原因令人臆測，但社會結構的變化導致加劇的地位差異，可能已在語言層級全然發展之前就出現了。沒有證據顯示這一點很古老。相反地，爪哇語的敬語可能是在印度—佛教時期末期發展起來的，這導致了法院及法院語言（courts and courtly language）的興起。然後它擴散到鄰近的異它語，Madurese 語和峇里島語，再從峇里島語到 Sasak 語。Pohnpeian 語的敬意語言幾乎肯定是在一個已經沿著世襲地位相當階層化的社會中就地出現的。波里尼西亞西部的敬意語言史則較難釐清。因為他們僅共有少數同源詞，Milner（1961: 300）認為東加語、薩摩亞語，以及較不知名的瓦利斯和富圖納群島的敬語詞彙，很大程度上是在這些語言的個別歷史中發展起來的，「但有一些詞彙，特別是那些與高級酋長和皇室成員有關的詞，也許在西波利尼西亞人分離之前就已經開始使用了。」這個提議的問題在於，並沒有所謂的西波里尼西亞支群，且古老的西波里西尼亞語言社區也因此不可能存在過。鑑於這個特徵的分布在地理上連續但親屬關係上是分歧的情況下，社區擴散似乎為其歷史提供了最可信的解釋。事實上，由於西波里尼西亞是一個著名的文化區域，也是東加人及其他波里尼西亞人之間語言分界的橋樑，在這個太平洋地區所使用語言層級幾乎可以肯定是從創新的單一中心擴散出去的刺激性產物，無論那是東加還是薩摩亞。雖然擴散的方向不明，但鑑於東加語言層級較強烈分歧的地位區別系統，且之前存在過的東加帝國（Geraghty 1994）不僅控制薩摩亞也控制瓦利斯和富圖納群島，東加作為起源中心似乎是最有可能的。

3.2　以性別為基礎的語言差異

目前尚不清楚南島語言中男性／女性語言差異的普遍程度。就此差異已發表的明確報告有以下兩個語言群：越南沿海的占語

（Cham）和台灣北部的泰雅語。

3.2.1 泰雅語的男人用語及女人用語

Li（李壬癸）（1980b，1982a）描述了一種普遍的詞彙差異系統，它區分了台灣北部使用的兩種泰雅語方言中男性和女性的用語。這些研究非常有價值，因為它們是迄今為止最完整的分析，也可以說是迄今為止在任何南島語言中，語言語體（speech style）或語域（register）以性別作為主要差異的唯一真實案例。

表 3.5　汶水泰雅語的男性／女性用語差異

	女性語形	男性語形	四季方言	原始南島語
(1)	kahuy	kahuniq	qhuniq	*kaSiw「樹；木」
	hapuy	hapuniq	puniq	*Sapuy「火」
	raʔan	raniq	ryaniq	*zalan「路；徑」
	paysan	pisaniq	psaniq	*paliSi-an「刺青」
	matas	matiq	matas	*p<um>ataS「刺青（動詞）」
	k<um>aiʔ	k<um>aihuw	k<m>ehuy	*k<um>alih「挖」
	lataʔ	latanux	tanux	*NataD「整好的地」
	mataq	matiluq	mteluq	*mataq「生的」
	ma-busuk	businuk	msinuk	*ma-buSuk「醉的」
	q<um>alup	q<um>alwap	q<m>alup	*q<um>aNup「狩獵（動詞）」
	c<um>aqis	c<um>aqiɲ	c<m>aqis	*C<um>aqiS「縫（動詞）」
	kucuʔ	kuhiŋ	kuhiŋ	*kuCu「頭蝨」
	hawuŋ	hayriŋ	ciŋ	*saleN「松樹」

	女性語形	男性語形	四季方言	原始南島語
(2)	(raqis)	raqinas	rqinas	*daqiS「臉」
	(quway)	quwaniʔ	qwaniʔ	*quay「藤」
	(tulaʔ)	Tulaqiy	tlaqiy	*tuna「淡水鰻魚」
	(qabuʔ)	qabuliʔ	qbuliʔ	*qabu「灰」
	(buhug)	(buhinug)	bhenux	*busuR「狩獵的弓」
	(imaʔ)	imagal	ʔimagal	*lima「五」
	(qaug)	qauag	-----	*qauR「竹」
	(bual)	buatiŋ	byaliŋ	*bulaN「月」
	(ʔugat)	ʔuwiq	ʔugiq	*huRaC「靜脈;肌腱」
	(k\<um\>itaʔ)	k\<um\>itaal	ktayux	*k\<um\>ita「看見」

　　泰雅語分為兩大方言群，賽考利克（Squliq）和澤敖利（Cʔuliʔ/
Ts'ole'）。賽考利克方言群相對一致，而澤敖利方言群的異質性較
高。不同形式的男性用語和女性用語出現在汶水（Mayrinax），屬於
澤敖利方言之一（Li 1980b），也在八卦力（Paʔkualiʔ），一種僅僅
被稱為「泰雅（Atayal）」（Li 1982a）的方言。最有趣的是，汶水和
八卦力的男性用語形式通常較接近其他泰雅語方言的同源詞。其他
泰雅語並不區分男性和女性用語。表 3.5（Li 1982a 之後）列出汶水
方言基於性別的詞彙差異，以及屬於澤敖利方言群的四季方言具一
致性的同源詞。預期但無法證實的女性用語形式則出現在括號中。

　　李壬癸詳細記錄了這些基於性別的詞彙差異。他歸類可以從語
料中提取的衍生模式，並顯示女性形式比男性形式更為保守。根據
約 1500 個詞彙基底的語料庫，他發現有 107 對單詞可區分為男性相
對於女性。這些詞彙並沒有顯示清楚的語義偏好，雖然 Li（1980b）

也努力確定男性形式乃是源自同義女性形式的一些模式，然而這些模式相當多變，且每個只適用於一小部分例子。因此，若只看表 3.5（1）的 *kahuniq* 和 *hapuniq*，男性形式衍生自女性形式在刪除雙元音音節尾的 *-y* 後再加綴 *-niq*。在 *raniq* 和 *pisaniq* 中，經由縮短類似元音的序列（由自主的喉塞音來分隔）得出男性形式，或是元音+滑音及加綴 *-niq*，進一步收縮由後綴產生的類似輔音的序列。這四個例子可以視為形成一個相當一致的模式，但這也是唯一在目前所報導的語料中能完整舉例說明的模式。在 *matas : matiq* 最後的 -VC 由 *-iq* 所取代，這樣的衍生策略是未經證實的，也只模糊地像是用來衍生 *kahuniq*，*hapuniq*，*raniq* 以及 *pisaniq* 的模式。在 *k<um>ai? : k<um>aihuw* 中，序列 *-huw* 被添加到女性形式（Li 1980b 將 *-?* 分析為音素，但它的對比值很小）。在 *lata? : latanux* 中，男性形式是經由加綴 *-nux* 衍生而來的；而在 *mataq : matiluq* 中，則是藉由加接 *-il-* 中綴及將最後一個音節的元音 a 變成 u 而得來的。而 *ma-busuk : bus<in>uk* 的衍生雖類似於前面的例子，但不完全一樣，因為它使用中綴 *-in-* 而沒有詞幹元音的變化。在 *q<um>alup : q<um>alwap* 中，男性形式是在最後音節的元音後加接中綴 *-a-*，然後元音 u 在 a 之前再滑音化而產生的。最後三種形式顯示了一些共通的相似性，但每個模式中的細節也不盡相同。這簡短一瞥的結果是，似乎使用「模式」這個詞彙來描述泰雅語男性及女性用語形式的變化是不合適的。與爪哇語 *ngoko : krama* 的區別不同的是，數百種 *krama* 形式可經由應用少數幾種形式的語音模板來產生，而汶水泰雅語中男性用語形式從女性形式衍生所需要的模板（templates），幾乎與表格裡的形式一樣多。總之，這個男性用語形式的詞彙衍生過程，在很大程度上是沒有系

統性的。

Li（1980b: 10）指出「藉由添加某些詞綴，男性用語形式通常比女性的長。」為了證實所言，他提出「後綴 -*nux*」，如汶水的 βatu-nux，四季，馬諾源（Mnawyan）的 βtu-nux，以及賽考利克的 *tu-nux*「石頭」（PAN *batu）；還有「中綴 -*in*-」，如 Sakuxan，Maspazi? 的 *rak<in>us*，賽考利克的 *k<n>us*，四季，馬諾源的 *rk<n>as*「樟樹」（PAN *dakeS);以及馬諾源 *yumu-riq*「青苔」（PAN *lumut）中的「後綴 -*riq*」，依此類推。然而，這些詞綴通常具有兩個在這些元素中沒有的特徵：它們清楚地顯示出複現模式，並且具有可識別的意義。李壬癸提到，這些詞綴出現在各種泰雅語方言的一些詞彙中。然而，正如已經看到的，這些音韻元素很少是經常性的，並且它們所在之處的附著方式在特定的細節上有所不同，這也使得大多數情況在衍生上是獨特的。至少有個例子，即中綴 -*in*-，用來衍生男性用語形式的成分，也對應到眾所周知的原始南島語標記完成時貌的中綴。這可以解讀為男性用語形式有時透過利用現有構詞資源，從女性形式衍生而來的證據。然而，將這些元素視為相同是不合理的，因為插入的元素在例如 *bus<in>uk*「酒醉的」中沒有任何含義，且不像承襲祖語的中綴 -*in*- 是插入在詞幹的第一個元音之前，*bus<in>uk* 的中綴 -*in*- 是加插在詞幹的最後一個元音之前。泰雅語男性用語形式的詞綴不僅構成一個開放類別，而且它們加插中綴的位置也是非典型的。唯一真正的歸納似乎是，男性用語形式通常經由後綴或中綴來添加材料，而不是經由前綴來產生；且最終結果是，較保守的女性用語形式，在許多情況下是完全看不出來的。

由於在汶水和八卦力的男性用語形式通常比較像其他沒有男／

女用語區別的泰雅語方言，因此似乎別無選擇地只能將男性用語形式歸因於原始泰雅語群（Proto-Atayalic）。事實上，由於 Li（1982a）提及在賽德克語中發現一些男性用語形式，因此也必須將泰雅語和賽德克語的共同祖先原始泰雅語群假定為具有男／女用語的區別。因此，比較方法的證據顯示，兩種用語語域（speech register）在祖先的語言社區中並存著。現代賽德克方言傾向於保留歷史上保守的女性形式，而現代泰雅方言傾向於保留創新的男性形式。在汶水和八卦力兩種用語的語域都保存了下來，但仍帶有不同於祖語系統的一些變化。在泰雅語的 Tabilas（澤敖利）方言中，根據 Li（1982a），男性和女性用語的語域以一種性別中立的形式保存著，在一些詞彙基底中被轉化為以指稱的語義特徵作為區別，如 *kahuy*（女）「樹」：*kahu-niq*（男）「柴」，*qaxaʔ*（女）「項鍊的大珠子」：*bagiiq*（男）「小珠子，用於手鍊」，或是 *t<um>inun*（女）「編織（布，絲）」：*t<um>inuq*（男）「編織（墊）」。

　　泰雅族男性用語的起源仍不清楚，儘管最合理的假設是它起源於男性使用的秘密語言（Li 1983）。這可以解釋這樣一個事實，即許多詞彙項目的創新形式是，或者最初是男性發言者的專有特權。Li（1982a）猶豫是否採用這種解釋，理由是男性形式的衍生是相當不規則的，而大多數秘密語言的衍生是規則導向的。但出於兩個原因，這種反對似乎毫無意義。首先，比較完善的秘密語言，如雅加達的 Prokem（第 3.4.3 節），顯示了幾種單詞衍生模式，其中沒有一種是完全規則的。其次，秘密語言最重要的是將創新形式偽裝好，讓那些沒有學習該秘密語言的人無法理解，而更大的複雜性／不規則性顯然也是為了達到這個目的，而非反其道而行。

3.2.2　其他例子？

　　其他有關南島語言基於性別的語言差異，唯一已發表的報告是 Blood（1961）。他注意到越南占語（Cham）的男性／女性差異。通常差異是在音韻，但也可能是詞彙。根據 Blood 的說法，占語的男性用語與女性用語之間的語音差異往往是由於兩性無法平等地取得以傳統印度語為主的占語經文；這些經文通常是對男性開放但對女性不開放的知識領域。實際上，男性用語可能含有保守性，這是以文言文發音的直接結果。Blood 強調並非所有男性用語都具有這些特徵，因此暗示女性用語只是性別中立的無標記語域，而男性用語才是偏離的。大概是因為這種偏離的風格與聲望有關，Blood 已將其視為基本，並將基本風格視為具有標記性的。與泰雅語不同的是，沒有跡象表明這些以性別為主的用語差異（可能視為以教育為主的更好），具有任何掩蓋信息內容的功能。相反地，他們提出了一個無法在這裡進一步探討的問題，即書面語言與口語的關係。

　　在一些暗示還有幾個仍未發現的語料，有關基於性別的用語差異的文獻中，其中一個尚待研究的是 Voorhoeve（1955: 21）。他指出在蘇門答臘南部的 Rejang 語，以輔音為首的音節，其最後的鼻音可能會先爆破（preploded），如 *buleun / buleudn*「月亮」。與印尼西部其他語言的鼻音預爆（preplosion）不同的是，簡單和預爆的鼻音明顯具有不同的社會價值，後者發生在吟唱傳說，也用來辱罵人（特別是由女性所用，如同我經歷的）。Jaspan（1984）提出 Rejang 語 *buleun*「月亮；月份」，*buleudn*「月」（在謾罵或憤怒時使用），但令人驚訝的是，這是他在超過 3,500 個條目的字典中所提供的唯一謾罵形式。由於他也沒有提到 *buleudn* 是否為女性特有的使用形

式，因此 Voorhoeve 的意見有可能只是根據未加思索的評論，對系統性的語言表現來說幾乎沒有什麼關聯。

3.3 謾罵和褻瀆

Rejang 語 *buleudn* 的例子涉及 Mintz（1991）相當長篇討論的一個觀點。Mintz（1991）報導了 Bikol 語中大約五十個單詞的特殊詞彙，僅用於表達憤怒，有時甚至是開玩笑，以取代標準詞彙項目。根據 Mintz 的說法，在其他語言使用者可能使用褻瀆用語的情況下，Bikol 語使用憤怒詞。不同之處在於，雖然褻瀆的指稱通常是厭惡，社會世故（social delicacy）或崇敬的對象，但憤怒詞的指稱與它所取代的一般語言等同詞的指稱相同。他透過例子來說明（1991: 232），如果你因米飯灑掉而感到生氣，你可能會說 lasgás 或 lamasgás 而不是 bagás。如果一個動物打擾你，你可能會稱它為 gadyá 而不是 háyop，或者如果有人在不該睡覺的時候睡覺，你可能會把這個動作稱為 tusmág 而不是 túrog，以表達不滿。在每種情況下，憤怒詞是與其所替代的一般語言等同詞具有相同含義，差別只在於被指配給不同的用語語域。

表 3.6　**Bikol 語「憤怒詞」的音韻衍生**

一般詞	憤怒等同詞	詞義
pádiʔ	l(am)asdíʔ	牧師；神父；神職人員
bagás	l(am)asgás	去糠的米；糙米
tulák	lamasdák	胃

一般詞	憤怒等同詞	華語
burát	lusrát	酒醉的
buŋáw	lasŋáw	酒醉的
buŋóg	lusnóg	聾的
lubót	lusbót	臀部；屁股
pirák	s(am)agták	錢
túbig	kalʔíg	水
uríg	takríg/tukríg	豬
îdoʔ	d(am)ayóʔ	狗
insík	tugalsík	中國人

　　Mintz 指出，Bikol 語中的許多憤怒詞都是由一個語音模板所衍生出來的，該模板取代了最後音節或最後的 VC 音節。這似乎比泰雅族的男性用語表現出更高程度的複發性，但仍低於爪哇語的 *krama* 語域。他引用了七個雙音節詞基的例子，這些例子的首音節均由 *l(am)as-* 或 *lus-* 所取代。其中兩個的輔音串來自第二個音段的取代所導致的變化。除了這種模式之外，其他形式也顯示出高度不規則的衍生模式，其中首音節被一個或多個與其沒有語音相似性的音節所取代。

　　一般而言，Bikol 語憤怒詞的衍生模式與泰雅語男性用語形式的衍生模式不同，因為泰雅語創造新的詞尾，而 Bikol 語傾向強烈地保留它們。Mintz 沒有評論這個事實，但值得注意的是，他所引用的憤怒詞都帶有末音節重音，儘管在大多數情況下，這是具有詞中輔音串形式所造成的結果。據說另一組憤怒詞來自語意演變，因為 *háyop*「動物」被 *gadyáʔ* 取代（參照 *gadyá*「大象」），*bitís*「腳」被

siki 取代（參照 *siki*「有蹄類的」）或 *kakán*「吃」被 *habló?* 取代（參照 *habló?*「狼吞虎嚥，沒有咀嚼就吞下去」）。Mintz 引用的一些憤怒詞指涉了傳入的概念（牧師，大象，金錢，中國人），顯示憤怒的用語語域可能是一個相當近期的發展。

　　Lobel（2005）再次提起這個問題，特別針對 Bikol 語憤怒用語語域的起源作討論。他指出（2005: 154），目前還不清楚 Bikol 語的憤怒語域是否是這些語言獨有的創新，還是來自「原始中部菲律賓語（Proto Central Philippines）」的保留（retention）。然而，他後來發現（2012）在瓦萊-瓦萊語，Asi / Bantoanon，Mandaya 和 Kaagan 等其他中部菲律賓語言以及明答那峨島的 Binukid / Bukidnon 等 Manobo 語言中發現了類似的憤怒語域。此外，該語域中的一些形式至少可以在「原始中部菲律賓語」進行重建，顯示該詞彙在這方面不是近期的發展，應是在菲律賓中部和南部已有相當長的歷史。此外，Lobel 的研究獲得更多進展，他從普通詞彙項辨識出憤怒語域詞彙項乃是透過諸如中綴加接，詞的部分取代，音位取代，語意轉換（semantic shift）等過程衍生而來。

　　由於其所使用的語境，Bikol 語的憤怒詞很容易與褻瀆混淆。然而，謾罵和褻瀆似乎是截然不同的概念。首先，謾罵是透過對普通詞彙進行詞彙替換來表達，而非透過與性、生殖器（特別是收話者近親的）、糞便、動物名稱的辱罵，超自然等有關的普通詞（無論社會上如何污名化的）來表達。其次，雖然兩者都是咒罵，但褻瀆通常針對的是對話者（通常帶有相關的代名詞），或者是因為對一種情況的不滿而憤怒或沮喪地大喊大叫，而謾罵則表示對另一個人或一種情況的不滿，通過詞彙選擇具標記性的用語語域。南島語言的褻

瀆數據很難獲得，但在同儕的幫助下[18]我收集了一些例子，允許一些有限的概括。根據引起的憤怒或刺激的程度，咒罵的變化可以從輕微到強烈，並且可以針對某個人或任何人。用來表達褻瀆的範疇包括以下內容。在大多數情況下，被激怒的說話者會向對話者說出或喊出這些語詞。菲律賓語言的表達方式顯然受到西班牙語的移借或直接的影響，例如塔加洛語 *taŋinamo*（<*puta aŋ ina-mo*）「你的母親是妓女」，而西班牙語 *hijo de puta*「妓女之子」或 *hija de puta*「妓女之女」只是順便提及，因為沒有證據顯示這些褻瀆是本土語言系統的一部分：

1. 涉及生殖器官及其他身體部位：

伊隆戈語：*bilat saŋ bay*（陰道-**屬格**-祖母）「你祖母的陰道！」；印尼語：*puki emak*（通常縮簡為 '*ki mak*' =陰道+母親）「你媽媽的陰道！」。聽說是很粗鄙的話，但常在蘇門答臘聽到；馬紹爾語 *kōden jinōmʷ*（陰道-**屬格**-母親-**第二人稱單數**）「你媽媽的陰道！」；斐濟語：*maŋa i tina-mu*（母親的陰道-**第二人稱單數**）「你媽媽的陰道！」。也有 *maŋa i bu-mu*（母親的陰道-**第二人稱單數**）「你祖母的陰道！」。因此這種特定的侮蔑可見於菲律賓中部，印尼西部，麥克羅尼亞以及斐濟（且無疑地可見於在這中間的南島語言）。其他表達方式針對的是那個引起說話者憤怒的人，而不是那個人的近親，

---

18 菲律賓語言的語料由 Jason W. Lobel（2006 年 3 月 3 日，個人通訊）提供。關於印尼語的語料來自 Uli Kozok（2006 年 3 月 1 日，個人通訊）。Marshalles 語的語料由 Alfred Capelle 和 Byron W. Bender（2006 年 3 月 8 日，個人通訊）提供。斐濟語的語料來自 Paul A. Geraghty（個人通訊，2006 年 3 月 1 日）。

可能只是簡單地說出一個隱私的身體部位名稱，或者暗示一些社會上不受歡迎或文化上令人尷尬的身體部位特徵，如同斐濟語：*boci*「未受割禮」、*maŋa-levu*「大外陰」、*ŋgala-levu*「大陰莖」。

2. 涉及性交：

印尼語：*ŋ-entot*「幹！」；*ŋocok*「亂搞 mix it up！」；斐濟語：*cai-si tama-mu*（幹 **-tr** 父親**-第二人稱單數**）「幹你老爸！」。也有 *cai-si tuka-mu*（幹 **-tr** 祖父**-第二人稱單數**）「幹你祖父！」。作為褻瀆的一個例子，印尼語 *ŋocok* 的表達令人費解。它的字面意義是搖動（如作為混合內容物的一瓶藥），作為雞蛋攪拌，將成分混合在一起。作為褻瀆的使用時，它可能意味著性交是混合物的表達。這種類型的褻瀆同樣可以被歸類為詛咒一個人的血緣。

3. 涉及糞便：

印尼語：*tahi*「屎！」；*tahi kuciŋ*（屎-貓）「鬼扯！」。前者比較常被用來表達無特定對象的憤怒或沮喪，而後者則被用來表達嘲笑別人聲稱的東西。斐濟語：*kani-a na de-mu*（吃 **-tr 定冠詞** 屎**-第二人稱單數**）「吃你的狗屎！」。

4. 涉及動物：

塔加洛語：*háyop ka*（動物 **第二人稱單數**）「你是禽獸！」（在中部的菲律賓語言很常見）；印尼語：*anjiŋ*「狗!」，*babi*「豬!」，*kerbau*「水牛！」（愚蠢），*monyet*「猴子！」。由於一些不良的性格特徵在他的行為中浮現，激怒說話者而對其大聲喊叫。

5. 涉及愚蠢：

　　塔加洛語：*gagu*，印尼語：*bodoh*「笨！」

6. 涉及不平衡的身心狀態：

　　印尼語：*gila*，*edan*「瘋了！」，*sintiŋ*「瘋，發瘋，起肖！」

7. 對自己咒罵：

　　以下據說是對自己咒罵或無特定對象之憤怒的例子：塔加洛語 *púki*「陰道！」，該詞僅用於獨處時，且不能作為對特定對象的侮辱（Jason Lobel，個人通訊）；塔加洛語：*taŋina*（< *puta aŋ ina*）「妓女媽媽！」（沒有所有格代名詞；cp. *taŋinamo* < *puta aŋ ina-mo*「你的母親是個妓女」，作侮辱之用）；Rinconada Bikol 語 *buray ni nanya*（陰道-**屬格**-母親-**第三人稱單數**）「他／她母親的陰道」。「可以聽到年輕人和老年人這麼說，即使在最小的錯誤或驚訝中也是如此，聽到時很難引起任何人的注意」（Jason Lobel，個人通訊）；印尼語：*pantat*「屁股！」，*kontol*「陰莖!」；斐濟語：*cai-ta*（幹 **-tr**）「他媽的！」，*maŋa-na*（陰道-**3sg**）「她的陰道！」，*de-na*（屎-**3sg**）「他／她的狗屎！」。當使用所有格代名詞時，這些表達不同於使用第三人稱單數而不是第二人稱單數所有格標記來咒罵他人。

　　從這些數據中可以得出積極和消極的結論。諸如「你（祖）母親的陰道！」之類的表達在南島語系中似乎有著悠久的歷史。與英語相比，明顯缺乏的是將召喚天譴的表達使用在令某人生氣或輕蔑的事情上。相反地，在許多南島社會中，超自然所引發的不幸被認為是違反禁忌的必然結果，因此使用褻瀆來實現或希望獲得相同的結果將是多餘的。這反過來又產生一個問題，即「褻瀆」一詞是否

適合這種類型的詛咒，因為「神聖的：褻瀆的」這樣的對立意味著涉及神性，然而缺乏這類侮辱詞彙之處也許較符合「猥褻」而不是「褻瀆」。

3.4　秘密語言

如前所述，李壬癸對泰雅族男女性用語之間差異的描述顯示，男性用語形式可能起源於試圖產生一種「秘密語言」，也稱為一種「語言遊戲 *lulding*」。雖然這仍然是假設性的，由於在任何現代泰雅語方言中都不存在這樣的功能，為了隱藏訊息而故意扭曲語音信號的報導也見於其他南島語言。這些相當詳細的報導顯示語言次代碼的功能與英語的「豬拉丁語」（pig Latin）功能相似。

3.4.1　塔加洛語的語言偽裝

關於南島語系的秘密語言，最早且最正式的報導之一是 Conklin（1956）對於「塔加洛的語言偽裝」簡短但內容豐富的描述。根據 Conklin（1956: 136），『當談話中的一位說話者試圖隱瞞身份並以此詮釋他所說的話時，他可能會改變話語中的音韻結構；這種隱瞞方法我稱之為「*語言偽裝*」（speech disguise）。這種「豬-拉丁語」式的塔加洛語專有名詞稱為 *baliktád*，在其他語境下，這意味著從內向外，顛倒，倒置或向後。』Conklin 識別八種不同類型的結構重整或詞綴用來形成 *baliktád* 單詞，如下所示（R =重新排列，I =中綴）：

R₁：（詞基的音位形式完全對調）：*salá:mat* > *tamá:las*「感謝」，*mag-simbá* > *mag-ʔabmîs*「參加彌撒」。在第二個例子中，喉塞音的加插是預設的，符合因應所有以元音為首的詞基接在具輔音尾前綴之後的過程。注意只有詞基受 **R₁** 影響，而詞綴保持不變。

R₂：（詞基的音位形式有部分對調，或是換位）：*di:to* > *dó:ti*「這裡」，*gá:bi* > *bá:gi*「芋頭」。元音或輔音可以互換。據說這種模式僅限於「非連續的雙音節詞」。

R₃：（詞基的音節形式完全對調）：*ʔi:tó* > *tó:ʔi*「這」，*pá:ŋit* > *ŋitpá:*「醜」，*kapatíd* > *tidpaká*「兄弟姊妹」。**R₃** 在下一個更高水平的音韻結構上與 **R₁** 相當。**R₁** 反向複製音段序列而不考慮其音節結構，**R₃** 則以一個音節為單位反向複製一個音節，但保留音節的內部結構，只是對調詞基中的音節序列。注意重音仍保留在最初指定的音節上，在 **R₃** 的詞基內隨之移動，但在 **R₂** 的詞基內則維持原位。

R₄：（詞基的音節有部分換位）：*ma-gandá* > *damagán*「美麗的」，*kamá:tis* > *tiskamá*「蕃茄」。這裡，與 **R₃** 不同的是，最後音節被移到初始位置，但前兩個音節保持不變。在這種模式中重音的指派不如上面討論的那樣明顯：*tiskamá* 保留在最初指派的音節上，但在 *damagán* 它仍留在最後音節，因此改變了音節結構。據推測，這種差異的解釋是，塔加洛語只允許倒數第二及最後音節帶有重音，所以相較於將其移動到最初沒有指派重音的音節，在最後音節保持重音則較單純。Conklin 指出，這種類型的詞素偏離特別常見，並且以合乎圖像式且毫無疑問的幽默名字稱之為 *tadbaʔik*。對於雙音節詞基方面，**R₃** 和 **R₄** 則難以區分。

I₁：*tiná:pay* > *t<**um**>iná:pay*「麵包」，*na* > *n<**um**> a*「已經」。

這種模式乃遵循常見的動詞構詞正常模式，加插極高頻率的主事焦點（Actor Voice）中綴 *-um-*（粗體）。這種形式的偽裝用語不同之處在於所加綴的詞，其無標記功能是非動詞性的。

I₂：*sî:loʔ* > *s<**ig**>î:-l<**o:g**>oʔ*「誘捕，設陷阱捕捉」，*ʔitlóg* > *ʔ<**um**>î:tl<**om**>óg*「蛋」，*salá:mat póʔ* > *s<**ag**>á:l<**ag**>á:m<**ag**>át p<**og**>oʔ*「謝謝您，閣下」，*gá:liŋ* > *g<**um**>á:l<**im**>îŋ*「來自」。**I₂** 比 **I₁** 更複雜，因為它 1）在所有音節的首輔音之後需要單獨的 -VC- 中綴，2）中綴 -Vg- 的元音必須與中綴所連接的音節的韻核相同，但是 -um- 的元音僅與詞尾音節的韻核一致，並且 3）有兩個單獨的中綴。

I₃：*hindiʔ* > *h<**um**>ind<**imî:p**>iʔ*「　不　」，*puntá* > *p<**um**>ú:nt<**amá:p**>a*「去」。**I₃** 類似 **I₂** 藉由雙重中綴加接來擴大詞基，但這裡的第二個中綴是 -VCVC-，這種形狀在一般語言中從未出現過。

R₃I₂：*hindiʔ* > *d<**im**>î:h<**in**>în*「不」，*saglit* > *l<**um**>i:ts<**am**>ág*「立即，即刻的」，*saʔán* > *ʔ<**um**>a:ns<**am**>á*「哪裡？」。在這個模式中詞基的兩個音節相互對調，再加上雙重中綴加插，使得原來的詞基完全被偽裝起來。注意 *saʔán* 的相同元音之間的非音素喉塞音仍保留在其偽裝的衍生詞的詞首，因為所有非輔音開頭的單詞必須以喉塞音起始，而 *hindiʔ* 的音素喉塞音在其偽裝的衍生詞中丟失，因為塔加洛語不允許輔音前出現喉塞音。

Conklin 描述了一些附加的模式，但上述所提供的模式就足以讓人感到這個系統令人生畏的複雜性。實際上，擁有所有這些選項的最終結果是語音失真的系統，這使得英語「豬拉丁（Pig Latin）」（*Igpay Atinlay*）的常規看起來像是小孩子的遊戲。Conklin 強調，他

所描述的語言偽裝選項的範圍不僅僅是一個人通常的命令，而且系統必然總是處於不斷變化的狀態，因為只有不斷創新才能保持其努力實現的保密功能。關於後者，他進一步指出（Conklin 1956: 139），『雖然 baliktád 的使用不限於任何年齡，性別或社會群體，但在青少年和未婚青年中尤其受歡迎。學習這種語言的原因是多方面的：防止年長的親戚，非親屬，年幼的兄弟姐妹，僕人，供應商，以及一般個人小圈子中的任何非成員理解談話內容。』這似乎特別適用於如果沒有年長女伴（監督人），就不能進行（遵循西班牙的 dueña 制度）的求偶行為。Gil（1996）更詳細地研究了 baliktád 的一些形式屬性，特別是 Conklin 的 **R**₁ 和詞綴在排序關係方面的相互作用。

3.4.2　馬來語的反向俚語（back-slang）

　　Evans（1923: 276-277）提供了一個淺顯的單頁描述，紀錄了他在馬來西亞的 Negri Sembilan 地區所採集到的語料，並稱之為「馬來反向俚語（chakap balek「反向語音」）」。他給出的例子幾乎沒有證據顯示其有系統性，也不清楚這些形式是如何學習的。例如，pantun（傳統唱詩）的第一行是 rioh rəndah bunyi-nya buroŋ（喧囂低沉的聲音-有調質的聲音_**第三人稱單數**_鳥）「鳥兒的鳴叫帶來一聲低沉的喧囂」被轉化為 yori yarah nubi nəruboŋ。雖然 yori 可以看作是音節換位的產物（從[rijoh]中可預測其移動的滑音，以及輔音前 ŋ 的刪除），yarah 和 nubi 都不是以這種方式衍生出來的，而 nəruboŋ 似乎是來自加接第三人稱單數所有格代名詞作為其後一個詞的前綴，以及前兩個輔音的換位。具有反向俚語等同詞的一般馬來語的

其他示例顯示音節換位（*aku* > *kua*「第一人稱單數」，*pərgi* > *gipər*「去」），但是這點沒有被觀察到一致性。Evans（1923: 276）認為，當他們希望在他們的長輩和更好的人之前，或者在不上道的同伴面前談論秘密時，只有不懂分寸的馬來小孩才會使用 *chakap balek*。

3.4.3 Prokem

Dreyfuss（1983）描述了一種秘密語言，這種語言出現在 20 世紀 70 年代後期的雅加達青年之間，他們深受十年前橫掃美國和各個歐洲國家的和平運動的影響。雖然這主要是一種口頭暗語（argot），但在某些情況下它已成為書面小說。他稱這是雅加達青年（JYBL）的反向語言（backward language）。值得注意的是，這三種情況中的每一種（塔加洛語，傳統馬來語，雅加達當代印尼語的現代使用者）都將語言偽裝描述為反向語言。

表 3.7　標準印尼語與 JYBL 等同詞

標準印尼語	詞義	JYBL
1. bisa	能夠	bokis
2. bərapa	多少？	brokap
3. cəlana	褲子	cəlokan
4. cina	中國人	cokan[19]
5. gila	瘋狂的	gokil
6. janda	離婚的	jokan
7. Jawa	爪哇	jokaw

---

19 預期的形式應該是 **cokin。有可能是原文的打字錯誤。

標準印尼語	詞義	JYBL
8. kita	咱們	kokit
9. lima	五	lokim
10. Madura	馬都拉	madokur
11. pənjara	監獄	pənjokar
12. pesta	政黨；派對	pokes

Dreyfuss 描述的大多數語料在內部比 Evans 描述的 *chakap balek* 更加一致。而且它也比 Conklin 對塔加洛語所描述的模式簡單得多。示例見表 3.7（SI =標準印尼語）。

儘管 Dreyfuss 提出了一個不必要的複雜分析，認為爪哇語影響了位於底層的巽它語，但這裡的規則看起來顯然是（1）在倒數第二個元音之前插入 -ok- 音序；（2）將最後一個元音刪除，然後（3）藉由刪除第二個輔音來減少詞尾的輔音串。以這種方式形成的所有單詞都源自以 -a 結尾的普通語言形式。Dreyfuss 注意到兩個以元音結尾的單詞的例子，這些元音具有根據相同模式製作的偽裝形式：*bəli > bokəl*「買」，*bəgini > bəgokin*「就像這樣」，他非常簡單地引用了「更平凡的反向語言之反向主義」，例如 *ribut > birut*「吵雜的」和 *habis > bais*「完成的；結束了的」。

根據 Prathama and Chambert-Loir（1990）的說法，早在 1981 年，這個暗語被稱為「Prokem」，顯然是 *preman* 的衍生物。Kamus Besar Bahasa Indonesia（Moeliono et al.1989）為後者提供了兩個詞條：（1）私人；平民（非軍事）；私人擁有的，以及（2）盜賊，扒手等的稱號。Prathama and Chamber-Loir 從後一個詞條中獲得了「Prokem」

的名稱，Fox（2005: 99）重複使用了這個關聯。然而，由於暗語的目的是繞著口頭傳播的信息來創造一層保密性，人們會認為第一個詞條（參見爪哇語 preman「私人的，私有的」）應是一個較合理的名稱來源。在他們的 Prokem 詞典中，他們引用了超過 1,000 種形式的標準印尼語（SI）等同詞，從這些語料可以清楚地看出，Dreyfuss 描述的偽裝模式只是該語域中使用的幾種形式之一，儘管它可能是最常見的。以元音或 h- 開頭的詞基幾乎從不採用中綴（我發現的唯一例子是 əmpat > tokap「4」，但這在許多方面都是不規則的）。相反地，VC- 詞基顯示（1）換位：V(N)C→(N)CV-（其中鼻音化阻塞音作為一個移動的單位），（2）音串減少：藉由刪除第一個成員來簡化初始輔音串，（3）插入喉塞音：藉由插入喉塞音來打破由此產生的元音串：atas > taʔas「上面，頂部」，enak > neʔak「美味的」，ibu > biʔu「媽媽」，utaŋ > tuʔaŋ「債務」，hari > raʔi「日子」，ambil > baʔil「取，得到」，əmpat > paʔat「四（tokap 的變體）」。一些以輔音為首的詞基也是前兩個輔音換位（kawin > wakin「結婚」，pərut > rəput「肚子」，ribu > biru「千」），但這是少數模式。最後，很少有詞基表現出完全的音素逆轉，就像 ayam > maya「雞，禽類」一樣。Fox（2005: 100）指出，『Prokem 因其各種形式的換位而被普遍稱為 ngomong labik「反向語言（backwards speech）」：因此，例如，balik「返回，反向」變為 labik；bikin「做，製造」變成 kibin。』他補充說，Prokem 是 20 世紀 80 年代的街頭時尚，特別是在雅加達，它已經讓位給其他俚語，其中一種被稱為 bahasa gaul（「混合語言」）。據報導，後者的語域大量使用中綴 -in-，有時在同一個詞中不止一次，例如 banci > binancini「異裝癖」。

其他形式的語言偽裝無疑存在於印尼西部的各個地方。例如，Dreyfuss（1983: 56）指出『在東爪哇，存在各種反向語言，其中反向語言的詞彙常是其爪哇語或標準印尼語對應詞的反映。他用爪哇語及標準印尼語 *gadis*、東爪哇語向後語言 *sidag*「年輕女孩」，以及類似的 *manis > sinam*「甜的」來說明這一點。』同樣地，Fox（2005: 99）參考 Th. C. van der Meij 於 1983 年所撰寫但未發表的萊頓大學博士論文，指出雅加達的變裝癖者也有使用偽裝語域。在這些例子的每一種情況下，無論參與群體是由世代、都會熏陶以及西方流行文化、性別、性取向或其他社會區別因素的影響來定義，這種特殊用語語域背後的動力不僅是定義組員資格所需要的，也提供社交成員之間相互溝通的隱密方式。在人群擁擠的社會環境中，這種需求可能更為迫切，畢竟在這種環境中，個人隱私比西方的許多地方更難實現，因此像豬拉丁語（Pig Latin）這樣的人工設計的代碼似乎更像是西方人的客廳遊戲，但類似的用語語域對南島語言使用者來說，作為社交遮布則更具有重要的價值。Gil（2002）提供了一個馬來語暗語的珍貴調查，但我注意到這些調查的時間太晚，無法將之納入本書的第一版中。它涵蓋了許多相同的主題，但有形式和功能的附加細節。

最後需要說明的一點與衍生音韻理論相關。用於塔加洛語和印尼語之語言偽裝的一些機制是在一般語言演變中發生的過程，或偶爾在共時語法中出現的過程，如 Conklin 的 **R₂**，但從正常語言演變或共時音韻過程的角度來看，其他一些機制是不熟悉的。這包括塔加洛語中的所有其他對調（完整的音位對調，完整的音節對調，部分音節對調），以及 Prokem 中使用的各種機制。這種差異的原因是

一般語言學理論的興趣，在這裡就不繼續討論。然而，似乎很清楚的是，秘密語言乃是有意識地操縱語言代碼的產物，而大多數平常的音變是無意識的，並且主要由超出說話者控制的發音或語音要求所驅動。鑑於這些機制的差異，找到相對應的形式差異就應該不足為奇。

3.4.4 狩獵語言，捕魚語言和地域語言

　　許多使用南島語言的社會被報導關於狩獵和捕魚的特殊語言。例如，根據 van Engelenhoven（2004: 21）的說法，『在 Luang 語中有特殊的詞彙來指涉在海上被捕獵的動物。在田野工作期間偶然發現了這種秘密語言的殘留。在這裡，一位老婦人自發性地提供了僅用於珊瑚礁魚類的替代名稱。』

　　Grimes and Maryott（1994）對這一主題進行了相當完整的處理。他們描述了印尼各地僅用於狩獵和捕魚環境的一些用語語域。Grimes 指出，摩鹿加群島中部布魯 Buru 島最常見的禁忌是受地域限制。雖然 Buruese 語的方言差異也與領土有關，但是地域限制的禁忌要求說話者在島嶼的特定地區使用替代詞彙來指稱特定的物品。例如，在 Buru 島中南部的 Wae Lupa 地區，*menjaŋan*「鹿」（從馬來語借來，但被所有方言同化）必須以 *wadun* 取代，這個詞平常的意義是「後頸」。據說其他禁忌大多與活動有關而不是領土：例如，在特別沉重的東部季風期間，男性群體將組織三至五個月在叢林中的延長狩獵，期間則有必須要嚴格遵守的特殊行為和語言禁忌。

Grimes 指出，Buru 島上的禁忌詞是由詞彙替代而不是音韻變形所形成的。這可以通過幾種方式之一完成。一種策略是使用語義轉換。例如，雖然大多數的 Buru 方言都說 *manu-t*「鳥」（原始馬來-波里尼西亞語 *manuk）和 *pani-n*「翅膀」（PMP*panij），Lisela 方言說 *pani*「鳥」。第二個策略是使用迂迴說法，如 *inewet*「蛇（通稱）」，其字面意思是「生物」，以及 *isaleu*「蟒蛇」，字面上是「一個持續前進的東西」。

　　在布魯島上發現的語言禁忌最引人注目的例子，據說與該島西北部的一個名為「Garan」的無人居住區域有關。這裡除了布魯語之外的任何語言都是可以接受的。由於這種禁忌，即使音韻上和語法上像布魯語，但詞彙上卻是截然不同的「語言」因而產生。這個名為「Li Garan」的語域沒有母語使用者，但由布魯中部拉納（Rana）地區的男女所使用，且從他們孩子小時候就傳授給他們。如果有人在 Garan 地區不正確地講 Li Garan（或者大概是使用普通的布魯語）因而違反語言禮儀，『這可能會導致突如其來的風暴、風、雨、雷、閃電，樹枝破裂和樹木倒塌，或可能延伸到後代的其他令人不安的後果（Grimes and Maryott 1994: 281）』。儘管 Grimes 沒有建立連結，但布魯島的這種語言行為、領土、禁忌，以及超自然報應之間的關聯，與巴布亞東南部 Tawala 地區所報導的「雷聲情結」（thunder complex）變體有驚人相似之處，『在灌木叢的有些地方，一個人不可以說不同的語言，或跳舞、唱歌、喊叫、拍照或開玩笑』，以免這些行為引起破壞性的雷暴雨（Blust 1991b: 520）。

　　在同一篇文章中，Maryott 描述了蘇拉威西島和明答那峨島之間桑格爾（Sangir）群島的桑格爾語（Sangirese）海洋語言（也稱为

Sasahara）。這個用語語域由荷蘭語言學家尼古拉斯·阿德里亞尼（Nicolaus Adriani）於 1893 年首次報導，在語法上並無太大區別，並且包含了許多桑格爾語的普通詞彙。然而，它也包含桑格爾族人在海上使用的許多新詞，據說是為了防止被海靈偷聽並可能干擾他們的計畫或意圖。Sasahara 用語主要由男性在釣魚時使用或在海上從事其他活動，在過去這也包括海上戰爭。據說 Sasahara 語域中的詞彙是由（1）迂迴說法，（2）語義偽裝，（3）音韻偽裝，（4）使用借詞，或（5）以其他未知的方式來創造的。迂迴說法採取各種形式，其中一種形式中「狗」可能被稱為「總是在吠叫的東西」，但是以較長的形式編碼在一個構詞複雜的單詞中。語義偽裝使用正常的桑格爾語詞彙，但意義可以從輕微到徹底改變（例如，「轉身」>「回歸」，「思考，反思」>「睡眠」）。音韻偽裝似乎很小量，而且沒有系統性。

目前尚不清楚狩獵語言和捕魚語言與地域語言是否彼此不相關，或是所有這些語言最終都是以地域為基礎的。在狩獵語言中，禁忌通常被描述為僅應用於獵場裡，而且從 Maryott 的描述可以清楚地看出，捕魚語言適用於在海上的說話者之間，無論他們是在捕魚或是否打算要去捕魚。布魯語的 Li Garan 顯然是以地域為基礎的，但沒有進一步提及在那裡進行的活動類型。然而，與巴布亞東南部的 Tawala 等其他案例的比較，顯示了一個反對傳統上認為會產生懲罰性雷暴之類別混淆的禁忌，以及一種類別混淆是使用一種對此地域來說是外來的語言。

3.4.5　伊班語（Iban）的反義詞關係

在南島文獻中已經注意到一個藉由語義顛倒形成類似語言偽裝的案例。在砂勞越西南部的伊班，一些詞彙條目的意義為所重建意義的反轉（Blust 1980c）。語義變化是語言分化的自然成份，但伊班語在某些單詞中表現出似乎是意義的系統性兩極化，如表 3.8 所示：

表 **3.8**　伊班語的語義反轉

馬來語	伊班語
1. (h)aŋit「難聞的」	aŋit「清新或香氣」
2. ampul「擴充；被爆裂」	ampul「柔軟，輕盈，鬆軟的」
3. bəlaŋ「有條紋的（染色）」	bəlaŋ「變白（如以粉包裹）」
4. bərahi「性奮的」	borai「無精打采，渴望，想念」
5. boŋkar「隆起；起錨」	boŋkar「拉下」（Scott 1956）
6. caloŋ「戽斗，杓子」	caloŋ「塞子，木塞」
7. daboŋ「初步補牙」	daboŋ「成鋸齒狀的牙或刻痕」
8. (h)ibur「撫慰，安慰」	ibur「震驚的，痛苦的」
9. itek「鴨」	itik「雞」
10. kampoŋ「小村莊，村莊」	kampoŋ「未被墾地的森林」
11. kilau「眼花撩亂的」	kilau「黃昏，剛日落之後」
12. ladaŋ「旱地」	ladaŋ「沼澤地或水田」
13. liut「易彎的，皮革的，堅韌的」	liut「柔軟的，如絲的」
14. ñam-an「美味的，好吃的」	ñamñam「無味的」

沒有進一步的資料的話，在這些比較中很難確定語義變化的方向，但外部證據總是顯示馬來語是保守的語言而伊班語是創新的。

無論伊班語的反義詞曾有過什麼樣的功能現在都已經丟失了，而且它在語言中的存在必須根據這 16 個詞以及其他幾個詞來推斷（例如宿霧語 *lúbus*「綁著，緊緊纏繞」，伊班語 *ləbus*「繩索的、結的等變得鬆散，滑動」，馬來語同源詞則未知）。然而，與反義詞的生命系統（living systems）比較，例如澳洲中部的 Warlpiri（Hale 1971），顯示語義反轉可能被用作語言偽裝的手段，並且其中一些進入普通語言，在那裡他們倖存下來成為明顯的語義變化模式。

3.5　儀式語言

　　另一種在南島語言文獻中經常被注意到的用語語域（speech register）類型，可以歸入「儀式語言」的一般標題下。Fox（1988）可能是目前對這方面作了最充份研究的人，描述了儀式語言共同的特徵，其作為公式框架的使用時，通常採取典型平行結構（canonical parallelism）的形式。他指出，平行結構最初是就希伯來詩在 1753 年定義的，並且從那時起被記錄在詩歌或許多傳統文化的正式儀式語言中。這些傳統要求某些結構是雙重的表達。單詞，短語以及台詞必須是成對的，該作品才能被定義為詩歌、儀式語言，或文雅語言（elevated speech）。而且，許多這些傳統，總是以不同的自由度，規範哪些單詞、短語或其他語言成分可以在作品中用來配對（Fox 1988: 3）。他稱之為「典型平行結構」，並用來自 Rotinese 死亡頌歌中的一個段落來說明，包含以下以英文翻譯（1988: 16）的數行詩：

My boat will not turn back

And my perahu will not return.

The earth demands a spouse

And the rocks require a mate.

Those who die, this includes everyone,

Those who perish, this includes all men.

　文獻上也描述了許多東印尼以及其他使用南島語言的族群，關於其帶重複（reiteration）變體的類似用法。很明顯地，這種詩歌機制在南島世界中廣泛存在且可能也很古老。

　這些成對的詩行中可用的詞彙選擇，被約定俗成地分隔開來，這些分隔的選擇稱為「二元集」（dyadic sets）。Fox（1993）是一本具體的寶貴資料手冊，裡頭有構成典型平行結構的詞彙配對；包含超過 1,500 個詞條，每個詞條均與一個或多個「連結」（links）交叉引用—亦即必須約定俗成地在連續詩句中配對的詞彙項目。說明性示例包括 *alu(k)*「水稻杵」，連結：*nesu(k)*「水稻臼」，*dala(k)*「行，路徑，道路」，連結：*eno(k)*「方式，路徑，道路」，*do(k)*「葉」，連結：*aba(s)*「棉花」，*ai*「樹，棍子，木頭」，*baʔek*「樹的分支，鹿角」，*bifa(k)*「唇，嘴，邊緣，邊緣」，*hu(k)*「樹幹，根；起源」，*ndana(k)*「肢體，樹幹」，*pena*「打開的球莖／棉鈴」，*tea(k)*「堅硬，堅固，堅固，如木頭或石頭」。如同最後一個具有多個連結的例子，顯示二元集不是規範性的，而是有所限制。換句話說，如果 *do(k)*「葉子」出現在儀式語言中的一行，接下來的詩行可以包含由上述的連結所定義的集合中的任何術語，但是沒有規範所給定的術語。在

有單一連結的地方，如 *alu(k)* 和 *nesu(k)*，其二元配對似乎是規範性的，但只是從較小的集合中選擇可用的形式。

南島語言中最早為人所知關於儀式平行結構的使用是在 1858 年由瑞士傳教士奧古斯特・哈德蘭（August Hardeland）所紀錄位於婆羅洲東南部的 Ngaju Dayak 語。在他的 374 頁的 Ngaju Dayak Hardeland 語法中，包含了 136 頁的儀式文本，係在死亡盛宴時由 *balian*（薩滿）所朗誦的特殊「語言」。雖然他沒有將之命名，但是後來的作家們把這個語域命名為 *basa sangiang*，或祖先靈魂的語言（Schärer 1963）。根據 Schärer（1963: 10）的說法，Ngaju 的神聖文學是由 *basa sangiang* 的巫師演唱的，『第一祖先的語言，是眾神和第一批人所說的，今天仍在使用。所有神聖的故事都在 *basa sangiang* 雙向傳播，所有褻瀆的故事都在普通的 Ngaju 講述。』除了歌曲之外，在 *basa sangiang* 中還有 *auch oloh balian* 或祭司吟唱的頌歌，而這些知識是經由多年學徒制，來自於老師對學徒的口頭傳播。

Fox（2005）引用文獻，提及許多南島語言中使用典型平行結構的類似儀式語域，其中包括婆羅洲西南部的 Kendayan 語，Mualang 語和伊班語，砂勞越北部的 Berawan 語，沙巴西部的 Timugon Murut 語，蘇門答臘西部堰洲群島的 Nias 語，馬拉加斯語，蘇拉威西北部的 Bolaang Mongondow 語，蘇拉威西中部的 Sa'dan 托拉查語，蘇拉威南部的 Buginese 語，西帝汶的一些 Atoni 群島的語言，以及台灣東南部的卑南語等等。

3.6 接觸

本章所討論的大多數語言使用的範例涉及語言語域，並且似乎是由社群次團體所推動的，希望區分自己，或隱藏訊息以防同一語言社區的其他人得知。語言接觸和由接觸引起的融合與以上所述的不同，主要是因為來自不同語言社區的互動。然而，這些互動也受制於重要的社會考量，因此將在這裡進行討論。

3.6.1 普通移借（ordinary borrowing）

世界上可能沒有一個語言不曾從其他語言借用某些特徵的詞彙或結構，而南島語言一向是許多其他語言的借詞接收者，也是提供某些語言的借詞來源。擁有特別顯著數量的借詞且非來自南島語的語言，通常局限於印尼西部，該區域與印度文明重要且密集的文化接觸始於大約 2000 年前。

Zoetmulder（1982）編寫了一本 2,368 頁的古爪哇語詞典，他指出（1982: ix）梵語對古爪哇語的影響是巨大的。在這本詞典超過 25,500 個的詞條中，有超過 12,600 個，幾乎是總數的一半，直接或間接地回溯到梵語原文。需要記住的是，古爪哇語主要經由印度教—佛教統治者在法庭上撰寫的文本資料而聞名。因此，這種存活下來的語言形式是文學表達的載體，而在 Zoetmulder 的大量字典中發現的大部分梵文詞彙可能都不為當時生活的普通爪哇人所知。這樣的推論得自於現代爪哇語中相當低的梵語借詞頻率，這是早期口說語言的延續。現代爪哇語中梵語借詞的比例不詳，但可能不超過 5%，包括極少數基本詞彙（少數例外的是 *səgara*「海」，*təlaga*「湖」，

以及現代日惹爪哇語（Yogyakarta Javanese）Ngoko 語域中的 *mega*
「雲」），所有這些都無疑來自於朗誦傳統皮影戲劇中的印度史詩。

　　馬來語梵語借詞的百分比顯然從未接近古爪哇語中所見的水
平，而現代馬來語在這些形式上可能不比現代爪哇語豐富，儘管在
這兩種語言中都可以找到數百個例子（Gonda 1952）。在許多菲律賓
的低地語言（lowland languages）也可以找到梵語借詞。這幾乎肯定
是經由與馬來人的接觸所獲得的，儘管在某些情況下，菲律賓語言
的梵語借詞形式比現代馬來語的更為保守，如塔加洛語，Aklanon 語
mukhá?，馬來語 *muka*「臉；面對 face」< 梵語 *mukha*「嘴巴；臉；
面容」。（cp.古爪哇語 *mukha*「嘴，臉，面容」）。在一般情況下，
離塔加洛語越遠，梵語借詞的數量就越來越少，這種相關性可能源
於西班牙人到來之前，在馬尼拉灣出現了以馬來語作為貿易語言的
殖民地（Wolff 1976）。

　　在蘇門答臘南部和爪哇島的印度化時期之後，伊斯蘭教在十三
世紀末期引進。雖然阿拉伯語的影響在任何一種南島語言中似乎都
沒有像古爪哇語中的梵文那樣強烈一面倒，但現代馬來語和爪哇語
中的阿拉伯語借詞在許多方面仍比古老的梵語借詞較為顯著。Jones
（1978）在印尼語／馬來語中列出了 4,000 多個阿拉伯語借詞，並指
出常常無法弄清楚到底具有阿拉伯語來源的特定詞彙是直接從阿拉
伯語借來的，還是經由波斯語借來的。阿拉伯語借詞包含許多非馬
來語或印尼西部其他南島語言的聲音成分，這些聲音成分通常被更
熟悉的等同成分所取代，如口語馬來語 *pikir*，正式的為 *fikir*（阿拉
伯語 *fikr*）「想」，或口語馬來語 *kabar*，正式的為 *khabar*（[xabar]）
（阿拉伯語 *khabar*）「新聞」。馬來語中來自阿拉伯語的移借產生了

一個口語／正式的雙層語言（diglossia）用法，它有時可以作為其他語言借詞中的 *p* 因矯枉過正而發成 *f* 的原因，例如英語的 'prositiue'「妓女」被一些馬來語使用者發音成 *frostitute*。

　　如同梵語借詞，菲律賓的許多語言都有阿拉伯語借詞，特別是以穆斯林為強勢族群的南部地區（明答那峨島和蘇祿群島）。其中大部分似乎也是經由馬來語獲得的。馬達加斯加的語言馬拉加斯同樣擁有一些梵語和阿拉伯語借詞，這些借詞似乎主要來自與室利佛逝馬來語（Sriwijayan Malay）（Adelaar 1989）使用者的早期互動，但由於其地理位置，這種語言受制於阿拉伯語的後續影響。來自這兩個來源的借詞在印尼東部很少見，在太平洋地區則不為人知。

　　儘管菲律賓和印尼西部的語言族群與講閩南語（在東南亞通常稱為福建話）的南方華人之間有相當漫長的接觸，但漢語借詞在南島語言仍然很少見。最容易想到的例子有伊洛卡諾語 *bakiá*「木鞋，木屐」，馬來語 *bakiak*「木鞋，皮底木鞋」，塔加洛語 *bami?*「和小麥粉或粉絲及水芹切碎的小麥或蝦」，伊班語 *mi*「麵條」，爪哇語 *bakmi*「中式麵食」，塔加洛語及宿霧語 *bibiŋká*「椰奶米糕」，馬來語 *kueh biŋka*「用米粉、椰奶、雞蛋和棕櫚糖作成的糕點」，馬來語 *daciŋ*「手提秤」，宿霧語 *hunsúy*，Maranao 語 *onsoi*「吸煙管」和塔加洛語 *iŋkoŋ*「對祖父或耆老的稱呼」，馬來語 *əŋkoŋ*「爺爺」（閩南語 *a goŋ*）。雖然梵語和阿拉伯語的借詞都涵蓋了廣泛的語義範圍，但漢語借詞往往在物質文化和商業領域佔據重要的地位。在明朝（1368-1644）開始之後，這些大部分的借詞可能開始在東南亞島嶼廣泛擴散，儘管有些可能是在較早時期引進的。

　　在東南亞島嶼和太平洋的許多南島語言中，來自歐洲語言的借

詞也很豐富。菲律賓的語言和查莫洛語借了很多來自西班牙語的借詞（別的不說，連查莫洛語的本土數詞都完全被西班牙語數詞所取代）。正如 Lopez（1965）首先提到的那樣，菲律賓的語言均借用西班牙語名詞的複數形式。對於語用上需要使用複數意義的名詞，這可能是可以理解的，例如鞋子（西班牙語 *zapato*「鞋子」：*zapato-s*「鞋子（複數）」，但塔加洛語 *sapatos*「鞋子」：*aŋ maŋa sapatos*「鞋子（複數）」）。然而許多其他名詞就難以理解，如西班牙語 *arco*「拱門」，塔加洛語 *alakós*「竹拱門或拱道」，西班牙語 *guayaba*，塔加洛語 *bayábas*，Western Bukidnon Manobo 語 *bəyabas*「番石榴」，西班牙語 *papaya*，Bikol 語 *tapáyas*，Western Bukidnon Manobo 語 *kəpayas*「木瓜」，西班牙語 *fresa*，塔加洛語 *presas*「草莓」。馬來語在十五世紀首次接觸到葡萄牙語借詞，獲得了這些詞彙如 *bəndera*「旗子」，*jəndela*「窗戶」，*məntega*「奶油」，*nanas*「鳳梨」和 *gubərnadur*「州長；首長」。此後不久，半島馬來語接觸到英語，蘇門答臘的馬來語和爪哇語則接觸到荷蘭語，這種模式持續了三個多世紀。在最近幾年，英語借詞也已被印尼語所接受。

在西班牙佔領菲律賓期間引進的一些新世界植物名稱，以具有獨特的轉化發音往南擴散。例如，馬來語 *biawas*「番石榴」是塔加洛語 *bayábas* 的規律發展形式，但無法規則地反映西班牙語的 *guayaba* 或葡萄牙語的 *goiaba*。因此，番石榴必然是由在菲律賓的西班牙人引進東南亞，從那裡向南蔓延到婆羅洲，再到馬來半島。然而，關於「鳳梨」的借詞卻顯示相反的路徑。雖然許多菲律賓的語言借用了西班牙語 *piña*「鳳梨」，如伊洛卡諾語 *pínia*，Pangasinan 語，Bikol 語 *pínya*，Hanunóo 語 *pinyá*，Western Bukidnon Manobo 語

ginya「鳳梨」，Maranao 語則有 *nanas*，這個借詞完全來自巴西葡萄牙語 *ananas*「鳳梨」，肯定是從南方經由與馬來人的接觸而傳播的。

在許多情況下，借詞大多可以部分或完全地適應本土音韻，因此有時會以驚人的方式進行轉變。對於查莫洛語來說尤其如此；該語言不允許流音出現在音節尾，並以 *t* 將之取代，這樣的規則不僅應用於本土詞彙（*qipil> *ifet*「鐵木樹」），也應用在進入該語言的大量西班牙語借詞，如西班牙語 *alba*，查莫洛語 *atba*「黎明」，西班牙語 *arma*，查莫洛語 *atmas*「武器，槍支」，西班牙語 *legal*，查莫洛語 *ligát*「法律的，合法的」或西班牙語 *color*，查莫洛語 *kulót*「顏色」。然而，歐洲借詞的音韻適應最引人注目的例子見於夏威夷語（Elbert and Pukui，1979：28）。由於只有八個輔音和五個元音，以及一個 CV 音節原則，夏威夷語在模仿英語等語言的音韻方面受到嚴重的限制，適應性因此有時與原始語言完全不同，如有名的 *Kalikimaka*「聖誕節」的例子或各種英文名字（*Lopaka* 'Robert'，*Keoki* 'George'，*Kamuela* 'Samuel'）。表 3.9 列出夏威夷語借用英語時，其音素的調整情況：

表 3.9　夏威夷語中英語借詞的音韻適應

英語	夏威夷語	例子
p, b, f	p	*Pika* 'Peter', *pia* 'beer', *palaoa* 'flower'
v, w	w	*wekaweka* 'velvet', *waina* 'wine'
wh	hu, w, u	*huila* 'wheel', *wekekē* 'whiskey'
h, sh	h	*home* 'home', *Halaki* 'Charlotte'
l, r	l	*laki* 'lucky', *laiki* 'rice'
m	m	*mākeke* 'market'

英語	夏威夷語	例子
n, ng	n	*Nolewai* 'Norway', *kini* 'king'
t, d, th, s, sh, z, ch, j, k, g	k	*kikiki* 'ticket', *kaimana* 'diamond', *kipikelia* 'diphtheria', *kopa* 'soap', *palaki* 'brush', *kokiaka* 'zodiac', *pika* 'pitcher', *Keoki* 'George', *kolokē* 'croquet', *Kilipaki* 'Gilbert'
j	i	Iesū 'Jesus'

移借也自然地發生在從具有南島來源的語言借到屬於其他語系的語言。雖然沒有人知道梵語，阿拉伯語或漢語中南島語借詞的例子，但荷蘭語和英語等歐洲語言經由長達幾個世紀與馬來世界的接觸，也獲得了許多詞彙。在英語中包括 *orangutan*「猩猩」（馬來語 *oraŋ hutan*「樹林之人」），*pandanus*「林投樹」（馬來語 *pandan*），*gutta-percha*「馬來樹膠」（馬來語 *gətah pərca*「樹汁+條狀或片狀，如布料」），*godown*「貨棧；倉庫」（馬來語 *gudaŋ*；這個借詞完全是南印度語言來源，但英語單詞的語音形式顯示它是直接從馬來語借來的），*cootie*（馬來語 *kutu*「體蝨」）和 *boondocks*「窮鄉僻壤」（塔加洛語 *bundók*「山」）。

從具南島來源的語言移借至非南島語言最有趣的例子之一是由 Walker and Zorc（1981）所描述的。根據他們呈現的說法，從 1800 年到 1906 年之前，使用一個或多個南島語言的印尼境外航行團體在澳洲北部阿納姆地區（Arnhem Land）的海岸登陸。在文獻中這些人通常被稱為「Macassan」商人，但大多數說法仍無法清楚交代他們說哪些南島語言。他們造訪阿納姆地區的目的是收集中國市場不斷需求的 *trepang*（海參），因此這種接觸的性質是說南島語的交易商

與當地原住民供應商打交道的情況。為了使這樣的貿易發揮作用，建立一種溝通方法是必須的。顯然地，當地原住民供應商學習外來貿易商的語言，遠遠超過貿易商學習接觸到的任何當地原住民語言的程度。

　　Walker 和 Zorc 詳細記錄了發生在阿納姆地區原住民語言的大量詞彙移借情形。Yolngu-Matha 語（YM），一種 Pama-Nyungan 語言，由位於澳洲北部 Elcho 島附近的狩獵採集及捕魚族群所使用，也分布在澳洲大陸沿海和內陸的其他地區。獨特的語音變化顯示許多的這些借詞衍生自望加錫語，分布於 Ujung Pandang 的主要城市中心和蘇拉威西南部的周圍地區，但其他借詞則難以追溯其來源。Walker 和 Zorc 將 YM 語中的借詞詞彙分為四組（每組中可辨識的借詞數量出現在括號中）：第 1 組：最有可能來自望加錫語的借詞（99），第 2 組：可能是望加錫語的借詞，或者可能來自其他南島語言（59），第 3 組：可能不是望加錫語的借詞（21）和第 4 組：可能是南島語的借詞，但需要進一步研究（70）。借用語言中反覆出現的語音適應很明顯地陳現出來，從而使同源詞的識別更加確定。一些 YM 語的 Macassan 借詞與航行或捕魚有關，如 YM 語 *baLaŋu*，望加錫語，Buginese 語 *baláŋo*「船錨」，YM 語 *ba:raʔ*「西（風）」。望加錫語 *báraʔ*「西季風」，YM 語 *ḍimuru*「東北（風）」，望加錫語，Buginese 語 *timoroʔ*「東季風」（YM 語 ḍ =平舌-齒阻塞音 lamino-dental stop），YM 語 *bi:kaŋ*「魚鉤」，望加錫語 *pékaŋ*「魚鉤，竿」，YM 語 *ḍu:mala*，望加錫語 *sómbalaʔ*「帆」，YM 語 *gapalaʔ*「大船；舵」，望加錫語，Buginese 語 *káppalaʔ*「船」，YM 語 *garuru*「帆」，望加錫語，Buginese 語 *karoroʔ*「粗布或葉編織成帆」，YM 語

gulawu「珍珠」，望加錫語 *kúlau*「任何堅硬的物質，珍珠母，水果種子等」，或 YM 語 *jalataŋ*「南（風）」，望加錫語，Buginese 語 *sallátaŋ*「南風，陸風」。關於 YM 語的 *baːraʔ* 和 *ḏimuru*，Walker and Zorc（1981: 118，fn.42）提到『發音人說明 *baːraʔ* 是 Macassan 人用來從 Ujung Pandang 航行到澳洲的風。*ḏimuru*⋯是用來返程的風。這種知識被認為是事實⋯且是在他們停止造訪澳洲很久之後，有關 Makassan 人的相關知識被保留下來則是另一個例子。』

Wallace（1962: 309）描述望加錫人每年航行到阿納姆地區北部的阿魯群島來確保各種商品的供應，包括珍珠，珍珠母，龜殼，食用燕窩和海參，以因應中國和歐洲市場。他報導『由於季風，本土船隻每年只能進行一次航行。他們在十二月或一月西季風開始時離開望加錫，並在七月或八月時靠著東季風的強度返回。』因此，移借詞彙也支持這樣的推論，來自阿納姆地區的原住民有時會在他們的船上陪同來訪的望加錫人尋找中國和歐洲市場需要的產品。其他借詞，如 YM 語 *balaʔ*「（歐洲風格的）房子」，望加錫語 *ballaʔ*「房子」，YM 語 *baluŋa*「枕頭」，望加錫語 *paʔluŋaŋ*「木製頭枕」，YM 語 *bi(ː)mbi*「（年輕）綿羊」，望加錫語 *bémbe*，Buginese 語 *bembeʔ*「山羊」，YM 語 *diːtuŋ*，望加錫語，Buginese 語 *tédoŋ*「水牛」，YM 語 *duːka*，望加錫語 *tukaʔ*「樓梯，階梯」和 YM 語，望加錫語 *jaraŋ*「馬」，幾乎可以肯定的是，一些原住民船員跟著望加錫人回到 Ujung Pandang，並將印尼中部世界的知識帶回澳洲北部的原住民，因為大型馴養的動物無法透過望加錫人的 prahus 運送，而梯子僅用於房屋。Urry and Walsh（1981）引用的關於 1830 年代末期和 1840 年代早期的歷史資料證實了這一推論：『幾乎每一個離開海岸的

prahu 都會有兩三個原住民到 Macassar 地區，並在下個季節將他們帶回來。結果是，沿海地區的許多原住民都說馬來語的馬卡薩方言。』除了以上將望加錫語誤認為馬來語之外，這一觀察的結果與 Walker 和 Zorc 引用的語言數據完全一致。

正如已經提及的相關語言，如新幾內亞的 Mailu 語或 Maisin 語，美拉尼西亞西邊的一些巴布亞語言也採用了來自南島語的借詞。從一種南島語到另一種南島語的借詞較難看出來，但正如所料，這些非常普遍。由於其在早期貿易中的關鍵角色，幾個世紀以來，馬來語一直是東南亞島嶼的主要借詞來源。這使得對該區域的語言進行分群（subgrouping）的工作變得極為複雜，也導致 Dempwolff（1934-1938）假設了一些錯誤的原始南島語（Uraustronesisch）重建。在砂勞越沿海常見的馬來借詞有 *ajar*「學習」，*arak*「米酒」，*bagi*「區分 divide」，*baju*「襯衫」，*bawaŋ*「洋蔥」，*bərani*「勇敢，大膽」，*buŋa*「花」，*caŋkul*「鋤頭」，*dagaŋ*「貿易」，*guntiŋ*「剪刀」，*harga*「王子，成本」，*janji*「承諾」，*jala*「鑄造網」，*katil*「床」，*kərja*「工作」，*kuniŋ*「黃色」，*meja*「桌子」，*pakai*「使用」，*rajin*「勤奮」，*ramai*「繁忙，忙碌」，*rantai*「鎖鍊 chain」，*rugi*「失去（一個生意交易）」，*sapi*「乳牛」，*səndiri*「自己」，*səluar*「褲子」，*taji*「metal cockspur」，*tilam*「床墊」和 *toloŋ*「幫助」。許多相同的借詞出現在菲律賓的語言，以及東南亞島嶼的其他地方。它們來自非南島語言，並經由馬來語傳播出去，如 *arak*（阿拉伯語），*baju*（波斯語），*harga*（梵語），或 *meja*（葡萄牙語），它們很容易被視為移借，但是如 *bagi*，*buŋi* 或 *taji* 諸如此類的借詞也增加語言比較的困難度。

移借的動機是多樣的。許多物質文化相關的借詞（通常是名詞）

進入南島語言乃是接觸到新奇文化產物的結果。其中一些最明顯的詞彙是馬來語 *bəndera*「旗子」（葡萄牙語 *bandeira*），*məntega*「奶油」（葡萄牙語 *manteiga*），或馬來語 *jəndela*「窗戶」（葡萄牙語 *janela*）。然而，這種類型的一些情況是有問題的。葡萄牙語 *roda*「輪子」在印尼西部許多語言中（馬來語，Toba Batak 語，峇里島語，Sasak 語，望加錫語 *roda*，爪哇語 *roḍa*「輪子」）的出現，似乎說明在葡萄牙人於十六世紀引進馬車或牛車之前，輪式車輛是不為當地人所知的。菲律賓語言中的類似借詞形式（伊洛卡諾語 *ruéda*，Bikol 語 *róyda*，Maranao 語 *rida* <西班牙語 *rueda*「輪子」）顯示輪子在大約同時期由西班牙人獨立引進菲律賓。然而，令人驚訝的是，像古爪哇語中如此明顯的借詞 *paḍati*「拉車（牛拉車）？」，Malay 語 *pədati*「拉車」，卻與上述推論不一致，至少就印尼西部而言。

通常很難將需求與聲望分開（Clark 1982b）。如馬來語會借入 *bəndera*，*məntega* 等詞彙，乃是因為其指涉的事物是新穎且需要被命名的。與此同時，新文化的引介與聲望有關，因為那些優先獲得新文化事物的人可能被視為善於處世且擁有特權的。然而，在沒有引介新文化產品的情況下，聲望似乎就可以決定借詞的方向。為什麼馬來語借詞廣泛地分布在東南亞島嶼，但幾乎完全沒有出現在東南亞大陸的語言中？這種分布很難與印尼群島的貿易歷史分開，而馬來語的使用者在廣大的貿易網絡中發揮著核心的作用。那些抵達時是交易者的人也是旅行者，並且在他們家鄉所接觸的人群中佔有優勢的地位。因此，許多馬來語詞彙被移借，即使它們與交易活動沒有明顯或直接的關聯：伊洛卡諾語 *ádal*「學習，教育」，塔加洛語 *áral*「忠告 admonition, counsel」< 馬來語 *ajar*「指導；學習」，塔加

洛語 *taŋhári?*「上午晚些時候，中午」<馬來語 *təŋah hari*「中午」，加燕語 *dian*「蠟燭」（<馬來語 *dian*「燭光」，加燕語 *lame~rame*「聒噪且興奮地享受彼此相處的一群人」（<馬來語 *ramai*「繁華，活潑」），加燕語 *təkjət*「令人意外，令人吃驚」（<馬來語 *tər-kəjut*「震驚」）。同樣的情形，東富圖那語（East Futunan），East Uvean 語或羅圖曼語（Rotuman）等語言中的東加借詞也反映了相對於接收借詞的語言使用者，東加人在過去軍事征服時期和「東加帝國」的形成所建立的優越地位（Geraghty 1994）。然而，聲望關係可能會隨著時間的推移而改變。獨特的音變 *R > y 標誌著一些塔加洛語中來自 Kapampangan 語的舊借詞（*baRani > *bayáni*）「英雄」，*zaRum > *ka-ráyom*「針」，*taRum > *táyom*「靛藍色」）。在最近的過去，塔加洛語的聲望遠遠高於 Kapampangan 語，且移借幾乎完全是相反的方向，例如以下 Kapampangan 語中可能來自塔加洛語的借詞：*águs*「水流 current」（塔加洛語 *ágos*「水流」< 原始馬來-波里尼西亞語 *qaRus），*bágyu*「颱風」（塔加洛語 *bagyó*「颱風」< PMP*baRiuh），或 *gátas*「牛奶」（塔加洛語 *gátas*「牛奶」< 原始馬來-波里尼西亞語 *Ratas）。然而，像 *bayáni*「英雄」這樣的塔加洛語單詞顯示，Kapampangan 語在過去某個時期必然享有比塔加洛語更高的地位。由於塔加洛語使用者是馬尼拉灣地區的一個移入人口，而以 Kapampangan 語為代表的人口已經在呂宋島中部待了很長一段時間，從 Kapampangan 語借入塔加洛語可能主要發生在接觸的早期階段，當塔加洛語使用者仍然是今天塔加洛族中心地帶的少數族群。

　　在西拉雅語以及顯然地其他台灣南島語所出現的馬來語及爪哇語借詞背後，似乎有著些許不同的社會環境。當荷蘭人於 1624 年至

1662 年在台灣西南部進行商業和傳教活動時，他們帶來了一些講馬來語和爪哇語的人，這些人與原住民之間的接觸導致西拉雅語引進了一些借詞（Adelaar 1994b）。然後其中一些擴散到其他台灣原住民語言，產生可以用來支持 Mahdi（1994a，b）所謂的 maverick 原型（maverick protoforms）的比較，如馬來語 *surat*「寫下來的（東西）」，西拉雅語 *s<m>ulat*，拉阿魯哇語 *s<um>a-suɫatə*「寫」，噶瑪蘭語 *s<m>ulal*「寫」，*sulal-i*「寫（它）！」，表面上看似合理的比較，但在語音對應中包含許多不規則。

　　大量的移借可能涉及結構和詞彙的特徵，而這會導致兩種不同類型的結果。一方面，它可能導致語系之間或語系中分群的界限變得模糊，產生一個語言區域，或稱為 *Sprachbund*。另一方面，它可能只影響一種語言，但是在一個現代語言社區內部產生不同的語言層（speech strata），表明不同的歷史傳統。一般而言，結構性移借與 *Sprachbunde* 有較多關聯，而詞彙移借則與語言層相關。

3.6.2　語言區域（Sprachbund)

　　語言區域的出現是因為結構特徵在屬於不同語系之間或是同一語系不同分群之間擴散。僅僅是類型學上的一致性不足以證明一個地理上連續的語言集合體可以形成一個語言區域。例如，菲律賓的大多數語言共享一個非常獨特的構詞句法類型學，非常相似的音素庫和其他結構特徵，但菲律賓不是一個語言區域，因為這些共同特徵有部分是原始南島語（動詞系統）共同繼承的產物，有部分可能是獨立發生的音韻合併的結果（如音素庫中硬顎音的丟失等）。

也許在南島世界中最明顯且大型的語言區域例子見於占語分群（Chamic）。這種語言在類型上與其鄰近的 Mon-Khmer 語言同化到一個程度，導致 Schmidt（1906）將它們錯誤地分類為 Austroasiatic 混合語言。Thurgood（1999）詳細描述了從印尼西部到 Mon-Khmer 類型的語言變化，這些語言與馬來語群（Malayic）有密切的親屬關係。第一個變化顯然是主重音從倒數第二音節到最後音節。隨著重音指派到最後音節，倒數第二個元音因而趨於弱化。除了亞齊語以及北羅格萊語（Northern Roglai）在這種趨勢開始發展之前顯然地已經回到東南亞島嶼，其他所有占語群都顯示出在倒數第二音節元音的中性化。在原始占語群（Proto Chamic，或 PC）中以ʔ+元音開頭的單詞（與以元音為首的詞基沒有產生對比），除了亞齊語和北羅格萊語之外的所有後代語言中的中性化元音通常是 a；以任何其他輔音開頭的單詞則是央元音，或者形成一個在可發音的輔音群之間的零形式（阻塞音+流音，鼻音+流音）：*ʔasɔw > 亞齊語 asɛə，Rade 語，Jarai 語，Chru 語，北羅格萊語 asəw「狗」，*ʔiduŋ > 亞齊語 idoŋ，Rade 語，Jarai 語，Chru 語 aduŋ，北羅格萊語 iduk「鼻子」，*ʔurat > 亞齊語 urat，Rade 語 aruat，Jarai 語 arat，Chru 語 araʔ，北羅格萊語 uraʔ「靜脈；血管」，*huma > 亞齊語 umʌŋ「曠野」，Rade 語 həma，Jarai 語，Chru 語 həma，北羅格萊語 huma「稻田」，*lima > 亞齊語 limʌŋ，Rade 語 ema，Jarai 語 rəma，Chru 語 ləma，北羅格萊語 luma「五」。無重音元音的丟失引發了一系列結構性後果，包括：1）各種詞首輔音串在 Mon-Khmer 語言的典型發展，而不是在南島語言的發展（PMP *beli > Rade 語 blɛy，Jarai 語，Chru 語，北羅格萊語 bləy「買」，原始馬來-波里尼西亞語 *beRas > Rade 語，

Jarai 語 *braih*，Chru 語 *bra:h*，北羅格萊語 *bra*「搗米飯」，PMP *duRi > Jarai 語 *drəy*，Chru 語 *druəy*「刺」，原始馬來占語群（Proto Malayo-Chamic）*hulun > Rade 語，Jarai 語 *hlun*，Chru 語 *həlun*，北羅格萊語 *hulut*「奴隸，僕人」，PMP *malem > Rade 語，Jarai 語 *mlam*，Chru 語 *məlam*「夜」），2）一系列明顯送氣輔音的發展（PMP *paqit > PC *phit「苦澀」）；仔細觀察顯示這些仍然是阻塞音+h）的輔音串，以及 3）一系列前喉塞化（preglottalized）濁塞音的發展：PMP *bahu > PC *ɓɔw「惡臭」，PMP *buhek > PC *ɓuk「頭髮」（Thurgood 1999: 86 指出，無法確定這些是前喉塞音化或內爆音；他以內爆阻塞音的符號來代表它們，但在我實地採集的 Jarai 語料中，我記錄了前喉塞化的[ʔb]和[ʔd]，只有一點點進氣氣流的證據。）

　　由於範圍很大，並且其所定義的類型特徵至少跨越兩個不同的語系，占語群所屬的大陸東南亞算是相對容易識別的語言區域。但是有些南島語言屬於較小的語言區域，而這些區域是不僅相鄰且具有親屬關係的語言之間傳播的結果。其中一個區域是台灣中南部，那裡有前喉塞音化唇音及齒音，且使用的語言分屬於南島語系的三個主要分群：邵語（西部平埔語群），布農語（獨立語群）和鄒語。對這些語言來說，這個語音特徵是獨特的，且形成地理上連續的區塊，因此幾乎可以肯定這是擴散的產物。另一個南島語言參與的顯著語言區域是美拉尼西亞。總的來說，它比大陸東南亞語言區域更加分散，因為美拉尼西亞內部有相當多的種類。儘管如此，一些語言特徵，如高頻率的五進位制數詞系統和連續動詞結構，在南島語系的其他地方不常見但是在巴布亞語言中常見，似乎都是經由接觸所傳播的。在美拉尼西亞西部，南島語言和巴布亞語言之間的接觸

得到充分證明，這不成問題，但在瓦努阿圖，新喀里多尼亞和忠誠群島，這種明顯巴布亞來源的接觸影響則相當有問題（Blust 2005a，Lynch 2009b）。

3.6.3　語言層（speech strata）

當移借在一段時間內相當密集發生時，可能導致詞彙的分層。例如，英語有一個獨特的拉丁借詞層，一些相關的音韻規則即與本地詞彙的表現有所不同。已知有幾種南島語言具有語言層，但一般來說，只能透過語言比較方法才能清楚地區分出來，因此也需要重建形式的知識。以下將簡要描述四種這樣的情況。

3.6.3.1　Ngaju Dayak 語

在南島語系中，Dempwolff（1922 年；在 Dempwolff 1937: 52 中進一步闡述）最先報導了 Ngaju Dayak 語的語言層，其中大多數不規則的音韻發展歸因於舊語言層（OSS；Old Speech Strata）。雖然 Dempwolff 對語音對應的辨識和分類是合理的，他的 Ngaju Dayak 語言層概念則不夠合理。Dyen（1956a）證明了 Dempwolff 的舊語言層實際上是本土詞彙，而 Dempwolff 所稱這語言的規律反映包含來自 Banjarese Malay 的借詞層，如表 3.10 所示。表中列出與原始馬來-波里尼西亞語及標準馬來語（SM）有關的兩個語言層，其中六個原始馬來-波里尼西亞語音素經判斷後的反映：

表 3.10　**Ngaju Dayak 語言層**

原始馬來-波里尼西亞語	OSS	常規	馬來語
*e	e, ε	a	ə, a
*-a(h)	-ε	-a	-a
*R	h	r	r
*q	丟失	h	h, 丟失
*D	-r-	d	d
*c	s	c	c

　　正如 Dyen 所指出，常規（＝直接繼承）反映非常類似於 Banjarese 馬來語（其中 SM *ĕ, a = a,* and SM *h,* 丟失＝ *h*）的發展，因此指向移借，而舊語言層是本土詞彙，且未顯示任何外部來源。這種詞彙分層不僅體現在原始馬來-波里尼西亞語音素反映重覆出現的差異中，也體現在詞彙詞對（doublets）裡，例如原始馬來-波里尼西亞語 *beReqat* > OSS *bəhat*「重的」，「常規的」*sa-barat*「一樣重」（Banjarese 語 *barat*），原始馬來-波里尼西亞語 *baRah* > OSS *bahε*，「常規的」*barah*「餘燼」（Banjarese 語 *bara*，*barah*），或 PMP *hiRup*「吸吮」> OSS *ihop*「喝；飲料」，「常規的」*hirup*「啜飲」（Banjarese（Banjarese 語 *hirup*）。Dyen 從這種錯誤辨識的案例中汲取的方法論教訓是，在相關語言之間發生了大量移借的情況下，本土層更可能在基本詞彙中得到充分的體現。在 Ngaju Dayak 語中絕大多數情況都是如此，儘管出現了詞對，但本土詞更可能是基本的（如「重的」相對於固定表達形式「一樣重」，「喝」而不是「啜飲」等）。

　　事後看來，Ngaju Dayak 語的兩個語言層的存在並不令人感到意

外。這個語族分布在巴里托河流域，為重要的港口 Banjarmasin 的內陸地區。Banjarmasin 港可能是由室利佛逝馬來人於公元七世紀或八世紀時建立的一個貿易站。沿海馬來商人應是經常與內陸族群互動，且相當密集地與至少一些提供叢林產品的內陸人口換取製成品。在這種情況下，專門針對 Banjarese 馬來語的大量馬來語詞彙層可以預期會出現在這些地區的原住民語言中。

3.6.3.2　羅圖曼語（Rotuman）

如同 Ngaju Dayak 語，在距離斐濟西北部約 500 公里，如彈丸之地的羅圖曼 群島上所使用的羅圖曼語，也有兩個語言層。Biggs（1965）將之標記為階層 I 及階層 II。代表這些階層的獨特反映如表 3.11 所示。與其相關的來源音素為一個 Biggs 所稱的假設語言「原始東部大洋洲語」（Proto Eastern Oceanic，PEO）。其書寫符號已轉換為符合當今對於原始大洋洲語的看法：

表 3.11　羅圖曼語的語言層

PEO	p	t	dr	k	l	q	s
I	h	f	t	ʔ	l	Ø	s
II	f	t	r	k	r	ʔ	s/h

說明這些差異的例子有：*patu > hɔfu「石頭」（I）但 *panaq > fana「射擊」（II），*tolu > folu「三」（I），但 *tokon > toko「棍，杆」（II），*dranum > tɔnu「淡水」（I），但 *drano > rano「湖；沼澤」（II），*kulit > ʔuli「皮膚」（I），但 *toka > toka「登陸，定居下來」（II），*piliq > hili「選擇」（I），但 *limut「藻類，青苔」> rimu「地

衣」（II），*taqun > *fau*「年」（I），但 *muqa > *muʔa*「前面」（II），
*salan > *sala*「路徑；道路」（I），但 *saqat > *haʔa*「壞的」。在處理
這類語料時，可能會期待某些形式對於階層分配是模棱兩可的（例
如，POC *suRuq*「果汁，樹汁，肉汁」> 羅圖曼語 *su*「椰汁」，
*uRat > 羅圖曼語 *ua*「靜脈，肌腱」），且當兩個所判斷的反映出現
在同一詞素中時，分層是不會混合的。

　　在 Dyen（1956a）之後，Biggs 呼籲以基本詞彙來區分原生和非
本土階層。如此可建立語言層 I 為本土層以及語言層 II 為從未指明
的波里尼西亞來源的移借層。他注意到（1965: 412）「在 328 個羅圖
曼語帶有詞源的詞彙中，124 個（38%）是直接遺傳的，107 個
（33%）是不確定的，而有九十七個（29%）是間接遺傳的。」從明
確的借詞及模棱兩可的形式兩者來推斷，Biggs 進一步得出結論，至
少有 18% 的羅圖曼語基本詞彙是移借而來的，但就現有所診斷的語
料中，這個數字就上升到總詞彙量的 43%。由此可見，基本詞彙的
大量移借在某些接觸情況下是有可能的，但非基本的意義的借詞比
例會大於基本的意義。羅圖曼語的情形與 Ngaju Dayak 語進一步區
別在於，移借語言層顯然有具生產力的附著構詞，最明顯的是使動
前綴 *faka-*（< *paka-*）和及物後綴 *-ʔɔki*。雖然 Biggs 對於波里尼西
亞來源的羅圖曼語語言層 II 的詞彙沒有把握，在大多數情況下，這
看起來像東加語的早期階段，這個推論與東加所征服的波里尼西亞
西部已知的歷史是一致的。

3.6.3.3　Tiruray 語
　　Tiruray 語分布在民答那峨島西南部的山區，有兩個不同的語音

層，是直到相對較近的時間才得到認可的。Blust（1992）辨識出來自於 Danaw 語的移借層，這是一群形成大中部菲律賓語群一部分的其中一個語言（Blust 1991a）。代表這些語言層的獨特反映見於表 3.12，顯示了原始菲律賓語（PPH）和 Maranao 語（Danaw 語群最大的語言）有關：

表 3.12　Tiruray 語的語言層

	PPH	1	2	Maranao
01.	-CC-	C	CC	CC
02.	-k-	g	k	k
03.	-b-	w	b, w	b, w
04.	-d-	r	d, r	d, r
05.	-d	r	d	d
06.	-s(-)	h	s	s
07.	R	r	g	g
08.	i/uC	e/o	i/u	u/u
09.	-i/u	əy/əw	i/u	i/u
10.	-iw/uy	əy	iw/uy	iw/uy
11	-ay/aw	əy/əw	ay/aw	ay/aw

此外，序列 *aCa 和 *aCe 通常在第 1 層顯示為 oCo (*anak「後代」> ʔonok「後代；蛋；水果」，*hawak > ʔowok「腰」，*tabeq > towoʔ「動物脂肪」，但這並不完全是規則的。這些元音的階層 2 反映沒有顯示出變化。因此，*linduŋ > diruŋ（Maranao 語 linduŋ）「尋求庇護」，*lakaw > agəw（Maranao 語 lakaw）「走，去」，*qabu > awəw「灰」，*qañud > anur（Maranao 語 anod）「漂移」，*hasek >

ohok「挖洞」，*busuR > bohor「打獵用的弓」，*laki > lagəy「男人，男性」，以及 *huRas > urah「洗」，屬於第 1 層，而 abas「痘痕；麻子」（Maranao 語 abas「水痘」），abay「並排」（Maranao 語 abay「沿著旁邊走」），ansəd「腋臭」（Maranao 語 ansəd「令人反感的體味」），akuf（Maranao 語 akop「用雙手舀」，ubi（Maranao 語 obi）「山藥；甘藷」，bisu（Maranao 語 biso）「聾」，以及 ʔəgas「鹽的硬鹽；某些硬木樹的內部（Maranao 語 gas「原木的硬質部分」），təgas「硬，頑固」（Maranao 語 təgas「變硬，凝固；從沸騰和蒸發中獲得的鹽；堅韌」），屬於階層 2。在 Ngaju Dayak 語中，詞彙詞對反映了同一個古詞素的固有和非原生形式：*sabuR「牛奶」> ratah「人類母乳」，gatas「牛奶（買來的）」，*sabuR> sawər / sabug「以擴散方式播種」，*tabaŋ > towoŋ「幫助；援助」，tabaŋ「提供體力或物質援助」。

雖然 Biggs（1965）報導至少有 18% 的羅圖曼語基本詞彙是移借而來的，相對於全部借詞佔 43%，Tiruray 語的相應數字至少是基本詞彙中有 29% 的 Danaw 語借詞，佔全部借詞的 47%（Blust 1992a: 36）。這些數字顯示，單靠基本詞彙來決定固有語言層，比起 Dyen 在 Ngaju Dayak 語的語言層研究中所建議的來得困難。然而，Tiruray 語提供了區分語言層的第二種方法。由於對菲律賓南部的任何語言，*R > r 的音變是不存在的，具有此音變的形式不可能是借詞。通過關聯，可以確定第 1 層中的所有其他發展都是原生的：*busuR > bohor「狩獵弓」，*ikuR > igor「尾巴」，*butiR > buter「疣」，*baRiw > warəy「陳舊的，污染的等」。因此，獨特反映的使用，針對具有明確劃分的語言層在語言中直接相對於間接繼承的推

斷，提供了第二種控制。儘管 Biggs 沒有提及，但透過使用獨特的羅圖曼語所發展的音變 *t > *f*，亦可以做到同樣的事情。

3.6.3.4 邵語

　　台灣中部山區日月潭沿岸的邵族，只有不到十五位母語使用者，且都出生於 1938 年之前。因為語言流失且位居於更大的台灣漢人社區而逐漸同化，這個社區也慢慢在消失中。在語言比較的情況下，這個語言的一個特點—存在著兩個不同的語言層，很快地變得明顯。如表 3.13 所示，有六個邵語音素只出現在借詞中：

表 3.13　邵語的借詞音素

PAN	邵語（原生）	邵語（移借）
*b	f	b
*d	s	d
*l	r	l
*ŋ	n	(ŋ)
?		?
?		h

　　表 3.13 最右列中的所有六個音段均可視為邵語的借詞音素，但只有前三個是經過充分證實的，而最後兩個沒有明確的歷史資料。因此，借詞的辨識在很大程度上取決於 *b*，*d* 或 *l* 是否出現。這六種間接遺傳標記的使用使得大量邵族詞彙被辨識出是來自移借，而前三點的使用清楚地顯示其來源語言為布農語。雖然邵語中的布農語借詞包含廣泛的語義範疇，令人驚訝的是大量集中在關於婦女、婦女的傳統活動，以及與這些活動有關的物質文化項目等語義範疇。

例子包括 *bahat*「南瓜」，*bailu*「豆子」，*baruku*「碗」，*binanauʔaz*「女人，妻子」，*bulwa*「烹飪鍋，炒鍋」，*hibur*「混合，攪拌東西在一起」，*hubuq*「發芽或幼苗（用於詢問女人她已經生了幾個孩子的表達方式）」，*kudun*「粘土烹飪鍋」，*lishlish*「磨碎（蔬菜）在烹飪之前」，*palanan*「提籃」，*paniaʔan*「煮熟的蔬菜」，*pitʔia*「煮飯」，*ma-qasbit*「鹹」，*mun-sulan*「取水」，以及 *tamuhun*「圓領帽子（田裡工作的婦女所穿戴的）」。

在改變原住民語言狀況的漢人大量湧入之前，邵族在社會和語言上與更大的布農族社區相互依存，他們大多數居住在山區較高海拔的村莊。傳統上，邵族男孩和布農女孩在很小的時候就被家人安排婚約，在結婚時，這些家庭參與了固定類別物品的相互交換。結婚後，布農妻子住在邵族村莊，在這種情況下，布農語經由母親傳承給說邵語的小孩作為第二語言。這種社會安排的後果之一是，邵語的許多（不是全部）布農語借詞集中在與傳統的 "婦女工作" 相關的領域—其中各種活動說布農語的婦女們本來就會大量參與，也因此他們很可能會用自己的母語來述說。

3.6.4　語碼轉換

迄今完成的有關南島語言之間的一些語碼轉換研究包括 Nivens（1998）和 Syahdan（2000）。Nivens（1998）認為，位於摩鹿加群島南部阿魯群島的 West Tarangan 的母語使用者，在他們的語言，印尼語和當地的摩鹿加馬來語 Dobo Malay 之間進行口頭和書面言談的語碼轉換，以達到經由單獨使用單一語碼無法實現的語言效果。因

此，如此顯示語碼轉換提供了一種擴大個人語言庫的方法。第二項研究描述了受過教育的 Sasak 人如何在高尚薩薩克語或普通薩薩克語，以及印尼語之間進行語碼轉換。這取決於談話的主題，或者對話者之間的感知關係或熟悉程度。

據報導，在菲律賓和在美國的許多菲律賓人在塔加洛語和英語之間進行了相當自由的語碼轉換，產生了一種被幽默地稱為 Taglish 的語言風格。一個由 Jason Lobel 提供（以斜體及標準書寫系統標記塔加洛語）的例子是＜I think it's much better *na pupuntahan mo na lang sya* and you tell him *na* if he really wants the job, *e, kelangan nya talagang humarap sa akin* ＞「我覺得如果你去找他會比較好，並告訴他如果他真的想要這份工作，那麼需要他來面對面地跟我說話。」在某些解讀中，語碼轉換包含將外來詞整合到本土語法模式中，儘管這似乎將該術語的含義擴展到其正常使用之外。例如，維基百科（http://en.wikipedia.org/wiki/Taglish）引用了諸如 *mag-da-drive*「將駕駛」，*mag-sya-shopping*「將購物」或 *na-print*「列印好的」等範例，其中英語詞基 *drive*，*shop* 和 *print* 經歷了時制標記 CV- 重疊和／或前綴加綴法。雖然借詞長期以這種方式被納入菲律賓語言（比較：西班牙語 *hora*，Bikol 語 *óras*「小時；時間」，*mag-óras*「計時（某物）」，或西班牙語 *zapato*，Bikol 語 *sapatós*「鞋子」，*mag-sapatós*「穿鞋子」，*horas* 和 *sapatos* 現在是本土詞典的一部分），而 *drive*，*shop* 和 *print* 顯然仍被認為是英語，但是說話者可以以它們作為詞基，立即形成構詞合適的單詞。

3.6.5　涇濱語化（pidginisation）與克里奧語化（creolisation）

　　由於種植勞動政策，十九世紀的南島世界產生了幾種涇濱化英語的變體。所有這些都出現在太平洋地區。南島語言是否有任何涇濱語形式是比較有問題的，接下來會討論這個問題。

　　可能含有南島語內容的最著名的涇濱語言是巴布亞新幾內亞的國家語言一講涇濱（Tok Pisin）。講涇濱的詞彙庫主要的來源是英語，然而其語法通常是大洋洲的語言。Mosel（1980）認為講涇濱的語法結構及其詞彙的一小部分來自 Tolai 語，Tolai 語是新大不列顛島的瞪羚半島（the Gazelle Peninsula）的主要通行語。表 3.14 列出講涇濱的詞彙，顯示了在許多情況下移借的英語詞素在音韻和語義上都適應了大洋洲的底層語言：

表 3.14　以英語為基底的講涇濱詞彙

講涇濱	英語	英語中譯
man [man]	man	男人
meri	woman	女人
pikinini	children	孩子；小孩
het	head	頭
gras biloŋ het	head hair	頭髮
gras biloŋ skin	body hair	體毛
lek	leg	大腿
skru biloŋ lek	knee	膝蓋
wanpela	one	一
tupela	two	二
mitupela	we (dual excl.)	我們（雙人排除）

講涇濱	英語	英語中譯
yumitupela	we (dual incl.)	我們（雙人包括）
b(a)rata	same sex sibling	同性兄弟姊妹
susa	opposite sex sibling	異性兄弟姊妹
tumbuna	grandfather, ancestor	祖父，祖先

　　第一個例子顯示了從英語到講涇濱或多或少未經修改的轉移（元音從[æ]變成[a]）。第二個例子說明了英語形式的語義偏差對講涇濱來說是自古以來就有的，畢竟南島語使用者不太可能會自己選擇專有名詞「瑪麗」來指「女人／妻子」。第三個例子來自葡萄牙語，由種植園英語過濾而來。第四個例子涉及從英語到講涇濱些微修改的轉變，但接下來的兩個例子顯示與 *biloŋ* 共同形成的屬格結構＜英語 'belong'「屬於」，以及頭髮和體毛之間幾乎南島語言普遍都有的詞彙區別。第七個例子顯示用[e]替換[ɛ]和詞尾阻塞音的清化，第八個例子再次說明了與 *biloŋ* 一起使用的屬格結構，以及使用英文單詞 'screw'「擰緊；螺絲釘」來表達 'joint'「接合；關節」的語意。所有講涇濱的數詞之後都有 -pela（＜ 'fellow'「伙伴」），代名詞反映了第一人稱複數具有包括式／排除式的區別以及英語裡沒有構詞標記的雙數。最後，*brata* 及 *susa* 源自英語的 'brother'「兄弟」及 'sister'「姊妹」，但他們的意思反映了大洋洲親屬系統的社會範疇，其中相對性別是一個關鍵參數。講涇濱的 *brata* 意為「同性手足（一個男人的兄弟，一個女人的姊妹）」而非「男性兄弟」，同樣地 *susa* 意為「異性手足（一個男人的姊妹，一個女人的兄弟）」，而非「女性姊妹」。親屬詞彙 *tumbuna*「祖父，祖先」是在此補充用來說明並

非所有講涇濱的詞彙都來自英語。

這個小數據集（data set）在微觀世界中顯示的是兩種語言系統的結合，這兩種語言系統在很大程度上被單一語言所分離：英語提供了大部分的詞彙內容，但是在地的大洋洲語言提供了音韻，詞彙庫的語義結構，以及詞組及更大層次的大部分句法結構。關於涇濱語和克里奧語的一般文獻均強調「簡化」（simplification）在這些語言形成過程中所扮演的角色：在剛開始接觸時，社會上受宰制的群體以高度簡化的形式採用主導群體的「語言」，同時仍然保留其本土語言以確保滿足所有交際的需求。其後代在學習涇濱化的語言作為第一語言時，則藉由擴大詞彙量及語法機制的庫存等，以達成「發展完整」的克里奧語。到 20 世紀 70 年代後期時，太平洋地區的一些研究人員開始對這種模式持保留意見。簡化的例子可以在講涇濱的音韻和語音序列中看到，其中更大的英語元音庫存已經減化到典型的大洋洲語言的五個元音（*a*，*e*，*o*，*i*，*u*），在類型上少見的音段如[θ]更被常見的替代品（‘mouth’ > *maus*）所取代，許多輔音串被縮減或分解，特別是在最終位置。然而，大部分底層語言的複雜性仍被保留，如代名詞中的包括式／排除式的區別以及雙數。

Mühlhäusler（1979）也許是最早提出相關論點的學者，明確地質疑當時對於涇濱化及克里奧化十足簡化模式的觀點，是否適用於講涇濱，並注意到一些標記語法的模式，例如使用不及物動詞的重疊詞基及其對應的非重疊及物動詞詞基，可見於大洋洲語言及講涇濱，且顯然是從 Tolai 語那裡得來的意譯移借（calque）（表 3.15）：

表 3.15　重疊：講涇濱及 **Tolai** 語的及物相關性

	及物	不及物
講涇濱	wasim「洗（東西）」 tingim「記得，想到」 lukim「看」 tokim「說（事情），提及」	waswas「洗澡（自己）」 tingting「想，思索」 lukluk「注視」 toktok「說」
Tolai 語	iu「洗」 tumu「寫下」 kal「挖出」 tun「燒，煮」	iuiu「洗澡」 tútumu「寫」 kakál「挖」 tutún「煮」

　　Keesing（1988）進一步詳細探討了這一點，除其他外，提請注意在太平洋美拉尼西亞涇濱英語的代名詞系統中所有形式所保留下來的複雜性（第一人稱複數的包括式／排除式，雙數）以及它們這麼久以來的穩定性。

　　Crowley（1990）指出，美拉尼西亞涇濱英語有三種方言：講涇濱，索羅門群島的索羅門涇濱語和瓦努阿圖的 Bislama 語。Bislama 語在原地發展起來，而另外兩個在其家鄉以外發展，後來由歸鄉的種植園工人引入，其中許多人學習了 Samoan Plantation Pidgin。所有學者都強調美拉尼西亞涇濱英語是一種不斷發展的語言，例如，使用涇濱語的鄉村，城市和灌木方言，或同一方言的說話者之間的世代差異。Crowley（1990）還注意到，Bislama 語的詞彙包含英語和法語元素，有時為了相同的語意而競爭，如 *ariko*（法語：*haricot*）或是 *bin*「豆子」，*avoka*（法語：*avocat*）「牛油果」或 *pastek*（法語：*pastèque*）「西瓜」。在某些情況下，據說來自法語的 Bislama 語詞彙源於 Réunion 克里奧語，如同 Bislama 語 *pistas*（法國普羅旺斯 *pistache*，可能經由 Réunion 克里奧語）「花生」一樣，展示了來自

廣泛分離地區的克里奧語言詞彙，有時如何經由共同的殖民歷史而聚集在一起。

　　關於克里奧語是否有任何南島「詞彙提供語言」（lexifier languages）的問題是比較令人困擾的。幾個世紀以來，馬來語一直是東南亞島上重要的通行語，一些學者曾建議，Bazaar 馬來語是克里奧語，並成為印尼和馬來西亞國家語言的基礎。Collins（1980）對這種解釋提出了異議，他認為（1980: 6）這些國家語言的基礎不是所謂的 Bazaar Malay，而是經典的文學馬來語，為了加強其心理基礎，長期地被刻意加入口語元素。根據幾位社會人類學家的早期研究，Collins 將安汶（Ambon）描述為具有克里奧文化，其中包括葡萄牙語，荷蘭語，馬來語，爪哇語和摩鹿加原住民的文化習俗，以及語言成分。區分安汶馬來語（Ambon Malay，AM）和標準馬來語（SM）的語音特徵有 1. 央元音與 *a* 的合併，2. *h* 的丟失，3. 所有詞尾鼻音合併為 N，4. 幾乎所有詞尾塞音的丟失，5. 一個單詞其後跟著另一個單詞時，其非重音音節的不規則丟失，例如 SM *pərgi*：AM *pigi*，*pi*「去」，SM *sudah*：AM *suda*，*su*「已經」，SM *jaŋan*：AM *jaŋaŋ*，*jaŋ*「別 don't」，或 SM *punya*：AM *punya*，*puŋ*「擁有」。這兩種語言的大部分詞彙都是同源詞（包括 Swadesh 200 字詞列表中大約 81% 的基本詞彙），但它們的詞綴系統卻截然不同。根據 Collins（1980: 25）的說法，大多數 AM 詞綴似乎只出現在固定（化石）形式中，而這些詞彙的使用有時與 SM 的使用不同。簡化形式的馬來語遠離馬來語使用者原鄉地區發展的原因與香料貿易的歷史密不可分。直到十九世紀，丁香和肉荳蔻只有在摩鹿加群島中部種植。它們從這裡開始交易，一方面遠到中國，另一方面遠到中東和

歐洲，期間至少兩千年（Collins 注意到 Pliny 在公元 75 年就討論了香料和運往羅馬的貿易路線）。由於這項貿易必須通過馬六甲海峽進行，以便到達印度，中東和歐洲，主要的中間商是馬來人，因此馬來語很早就開始在香料貿易中作為通行語。作為一個通行語，馬來語在某些與國際貿易相關的社區中變成涇濱化，進而從涇濱語形式擴散出去。儘管如此，Collins 下結論認為安汶馬來語不是克里奧語。在某種程度上，這一結論有賴於觀察到一些非標準的馬來半島方言，例如 Trengganu 方言，顯示出與安汶馬來語相似的簡化，但是已知的 Trengganu 方言的社會歷史沒有提供聲稱其被克里奧化的基礎。用 Collins 的話來說（1980: 58-59）『克里奧語一詞沒有肯定的力道…安汶馬來語和 TM（Trengganu 馬來語）都不是克里奧語。相反地，它們是語言反映的過程，這樣的過程對於在狹義框架內發展出來的理論和標籤來說是過於複雜的。』

作為接觸語言的安汶馬來語，與美拉尼西亞涇濱英語有著驚人的不同。在後者中，兩個語言系統之間妥協的證據和它們之間建立分工的證據非常清楚：大多數詞彙來自英語，而大多數音素系統，語音序列和語法機制則來自底層大洋洲語。在安汶馬來語中，詞彙和語法似乎基本上都是馬來語（也有來自其他語言的明確借詞），但是馬來語的形式已經適應了當地原住民語言的音素系統和語音序列，並且在構詞上簡化了。這些不同無疑反映了兩種接觸情況的性質差異。美拉尼西亞的涇濱英語產生於社會不平等的條件下，來自歐洲的霸權以居高臨下的語氣與美拉尼西亞工人交談。儘管 Collins（1980: 63）提到馬來人與非母語人士交談時也勢利地認為後者無法理解更複雜的語言形式，但是安汶馬來語仍是在一個相對社會平等的情況

下出現的，只是其中一個使用南島語的群體控制著更廣泛的貿易網絡，但在其所接觸到的群體社會關係中沒有主導作用。與美拉尼西亞涇濱英語的使用者不一樣的是，他們是從不同的群體中招募並在種植園工作環境中充分混合而來的，而講安汶馬來語的人們在馬來語被引入安汶作為通行語時，大概總是可以使用自己的母語。因此，在這種馬來語方言的形成過程中，真正的涇濱化（pidginisation）和因此克里奧化（creolisation）的條件可能永遠不會存在。

據報導，馬來克里奧語的第二個例子是斯里蘭卡馬來語，在至少五個不同的社區中使用，部分來自在荷蘭和英國殖民時期引進的勞動者。馬來語提供了詞彙來源，而語法結構則已適應於僧伽羅語（Sinhalese）和泰米爾語（Tamil）。

第三個明顯的馬來克里奧語的例子顯然是假的，是土生華人Peranakan Chinese（在馬來世界出生和長大的海外華人）所說的方言。這在馬六甲被稱為巴巴馬來語（Baba Malay），是海峽出生的華人所說的馬來語。E. Thurgood（1998）對 19 世紀古巴巴馬來語（稱為 Old Baba Malay）進行了徹底的研究，並將其與今天所說語言的不同形式進行了比較。她的結論是，巴巴馬來語是經由 Hokkien 語（閩南漢語）使用者之間的語言轉移而產生的。她沒有發現巴巴馬來語曾經是克里奧語的證據。和安汶馬來語一樣，使用這種方言的土生華人總是能夠接觸到福建話，直到他們刻意透過語言轉移而放棄它。由於從未出現過語言傳承被中斷的災難性階段，因此並未達到人們普遍認為形成涇濱語以及接下來的克里奧爾語所必須具備的前提條件。

3.7 語言大小的決定因素

　　出現在任何語系的社會語言學概括描述中最顯著的特徵之一有時是語言社區規模的巨大差異。在印歐語系可以通過比較印地語，英語，俄語或西班牙語的原生人數（或第二語言使用者）與阿爾巴尼亞語或希臘語來看出。如第 2 章所述，南島語言的大小顯著的多樣性，並顯示與這個西向東連續體（從東南亞島嶼到太平洋）的強烈相關性。此外，在太平洋地區還有這個趨勢的逆轉，即在西太平洋地區普遍存在較小的語言，而規模較大的語言則分布在斐濟和波里尼西亞大三角。這樣的觀察，以不同的術語表達，導致了 Pawley（1981）和 Lynch（1981）之間重要的交流。

　　Pawley（1981）指出，在美拉尼西亞，一個島嶼或島嶼群通常有許多語言，而在波里尼西亞，單個島嶼或群島幾乎總是只有一種語言。由於他的討論涉及南島語言，這表明美拉尼西亞和波里尼西亞語言之間存在一些固有的差異。部分是為了回應先前為這一觀察所做出的主張，他認為這種模式差異的唯一決定因素是定居的時間長度：南島語族較早到達美拉尼西亞，因此比起波里尼西亞的語言，在美拉尼西亞的語言已經在原地進行了很長時間的分化。Lynch（1981）則反駁說，雖然這種觀察在詞彙分化方面可能是正確的，但它並沒有解釋美拉尼西亞南島語言的廣泛結構變異，其中一些（如 SOV 詞序和後置詞的使用）顯然是來自於接觸。

　　這個辯論在當時是有用的，但回想起來，它似乎過於狹隘地構建了這個問題，忽視除了定居時間和可能的接觸影響之外的重要決定因素。與其用"什麼決定每個島嶼／群島的語言數量？"這個問

題來構建辯論，倒不如問"什麼決定語言大小？"似乎更有用。針對這個問題，至少有三個非社會因素似乎與答案有關。首先，由移民群體定居的可用領土大小無可避免地對語言規模施加了上限，如麥克羅尼西亞的環礁環境，語言社區可能位於不到三平方公里的土地上。這又與隔離有關，因為在相鄰的環礁上仍可能使用相同的語言，但隨著距離增加，這種可能性會迅速下降。第二，土地的承載能力，與其面積無關，對人口規模設定了上限，因此也同時對語言規模設定了上限。在食物資源貧乏的地方，即使領土規模允許，語言社區也不可能很大。第三，正如 Pawley 所指出的，定居的時間長度顯然是決定同質性喪失的一個重要因素，這反過來又減少了語言社區可能具有的規模，如果語言分化沒有發生的話。

關於美拉尼西亞，有兩個相當明確的社會力量影響著語言社區的規模。首先，正如 Lynch 所指出的，與巴布亞語族密切接觸的南島語言，相對於那些很少或沒有接觸這種類型的語言，更有可能表現出詞彙替換和結構變化的增加機率。但另一個眾所周知的因素區分了大部分美拉尼西亞及波里尼西亞。在過於簡化的風險下，似乎可以公平地說，美拉尼西亞許多最小的南島語言都出現在沒有世襲酋長制度的地方。在這種「大人物」社會中，政治權力是來自成就，而非歸因於出生條件，並且通常不會超越村落的等級。由於社會政治整合的層級較低，這樣的社會，比起那些能夠統治大片領土，指揮勞動力，通過征服擴大本土領域等至上的酋長社會，往往呈現較大的語言分裂。在許多可能的例子中，美拉尼西亞西部的馬努斯島與夏威夷島鏈中的歐胡島大致相同，但兩種情況下原住民語言多樣性的水平卻完全不同。在歐胡島上，以及在夏威夷島鏈的八個主要

島嶼中，僅使用了一種語言，且只有細微的方言變化；而在馬努斯島（Manus），主要島嶼以及圍繞其間的許多微小的衛星島上都有大約 25-30 種語言。在某種程度上，這種差異可歸因於定居的長度：馬努斯島已經由南島語族定居了大約 3500 年，但夏威夷島鏈可能還沒有定居超過一千年。然而，單單考量定居的時間無法得到全貌。薩摩亞，東加和斐濟已經定居至少 3000 年，但這些群島的語言多樣性水平更像夏威夷的水平，而不像馬努斯島或美拉尼西亞的許多其他地區。舉一個來自東南亞島嶼的例子，爪哇島比馬努斯島要大得多，並且可能已經由南島語族定居了同樣長的時間，但目前只有三種原住民語言：爪哇語，巽它語和雅加達馬來語。但是，在其已知的大部分歷史中，爪哇一直受到一個或多個中央國家的統治，並且這些地區的領導者將一個地理上廣大分散的人口整合到單一統治者之下的能力，肯定會比政治權力很少超過原生村落層級的地區，對語言分裂造成更強的阻滯影響，就像美拉尼西亞的大部分地區一樣。最後，至少在美拉尼西亞存在世襲酋長制度的部分地區，如忠誠群島，也發現「一個島嶼一個語言」的模式。因此可以得出結論，社會政治整合的水平與這裡考慮的其他因素相結合，在南島語系所見的語言分裂模式中扮演著重要的角色，因此也影響了語言社區的規模。

南島語言The Austronesian Languages I

2022年6月初版 　　　　　　　　　　　　　定價：新臺幣450元
有著作權・翻印必究
Printed in Taiwan.

著　　　者	白　樂　思	
	（Robert Blust）	
譯　　　者	李壬癸、張永利	
	李佩容、葉美利	
	黃慧娟、鄧芳青	
特約編輯	李　　　芃	
內文排版	菩　薩　蠻	
校　　對	陳　羿　君	
封面設計	江　宜　蔚	

出　版　者	聯經出版事業股份有限公司	副總編輯	陳　逸　華
地　　址	新北市汐止區大同路一段369號1樓	總編輯	涂　豐　恩
叢書編輯電話	(02)86925588轉5319	總經理	陳　芝　宇
台北聯經書房	台北市新生南路三段94號	社　長	羅　國　俊
電　　話	(02)23620308	發行人	林　載　爵
台中辦事處	(04)22312023		
台中電子信箱	e-mail：linking2@ms42.hinet.net		
印　刷　者	世和印製企業有限公司		
總　經　銷	聯合發行股份有限公司		
發　行　所	新北市新店區寶橋路235巷6弄6號2樓		
電　　話	(02)29178022		

行政院新聞局出版事業登記證局版臺業字第0130號

國家圖書館出版品預行編目資料

南島語言The Austronesian Languages I /白樂思（Robert Blust）著 . 李壬癸、張永利、李佩容、葉美利、黃慧娟、鄧芳青譯 .
初版 . 新北市 . 聯經 . 2022年6月 . 464面 . 17×23公分
譯自：The Austronesian languages
ISBN　978-957-08-6390-1（平裝）

1.CST：南島語系　2.CST：語言學

803.9　　　　　　　　　　　　　　　　　　　111009056